Paul Erdman · Der Milliarden-Dollar-Schnitt

Der Milliarden-Dollar-Schnitt

Paul Erdman / Roman

R. Piper & Co. Verlag München Zürich

Übersetzung aus dem Amerikanischen von Rolf und Hedda Soellner

Die Originalausgabe erschien 1973 unter dem Titel ›The Billion Dollar Sure Thing‹ im Verlag Scribner's Son, New York

ISBN 3-492-02051-8

Gesetzt aus der Aldus Antiqua
Gesamtherstellung Welsermühl, Wels
Printed in Austria

Prolog

Montag, 29. Oktober, kurz nach sieben Uhr abends. Das Wetter war in diesem Herbst in ganz Europa prachtvoll gewesen und hielt noch immer. Die Bäume in dem kleinen Park neben dem Münster hatten noch nicht alles Laub verloren. Doch die letzten braunen Blätter raschelten in der leichten Brise, die von den Hügeln des Schwarzwalds her über den Rhein wehte.
Das Münster zu Basel gehört nicht zu den berühmtesten Domen Europas. 1529 waren die Stürme der Reformation hindurchgetobt und hatten allen Zierat – einschließlich der Glasgemälde – vollständig hinausgefegt. Aber die Zwillingstürme und die alte rote Steinfassade blieben Sinnbild dieser Stadt, die seit dem Mittelalter den germanischen Stämmen im Gebiet des oberen Rheintals als Metropole von Handel und Kultur gedient hatte. Diese Stämme leben heute in drei verschiedenen Staaten – in der Schweiz, in Deutschland und Frankreich. Heute ist Basel, Mittelpunkt der christlichen Welt während des Konzils von 1491 und später Wahlheimat des Erasmus von Rotterdam, Hans Holbeins und Nietzsches, längst zur Provinzstadt herabgesunken. Ihr letzter großer Sohn, Karl Barth, hat sogar behauptet, seine Mitbürger seien auf dem Weg, die Dorftrottel Europas zu werden. (Sic transit gloria Basiliensis.)
Dem Mann, der unter den Bäumen saß, lagen solche Betrachtungen gänzlich fern, denn Sammy Bechot war von Beruf Tresorknacker. Womit kein einschlägiges Vorurteil gegen diese Zunft ausgesprochen werden soll. Auch ihre Mitglieder haben besinn-

liche Augenblicke, sogar Sammy. Aber nicht während der Arbeitszeit.

Sammy Bechot war siebenundzwanzig Jahre alt; hinter ihm lagen 137 geglückte Einsätze – und nur zwei Nieten. Letztere hatten bedauerlicherweise zu längeren unfreiwilligen Unterbrechungen seiner beruflichen Laufbahn geführt. Außerdem hatten sie Sammy zu einer technischen Umstellung gezwungen. Seine Taktik im Umgang mit Safes hatte sich nun in ganz Europa herumgesprochen. An dem komplizierten Lochmuster, das er hinterließ, war er so sicher zu identifizieren wie an einem Satz tadelloser Fingerabdrücke. Weniger Berufene hätten vielleicht aufgegeben. Sammy hingegen blieb bei der Stange und entwickelte eine Methode, die dank ihrer schlichten Schönheit Beachtung, ja Beifall gefunden hätte, wäre ihr Schöpfer in einer gediegeneren Sparte tätig gewesen.

Sammy stand auf, als die Turmuhr die Viertelstunde schlug, und was da aus dem Schatten trat, war nicht der bürstenköpfige Techniker, den man erwartet haben mochte. Vielmehr ein langhaariger Pausback, das Rüstzeug moderner Troubadoure auf dem Buckel. Mit elektrischer Gitarre, Verstärker und Lautsprecher überquerte Sammy den Münsterplatz und verschwand in der engen Rittergasse. Vor dem fünften Haus links, das dunkel in einem von Eisengittern umzogenen Garten stand, machte Sammy halt. Die Gasse war leer. Abendessenszeit.

Plötzlich spurtete Sammy das Seitengäßchen zwischen den Häusern hinunter. Es endet an der steilen Treppe, die zum Rheinufer führt. Bevorzugter Spaziergang für Liebespaare. Aber dafür war es noch ein bißchen zu früh. Im Nu war Sammy mit Sack und Pack über den Zaun und im Garten und betrat, nach hurtiger Entfernung einer Glasscheibe und Öffnung eines Schlosses, das verlassene Haus. Er brauchte sieben Minuten, um den Wandsafe zu entdecken.

Sammy legte den Gitarrenkasten beiseite, packte jedoch den Verstärker aus und stöpselte ein Kabel in eine Steckdose an der Wand. Dann entrollte er zwei weitere Leitungsschnüre. Mit der ersten schloß er den Lautsprecher an den Verstärker an. Der zweite Draht führt normalerweise vom Verstärker zur Gitarre, Sammy jedoch befestigte ihn mittels eines recht seltsamen Zusatzgeräts an der Kombinationsscheibe des Safes. Er drehte den Verstärker voll auf. Das Summen verriet, daß das ganze System unter Strom stand.

Geduldig begann Sammy, die Safescheibe zu drehen. Langsam, langsam. »Ping.« Die erste Arretierung wurde laut, klar und deutlich durch den Lautsprecher identifiziert. Und jetzt in der anderen Richtung.

»Ping.« Die zweite.

Die Kombination enthüllte ihre Geheimnisse mit einem nahezu vollendeten hohen C. Wie immer, wenn Sammy seine jüngste Schöpfung einsetzte, schwoll sein Herz vor Stolz. Eine todsichere Sache.

Die Safetür war bald geöffnet. Nach weiteren dreißig Sekunden hatte Bechot gefunden, was er suchte. Eine Akte mit rotem Deckel.

Fünf Minuten später war Sammy in der Altstadt untergetaucht. Er wußte nicht, daß er soeben einen Prozeß ins Rollen gebracht hatte, der die Welt in eine der sensationellsten Finanzaffären des Jahrhunderts stürzen sollte: entweder den völligen Zusammenbruch des US-Dollars oder ein Arrangement, das den größten privaten Coup der Geschichte möglich machen würde.

Oder beides.

Man bedenke, was ein Papa Kennedy, Bernard Baruch oder auch nur ein Karl Marx aus einer solchen Chance gemacht hätte! Sammy hingegen machte mit seinen nächtlichen Mühen ganze 10 000 Schweizer Franken.

Ach, Ire müßte man sein oder Jude!

1

Der Präsident der Vereinigten Staaten von Amerika litt nicht unter einem solchen Neidkomplex. Er rühmte sich sowohl irischen wie jüdischen Bluts, eine zwar unbewiesene Behauptung, die indes genügte, um seiner Partei regelmäßig die Stimmen des Staates New York einzubringen. Skeptiker gaben zu bedenken, der Mann sei weder reich noch dem Alkohol ergeben. Das Verhalten seines Intimus und Finanzministers Henry Crosby, sagten sie, weise weit eher auf einen solchen Stammbaum; er lehne nie einen Drink ab und sei der skrupelloseste und daher erfolgreichste Bankier in der Geschichte Ohios gewesen, ehe er ein öffentliches Amt antrat. Tatsache war, daß diese beiden Männer das zugkräftigste politische Gespann bildeten, das Washington seit vielen Jahren gesehen hatte. Henry Crosbys ungestümer Phantasie, gezügelt vom kühlen Verstand des Präsidenten, waren die meisten erfolgreichen Neuerungen in der Regierungspolitik zu verdanken.
Und was haben diese Herren mit Sammy Bechot zu tun? Natürlich nichts, wenn man davon absehen will, daß die Entstehung des ominösen Dossiers mit dem roten Deckel auf eine Besprechung zwischen Crosby und dem Präsidenten zurückging. Auf den 29. September. An jenem Morgen war Crosby zur üblichen Zehn-Uhr-Konferenz in das Arbeitszimmer des Präsidenten gestürmt und hatte, unter einseitigem Verzicht auf alle Begrüßungsformalitäten, ausgerufen:
»Diese Pinscher in Rom wollen uns aufs Kreuz legen. Und bei Gott, dieses Mal könnten sie's schaffen!«

»Henry«, erwiderte der Präsident, »nehmen Sie Platz und fassen Sie sich. Was in aller Welt könnten die Italiener uns anhaben, daß Sie sich so aufregen?«
»Quatsch – doch nicht die Italiener«, erwiderte Crosby. »Die Deutschen stecken dahinter, die Japse und natürlich diese verdammten Franzosen.«
Die Brauen des Präsidenten hoben sich, doch schien er nicht über Gebühr beunruhigt. Er wußte, daß Crosby den Ausländern im allgemeinen nicht gewogen war und daß seine Wertschätzung nichtamerikanischer Kulturkreise den Nullpunkt erreichte, wenn es um die Franzosen ging. Die Schuld daran trug, wie Eingeweihte wußten, eine Dinnerparty aus Anlaß des Staatsbesuchs von General Charles de Gaulle in San Francisco, im Herbst 1957. Bankier Crosby aus dem Mittelwesten, geschätzt wegen seines Geldes, wenn auch nicht wegen seiner Manieren, hatte zum Empfangsaufgebot des Weststaaten-Establishments gehört. Als ein Mann, der keine Gelegenheit ungenutzt läßt, hatte er sich zu einem Kreis von Leuten gedrängt, die beim Apéritif mit dem illustren Gast Konversation pflegten, und hatte sich nach den Zukunftsaussichten des – wie er sich ausdrückte – »chronisch kränkelnden französischen Franc« erkundigt.
Der General hatte ihn zunächst mit eiskaltem Glotzen bedacht und dann zu dem neben ihm stehenden Adjutanten also gesprochen: *»Qui a fait entrer ce cochon?«*
Dann war er nach einer scharfen Kehrtwendung quer durch den Saal marschiert. Das ziemlich beredte Schweigen, das er hinter sich ließ, wurde erst von dem perplexen Crosby gebrochen. »Was hat er gesagt?«
Eine gebildete Dame aus Atherton, die offenbar engere Geistesbande an Colombey-les-deux-Eglises knüpften als an Columbus, Ohio, übersetzte bereitwillig: »Monsieur le Général erkundigten sich«, sagte sie, »wer dieses Schwein 'reingelassen hat.«
Von Stund an waren Crosbys Ansichten über Frankreich noch weniger von strikter Objektivität getrübt, und jeder in Washington wußte das. »Henry«, sagte der Präsident, »Sie ereifern sich

gewiß übermäßig. Worüber, ist mir allerdings noch immer ein Rätsel.«

Crosby, der inzwischen Platz genommen und seine Erregung gezügelt hatte, erwiderte: »Mister President, Sie wissen, daß der Weltwährungsfonds in dieser Woche seine Jahresversammlung in Rom abhält. Well, einige unserer sogenannten Freunde haben beschlossen, gemeinsam gegen den Dollar Front zu machen. Sie wollen ein *Fait accompli* schaffen.«

Jetzt umwölkte sich die Miene des Präsidenten. Das Währungsproblem und die internationale Dollarschwäche hatten ihm seit seinem Amtsantritt zu schaffen gemacht. Das Problem war zur Krise geworden, als 1971 die Dollar-Gold-Bindung zusammengebrochen war. Bis zu diesem Moment hatte das Weltwährungssystem einigermaßen funktioniert. Gemäß den nach Ende des Zweiten Weltkriegs aufgestellten Regeln hatte jeder Staat seine Währung – Mark, Yen, Franc, Peso – auf den US-Dollar bezogen. So war ein Schweizer Franken etwa 23 Cents »wert«, eine Deutsche Mark ungefähr 28 Cents, und so weiter. Alle stimmten überein, daß der Dollar die natürliche Leitwährung sei. Erstens war er das Zahlungsmittel der größten und mächtigsten Wirtschaftseinheit der Welt. Zum anderen war der Dollar als *einzige* Währung offiziell und direkt an den ältesten Tausch- und Hortungswert gebunden – an das Gold. Seit 1934 war der Dollar kraft Gesetz den fünfunddreißigsten Teil einer Unze Gold wert. Die Vereinigten Staaten hatten aller Welt erklärt, jede ausländische Regierung, die Gold gegen Dollars verkaufen wolle oder umgekehrt, könne dies auf der Basis von 35 Dollar pro Unze tun.

Diese Regelung war sehr praktisch, denn sie bedeutete, daß alle Welt sich nach einem einzigen Standardwert richten konnte, dem amerikanischen Dollar. Und jenen hoffnungslos Rückständigen, die keinen gesteigerten Wert auf das neumodische Geld legten, blieb immer noch der Trost, daß, wenn auch nicht sie selber, so doch ihre Regierungen jederzeit das einzig Wahre kriegen könnten – Gold.

Auf diesen Gedanken kamen auch ein paar besonders pfiffige

Europäer im August 1971, als sie argwöhnten, der Dollar sei ein bißchen angeknackst. Sie beschlossen, auf Gold umzusteigen. Die Belgier, die Schweizer, natürlich die Franzosen und sogar der Vatikan. Wie man sich denken kann, war die Lage für die Vereinigten Staaten recht peinlich. Denn wie konnten sie Schulden von mehr als 65 Milliarden Dollar zurückzahlen, wenn nur noch für 10 Milliarden Gold in Fort Knox lag?

Die Präsidentenberater heckten eine Patentlösung aus. Die USA erklärten den Dollar ganz einfach als nicht mehr in Gold konvertierbar. Schlicht und einfach. Man stellte alle Zahlungen auf jene Schuldscheine ein, die der Welt von den USA seit so vielen Jahren in Form von Dollarnoten ausgehändigt worden waren. Woraufhin die amerikanische Regierung als nächsten Schritt den anderen Staaten anheimstellte, gemeinsam eine Lösung der Weltwährungskrise zu finden. Einige Monate später trafen sich zu diesem Behuf die Finanzminister der elf mächtigsten Staaten der Welt in Washington. Doch wie schon so oft erblickte unter den hilflosen Händen dieser weisen Männer nur eine Maus das Licht der Welt. Die europäischen Regierungen und Japan kamen überein, ihre Währungen um ein paar Prozentpunkte aufzuwerten, wenn die USA den Dollar um ein paar Prozentpunkte abwerteten, indem sie den Goldpreis von 35 auf 38 Dollar pro Unze anhoben. Mit großem Pomp und Trara wurde im Smithsonian Institute ein Abkommen in diesem Sinn unterzeichnet, und mit einem tiefen Seufzer der Erleichterung kehrte die Welt an ihr Tagewerk zurück.

Aber dieses Washingtoner Abkommen, das der Präsident der Vereinigten Staaten als das bedeutendste Währungsabkommen der Weltgeschichte bezeichnete, hatte einen recht gravierenden Schönheitsfehler. Es löste gar nichts. Der Dollar blieb beträchtlich überbewertet. Die Konvertierbarkeit des Dollars in Gold war nicht wiederhergestellt worden. Bei einem Preis von 38 Dollar pro Unze war das unmöglich – innerhalb von Stunden würden die Goldbarren in Fort Knox im Wert von 10 Milliarden Dollar in die Hände ausländischer Regierungen übergegangen sein. Es

blieb dabei, daß rund um den Erdball 65 Milliarden ungeliebter Dollars vagabundierten und immer noch mehr hinzukamen, die bei einem Unzenpreis von 38 Dollar jeder nicht komplett Schwachsinnige blitzschnell in Gold umgetauscht hätte. Denn auf dem freien Markt kletterte der Goldpreis für die Feinunze unaufhaltsam der 80-Dollar-Marke entgegen!
Neue Krisen waren unvermeidlich. Nach einer weiteren Dollarflucht im Februar 1973 blieb Uncle Sam nichts anderes übrig, als nochmals abzuwerten, indem er den offiziellen Goldpreis auf 42,22 Dollar pro Unze anhob. Doch das war, wie beim erstenmal, nur kurzlebiges Flickwerk. Der Dollar war weiterhin nicht konvertierbar; er war weiterhin überbewertet.
Und so hatte das Übel sich fortgeschleppt – bis zu diesem Treffen des Weltwährungsfonds in Rom, das Henry Crosby so stark irritierte.
»Henry, was ist denn eigentlich passiert?« fragte der Präsident.
»Ich habe meinen Unterstaatssekretär hingeschickt, mit der üblichen Anweisung: Klappe halten, nichts tun, nichts versprechen. Zeit gewinnen. Ihnen sagen, wir arbeiten an einer Lösung.«
»Und das hat er auch getan?«
»Natürlich. Und bei den Plenarsitzungen troffen sie geradezu von Verständnis für unsere Lage. ›Kommt Zeit, kommt Rat‹ sangen sie im Chor.«
»Und?«
»Und hinter diesem Rauchvorhang schöner Worte mauschelten die Franzosen unter der Hand, wie üblich, ein Geschäft aus.«
»Weiter.«
»Die Franzosen gingen zuerst zu den Deutschen und überzeugten sie, daß es für den Gemeinsamen Markt an der Zeit sei, das Weltwährungssystem zu ändern. Dann nötigten beide gemeinsam die übrigen Mitgliedstaaten, sich dem Plan anzuschließen. Die Japse, unsere feinen Freunde im Fernen Osten, bekamen Wind davon und traten dem Club unverzüglich bei.«
»Und was haben sie vor?«

»Sie wollen gemeinsam ihre Währungen direkt an das Gold binden. Zu einem höheren Preis, versteht sich. Und alle ihre Währungen sollen frei in Gold konvertierbar sein. Was das für uns bedeutet, wissen Sie wohl.«
»Daß der Dollar zur Satellitenwährung würde?«
»Stimmt. Etwa vom Kaliber des polnischen Zloty.«
»Diese Dreckskerle.«
»Das sage ich Ihnen seit Jahren.«
»Ja, ja«, versetzte der Präsident nun ausgesprochen unwirsch, »aber zuerst möchte ich wissen, wer Ihnen das alles erzählt hat.«
»Unser Mann im deutschen Finanzministerium. Er war zur Mitarbeit an dem Vertragsentwurf aufgefordert worden. Den Entwurf hab' ich hier. Und wie Sie sehen, ist er bereits abgezeichnet.«
Crosby griff in seine Aktentasche und brachte einen Packen Fotokopien zum Vorschein.
»An der Echtheit ist nicht zu zweifeln.«
»Okay, Henry«, sagte der Präsident nach einem flüchtigen Blick in die Papiere. »Ich glaube Ihnen. Wie ist der Zeitplan?«
»Am 2. Januar werden sie in Paris eine gemeinsame Verlautbarung abgeben. Das Ganze soll bereits am nächsten Tag in Kraft treten.«
»Aber wie in aller Welt können sie erwarten, damit durchzukommen? Sie müssen sich doch darüber klar sein, daß wir von der Sache hören.«
»Sind sie wohl auch. Aber sie meinen, und dies zu Recht, daß sie uns in der Zange haben.«
»Ist dem wirklich so? Ich bin da nicht so sicher«, sagte der Präsident.
»Wie meinen Sie das? Schließlich wissen Sie ebensogut wie ich –«
»Ich weiß vor allem eins: Ich werde nicht zulassen, daß der Dollar zum Gespött der ganzen Welt wird. Ich werde nicht zulassen, daß Europa und Japan auf unsere Kosten die Weltwäh-

rungsordnung an sich reißen. Gott weiß, was sie als Nächstes an sich zu reißen versuchen.«

»Aber wie?«

»Ganz einfach. Wir führen einen Präventivschlag. Wir erhöhen den offiziellen Goldpreis auf 125 Dollar pro Unze und kehren gleichzeitig zur vollen Goldkonvertierbarkeit des Dollar zurück. Und zwar eine ganze Weile vor dem 2. Januar.«

»Aber«, gab Crosby zu bedenken, »was tun wir, wenn ein Run auf das Gold einsetzt? Zur Zeit sind draußen 75 Milliarden Dollar im Umlauf, die dann potentiell konvertierbar würden. Ich muß Sie daran erinnern, Mister President, daß unsere Goldvorräte –«

»Hören Sie, Henry«, sagte der Präsident, »Franklin Roosevelt war 1934 in der gleichen Lage, als er den Goldpreis pro Unze von 20,67 auf 35 Dollar anhob. Aber er meinte, der neue Preis werde beträchtlich mehr Verkäufer als Käufer auf den Plan rufen. Und genau das ist passiert. Für Dollars bekommt man Zinsen, gute Zinsen. Für Gold nicht.«

»Ja«, sagte Crosby, »aber die Spekulation wird uns zu schaffen machen.«

»Ich bin anderer Meinung«, erwiderte der Präsident. »Sehen Sie, es ist jetzt über vierzig Jahre her, daß Roosevelt diesen letzten großen Preisaufschlag beim Gold vorgenommen hat. Und verlassen Sie sich darauf, ich werde zugleich mit dieser Ankündigung die Welt wissen lassen, daß ich keinen Anlaß zu weiteren Veränderungen vor dem Jahr 2000 erwarte.«

»Mister President«, sagte Henry Crosby, »Sie haben's gefunden! Sie haben's wahrhaftig gefunden. Und alle halten Sie für eine glatte Null in Wirtschaftsfragen. Menschenskind, ich möchte nur die Gesichter von den Franzosen sehen, wenn sie die Neuigkeit erfahren!«

»Gehen Sie getrost davon aus, daß sie kein Wort davon erfahren, bis ich es im Fernsehen bekanntgebe. Henry, diese Sache muß bis zum letzten Augenblick vollständig und unbedingt geheim bleiben.«

»Ich weiß. Und da könnte der Haken liegen, denn die Ausarbeitung aller Einzelheiten erfordert einige Zeit. Außerdem meine ich, Mister President, wenn Sie schon mal dabei sind, sollten Sie noch einen Schritt weitergehen. Den Goldpreis auf 125 Dollar pro Unze anheben – ja. Aber auch den Dollar gegenüber anderen Währungen um weitere 15 Prozent abwerten. Diese Kerle belfern ständig, daß der Dollar überbewertet, unsere Zahlungsbilanz chronisch passiv sei und daß sie immer mehr Dollar schlucken müßten. Sehen Sie, wenn wir so stark abwerten, können wir wieder fast jedem anderen Land der Welt den Exportrang ablaufen. Sogar den Japsen. Warum nicht gleich ganze Arbeit leisten! Herrgott, das müßte bei den Wählern einschlagen. Der Präsident stellt Amerikas Führungsanspruch in der freien Welt wieder her, sichert Amerikas Arbeitsplätze, führt das Land zurück auf den Weg der Prosperität und verschafft dem Dollar wieder seinen rechtmäßigen Platz als Währungseinheit nicht nur der Vereinigten Staaten, sondern der ganzen Welt!«
»Henry«, sagte der Präsident nüchtern, »wir wollen nicht ins Schwärmen geraten. Aber Sie haben recht. Wenn wir schon den Sprung ins kalte Wasser wagen, dann sollten wir aufs Ganze gehen. Wieviel Zeit, glauben Sie, werden wir brauchen?«
Die beiden Herren sprachen noch weitere zwei Stunden über das Thema und bestimmten schließlich Samstag, den 10. November, zum Tag X. Die Bekanntgabe sollte am Abend des 9. November nach Bankenschluß erfolgen.

*

Im Lauf der folgenden Wochen wurde der Plan ordnungsgemäß zu Papier gebracht, und zwar in nur fünf Exemplaren, jedes als Geheimsache rot gebunden. Das Gespann im Weißen Haus, das nun noch durch den Staatssekretär und den Gouverneur der Notenbank ergänzt wurde, beschloß, einen fünften Mann einzuweihen: den Generalsekretär der Bank für Internationalen Zahlungsausgleich. Diese Bank ist, neben dem Weltwährungsfonds, zweifellos die wichtigste Institution innerhalb des komplexen Netzwerks des Weltwährungssystems. Sie agiert als Zentralbank für die Zentralbanken der Welt.

Die Bank für Internationalen Zahlungsausgleich, in Fachkreisen kurz BIZ – oder englisch: BIS – genannt, interveniert zum Beispiel massiv, wenn das Pfund Sterling oder die italienische Lira mit schöner Regelmäßigkeit unter Druck gerät, um einen Kursverfall der betreffenden Währung zu vermeiden. Wenn alle anderen verkaufen, dann kauft BIS, und umgekehrt. Zu diesem Zweck räumen ihr die Eigentümer nahezu unbeschränkte Mittel ein. Denn ihre Eigentümer sind die bedeutendsten Zentralbanken der Welt, von der Bank von England und der Schweizerischen Nationalbank bis zur Nationalbank von Ungarn. Und während jeder Währungskrise seit 1971 hat die BIS – vom Standpunkt Washingtons aus ihre wichtigste Funktion – dem Dollar beträchtlich und kräftig Schützenhilfe geleistet. Als ein Freund im Feindesland.

Die Mitarbeit der BIS und besonders ihres Generalsekretärs würde zur Wiederherstellung der internationalen Ordnung nach der ersten größeren Goldpreisanhebung seit mehr als vierzig Jahren unerläßlich sein. Ein solches Ereignis konnte eine Flutwelle auslösen, die jeden Finanzmarkt auf der ganzen Welt erschüttern würde.

Man beschloß, der Finanzminister der Vereinigten Staaten, Henry Crosby, solle den Generalsekretär der BIS, Bollinger, in einem Gespräch unter vier Augen ins Bild setzen. Ganz ohne Aufsehen. Wenn Crosby in Basel, dem Sitz der BIS, gesichtet würde, könnte das die Spekulation auf den Plan rufen. London hielt man für besser.

Ein kurzes Telefongespräch über den Atlantik, und es standen Zeit und Ort des Treffens fest: 18. Oktober, vier Uhr nachmittags, im *Savoy*.

2

An ebenjenem 18. Oktober landete Dr. Walter Hofer mit dem Swissair-Flug 168 aus Zürich in London. Es war kurz nach sieben Uhr abends. Nach Verlassen der Maschine eilte er durch die langen Korridore, um die Masse der Passagiere auf dem Weg zu den Einreiseschaltern zu überholen. Keineswegs ein leichtes für Dr. Hofer, da er ungewöhnlich kurze Beine hatte. Bis zur Stunde hatte er seinem Schöpfer diese womöglich absichtliche Benachteiligung nicht verzeihen können.

Alles andere an Dr. Hofer war perfekt. Tadellose Kleidung, silbergraues Haar, vollendet manikürte Hände; ein Gesicht, aus dem Intelligenz, Bildung und Klugheit sprachen. Und ein Auftreten, das kundtat, daß ihn von den Tausenden, die gleichfalls in diesem Augenblick englischem Boden zustrebten, Welten trennten.

Hofer war sich seines »Andersseins« vollauf bewußt. Seine Position als Vorstandsvorsitzender der zweitgrößten Schweizer Bank erforderte das. Er betrachtete seinen Posten nicht als einen bloßen Job, sondern als Berufung. Für ihn gab es kaum einen Zweifel, daß seine Rolle auf lange Sicht von jener Macht vorprogrammiert war, die es sich hatte angelegen sein lassen, eine besonders schirmende Hand über die Bewohner und speziell die Währung seines Landes zu halten.

Der recht malpropere Vertreter der Einreisebehörde maß ihn mit erprobter Geringschätzung, die sich indessen in fast so etwas wie Respekt verkehrte, als er die Berufsbezeichnung in Hofers Paß las.

»Geschäftlich, Sir?« Es war erst das zweite »Sir« dieses Monats, ein Privileg, das raren Ausnahmefällen vorbehalten war.
»Natürlich«, erwiderte Dr. Hofer. Er schien sich der ihm angetanen Ehre überhaupt nicht bewußt zu sein.
Nach zehn ungeduldigen Minuten am Gepäckband und einem Handzeichen des Zollbeamten befand Dr. Hofer sich wieder auf dem Boden privaten Unternehmertums.
»Ihr Wagen wartet draußen, Herr Doktor.« Dem Manager der Londoner Zweigstelle von Dr. Hofers Bank wurde ein mitteleuropäischer Händedruck – fest, aber korrekt – sowie die verantwortungsvolle Aufgabe zuteil, Hofers Reisetasche zu tragen.
Die beiden Herren wechselten auf der Fahrt in die Stadt kaum ein Wort. Daran war nichts Ungewöhnliches. Den Managern ausländischer Zweigstellen wurde selten Einblick in Angelegenheiten gewährt, die das persönliche Eingreifen der Obermacher aus Zürich erforderten. Eine der absolut unerläßlichen Voraussetzungen für eine leitende Stellung in der Bank war das Fehlen jeglicher Neugier, ganz zu schweigen von Phantasie.
Im *Savoy* war die gewohnte Suite reserviert – nach dem Embankment zu, versteht sich. Am Empfang wurden Hofer zwei Benachrichtigungen ausgehändigt. Er öffnete sie oben, nachdem der Gepäckträger gegangen war. Sir Robert Winthrop bestätigte die für den kommenden Vormittag getroffene Verabredung. Der Wagen werde ihn um neun Uhr abholen, und die Besprechung sei für neun Uhr dreißig angesetzt. Sehr gut.
Die zweite Nachricht war offenbar nicht so sehr gut, nach dem Ausdruck zu schließen, den sie auf Dr. Hofers aristokratischen Zügen hervorrief. In Orly herrsche dichter Nebel, und sie könne heute abend nicht kommen.
Damn it, dachte Hofer, und er dachte es tatsächlich auf englisch und mit dem genau richtigen Akzent. Er besaß eine erstaunliche Fähigkeit, sich der Sprache des Landes, in dem er sich gerade aufhielt, mühelos anzupassen. Im Lauf der vergangenen hundert Jahre hatten die Schweizer einen weiten Weg von ihren Kuckucksuhren zurückgelegt.

Claudine war eine der wenigen kleinen Freuden seines Lebens. Er hatte sie vor vier Jahren bei einem Empfang kennengelernt, den der Finanzminister in Paris gegeben hatte. Sie war die Nichte des Stellvertreters des Ministers. Ihre Lebensgeschichte war weder sehr ungewöhnlich noch besonders interessant. Nach einer frühen Ehe und frühen Scheidung widmete sie sich jetzt einer Boutique und einer üppigen Zahl freundschaftlicher Beziehungen. Nachdem sie zusammen mit Dr. Hofer den Empfang verlassen hatte, hatte sie sich der Herstellung eines ziemlich engen Kontakts zum schweizerischen Bankwesen gewidmet. Nicht nur Hofers Ruf und Reichtum waren der Beweggrund gewesen. Sie hatte ein Faible für kleine Männer, obwohl sie selber ungewöhnlich groß war. Besonders für kleine Männer mit Schnurrbärten. Hofer besaß eines der elegantesten Schnurrbärtchen, das jemals die Empfangsräume des französischen Finanzministeriums geziert hatte. Und, wie er beträchtlich später an jenem ersten Abend bewies, er wußte in einer Weise davon Gebrauch zu machen, die Claudines optimistischste Erwartungen übertraf.

Hofer seinerseits flog auf große Frauen, besonders wenn sie auch noch vollbusig waren. Seit Claudine in sein Leben getreten war, bedeutete Paris nicht mehr umständliche Devisenkontrollen, einen ewig schwankenden Franc und Horden von ungehobelten Amerikanern. Nein, die Lichterstadt war zu einem Hafen geworden, einer Stätte der Erquickung, wo Bärtchen und Römernase zwischen den schwellenden Hügeln nie versiegender Wonnen nisten konnten.

Claudine war aufgetaucht, kurz nachdem eine Episode in Dr. Hofers Privatleben ihr höchst unglückliches Ende gefunden hatte. Seine Sekretärin, Heidi, hatte nach Größe und Oberweite genau dem Ideal des alpenländischen Magnaten entsprochen. Außerdem hatte sie ihrem Chef selbst während der Geschäftsstunden Freude und Trost gespendet. Man darf das nicht für so frivol halten, wie es scheinen mag, denn in der Schweiz sind die Geschäftsstunden im Bankgewerbe ungewöhnlich lang. Es war auch nicht so leichtsinnig, wie man vielleicht glaubt. Denn in der

General Bank of Switzerland sind alle Büros der Chefetage mit einem in diesem Land durchaus üblichen Signalsystem ausgestattet. Direkt neben der in ein solches Büro führenden Tür ist ein ganz unauffälliges Lämpchen angebracht. Brennt es, so stellt es für jeden gesetzestreuen Schweizer eine geheiligte Schranke dar, die niemals durchbrochen werden darf, und wäre die Not noch so groß, der Fall noch so dringend.

Aber Glühbirnen können ausbrennen.

Dr. Hofer hatte jetzt einen männlichen Sekretär und bedeutend mehr Verständnis für Astronauten, Rennfahrer und ähnliche Leute, deren Leben ständig den Zufälligkeiten moderner Technik ausgeliefert ist. Nach einer gewissen Periode der Besinnung war ein Teil der Überstunden zunehmend regelmäßigeren interkontinentalen Übernachtungsfahrten gewichen.

*

Und jetzt drohte ihm wegen dieses verdammten Nebels in Paris der Verlust des besseren Teils der vierundzwanzig Stunden in London, die er, wie schon so häufig in der Vergangenheit, mit minuziöser Sorgfalt eingeteilt hatte.

Er griff zum Telefon. »Geben Sie mir bitte Paris, Trocadero 7534. Für Apparat 717-20.«

»Ich rufe zurück, Sir.«

Wenigstens konnten sie einander telefonisch ihr Bedauern aussprechen. Er öffnete den Reißverschluß des Necessaires und verteilte seine Toilettenartikel, elf an der Zahl. Es war nur eine kurze Reise. Er beschloß zu duschen und dann unten zu essen. Nach fünf Minuten klingelte das Telefon.

»Bedauere, Sir, Trocadero 7534 meldet sich nicht, Sir.«

»Dann versuchen Sie es nochmals.«

»Ich habe bereits dreimal durchgeklingelt, Sir, um ganz sicher zu gehen. Es meldet sich niemand.«

»Dann annullieren Sie das Gespräch. Halt, einen Augenblick. Könnten Sie mich jetzt mit Zürich, 51-35-94 verbinden?« Er

legte auf. Dieses Mal kam die Verbindung umgehend zustande.
»Martha, hier ist Walter. Ich bin im *Savoy*, alles in Ordnung«, sagte Hofer.
»Oh, da bin ich aber froh«, erwiderte seine Frau. »Du weißt ja, wie unruhig ich immer bin, wenn du fliegst. Besonders im Herbst und bei diesem Nebel.«
Mein Gott, dachte Hofer, wieder der Nebel.
Seine Frau fuhr fort: »Walter, kommst du bestimmt wie vorgesehen morgen abend zurück? Du hast es mir fest versprochen. Aber es scheint jedesmal irgend etwas dazwischenzukommen, und außerdem . . .«
Hofer hörte nicht mehr weiter zu. Nach fünf Minuten oder so unterbrach er. »Martha, ich erwarte jeden Moment einen Anruf aus New York, wir müssen jetzt aufhören. Es tut mir wirklich leid, daß ich dich wegen dieser Reisen so oft allein lassen muß, aber du weißt ja, daß sie einfach unerläßlich sind. Ich verspreche dir, daß ich, wenn irgend möglich, morgen heimkomme.«
»Ich weiß, Walter«, erwiderte seine Frau. »Und überanstrenge dich nicht.«
Zwanzig Minuten später betrat er den Grillroom. Es war sehr voll, aber der Oberkellner, der sich an Hofer erinnerte, wenn er ihn auch nicht erkannte, fand einen ruhigen Tisch an der Fensterseite in der hinteren Ecke.
Es dürfte das drittemal in zehn Jahren gewesen sein, daß Hofer allein in einem öffentlichen Restaurant speiste. Aber er fand sich damit ab und ließ sich sein Steak »Diana« munden, das er fast so wohlbereitet fand wie im *Carlton* zu Brüssel. Beim Kaffee, der Schweizer Maßstäben natürlich nicht standhalten konnte, studierte er den *Economist*. Als er einmal aufsah, fiel sein Blick auf zwei Herren, die am anderen Ende des recht geräumigen Lokals eifrig ins Gespräch vertieft waren – Herren, die er ziemlich gut kannte.
Sonderbar! Crosby und Bollinger, im Tête-à-tête in London? Er hatte Bollinger erst vor ein paar Tagen in Basel gesehen, und da war keine Rede von einer Zusammenkunft mit Crosby in dieser

Woche gewesen. Natürlich mußte Bollinger als Generalsekretär der Bank für Internationalen Zahlungsausgleich sehr verschwiegen sein. Aber, alles was recht ist! Es war auch ziemlich komisch, daß er nichts von einem Aufenthalt des amerikanischen Finanzministers in London zum gegenwärtigen Zeitpunkt gehört hatte. Crosby war ein Mensch, der sich in Publicity sonnte. Es handelte sich eindeutig nicht um ein Zufallstreffen. Beide zogen von Zeit zu Zeit ein Dokument zu Rate, das Crosby mitgebracht zu haben schien. Feuerrot eingebunden. Nur die Amerikaner brachten so etwas fertig.

Alles Grübeln über die Telefonanrufe, auf die in Paris niemand geantwortet hatte, war jetzt abgetan. Dr. Walter Hofer konzentrierte sich völlig darauf, die mögliche Bedeutung der Szene zu ermessen, die sich am anderen Ende des Lokals abspielte. Er trödelte absichtlich mit seinem Kaffee, bestellte sogar eine zweite Tasse, etwas, das zu seinen abendlichen Eßgewohnheiten in krassem Gegensatz stand.

Endlich standen die beiden auf und wandten sich zum Gehen. Bollinger, nicht der Amerikaner, trug jetzt das rotgebundene Dossier. Beide Herren wirkten äußerst feierlich.

Eine Viertelstunde später lag Hofer im Bett. Aber das seltsame Vorkommnis im Grillroom hielt ihn noch mindestens eine Stunde lang wach. Etwas war im Busch.

3

Am nächsten Morgen um punkt neun Uhr bestieg Dr. Walter Hofer den wartenden Rolls. Eine Viertelstunde später war er in der City. Sir Robert Winthrop empfing ihn bereits am Eingang der Bank. Schlechtes Zeichen. Zuerst eine Zusammenkunft um neun Uhr dreißig, nach Citymaßstäben also beim ersten Hahnenschrei, und jetzt diese persönliche Note.

»Walter! Wie nett, Sie wiederzusehen. Es war reizend von Ihnen, so kurzfristig herüberzukommen.«

»Sie wissen, daß es mir stets ein Vergnügen ist, nach London zu kommen, Sir Robert«, erwiderte Dr. Hofer. »Ist David da?«

»Ja. Wir gehen am besten gleich hinauf in mein Büro, er wartet bereits dort.«

Sie fuhren im eichenpaneelierten Lift zum vierten Stock. Hofer verspürte jedesmal einen nicht ganz leisen Stich von Neid, wenn er diese alteingesessene Geschäftsbank betrat. Alles bei Winthrop's war so geschmackvoll – so beiläufig geschmackvoll. Eigentlich ein Jammer, daß soviel Tradition jetzt an diese zunehmend inkompetenten Bankkaufleute verschwendet wurde. Aber immerhin waren die Leute hier im Hause Winthrop noch die besten aus dem ganzen Haufen in London.

Ein großer Mann stand auf, um Hofer zu begrüßen, als er Sir Roberts Arbeitszimmer betrat. Es war David Mason, Präsident der drittgrößten Bank in New York. Mason war mehr als Bankier. Er war das Establishment. Als standhafter Republikaner hatte er seiner Regierung auf verschiedenen Posten gedient, zuletzt auf Kabinettsebene. Mason hatte das legere Auftreten eminent erfolgreicher Männer. Als jedoch die drei Anwesenden ihre Plätze am Clubtisch eingenommen hatten, wich diese legere Art abrupt äußerster Gespanntheit und Aufmerksamkeit. Der Amerikaner wußte, daß hinter Sir Roberts zur Schau getragenem Adelsstolz eine gute Portion Bauernschläue steckte. Er wußte ferner, daß die von Dr. Hofer demonstrierte Offenheit häufig als Deckmantel für vorsätzlichen Betrug diente.

Die beiden Europäer waren sich völlig einig, was ihren amerikanischen Freund betraf. Wie die Erfahrung so oft gezeigt hatte, konnte dem herzlichen Händedruck binnen weniger Minuten nackte Brutalität folgen. Der unvermeidliche amerikanische Humor war selten vergnüglich, zumal er häufig voll Widerhaken steckte, die als kaum verhüllte Drohungen oder sogar Beleidigungen gedacht waren.

Mit anderen Worten, die Atmosphäre in diesem Raum war ganz typisch für die Mehrzahl der Besprechungen, die Geschäftsleute von dies- und jenseits des Atlantik an einen Tisch bringen. Der Unterschied lag vielleicht darin, daß diese drei Männer seit fast zwanzig Jahren Bundesgenossen waren. Sie trafen sich durchaus nicht zum erstenmal in Sir Roberts ziemlich sonderbarem Arbeitszimmer.

Sir Robert hatte nicht viel für Förmlichkeiten übrig und betrachtete sein Büro in der Bank als, nun ja, eine Art Refugium. Die Einrichtung bestätigte das. Die *pièce de résistance* war das riesige Modell der im Jahr 1936 gebauten Familienjacht. Je mehr man den Blick im Raum schweifen ließ, um so deutlicher zeigte sich die maritime Note. Hier das Porträt eines Mannes in Admiralsuniform; dort ein uraltes Fernrohr auf massiver Rundmontierung. Ein Blick in die Bar hätte einen ungewöhnlich hohen Verhältnisanteil von Rum gegenüber Whisky enthüllt.

Die Erklärung war ganz einfach. Die Familie Winthrop hatte sich im wesentlichen immer zwei Aufgaben gewidmet: der Flotte und den Finanzen des Britischen Weltreichs. Sir Robert war, dank der Einsichtigkeit seines Vaters, der schon früh die recht beschränkte intellektuelle Kapazität seines jüngeren Sohnes erkannt hatte, von der Familie als Hüter der Meere abgestellt worden. Der ältere Bruder, James, übernahm die Bank. Robert war glücklich gewesen in der kernigen Kumpanei an Bord, bis das Schicksal in Form des arg vorzeitigen Ablebens seines Bruders zugeschlagen hatte. Über Nacht wurde Robert zum Bankier. Doch obwohl er die Klippen recht und schlecht umschiffte, blieb die Sache ihm im Innersten fremd. Nie hatte er sich gedrängt gefühlt, wegen fallender Gewinne schlaflose Nächte zu verbringen oder sich über den Sturz eines Konkurrenten diebisch zu freuen. Er blieb standhaft bei seinem Glauben, daß ein Winthrop, komme was da wolle, sich immer über Wasser halten werde. Er war willens, seine Zeit am Ruder abzudienen, aus Pflichtgefühl, nicht zum Vergnügen.

*

Dieser Vormittag lief ein bißchen zäh vom Stapel. Zum Anbieten von Drinks war es noch zu früh, und der Ernst der Stunde verbot entschieden ein allzu langes Verweilen bei unverbindlichem Geplauder. Nach Sir Roberts Empfinden galt es, den Kern der Sache direkt und ohne Umschweife anzusteuern. Also legte er los.

»Gentlemen, da ich die Ehre habe, bei unserer Zusammenkunft Gastgeber zu sein, möchte ich zunächst feststellen, daß wir nur zwei Punkte auf der Tagesordnung haben, nämlich Transcontinental Airlines und Canadian and Western Oil. Ich schlage vor, daß wir direkt in die Besprechung eintreten.«

Walter Hofer und David Mason nickten Zustimmung, und Sir Robert fuhr fort.

»Die Situation bei Transcontinental, die unser amerikanischer Kollege uns vor einiger Zeit vortrug, hat für meine Bank ein sehr ernstes Problem geschaffen. Ich möchte die Vorgeschichte kurz für Sie, Walter, zusammenfassen. Die Gesellschaft geriet, wie so viele Fluggesellschaften, aufgrund massiver Materialkäufe und nahezu stagnierender Passagierzahlen, in sehr ernste Liquiditätsschwierigkeiten. Zahlungsverpflichtungen – und auf der anderen

Seite ungenügende laufende Einnahmen. Transcontinental hat von jeher in erster Linie mit der Republican Bank in New York als Hausbank gearbeitet, und David gehört deren Vorstand an. Er verschaffte der Gesellschaft bei seiner Bank den Höchstkredit, nämlich 80 Millionen Dollar, und war ihr darüber hinaus behilflich, im Lauf der Jahre recht ansehnliche Kredite bei anderen Banken aufzunehmen. Aufgrund der ungewöhnlichen Umstände konnte die Gesellschaft ihre Liquidität noch immer nicht wiederherstellen, und unser amerikanischer Kollege war der Gesellschaft behilflich, weitere 50 Millionen Dollar in Europa aufzutreiben. Das Haus Winthrop erklärte sich bereit, als geschäftsführendes Konsortialmitglied in London zu fungieren, um die Zweijahrespromessen zu plazieren, die als Vehikel für die Beschaffung dieser Gelder gewählt wurden.«
Sir Robert konzentrierte seine Aufmerksamkeit jetzt auf David Mason.
»Wir haben uns mit unserem Namen sehr kräftig für diesen Zweck eingesetzt, dennoch erwies es sich für uns als schwierig, ein Konsortium zusammenzustellen. Schließlich gelang es uns nach mancherlei Klimmzügen, den Großteil der Papiere unterzubringen. Auf dem Rest sitzen wir noch immer.«
Winthrop ließ den Blick wieder zu Hofer wandern.
»Ende letzter Woche nun ließ David mich wissen, daß die Gesellschaft sich nicht in der erhofften Weise erholt. Es besteht eine reale Möglichkeit, daß Transcontinental innerhalb der nächsten sechs Monate ihre Zahlungsunfähigkeit erklären muß. Das jedenfalls meint David. Und ich glaube, wir haben keinen Grund, seine Meinung in Frage zu stellen. Er ist schließlich zweiter Vorstandsvorsitzender der Gesellschaft.«
Bei diesen Worten zuckte David Mason leicht zusammen. Sir Robert wußte ganz genau, daß Mason als einer der Direktoren der Gesellschaft vielleicht einige Vorschriften umgangen hatte, als er seiner Meinung Ausdruck verlieh – obgleich es sich natürlich um eine rein private Meinung handelte.
Sir Robert fuhr unangefochten fort: »David hat mich in aller

Offenheit seines tief empfundenen moralischen Verantwortungsbewußtseins und Bedauerns versichert, es scheint jedoch leider so, daß er uns im Moment keine Hilfe sein kann. Vielleicht könnten Sie sich ein wenig ausführlicher zu diesem Aspekt der Bescherung äußern, David.«

Sir Robert war höchlichst erleichtert, daß er sich der Sache in so prächtiger Ordnung entledigt hatte. Normalerweise wurde er nicht mit derart schwierigen Details belastet. Sein äußerst fähiges Management hatte ihm wiederholt – seit nunmehr vielen Jahren – versichert, daß sein Genie im großen Überblick liege, im Umreißen des Grundsätzlichen, in der Beschwichtigung des erbosten Kunden. Die profaneren Aspekte des Bankgeschäfts überließ man in der Tat besser seinen Leuten. Aber heute hatte Sir Robert keine Wahl. Das alles ging ein bißchen zu nah an den Nervus rerum.

Der Präsident der Republican Bank in New York, neunundfünfzig Jahre alt, mit einem Elfer-Handicap, fünf Enkeln und einem leichten Katzenjammer, hätte ebenfalls diese einigermaßen peinliche Diskussion gern anderen überlassen, aber leider ...

»Nun, ich glaube eigentlich nicht, daß die Situation längerer Auslassungen bedarf«, sagte Mason. »Meine Bank ist mit den bisher ausstehenden 80 Millionen Dollar an der gesetzlich höchstzulässigen Kreditgrenze angelangt. So gern ich also sowohl noch weitere Mittel dieser Gesellschaft zuführen, wie unserem Freund, Sir Robert, einen Teil jener Papiere abnehmen möchte, so sehr bedauere ich es, daß mir weder das eine noch das andere möglich ist. Es wird uns ohnehin nicht leichtfallen, die bereits bei uns anstehende Summe zu rechtfertigen, auch ohne daß wir noch mehr zulegen. Sollte diese Fluggesellschaft ins Gras beißen, so müßten wir für das an sie gegebene Darlehen nächstes Jahr eine Sonderrückstellung von mindestens 40 Millionen Dollar bilden. Uncle Sam wird für die Hälfte aufkommen, aber die andere Hälfte muß direkt aus den Gewinnen gedeckt werden. Was bedeutet, daß die Aktionäre nach Blut schreien würden. Nach meinem Blut.«

Mason seufzte, ehe er weitersprach. »Ja, das wär's in etwa, Robert. Wir haben Sie in diese Sache 'reingezogen, aber ich fürchte, daß wir Sie im Moment nicht wieder 'rausziehen können. Die Situation der Transcontinental ist keineswegs hoffnungslos. Es kann durchaus sein, daß sie den Engpaß überwindet. Aber wenn die Leute hier in London wegen dieser Promessen kalte Füße kriegen und die Sache sich herumspricht, dann sitzen wir alle in der Tinte – und nicht zuwenig.«

David Mason lehnte sich zurück. Offenbar erwarteten sowohl er wie Sir Robert, daß ihr alter Freund aus Zürich den Ball aufnahm. Hofer schien jedoch gegen diese Erwartung blind und taub zu sein. Er langte über den Tisch und nahm sich eine Zigarre. Bald war er völlig in das Ritual des Anzündens vertieft.

Der Vormittag erwies sich wirklich als außergewöhnlich strapaziös für Sir Robert, denn es blieb ihm nichts übrig, als wiederum das Wort zu ergreifen.

»Nun, ich glaube, Sie beide sollten wissen, daß das Haus Winthrop sich gegenwärtig in einer äußerst heiklen Lage befindet. Wenn der Markt hier, wie Sie sich ausdrückten, David, wegen der Transcontinental-Papiere kalte Füße bekommt, so bedeutet das, daß uns zum drittenmal in drei Jahren eine Bombe größeren Kalibers träfe. Wie Sie wissen, mußten wir unsere Partnerfirmen und unsere Kunden 1970 in das Fiasko von Penn Central hineinziehen. Vergangenes Jahr, nur drei Monate, nachdem wir die erste Anleihegarantie für eine neue 20-Millionen-Pfund-Emission der Zambian Nickel Mines übernommen hatten, erwies sich die ganze Geschichte von diesen gewaltigen Erzvorkommen als glattes Märchen. Verdammt peinlich, die Sache. Die City hat auf die erste Affäre recht anständig reagiert. Schließlich kann selbst Winthrop's ein- bis zweimal in hundert Jahren einen Schnitzer machen. Aber den Minenreinfall haben sie schon weit weniger gut aufgenommen. Wenn nun noch Transcontinental baden geht, dann dürften wir für eine Weile vom Effekten-Emissionsgeschäft ausgeschlossen sein. Es gibt für uns nur eins: Wir müssen dieses von uns gestützte Papier wieder aus dem Markt neh-

men. Wir werden es knapp unter Pari zurücknehmen müssen. Mit anderen Worten, wir bleiben auf den ganzen 50 Millionen Dollar der ursprünglichen Ausgabe sitzen – Stücke, die, wenn nicht überhaupt wertlos, so doch in den nächsten Jahren kaum einlösbar sind. Dies, Gentlemen, würde unsere Liquidität erschöpfen. Wir können es uns einfach nicht leisten, über einen solchen Geldbetrag auf unbestimmte Zeit nicht zu verfügen.«
Sir Robert Winthrop hätte nach dem Eingeständnis, daß die Bank, die er in den letzten zwanzig der immerhin 267 Jahre ihres Bestehens geleitet hatte, möglicherweise vor einer Katastrophe stand, eigentlich recht niedergeschmettert wirken müssen. Doch kein Anzeichen auch nur leisesten Unbehagens trübte die Heiterkeit seiner Züge. Er erhob sich und nahm das leicht angestaubte Telefon auf seinem Schreibtisch ab. »Mary, könnten Sie uns bitte Kaffee bringen lassen?«

*

Auf der Stelle erschien ein recht hübsches Mädchen, und während sie sich mit den Tassen zu schaffen machte, lief Hofers Hirn auf Hochtouren. Die Situation war klar. Mason hatte Sir Robert in eine verflixte Klemme gebracht und konnte ihm nicht wieder heraushelfen. Wenn das Haus Winthrop hops ginge, würde David Mason in Europa erledigt sein. Sir Roberts Bürde würde nur dann leichter werden, wenn ihm jemand eine ansehnliche Portion dieser Transcontinental-Stücke abnahm – und zwar schnell. Und beide erwarteten, daß er, Hofer, dieser Mann sei. Besonders Mason. Denn der Amerikaner wußte genau, daß ohne seine massive Intervention vor ein paar Jahren in Washington die Leute dort mit allen zur Verfügung stehenden Waffen den Schweizer Banken zu Leibe gerückt wären. Dies hätte den Verlust von jährlich mindestens einer Milliarde Dollar in neuen Einlagen seitens der steigenden Zahl von Amerikanern bedeutet, die endlich die Segnungen des schweizerischen Bankgeheimnisses schätzengelernt hatten.

Er würde also einspringen müssen. Die einzige noch offene Frage war Art und Höhe der Gegenleistung. Hier lag zweifellos der Grund für den zweiten Punkt der Tagesordnung – Canadian and Western Oil.

David Mason wandte sich, nachdem er zwei Stücke Zucker in seinen Kaffee getan hatte, direkt an Hofer. »Walter, Sie werden inzwischen erfaßt haben, daß wir in dieser Lage um Ihre Hilfe bitten möchten. Robert hegte schwere Bedenken gegen ein solches Ansinnen, da es sich um recht beträchtliche Summen handelt. Aber ich versicherte ihm, daß wir meiner Ansicht nach auf Ihren Beistand rechnen könnten, solange wir das Problem völlig realistisch angehen.«

Hofer brach endlich sein Schweigen. »Kein Zweifel, der Betrag ist äußerst hoch, selbst für uns. Glücklicherweise habe ich weder ein Liquiditätsproblem wie Sie, Sir Robert, noch stehe ich vor der Notwendigkeit, unverzüglich solche ungeheuren Rückstellungen für gefährdete Vermögenswerte zu bilden, wie es bei Ihnen, David, in Amerika erforderlich ist. Trotzdem: falls wir beschließen sollten, uns am Aus-dem-Markt-Nehmen der Transcontinental-Papiere zu beteiligen, müßte früher oder später die Zeche bezahlt werden. Und die könnte sich als außerordentlich teuer erweisen, wenn die Regierung der Vereinigten Staaten nicht eingreift, falls diese Fluggesellschaft in Konkurs geht – was höchstwahrscheinlich ist.«

»Aber glauben Sie nicht, daß eine Lösung gefunden werden kann?« fragte Sir Robert.

»Ich halte es nicht für unmöglich. Ich kann Ihnen jedoch keine verbindliche Zusage geben, Sir Robert, ehe Sie einen ganz präzisen Vorschlag unterbreiten und mir hinlänglich Zeit einräumen, damit ich Ihr Projekt mit meinen Kollegen in Zürich studieren kann.«

»Moment mal«, warf David Mason ein, »ich hielte es für ratsamer, wenn wir zunächst den zweiten Punkt der Tagesordnung ansprechen, ehe wir ins einzelne gehen.«

Mason kannte Dr. Walter Hofer. Vorausgesetzt, der Preis – Hofer sprach natürlich immer von Kosten – stimmte, konnte er noch vor Tagesende eine glatte Zusage geben. Wenn Hofer etwas beschloß, dann wurden seine sogenannten Kollegen zu Hause in Zürich nicht einmal zu Rate gezogen. Sie wurden bei der nächsten Sitzung des geschäftsführenden Vorstands vorschriftsmäßig informiert, und damit hatte sich's.

Hofer brach wiederum sein Schweigen. »Ich halte Ihren Vorschlag für sehr vernünftig, David. Was geht bei Canadian and Western vor? Ich kann mir nicht recht denken, daß sie gleichfalls insuffizient zu werden drohen.«

»Die Sache ist die, Walter«, erwiderte Mason, »Robert und ich haben beide ein gewisses Interesse an dieser Firma, direkt oder indirekt. Wir werden es Ihnen erklären.«

Die Erklärung dauerte nicht lange. Winthrop hatte der britisch-kanadischen Firma viele Jahre lang als Finanzberater gedient. Diese Geschäftsverbindung ging auf die Mitte der fünfziger Jahre zurück, als die Handelsbank die ersten Aktien der Gesellschaft auf dem Londoner Markt eingeführt hatte. Mehr als ein Jahrzehnt hindurch war die Firma relativ unbekannt geblieben, bis um den Athabaska-See bedeutende Ölvorkommen entdeckt wurden. Über Nacht hatte der beträchtliche Landbesitz der Firma in diesem Gebiet einen Wert, oder zumindest einen potentiellen Wert von ungeheueren Ausmaßen erlangt. Es war jedoch bekannt, daß diese Entwicklung die Fähigkeiten des Firmenmanagements haushoch überforderte. Es war ferner bekannt, daß kein Führungswechsel in Aussicht war. Der englische Gründer der Firma und ihr erster und einziger Vorsitzender leitete die Gesellschaft mit eiserner Hand und mit profundem Abscheu vor Hast oder Veränderungen. So hatten die Anleger nach anfänglicher echter Begeisterung allmählich das Interesse an den Aktien der Gesellschaft verloren. Bei dem Tempo, das Canadian and Western vorlegte, würde das Erdöl unter dem Firmengrund noch im Jahr 2000 genauso dort schlummern. Die Tatsache, daß Winthrop die Bankverbindung der Firma war, festigte noch die Überzeugung, daß die Dinge sich äußerst langsam entwickeln würden.

Doch der HERR, der unsere Werke fördert, hatte in Seiner Weisheit sich erbarmt. Erst vor einem Monat hatte der Präsident der Firma Sir Robert mitgeteilt, daß er in Kürze an Krebs sterben werde. Er beauftragte das Haus Winthrop, sich nach einer Fusionsmöglichkeit mit einer größeren internationalen Erdölgruppe umzusehen. Offenbar kannte der Mann die Schwäche seines Firmenstabs. Er wollte vor seinem Abtreten von der Bühne die Zukunft der Firma sichern.

Sir Robert Winthrop hatte das Angebot augenblicklich an den Präsidenten der Republican Bank of New York, seinen Freund David Mason, weitergegeben. Denn Mason war, neben seiner Zugehörigkeit zum Vorstand der Transcontinental Airlines, seit Jahren in gleicher Eigenschaft der Firma Oriental Oil verbunden, die übrigens der bedeutendste Einzelkunde seiner Bank war. Oriental war sofort ernstlich interessiert. Canadian and Western war praktisch für ein Butterbrot zu haben. Die Aktien wurden am Londoner Platz knapp unter 2 Pfund Sterling gehandelt. Sie waren allein schon aufgrund des Landbesitzes der Gesellschaft das Doppelte wert. Oriental war bereit zu einer Übernahme-Offerte auf der Basis von 4 Pfund Sterling, unter der Bedingung, daß der Präsident für sämtliche Anteile, die er entweder als direkter Inhaber oder durch einen Mittler kontrollierte, die »Voraus-Annahme« erklären würde. Um das Angebot attraktiver zu machen, sollten getrennte Vereinbarungen getroffen werden, die jedem einzelnen Mitglied der derzeitigen Firmenleitung langfristige Amtsausübung garantierten und Erweiterungen – und nicht etwa einen Abbau – des jetzigen Vorstandes vorsahen.

Die Offerte war noch nicht ergangen. Aber David Mason wußte, daß sie in Bälde ergehen würde. Erst in der vergangenen Woche hatte er nämlich an der Vorstandssitzung von Oriental Oil teilgenommen, bei der über die genauen Bedingungen abgestimmt worden war. Sir Robert hatte ihm bereits versichert, daß das von Mason umrissene Angebot den Segen des Präsidenten und aller aktiven Gesellschafter bekommen werde. Ihre Annahme der Offerte werde zweifelsfrei auch die Zustimmung der Aktionäre von Oriental garantieren.

Laut Mason sah Oriental Oil sich zur Zeit nach einer Geschäftsbank in London um, die das Übernahmeverfahren abwickeln könnte. Man erwartete, daß die Offerte in dreißig bis vierzig Tagen offiziell würde. Die Methode, zwischen fusionierende Firmen zwei Geschäftsbanken einzuschalten, war den Amerikanern neu, in London hingegen das Übliche. Im allgemeinen bewährte sie sich. Denn die Londoner Geschäftsbanken dienten den Firmen unter ihren Kunden nicht nur als ständige Finanzberater, sie hatten sehr häufig auch die Funktion von Anwälten, Ärzten und in heiklen Situationen sogar von Beichtvätern britischer Aktiengesellschaften. Sie waren folglich die idealen Eheberater. Das ganze System steht und fällt natürlich mit der Diskretion dieser Banken und der selbstverständlichen Voraussetzung, daß sie niemals Inside-Informationen zu ihrer eigenen Bereicherung benutzen würden. Es wäre zum Beispiel im vorliegenden Fall für Sir Robert oder seine Bank völlig undenkbar gewesen, selber die Aktien der Canadian and Western Oil auf der Basis von 2 Pfund Sterling aufzukaufen, in der sicheren Kenntnis, daß sie schon in wenigen Wochen für 4 Pfund oder mehr an Oriental Oil verkauft werden konnten. Das wäre gegen die Spielregeln gewesen, wie sie der City Code on Takeovers and Mergers verstand.
Es war gleichermaßen unvorstellbar, daß der Präsident der Republican Bank of New York einen solchen Gedanken auch nur eine Sekunde lang erwogen hätte; vor allem, weil der Mißbrauch von Inside-Informationen in den Vereinigten Staaten zumindest theoretisch unter Strafe steht. Selbstverständlich ist ein solcher Mißbrauch schwer nachzuweisen. Aber man konnte heutzutage gar nicht vorsichtig genug sein.
Hofer waren solche Traumata erspart. Die Schweiz besaß weder Traditionen noch Gesetze so lächerlichen Inhalts. Wenn ein Insider beschloß, eine Information zu nutzen, die aufgrund der ihm in einer Aktiengesellschaft zufallenden Verantwortung sein rechtmäßiger Besitz war, so war es nur recht und billig, wenn er sein Wissen in entsprechendem Umfang verwertete. Desgleichen hatten die Gesetze anderer Länder Hofer nicht das geringste vor-

zuschreiben. Die Schweiz, und insonderheit ihre Bankiers, waren keine Missionare fremder Interessen. Wenn die betreffende Regierung ihren Gesetzen nicht Geltung zu verschaffen oder keine praktikablen Gesetze zu erlassen vermochte, so war das ihr Fehler. Aber Hofer kannte die seelischen Klimmzüge, zu denen seine angelsächsischen Kollegen angesichts verzwickter Probleme gezwungen waren, die sich nicht durch legale Winkelzüge lösen ließen. Die Erfahrung hatte ihn die Notwendigkeit gelehrt, seinen Partnern einen Ausweg zu ebnen, der ihnen alle eventuellen künftigen Gewissensnöte ersparte. Also stellte er am Ende von David Masons langem Monolog die Frage, auf die seine beiden Gesprächspartner warteten.

»Das ist alles sehr interessant, David. Ich verstehe gut, wie wichtig es ist, daß Sie diese ganze Transaktion aufs umsichtigste mit Sir Robert abstimmen. Aber wo kann die General Bank of Switzerland behilflich sein?«

Mason erklärte feierlich: »Nun, wie Sie gewiß bestätigen werden, kann man nie völlig sicher sein, ob eine Übernahme-Offerte für den Verkäufer in der vorgeschlagenen Form voll akzeptabel ist. Das derzeitige Konzept von Oriental Oil geht dahin, das Ganze auf Papier-Basis abzuwickeln – es handelt sich also um eine reine Anteil-gegen-Anteil-Transaktion. Die jetzigen Inhaber von Canadian-and-Western-Effekten würden eine neue Oriental-Oil-Aktie für je zehn alte Canadian and Western erhalten.«

Hofer stellte blitzschnell die Rechnung auf. Richtig. Das würde, unter Zugrundelegung der gestrigen Schlußkurse, den neuen Marktwert von Canadian and Western nach der Übernahme auf fast genau 4 Pfund Sterling pro Aktie stellen.

David Mason fuhr fort: »Es mag sich jedoch als notwendig erweisen, eine Bargeldspritze zu verabreichen. Im Moment wissen wir es noch nicht. Meine Frage geht dahin, ob Sie gegebenenfalls bereit sein würden, Oriental ein sehr kurzfristiges nichtlombardiertes Darlehen von, sagen wir, 50 Millionen Dollar zur Überbrückung zu gewähren, wenn bei dieser Operation Bargeld benötigt werden sollte? Nach meinem Dafürhalten dürfte die Gesell-

schaft diese Mittel nicht länger als neunzig Tage benötigen. Sie würde vermutlich einverstanden sein, 0,75 Prozent über den Satz der dreimonatigen Eurodollar-Rate in London zu zahlen.«
Hofer wußte verdammt gut, daß Oriental-Oil so wenig an Bargeldknappheit litt wie die Bank von England. Doch hiermit war der Kreis geschlossen – und noch dazu sehr elegant.
Hofer erwiderte: »David, lassen Sie mich bitte kurz in Zürich anrufen, um festzustellen, ob ein solches Arrangement realisierbar ist. Sir Robert, würden Sie die Güte haben, durch Ihre Sekretärin sofort ein Gespräch anmelden zu lassen? Apropos, David, wann würde Oriental die Gelder voraussichtlich benötigen?«
»Ich schätze am 1. Januar«, antwortete Mason mit jener Promptheit, die für erfolgreiches Arbeiten im Bankgewerbe so unerläßlich ist.
Hofer wechselte auf einen Sessel vor Sir Roberts Schreibtisch über und wartete, daß der Anruf durchkam. Die beiden anderen Herren hatten im Hintergrund ein Golfgespräch begonnen. Sir Robert wußte, daß es unter amerikanischen Managern der letzte Schrei war, ihre Geschäftsreisen nach Europa mit einem Wochenende auf den schottischen Golfplätzen zu kombinieren, und hatte bereits die entsprechenden Vorbereitungen getroffen. Er gehörte nicht zu denen, die amerikanische Usancen ächteten, schon gar nicht, wenn 50 Millionen in recht suspekten Papieren im Spiel waren.
Hofers Telefonanruf war natürlich vollkommen überflüssig, aber er verschaffte ihm Zeit, nochmals im Geist seine Berechnungen nachzuprüfen. Sein Sekretär hatte ihn bereits im Anschluß an Sir Roberts Anruf, mit dem der Engländer ihm die Punkte der Tagesordnung mitgeteilt hatte, gründlich informiert. Canadian and Western hatten 75 Millionen Anteile ausgegeben. Etwa 30 Prozent davon lagen fest, entweder im Besitz oder unter Kontrolle des Präsidenten der Gesellschaft oder in britischer Treuhandverwahrung, und waren daher nicht im Handel. Aber kleinere Pakete auf dem Kontinent würden zu haben sein. Er schätzte, daß er mittels dreier Telefonanrufe ungefähr vier

Millionen Anteile gegen ein Aufgeld von 5, notfalls 10 Prozent über den gegenwärtigen Kurswert beibringen könnte. Ausgehend vom mittleren Umsatz der Canadian-and-Western-Aktien an der Londoner Börse im vergangenen Halbjahr schien es ferner denkbar, daß er im Lauf des nächsten Monats weitere drei, vielleicht dreieinhalb Millionen auf dem freien Markt kaufen könnte, ohne den Preis hochzutreiben. Dann hielte er, zusammen mit den Paketen, etwa 10 Prozent aller ausgegebenen Stücke der Gesellschaft in Händen, ehe das Übernahmeangebot publik werden würde. Was, *grosso modo*, einen Schnitt von mehr als 15 Millionen Pfund oder 36 Millionen Dollar bedeutete. Und damit wäre er in der Lage, Sir Robert ebendiesen Betrag – sagen wir 35 Millionen Dollar – an Transcontinental-Papieren abzunehmen. Seine schnelle Analyse des Kassenberichts von Transcontinental hatte zweifelsfrei ergeben, daß die Gläubiger selbst für den Fall einer Liquidierung der Firma mit mindestens 40 Cents pro Dollar rechnen durften. Das bedeutete 14 bis 15 Millionen Dollar Bruttogewinn im allerungünstigsten Fall, abzüglich der Kosten für die Bindung der Mittel in Transcontinental-Papieren auf etwa zwei bis drei Jahre, also maximal 7 Millionen Dollar. Blieben folglich . . .

Als das Gespräch durchkam, stellte Hofer eine Reihe von Fragen bezüglich des Liquiditätsplans der Bank im kommenden Quartal und schien zufriedenstellende Antworten zu erhalten. Die Scharade war perfekt.

Er kehrte an den Tisch zurück und lauschte höflich der letzten Phase des Golfgesprächs. Dann beschloß er, keine Zeit mehr zu verschwenden. »Meine Herren, ich glaube, ich kann Ihnen in beiden Punkten der heutigen Tagesordnung behilflich sein.«

Weder Sir Robert Winthrop noch David Mason schienen übermäßig erstaunt. »Erstens, wir sind bereit, Oriental die 50 Millionen Dollar unter den von Ihnen, David, vorgeschlagenen Bedingungen zu verschaffen. Es wird sich dabei um eine mündliche Zusage handeln, von mir persönlich, die bis zum 15. Januar Gül-

tigkeit hat. Bitte lassen Sie mich rechtzeitig wissen, ob Sie über den Betrag disponieren wollen. Eine Bereitstellungsgebühr wird nicht erhoben. Zweitens werden wir Ihnen, Sir Robert, angesichts der ernsten Lage, in der Sie sich befinden, bis zu 35 Millionen Dollar Transcontinental-Anteile abnehmen. Ich werde unserem Effektenbüro Anweisung erteilen, bis Ende des Jahres alle von Ihnen ergehenden Angebote bis zu dieser Höhe zu übernehmen. Natürlich werden Sie verstehen, daß wir, entsprechend unserem üblichen Geschäftsgebaren, die Käufe über verschiedene Treuhandagenturen tätigen. Der einzige Vorbehalt ist der, daß wir nicht mehr als 90 pro Anteil zahlen werden.«
Dieser Einfall war dem trefflichen Doktor im Moment gekommen. Wenn er die Anteile zu 10 Prozent unter Parität bekäme, würde das ein zusätzliches Polster von einigen Millionen Dollar schaffen. Man wußte nie. Dieser alte Fuchs Robert hatte ohnehin seine Schwierigkeiten bestimmt kräftig übertrieben.
»Wenn Sie gewillt sind, mein Wort als Zusage gelten zu lassen, meine Herren, dann dürften sich meiner Ansicht nach weitere Diskussionen über beide Gegenstände erübrigen.«
Die Antwort war eindeutig positiv. Nichts auf der Welt konnte größere Geltung haben als Dr. Walter Hofers Wort. Dankesbezeigungen wurden pflichtschuldigst gewechselt, aber keine Händedrücke. Sir Robert hegte eine entschiedene Abneigung gegen diesen ausländischen Brauch. Das Gespräch wandte sich wieder dem Golfspiel zu und ging dann zu den Zinssätzen über.

*

Da die Mittagsstunde nahte, schlug Sir Robert vor, zum Lunch zu schreiten. Der Speiseraum war exquisit. David Mason und viele seiner Kollegen in New York, Chicago und San Francisco hatten versucht, die Einrichtungen zu kopieren, über die jede bessere Bank in London verfügt. Das Ergebnis war in fast allen Fällen katastrophal gewesen, zumindest für das einigermaßen kritische Auge. Weniger höfliche Leute bezeichneten es als Tinnef. Nach

Hunderten von Jahren hatten es die Amerikaner noch immer nicht zu natürlicher Eleganz gebracht.
Sir Robert bot Sherry an. Er bat um Entschuldigung, weil er keinen der leitenden Herren der Bank zu diesem Lunch gebeten hatte. Er habe nicht gewußt, daß der geschäftliche Teil so schnell abgewickelt sein würde, und sich auf eine Fortführung der Gespräche nach dem Essen eingerichtet. Weder Dr. Hofer noch David Mason schienen besonders traurig.
Die Lammkoteletts waren ausgezeichnet und der Wein erlesen. Walter Hofer kam nie darüber hinweg, daß man eine gute Flasche französischen Wein oft leichter in London bekommen konnte als in Zürich. Nachdem der Kaffee serviert war, schnitt er sehr behutsam das Thema an, an dem er während der ganzen Mahlzeit gekaut hatte.
»David, haben Sie zufällig eine Ahnung, was Ihr Finanzminister in dieser Woche in London zu tun hat?«
Mason erwiderte: »Nein, ich bin sogar fest überzeugt, daß er nicht hier ist, sondern in Washington.«
»Ich habe ihn aber gestern abend im *Savoy* gesehen.«
»Sonderbar.«
»Ja, das habe ich mir auch gedacht.«
Hofer wandte sich an Sir Robert Winthrop. »Noch etwas Seltsames. Ich habe gestern abend auch Bollinger von der Bank für Internationalen Zahlungsausgleich hier gesehen. Wissen Sie vielleicht, Robert, ob zur Zeit irgendein Treffen in London stattfindet, das seine Anwesenheit erforderlich macht?«
»Nicht daß ich wüßte«, erwiderte Winthrop.
Sowohl Sir Robert wie David Mason waren jetzt in höchster Alarmbereitschaft. Es sah Dr. Walter Hofer überhaupt nicht ähnlich, Klatsch zu verbreiten. Hofer spannte sie nicht auf die Folter. Er wiederholte jede Einzelheit der Szene, deren Augenzeuge er am Vorabend im Grillroom gewesen war, und legte dabei besondere Betonung auf das rotgebundene Dossier, das augenscheinlich unter amerikanischer Obhut in das Lokal gelangt war und es in den Händen des Mannes aus Basel wieder verlassen hatte.

»Verdammt sonderbar«, schloß Sir Robert. »Wenn Sie Wert darauf legen, könnte ich mich vielleicht erkundigen und –«
Hofer unterbrach ihn, etwas, das er selten tat. »Nein, ich würde vorziehen, daß diese Sache ausschließlich, ich betone, ausschließlich unter uns bleibt. Ich nehme an, ich habe Ihr Wort darauf.«
Anschließend umriß er äußerst bündig seine Meinung über den möglichen Zweck der Zusammenkunft im *Savoy*.
Sie verabredeten, über den Fall in Kontakt zu bleiben.
Sir Robert brachte die beiden Herren in ihre Hotels zurück; er setzte zuerst Walter Hofer im *Savoy* ab und fuhr dann mit David Mason weiter zum *Claridge*. »Robert«, sagte Mason, als sie dort anlangten, »wie wär's, wenn Sie mit 'reinkämen und einen kleinen Scotch mit mir tränken?«
»Nichts dagegen. War schließlich ein bemerkenswerter Tag.«
Der Chauffeur wurde angewiesen, zu warten, und die beiden Herren betraten durch die Drehtür das Hotel. Der Portier überreichte David Mason zugleich mit seinem Schlüssel ein ganzes Bündel telefonischer Benachrichtigungen. Mason warf nicht einmal einen Blick darauf. Seine Suite lag im dritten Stock, und nach einer qualvoll langsamen Auffahrt und einem langen Marsch, der sie um mindestens fünf rechtwinkelige Biegungen des Korridors führte, waren sie endlich am Ziel.
»Der reinste Karnickelbau, dieses Hotel«, kommentierte Sir Robert.
»Ja, aber die Ausstattung der Räumlichkeiten hat in Europa nicht ihresgleichen«, erwiderte Mason.
Sir Robert hängte bedächtig Mantel und Hut auf, und innerhalb weniger Minuten hielt er wieder einmal ein Glas in der Hand – einen sehr steifen Whisky, natürlich mit zuviel Eis.
»Auf das Wohl unseres Freundes Walter Hofer«, sagte Sir Robert.
Mason hob sein Glas ganze zwei Zentimeter und sprach: »Ein aufgeblasener Frosch, was?«
»Ja, aber er versteht sein Geschäft. Unheimlich tüchtig. Wissen Sie, diesen Burschen vom Festland kann man nie und nimmer wirklich trauen.«

»Robert«, lachte Mason, »das predigen Sie mir schon seit zwanzig Jahren. Ach, ich hatte noch gar nicht Gelegenheit, Ihnen den neuesten Witz zu erzählen, der in New York zur Zeit die Runde macht – nach Ihrem Geniestreich mit Zambian Nickel Mines, versteht sich.«

Winthrop zuckte zusammen. Jetzt kommt's, dachte er.

»Also, da macht ein Bankier eine Kreuzfahrt in der Südsee und fällt über Bord. Seine Freunde beobachten voll Entsetzen, wie ein Hai stracks auf ihn zuschwimmt. Sie sind darauf gefaßt, daß er bei lebendigem Leib aufgefressen wird. Aber fünf Meter vor dem Mann macht der Hai kehrt und verschwindet so blitzschnell, wie er aufgetaucht ist. Der Bankier klettert an Bord zurück, und seine Freunde schreien: ›Ein Wunder!‹ – ›Unsinn‹, lautet die Antwort, ›Korpsgeist.‹«

Winthrop stimmte in Masons schallendes Lachen ein. Bei dem Haufen Geld, der heute auf dem Spiel gestanden war, hätte Sir Robert notfalls auch radgeschlagen.

Aber einmal kommt jeder dran, dachte er. Seine Frau wurde immer leichenblaß, wenn sie Robert bei seiner »Verbrüderungsnummer« erwischte. Frauen konnten nur selten kleine taktische Rückzüge verwinden. Sie besaßen kein höheres strategisches Talent. Aber Erklärungen führten zu nichts. Die Zeiten hatten sich eben geändert. Sie würden sich wieder ändern.

Mason steuerte die diskret getarnte Bar auf der anderen Seite des Zimmers an. »Noch ein Glas?« fragte er. Das erste hatte genau zwei Minuten vorgehalten.

»Warum nicht«, erwiderte Sir Robert und fuhr dann fort: »Sagen Sie, was halten Sie eigentlich von der kleinen Geschichte, die Hofer uns nach dem Lunch erzählt hat?«

»Ich halte sie für wahr. Hofer würde kaum wagen, eine solche Erfindung aufzutischen.«

»Das meine ich nicht. Ich spreche von seinen Schlußfolgerungen.«

»Offenbar haben seine Schlußfolgerungen nicht bloß den kleinen Zwischenfall im *Savoy* zur Voraussetzung.«

»Sie glauben also, daß er mehr weiß, als er zugibt?«

»Ganz klar.«
»Aber warum hat er es uns dann erzählt?«
»Das gibt mir auch zu denken.«
»Es könnte eine ernste Sache sein. Könnte es nicht eine neuerliche Auf-und-Abwertungs-Runde bedeuten?«
»Das glaube ich wieder weniger. Wie haben Sie 1971 abgeschnitten?«
»Schlecht. Sehr schlecht.«
»Wir auch. Aber Hofer hat, wie ich höre, ganz schön profitiert.«
»Das habe ich auch gehört.«
»Andererseits habe ich auch gehört, daß er in jüngster Zeit mit einigen seiner Auslandskredite in Schwulitäten gekommen sein soll – Jugoslawien, Argentinien, Griechenland. Lauter sehr schlechte Nachrichten für die Schweizer, und Hofer steckt am tiefsten drinnen. Es geht auch die Rede von ziemlich massiven Engagements auf dem Rohstoffmarkt – Silber oder dergleichen.«
»Offen gesagt, ich würde solche Reden nicht allzu ernst nehmen«, erklärte Winthrop. »Glauben Sie, daß Hofer uns wirklich auf dem laufenden halten wird?«
»Bestimmt. Andernfalls hätte er die ganze Geschichte gar nicht so brühwarm aufs Tapet gebracht.«
»Aber warum nur?«
»Das kann ich beim besten Willen nicht sagen, Robert. Ich möchte lediglich vorschlagen, daß Sie sich keine grauen Haare wachsen lassen, und hoffen, daß uns bei der Übernahme von Canadian and Western keiner einen Strich durch die Rechnung macht. Noch ein bißchen Eis?«

*

Es war fast achtzehn Uhr, als Sir Robert das Hotel verließ. Um diese Zeit befand Dr. Walter Hofer sich bereits in den Lüften. Er hatte nach seiner Rückkehr ins Hotel keinen Augenblick verloren. Der

Portier war angewiesen worden, einen Flug mit der Sechzehn-Uhr-Maschine der BEA nach Paris zu buchen. Dann folgten drei Telefongespräche aus seiner Suite – eines mit seiner Bank, eines mit seiner Frau und eines mit Paris. Er hatte beschlossen, seine Reise um einen weiteren Abend zu verlängern.

Die Limousine brachte ihn in fünfunddreißig Minuten zum Flugplatz. Er hatte für die Maschine gebucht, die vom neuen Flugplatz startete. Hätte er den Flug benutzt, mit dem er ursprünglich nach Zürich zurückreisen wollte, so hätte er mit den äußerst unzulänglichen Einrichtungen von Gebäude 2 in Heathrow vorliebnehmen müssen, das in all seiner Pracht für die nichtbritischen Fluggesellschaften reserviert war. Dort wäre eine Begegnung mit Reinhardt Bollinger von der BIS und Igor Melekow, dem zweiten Vorsitzenden der Außenhandelsbank der Sowjetunion, unvermeidlich gewesen. Die beiden Herren waren nämlich auf dem Weg nach Zürich.

4

Igor Melekow reiste ohne Begleitung. Dies allein schon war für einen Sowjetbürger außerhalb Osteuropas etwas Ungewöhnliches.

Doch Melekow war nicht nur von dieser Regel ausgenommen, sondern auch noch von vielen anderen. Denn er war die Nummer zwei im ohne jeden Zweifel unverfrorenst kapitalistischen Unternehmen der UdSSR. In dieser Eigenschaft genoß er eine Art Narrenfreiheit. Seine Sieben-Zimmer-Wohnung im Hügelviertel von Moskau war das denkbar Bourgeoiseste, was man in dieser nach Moskauer Maßstäben bereits überaus bourgeoisen Gegend finden konnte. Sie war im teuersten Knoll-Stil eingerichtet, Badezimmer und Kücheninstallation schienen geradewegs aus der Suburbia Kaliforniens zu stammen. Melekows Notvorrat reichte von tiefgefrorenen Texassteaks bis zu mindestens acht verschiedenen Sorten erstklassigen schottischen Whiskys. Er fuhr einen Thunderbird, zum großen Leidwesen des mit ihm befreundeten nächsten Fordhändlers in Helsinki, der durch Melekows regelmäßige telegrafische Bestellungen nicht nur von Ersatzteilen, sondern auch der allerneuesten Stereobänder zur Raserei getrieben wurde. Der Wagen hatte selbstverständlich Klimaanlage. Und dann war da noch die Datscha – klein, aber immerhin eine Datscha – in Uspenskoje, die Mitgliedschaft in drei verschiedenen Moskauer Clubs und eine Dauerkarte für das Dom-Kino.

Trotz alledem bildete Melekow keine ganz so krasse Ausnahme,

wie man glauben mag. Er brachte Geld ins Land, und wie die Unternehmer in aller Herren Ländern forderte und erhielt er gewisse Privilegien. Ein Land, das H-Bomben und Sputniks entwickelte und ein Bruttosozialprodukt von einer halben Trillion Dollar hatte, benötigte selbstverständlich neben den namenlosen Massen eine entsprechende Anzahl von Unternehmern. Jeder von ihnen wachte so eifersüchtig über seine »Rechte«, wie nur irgendein IBM-Vizepräsident oder Madison-Avenue-Genie. Natürlich mußten beide Gruppen mit dem Wissen leben lernen, daß in jeder Minute ihres Arbeitstags die Axt über ihren Häuptern hing. In Rußland nahm diese Axt traditionsgemäß gelegentlich eine mehr als symbolische Gestalt an.
Melekow war alles andere als der arme Junge, der sich aus eigener Kraft hochgearbeitet hat. Er hatte Privilegien geerbt und die Selbstsicherheit, die damit Hand in Hand geht. Als Sohn eines bedeutenden russischen Agronomen hatte er nicht nur an der Moskauer Universität studieren dürfen – nur eine Meile von seiner jetzigen Wohnung entfernt –, sondern auch in den Jahren 1937 und 1938 die London School of Economics besucht. Sein Studienfach war Geld- und Bankwesen.
Papa, dem dies alles zu verdanken war, hatte das Jahr 1937 nicht überlebt. Er hatte den Fehler begangen, auf Mais zu setzen anstatt auf Sojabohne.
Igor war zu seinem Glück damals in England weitab vom Schuß und rutschte nach Beendigung seines Studiums in aller Stille hinter einen rettenden Schreibtisch in der Londoner Niederlassung der Moskauer Narodny-Bank. Er fing klein an und mühte sich fast ein Jahrzehnt lang Stufe um Stufe hoch. Dann zog er 1949 das große Los. Ob man's glaubt oder nicht, Igor Melekow hat den Eurodollar erfunden! Natürlich nicht ganz allein, aber immerhin hatte ein von ihm verfaßtes internes Schriftstück, datiert mit dem 17. Juli 1948 und korrekt mit dem Zeichen I. M./O.L. versehen, die Ausgangsbasis für einen Geld- und Kapitalmarkt geschaffen, der innerhalb von zwanzig Jahren von null auf 65 Milliarden Dollar anwuchs. Das O.L. war die unver-

meidliche Sekretärin, deren unerwünschter Ehrgeiz an der Geburt des Eurodollars starb. Genau gesagt starb er schon ein bißchen früher, aber Olga Ludidowna, die sich heute wieder zu Hause in Smolensk befindet, muß noch immer anderen Glaubens sein.

Es war folgendermaßen zugegangen: Die Sowjetunion hatte seit den zwanziger Jahren den größten Teil ihres Außenhandels stets in US-Dollar abgewickelt. Damit dieses System funktionierte, mußten die Geldinstitute der UdSSR – insonderheit die Außenhandelsbank und ihre Zweigstellen in London und Paris – ständig hohe Dollarbeträge flüssig bereithalten. Wie Jung-Igor feststellte, lagen diese Dollarbestände einfach müßig herum – ungefähr die größte Sünde wider den Geist des Bankwesens. Indes hatte das seine guten Gründe. Denn nach einem – wie jedermann geglaubt hatte – unverrückbaren Naturgesetz wurden Dollars ausschließlich in den Vereinigten Staaten geliehen und ausgeliehen, genau wie Geldgeschäfte in Sterling auf das Vereinigte Königreich beschränkt waren, Rubel auf Rußland und so fort. Für die Russen wäre es zum damaligen Zeitpunkt nicht opportun gewesen, in den USA Dollars zu verleihen, was vermutlich auch heute noch zutrifft. Denn wie die Bücher ausweisen, steht Rußland bei den Vereinigten Staaten mit mehreren Milliarden Dollar in der Kreide, und zwar für alles mögliche, angefangen bei nichteingelösten zaristischen Eisenbahnbonds bis zu Leih-und-Pachthilfe-Schulden aus dem Zweiten Weltkrieg. Beschlagnahme, Enteignung und selbst glatter Diebstahl bedrohten jeden russischen Dollar, der versuchen mochte, an der Wallstreet ein kapitalistisches Scherflein zu verdienen.

Igor der Gewitzte fand eine ganz einfache Lösung. Die russischen Dollars in Europa ausleihen! Die Kühnheit dieses Gedankens – der auf Seite 64 des Memos vom 17. Juli 1948 niedergelegt war – wurde ein volles Jahr lang nicht erkannt.

Danach war Igor Josef (sic) Melekow ein gemachter Mann. Der väterliche Mais war vergessen; seine Jahre an den Fleischtöpfen Londons waren vergeben; und natürlich geriet auch Olga in Vergessenheit. 1959 wurde Melekow nach Moskau zurückbeordert und zum stellvertretenden zweiten Direktor der Außenhandelsbank der Sowjetunion ernannt. 1968 war der Eurodollarmarkt zum dynamischsten Geld- und Kapitalmarkt der Welt geworden. Die Sowjetunion hatte in der Zwischenzeit auf diesem Markt Hunderte von Millionen Dollar verdient. Im gleichen Jahr wurde Igor stellvertretender Präsident der Bank.

Als stellvertretender Präsident der Außenhandelsbank der Vereinigten Sowjetrepubliken war Melekow ein mächtiger Mann. Er kontrollierte buchstäblich sämtliche Zahlungen zwischen Rußland und der übrigen Welt. Seine Unterschrift oder die seines Bosses erschien auf allen von Rußland getätigten Kreditaufnahmen oder -ausgaben in harter Währung, soweit sie eine Million Dollar überstiegen. Nach dem bloßen Zahlenwert wirkten neben ihm Leute wie Dr. Hofer, Sir Robert Winthrop oder selbst David Mason wie Filialleiter einer Bausparkasse in Montana. Aber – und es schien immer ein Aber zu geben – Melekow war noch immer nur Nummer zwei, und gegen Anfang der siebziger Jahre ging Melekow langsam auf, daß er den absolut letzten Blutstropfen aus seinem Coup von 1948 herausgepreßt hatte. Selbst höchst originale und immens erfolgreiche Ideen haben ihre unwiderruflich bemessene Lebensfrist. Vor diese Wahrheit sah Igor sich nun gestellt.

In London, wo Melekow soeben die regelmäßige Überprüfung der Geschäfte seiner Außenstelle abgeschlossen hatte, kam natürlich niemand auf solche Gedanken. Dort hieß es, je älter eine Idee, desto besser. Was Melekow unendlich irritierte, war die Tatsache, daß diese Auffassung auch in seiner Heimat um sich griff – im sogenannten revolutionären Rußland. Die meisten seiner Kollegen akzeptierten willig die Breschnew-Doktrin der kollektiven Mittelmäßigkeit. Aber keineswegs alle. Einige forderten neue Aktivität. Allerdings nicht à la Chruschtschow. Dessen Primitivität, Inkonsequenz und Hanswurstiaden hatten Melekow zuweilen angewidert, aber der Mann hatte immerhin Schwung und Initiative gezeigt. Er war zu Experimenten bereit gewesen. Er hatte Mumm bewiesen und ungeheuere Risiken auf sich ge-

nommen, in Kuba, in der Suezkrise und 1956 sogar in der Sowjetunion selbst. Aber es hatte ihm an kühler Logik gefehlt.
Womit wir bei Melekows Vorgesetztem in der Außenhandelsbank angelangt wären. Eine Aufzählung aller Eigenschaften, an denen es diesem georgischen Bauernburschen fehlte, hätte selbst den biblischen Wortschatz (Altes Testament) in der Darstellung menschlichen Versagens erschöpft.
»Guten Abend, Sir. Darf ich Ihr Ticket sehen, bitte?«
Melekow warf pflichtschuldigst alle radikalen Erwägungen über Bord, kaum daß er den neutralen Boden von Swissair betreten hatte, und reichte der pummeligen, aber blankgescheuerten Stewardeß seine Flugkarte. Sie führte ihn zur letzten Reihe in der 1. Klasse und wies auf den Fensterplatz zur Linken. Melekow zog den Mantel aus und gab ihn dem Mädchen. Dann nahm er seine *Financial Times* aus der Aktenmappe und wartete in aller Ruhe auf den Start. Der Flug nach Zürich würde eine Stunde dauern. Genau die richtige Zeit. Melekow flog gern, zu lange Strecken aber ödeten ihn an. Sechzig Minuten im Vorderteil einer DC-9, vorwiegend im Umgang mit ein paar Cocktails und einem kleinen Imbiß – das war für ihn die optimale Reiseart innerhalb Europas.
Melekow war in die Lombardspalte der Zeitung vertieft, als der letzte Passagier ein wenig atemlos an Bord kam und sich direkt vor ihn setzte. Vertieft ist vielleicht doch zuviel gesagt. Melekow hatte sein Leben in einer Welt verbracht, wo einer, der überleben wollte, die Leute in seiner Umgebung nie ganz aus dem Auge lassen durfte. Gewiß, aufgrund seiner Jugend und der geographischen Lage seines damaligen Aufenthalts war ihm die schlimmste Zeit der Stalinschen Säuberungsaktionen erspart geblieben. Aber noch zweimal war es ziemlich brenzlig gewesen – Mitte der fünfziger Jahre und 1964. Er wußte, daß er eine Machtstellung erreicht hatte, die ihn verwundbar machte.
Der letzte Passagier war Bollinger.
Soll ich? dachte Melekow. Nein. Noch nicht. Man kann nie wissen.

Die beiden Herren kannten einander gut. Sie hatten 1937 beide die London School of Economics besucht. Melekow wandte sich aufs neue seiner Zeitung zu und fragte sich wieder einmal, warum, zum Teufel, sie unbedingt auf rosa Papier gedruckt werden mußte. Es gab bestimmt einen Grund dafür. Es gab auch bestimmt einen Grund dafür, daß Bollinger in London gewesen war und kein Mensch davon gesprochen hatte.
Bollinger wirkte nervös. Zum drittenmal regulierte er die Rückenlehne seines Sitzes. Er hatte beim Hereinkommen auch ein bißchen strapaziert ausgesehen. Nein, nicht eigentlich strapaziert. Überlastet. Aber auch das war nicht das richtige Wort. Melekows Gedanken pendelten hin und her zwischen seiner Zeitung und dem Mann, der jetzt vor ihm mehr oder weniger zur Ruhe gekommen war.

*

Der Einstieg war geschlossen worden, und die Maschine rollte zügig über das Feld zur Startbahn. Trotz eines gewaltigen Verkehrsvolumens, bei weitem dem größten in Europa, gab es aus irgendeinem Grund hier niemals diese lächerlichen Stauungen wie in New York. Fünf Minuten später waren sie in der Luft.
Melekow mochte den Blick auf London – besonders um diese Abendzeit. Die Ausdehnung der Stadt war einfach enorm. Die endlosen Kolonnen der Neonlampen, teils gelb, teils nahezu rein weiß, sahen aus wie eine Unzahl dicht zusammengepferchter Menschen. Der Blick auf Los Angeles hatte eine ähnliche Wirkung. Aber doch nicht die gleiche. Dort wurde der Horizont von aufragenden Bergen unterbrochen. Hier schienen die Lichterreihen sich zu erstrecken, soweit das Auge reichte.
Melekow ließ sich einen trockenen Martini bringen – mit Gin, on the rocks. Er stellte fest, daß Bollinger das gleiche getan hatte. Melekow fischte die Olive heraus und aß sie. Das tat er immer.

Bollinger hatte seinen Drink offenbar bitter nötig gehabt. Nach nicht mehr als zwei Minuten rief er das Mädchen zurück und bestellte noch einen. Dann fing er an, mit seiner Aktentasche zu kämpfen. Als das Mädchen wiederkam, hatte er offenbar den Gegenstand seiner fieberhaften Suche aufgestöbert – eine recht albern eingebundene Akte, ausgerechnet knallrot.

Es ist gar nicht so leicht, jemanden zu beobachten, der im Flugzeug direkt vor einem sitzt. Aber Melekow kam die plötzliche Dunkelheit zu Hilfe, die das Flugzeug umgab, als es steil in die über zweitausend Meter hoch liegende Wolkendecke stieß. Die Fensterscheiben waren auf einmal wie Spiegel. Melekow saß dicht zum Fenster gebeugt, scheinbar gebannt durch die Tatsache, daß es absolut nichts zu sehen gab. Der Blickwinkel stimmte, aber es war unmöglich, den Text des Dokuments zu entziffern, das der Mann vor ihm in Händen hielt. Doch das flüchtig erhaschte Bild der groß geschriebenen Wörter auf der Seitenmitte, die offenbar auf eine Einleitung folgten, brannte sich in Melekows Hirn:

. . . ADJUSTIERUNG DER GOLD–DOLLAR-PARITÄT . . .

Mein Gott, dachte Melekow, sollte . . .? Aber nein: Wahrscheinlich war das nur wieder einmal ein Aufsatz über Währungsreformen, verfaßt von einem kleinen Genie in der Bank von England. Aber warum wirkte Bollinger so – gejagt! Das war das Wort, nach dem er gesucht hatte. Gejagt. Das paßte doch eigentlich überhaupt nicht zu Bollinger!

Bollinger schloß mit einem lauten Klappen den Aktendeckel, fahndete unter neuerlichem Herumrutschen – was sich für die Passagiere in der unmittelbaren Nachbarschaft immer als verdammt lästig erweist – nach seiner Aktentasche, steckte die Akte wieder hinein, klappte die Tasche zu, schloß sie ab, stellte sie neben sich auf den Sitz und ließ sich mit einem fast hörbaren Aufatmen zurücksinken, um seinen Drink zu kippen.

Offenbar hatten die Drinks bei Bollinger schon gewirkt. Er stand auf und ging zum Waschraum. Melekows Augen folgten seinen Bewegungen. Bollinger nahm die Aktentasche mit aufs Klo!

Nach drei Minuten begab Bollinger sich wieder zu seinem Platz zurück. Dieses Mal schien er weniger in Gedanken als beim Antritt der Reise. Er musterte die fünf Passagiere im Vorderteil ohne größeres Interesse. Melekow ließ die Zeitung sinken und blickte hoch. Erkennen spiegelte sich schlagartig auf beiden Gesichtern, und Melekow stand auf, als Bollinger zu ihm trat.
»Igor!« rief Bollinger. »Was für eine Überraschung!«
»Schrecklich nett, Sie wiederzusehen, Reinhardt«, erwiderte Melekow. »Wie wär's, wenn wir uns einen Drink genehmigten?«
»Also, ehrlich gesagt, ich hab' schon einen gehabt.«
»Ich auch. Aber hier gibt's sie gratis. Und Sie sind nach einem Tag in London bestimmt genauso ausgepumpt wie ich.«
Bollinger nahm Melekows Aufforderung ohne weiteres Zögern an. Doch zuerst deponierte er die Aktentasche auf seinem Fensterplatz. Das Mädchen nahm das Ansinnen, eine dritte Runde trockener Martinis zu bringen, ebenso freundlich entgegen, wie Luftstewardessen heutzutage jedes Ansinnen entgegennehmen, und kam im Handumdrehen mit den Gläsern zurück. Vermutlich ein Wink, daß es Essens-, nicht Trinkenszeit sei.
»Zum Wohl«, sagte Melekow, und Bollinger neigte ihm sein Glas entgegen.
»So, so«, sagte Bollinger, »Sie beehren uns also mit Ihrem Besuch in der Schweiz?«
»Nur ganz kurz. Schon ein halbes Jahr her, seit ich zum letztenmal dort war. Erinnern Sie sich, wir haben zusammen im *Baur au Lac* geluncht, Reinhardt.«
»Ich erinnere mich noch sehr gut – besonders an die drei – oder waren es vier? – Kirschwasser nach dem Dessert. Sagen Sie, sind Sie mit der Entwicklung Ihres neuen Objekts in Zürich zufrieden?«
»Doch«, sagte Melekow. »Wir hatten ja nie vorgehabt, den Betrieb in Zürich zu groß auszubauen. Aber andererseits fanden wir es nötig, einen Fuß in die Schweiz zu setzen, wie heutzutage jeder. Der Geld- und Kapitalmarkt – und natürlich auch das Wechselgeschäft – sind so bedeutend, daß man es einfach nicht

ignorieren kann. Aber London und Paris werden nach wie vor unsere hauptsächlichen Niederlassungen in Westeuropa bleiben.«

»Und wie steht's mit dem Personalproblem?« forschte Bollinger.

Melekow kicherte. »Reinhardt, Sie werden sich wundern. Wir haben weit weniger Schwierigkeiten, gute Leute zu kriegen, als die meisten inländischen Banken. Ich nehme an, es ist reine Neugier.«

»Sagen Sie«, fuhr Bollinger fort, »gibt es zur Zeit zufällig irgend etwas, das die BIS für euch tun könnte?«

»Allerdings. Ich nehme an, meine Bank – Moskau, nicht Zürich – wird sich in den nächsten Tagen an Sie wenden. Wir haben beschlossen, zwanzig Millionen Unzen Gold zu verkaufen, und wir möchten, daß Sie wie üblich die Sache übernehmen. Es ist das erstemal seit vielen Jahren, daß wir verkaufen, und ich hoffe, Sie werden alles tun, um die Transaktion mit der üblichen strengsten Diskretion durchzuführen.«

»Machen wir«, erwiderte Bollinger. »Sie können sich auf uns verlassen, wie Sie inzwischen wissen dürften. Ich nehme an, Sie rechnen demnach damit, daß der Goldpreis noch eine Weile so bleiben wird, wie er jetzt steht?«

»Das ist immer eine schwierige Frage. Der Preis auf dem freien Markt in Zürich und London schwankt seit Jahren zwischen 55 und 75 Dollar pro Unze. Es ist wirklich reines Glück, wenn man eine Woche erwischt, in der man näher an der oberen als an der unteren Grenze verkauft. Wir können nicht immer genau den Augenblick wählen, den wir möchten, wissen Sie. Es ist weder für Sie noch für sonst irgend jemanden ein Geheimnis, daß wir in Bälde bedeutende Zahlungen für unsere Weizenimporte aus den Vereinigten Staaten zu leisten haben. Unsere Getreideversorgung ist, wie Ihnen bekannt sein dürfte, auf einen katastrophal niedrigen Stand gesunken. Folglich werden wir in diesem Winter ein paar zusätzliche Dollars lockermachen müssen. Glauben Sie, daß wir den Zeitpunkt falsch gewählt haben?«

Melekow beobachtete Bollingers Miene mit größter Aufmerksamkeit. Kein Zweifel, Bollinger zögerte den Bruchteil einer Sekunde, ehe er antwortete.

»Sie wissen doch, Igor, wir von der BIS haben weiter keine Meinung als die, die wir in unserem Jahresbericht veröffentlichen. Aber soviel kann ich sagen: Seit Jahren steht jede Zentralbank der Welt vor dem gleichen Dilemma, nämlich, welchen Anteil ihrer internationalen Reserven sie in Gold und welchen Anteil sie in Dollars anlegen soll. Natürlich nimmt Ihr Land eine Sonderstellung ein. Genau wie Südafrika fördern Sie Gold in Mengen, und für Sie ist es nicht bloß eine Währungsreserve, sondern ein Industrieprodukt, wenn man so will. Ich halte dafür, daß in Ihrem Fall, wie Sie ja soeben selber andeuteten, der Verkauf, Ankauf oder die Rücklage von Gold nicht nur von Ihrer Beurteilung der Weltwährungslage abhängt, sondern aufs engste mit Ihrem jeweiligen Dollarbedarf für ausländische Handelsabkommen zusammenhängt – Gold für Weizen in diesem Fall.«

»Danke für Ihren Rat, Reinhardt.«

»Na hören Sie, Igor, wer hat denn dieses ganze Eurodollar-Karussell angekurbelt? *Ich* sollte die Fragen stellen, nicht Sie.«

Die Stewardeß kam mit zwei Tabletts. Beide Bankiers machten sich mit Appetit über die für ihren Geschmack ein bißchen allzu durchgebratenen Steaks her. Sie waren damit kaum fertig, als der Kaffee serviert wurde. Beide genehmigten sich einen Cognac. Keiner zeigte die geringste Neigung zu weiterem Fachsimpeln, und das Gespräch wandte sich Erinnerungen an die späten dreißiger Jahre zu: gemeinsamen Bekannten, Chamberlain, englischen Kneipen.

*

Nach der Landung lud Bollinger Melekow ein, zum Lunch nach Basel zu kommen, wenn er Zeit habe. Melekow lehnte dankend ab. Er wolle sich nur einen Tag in der Schweiz aufhalten. Im übrigen würde er sich Bollinger zu großem Dank für alle Hilfe verpflichtet fühlen, die Bollinger den 20 Millionen Unzen russi-

schen Goldes angedeihen ließe. Sie verabredeten, in Verbindung zu bleiben.
Bollinger mußte sich beeilen, um seine Anschlußmaschine nach Basel zu erwischen. Melekow schlängelte sich durch das Labyrinth der Korridore und wurde nach ungewöhnlich scharfer Kontrolle an der Einreisesperre – in Zürich werden Russen ernst genommen – von einem drei Mann starken Empfangskomitee erwartet und wie üblich zum Wagen geleitet. Er war zurück im Schoß des Sowjetkollektivs.
Um neun Uhr fünfundzwanzig am nächsten Morgen ging Melekow an Bord des Aeroflot-Flugs Nummer 61 – nonstop nach Moskau.

5

Zwei Tage später, am 22. Oktober, landete Stanley Rosen in Beirut. Er kam aus New York und sah erschöpft aus. Auch sah er ein bißchen mißtrauisch drein. Er setzte nämlich zum erstenmal seinen Fuß auf arabisches Gebiet. Natürlich wußte er genau, daß der Libanon nicht direkt arabisch im strengen Sinn des Wortes war. Dennoch hatte er ein flaues Gefühl im Magen, das nichts mit den üblichen Auswirkungen von Langstreckenflügen zu tun hatte.
Aus irgendeinem Grund war die Maschine beim Anflug vom Meer her zunächst abgewiesen worden und hatte einen sehr großen Kreis hoch über dem Libanon fliegen müssen, ehe sie Landeerlaubnis bekam. Rosen war erstaunt, ja erschüttert gewesen, als der Pilot erklärt hatte, man könne am Horizont als einen winzigen Punkt die Stadt Damaskus erkennen, im Flachland hinter den Bergen, an die Beirut sich schmiegte. So nah an der Höhle des Löwen!
Rosen war selbstverständlich Jude. Aber eine sehr verwässerte amerikanische Ausgabe. Seit seiner Kindheit in New Jersey hatte er keinerlei Verbindung mehr mit der Religion seiner Ahnen. Das war nicht Absicht: es war einfach so. Wenn er in New York war, kam es höchst selten vor, daß er an seine Abstammung dachte. Aber in Europa wurde ihm diese Tatsache bei jeder Reise wieder bewußt. Er wurde nie auf eine wirklich unangenehme Art daran erinnert – aber eben doch erinnert.
Der Flughafen war nichts Berühmtes, und es schien Jahrhunderte

zu dauern, bis Rosen durch den Zoll war. Vor dem Gebäude bekam er sofort ein Taxi von amerikanischen Ausmaßen, und nach einer halbstündigen Fahrt durch eine überraschend europäisch wirkende Stadt langte er am *Phoenicia* an. Wenn man von dem arabisch aufgeputzten Portier absah, hätte Rosen ebensogut in Miami Beach sein können. Während der Anmeldeformalitäten servierte man ihm eine Tasse türkischen Kaffee direkt aus der Messingurne – oder wie immer das Ding hieß. Eine Masche, aber interessant. Er verabscheute türkischen Kaffee, aber mit den Wölfen ...

Sein Zimmer war völlig unarabisch. Auf der Speisenkarte fanden sich Hamburgers und Schaschlik. Der Page grinste von einem Ohr zum anderen. Das Zimmermädchen war dunkel, aber reizend. Stanley gewann langsam sein seelisches Gleichgewicht zurück.

Es mag seltsam erscheinen, daß ein Mann, der gering gerechnet seine 20 Millionen Dollar schwer war, in dieser Welt der neunzehnhundertsiebziger Jahre überhaupt sein Gleichgewicht verlieren konnte. Doch obgleich Stanley Rosen wußte, wieviel Schutz und Sicherheit Geld gab, war er andererseits auch der Tatsache eingedenk, daß er es sehr schnell verdient hatte. Und er hatte es zwar in Wallstreet verdient, aber auf der falschen Seite dieser engen Straße. Er war als einer der cleversten Finanzmanager New Yorks bekannt; regelmäßig kam er zum Lunch in die unteren Räume des Club »21«; seine Telefonanrufe wurden im allgemeinen ohne Zögern entgegengenommen. Aber er hatte den New Yorker Athletic Club nie von innen gesehen und war nie hinaufgebeten worden, um bei Lehmann Brothers zu lunchen. Dabei war bekannt, daß er über eine Milliarde Dollar in Wertpapieren managte. Manche Leute setzten den Betrag beträchtlich höher an.

Stanley Rosens Erfolg beruhte darauf, daß er mit einzigartigem Fingerspitzengefühl begabt war. Außerdem war er bereit, seine Aufmerksamkeit allem zu widmen – buchstäblich allem –, was mit Geld zu tun hatte, dessen Verwaltung und Verwendung zu weiterem Geldverdienen.

Aber er spielte nie Hasard.
Während der Tage der großen Börsen-Hausse in der Mitte der sechziger Jahre stürzte Rosen sich nicht mit dem Geld seiner Kunden auf junge heiße Papiere. Er spezialisierte sich auf Fusions-Arbitragen und gab sich mit einem Gewinn von rund 20 Prozent per annum zufrieden. Er lehnte entschieden jede Gelegenheit ab, sein Geld durch Erwerb eines Aktienpakets angeblich bombensicherer neuer Firmen zu verdoppeln. In jenen rauschhaften Tagen der Euphorie hielt er sich von ausgefallenen Anlageobjekten fern und behielt mindestens 25 Prozent seines Kapitals in Depotwechseln und Schatzanweisungen, und als der Dow-Jones-Index für Industriepapiere unaufhaltsam auf 1000 zukletterte, vergrößerte er den Barbestandteil der von ihm verwalteten Portefeuilles.
Er entdeckte als einer der ersten, daß man an Dollars erheblich mehr verdienen konnte, wenn man sie für die Dauer von drei bis zwölf Monaten (abzüglich eines Tages, aus Steuergründen) in Europa auslieh, womit praktisch kein Risiko verbunden war; denn die Entleiher waren die größten Finanzinstitute der Welt. Und dort lag auch der Großteil des von ihm betreuten Kapitals, während die New Yorker Effektenbörse in den düsteren Tagen des Jahres 1969 und zu Beginn des Jahres 1970 Woche um Woche und Monat um Monat fiel. Um die Mitte des Jahres 1970 hatte Rosen abermals entschlossen den Kontinent gewechselt und fast alles wieder zurück nach New York transferiert: Treasury Bills, Fanny Mae und Blue Chips. Anfang 1971 war er wiederum in Europa. Diesmal konzentrierte er sich auf deutsche Chemiewerte und auf Anteile der vier großen Schweizer Banken. Dabei blieb er eine Weile und verdiente im weiteren Verlauf einen weiteren Haufen. Dann wechselte er nach Tokio über und verdiente auch dort wieder klotzig. Rosen verstand es, sowohl auf dem Hausse-Markt wie auf dem Baisse-Markt Geld zu machen. Also ein Mann, dessen Bekanntschaft sich lohnte.
Wer Stanley zum erstenmal begegnete, fand das alles schwer begreiflich. Er war klein und ziemlich rundlich. Seine Anzüge

waren zu groß. Die Schuhe selten geputzt. Eine blaue Krawatte zum grünen Hemd war nichts Ungewöhnliches. Er sprach schnell, zumeist undeutlich und mit einem wahrhaft gräßlichen New Yorker Akzent. Manch einer seiner neuen Kunden hatte, wenn er mit ihm von der Wallstreet in den Stadtkern fuhr, gedacht, daß Stanley weitaus besser ans Steuer der Limousine gepaßt hätte als in den Fond.

Und noch etwas war bemerkenswert an Stanley: Stanley mochte Frauen – und zwar nicht zu knapp. Und das Komischste war, daß die Frauen auch Stanley mochten, wirklich mochten, mit oder ohne Limousine, mit oder ohne Club »21«. Seine Geschäftsfreunde waren immer platt, wenn Stanley am Ende einer Party, ob in Beverly Hills, auf den Bahamas oder in Greenwich Village, mit der unbestrittenen Königin des Abends abzog.

Rosen verzettelte sich nicht mit kleinen Kunden. Das Mindestbudget, mit dem er sich befaßte, waren 5 Millionen Dollar. Er warb nie um Kunden und hatte tatsächlich in den letzten vier Jahren keinen neuen Klienten angenommen.

Nicht wenige Leute in New York und Washington fragten sich, wer wohl seine Klientel sei – und sie fragten nicht nur sich. Stanley wußte das genau, und leitete daher seinen New Yorker Laden in der untadeligsten Weise: vorbildlich in der Buchführung, stets up to date, wohlgeordnet und unter ultra-loyaler Beachtung sämtlicher Gesetze des Landes. Nein, Stanley betreute nicht das Vermögen des Vatikan. Die Firma Rosen betreute ganz unromantisch die Mittel einer Gruppe von Gentlemen, die zu den erfolgreichsten Geschäftsleuten des zwanzigsten Jahrhunderts gehörten – in Las Vegas, Miami, Chicago, Boston, New Jersey. Sie alle stammten aus ähnlich bescheidenen Verhältnissen wie Stanley selber. Sie alle hatten seit dem Zweiten Weltkrieg ungeheuere Barmittel angehäuft. Aber keiner von ihnen hatte direkten Zugang zu den legitimen Geld- und Kapitalmärkten der Welt oder zu den legitimen Financiers der Welt – als da sind die Treuhandstellen der Banken, die angesehenen Anlagefirmen in New York oder die hochgestochenen privaten Anlageberater in Boston. Man sieht also, die Zugehörigkeit zur Mafia hat auch ihre Nachteile. Natürlich nicht viele, aber immerhin ...

*

Im Jahr 1959 war einer dieser Leute mit Stanley zusammengetroffen. Sie hatten den Plan für eine der ersten privaten außeramerikanischen Anlagegesellschaften ausgeheckt, die ihren Sitz in der Karibischen See haben sollte. Stanley Rosen hatte, ganz typisch für ihn, Curaçao entdeckt, die zweite Entdeckung der Insel kurz nach den Holländern. Er hatte sorgfältig die notwendigen Bankverbindungen aufgenommen, sich der Dienste einer erstklassigen Anwaltsfirma und einer weltweit renommierten nichtamerikanischen Buchführungs- und Revisionsgesellschaft versichert. Die Gesellschaftsstruktur des Unternehmens kam der Perfektion so nah, wie es in einer Welt nur irgend möglich ist, die wimmelt von Steuerinspektoren und heimgesucht wird von ständig wechselnden Steuergesetzen, Devisenbeschränkungen, Erbschaftsauflagen, Berichtsauflagen et cetera ad nauseam. Die Curaçaogesellschaft wurde ordnungsgemäß kapitalisiert und erhielt ein langfristiges Darlehen in beträchtlicher Höhe. Alle Einzahlungen wurden selbstverständlich in bar getätigt. Die Anteile und Verschreibungen waren ausnahmslos Inhaberpapiere. Wie in den langatmigen Statuten zu lesen stand, wurde Stanley Rosen von den Gesellschaftern – lauter Europäern, die in der dritten Generation in der Kolonie ansässig waren – für die Verwaltung des Gesellschaftsvermögens Carte blanche erteilt. Bis 1963 war es Rosen gelungen, das Anfangskapital zu verdreifachen. Das genügte. Die Kunde breitete sich aus – in aller Stille.

Im Lauf der folgenden fünf Jahre hatte er siebenundzwanzig solcher Unternehmen gegründet. Ihre Struktur nahm von Mal zu Mal an Komplexität und Raffinesse zu. Auf Curaçao folgten die Bahamas, die Cayman-Inseln und natürlich Liechtenstein als Firmensitze. Häufig wurden zwei oder drei dieser außer-

amerikanischen Freistätten in einem Firmenkomplex zusammengefaßt, mit eigener Leitung, gesonderten Bilanzen, getrennten Revisoren. Das Gemeinsame war ein Management-Vertrag mit Stanley Rosen oder einer *seiner* Firmen auf den Bermudas, in Panama oder Luxemburg. Zu Beginn der siebziger Jahre belief sich das Gesamtvermögen dieses Systems auf eine zehnstellige Zahl. Rosen hatte das Ganze gemanagt und zum Erfolg geführt.
Genau daran dachte Stanley Rosen, als er sich in einem Lehnstuhl seiner Suite ausstreckte. Über eine Milliarde Taler in der Hand – und noch immer nicht zufrieden.

*

Der Entschluß, der zu seiner Reise nach Beirut geführt hatte, war vor genau zwei Wochen bei einem Lunch im *Delmonico* gefaßt worden. Sein »Partner« Harry Stahl hatte über eine halbe Stunde warten müssen, bis Stanley endlich aufgetaucht war.
»Wo, zum Teufel, bleibst du so lang?« hatte Harry gefragt.
»Mußte mit einem neuen Kunden sprechen.«
»Mit *wem* sprechen? Ich dachte, wir seien schon vor Jahren übereingekommen, daß wir genug auf dem Hals haben. Stanley, ich warne dich. Ich habe bereits alle Hände voll zu tun mit dem ganzen Bürokram. Herrgott, du solltest wirklich vernünftiger sein!«
»Moment mal. Hör dir doch erst an, was das für ein Kunde ist. Mensch, was ist denn heute los mit dir?«
»Nichts. Ich mag bloß keine Überraschungen.«
»Ist ja schon gut! Aber jetzt paß auf. Ich bin noch nicht festgelegt. Also beherrsch dich noch so lange, bis du die Geschichte gehört hast, ja?«
Harry Stahl hatte sich wieder beruhigt. Er kannte seinen »Partner« viel zu gut, um zu bezweifeln, daß es sich um eine große Sache handeln mußte: um eine Sache, die Stanley auf den Nägeln brannte. Das kam heutzutage nicht so leicht vor. Harry sagte brummig: »Ich hab' dir einen Krabbencocktail bestellt und ein Steak bleu, mit gerösteten Zwiebeln.«

Dann hatte Stanley berichtet, was es in diesem Stadium zu berichten gab. Um neun Uhr morgens hatte ihn ein Mann, der sich als Omar Radazan aus Beirut vorstellte, angerufen und ihn um einen baldigen Termin gebeten. Er hatte sich auf einen Bekannten aus Miami berufen, einen der Großen im internationalen Kurhotelgeschäft und alten Kunden Stanleys. Um halb elf war Omar zur Stelle gewesen. Ein schmucker Bursche. Seidenglatt, extrem höflich, um die Vierzig. Laut Visitenkarte Direktor der Beiruter Niederlassung der Commercial Bank of the Trucial States (Kommerzbank der Golfstaaten) mit Sitz in Bahrein. Wie es scheint, haben alle arabischen Banken Niederlassungen in Beirut. Dies nur nebenbei. Schon nach den ersten fünf Minuten hatte Radazan an Stanley die Frage gestellt, ob er in Betracht ziehen wolle, das Management der Geldanlagen eines seiner Freunde oder Klienten oder Verwandten – das persönliche Verhältnis wurde in der Tat nicht eindeutig klar – zu übernehmen. Eindeutig klar hingegen waren die Anlagegelder. Knapp über 100 Millionen Dollar. Zur Zeit investierten sie in einer ganzen Reihe klassischer amerikanischer Aktien, einer kleinen Auswahl von Vorzugsaktien und einem großen Paket von Kommunalobligationen. Kommunalobligationen für einen Araber?
Ursprünglich hatte Radazan die Investmentbank in New York, die das Konto führte, nicht erwähnt, aber nachdem er das Blatt gezückt hatte, das sämtliche Posten des Portefeuilles aufzählte, hatte Stanley die Bank sofort identifiziert. Ihre Bilanzen waren seit Jahren lausig gewesen. Aber sie zehrte noch immer von ihrem Ruf und dem der Exminister, Generale und sogar Admirale, die sie regelmäßig gegen andere Banken, Luftfahrtgesellschaften und Anlageberater aufmarschieren ließ – nach altem Brauch im freien Unternehmertum. Anders als beim Baseball war noch immer kein systematisches Auswahlverfahren entwickelt worden.
Aber zurück zum Geld und zu dem geheimnisvollen Orientalen. Rosen war zunächst sehr, sehr scharf auf die Sache gewesen. Er verstand genügend vom internationalen Finanzwesen, um

zweierlei zu wissen. Erstens: arabisches Geld ist zu 99 Prozent Mythos, wenn nicht sogar zu 99,999 Prozent. Er war nie einem Menschen begegnet, der jemals einen nennenswerten Klumpen davon wirklich gesehen hatte. Zweitens: sooft Unbekannte im Gespräch mit -zig Millionen Dollar herumwerfen, ganz zu schweigen von 100 Millionen, stehen die Chancen, daß das Ganze nur Nepp und Zeitverschwendung ist, tausend zu eins – nein, eine Million zu eins.

An dieser Stelle hatte Harry Stahl unterbrochen: »Warum hast du ihn dann nicht 'rausgeschmissen?«

»Das will ich dir sagen. Weil er mir eine Flugkarte erster Klasse nach Beirut und 10 000 Dollar Spesenvorschuß anbot. Unverbindlich für beide Seiten.«

Hier blieb selbst Harry die Luft weg. »Der Teufel soll mich holen – Araber! Wissen die nicht, daß du Jude bist?«

»Er hat nicht gefragt. Aber wenn die Kerle mit einem solchen Angebot anrücken, dann haben sie sich ja wohl eingehend über mich erkundigt.«

»Möchtest du denn für diese Wüstenscheichs arbeiten, Stanley?«

»Genau darum geht's. Ich meine, wenn diese Burschen sich aus irgendeinem Grund so brennend für mich interessieren, daß sie mir ein solches Angebot unterbreiten, dann muß die Geschichte einfach verdammt gut sein. Ich hab' langsam genug davon, Broschüren anzufertigen für den Haufen Schafsköpfe, die wir jetzt als Klienten haben. Und ich hab' genug davon, mir von ihnen zum hundertstenmal vorjammern zu lassen, wie schwer ihre Familie hat arbeiten müssen, bis sie soviel Geld beisammen hatte – und daß ich vorsichtig damit umgehen solle, sonst . . . Das hier wäre mal was Neues.«

»Aber Stanley, wie willst du dich denn mit den Kerlen verständigen? Schon hier in New York verstehen dich die wenigsten.«

Das Gespräch verfiel wieder in die üblichen Bahnen freundschaftlichen Frozzelns. Nach dem Lunch hatte Stanley Mister Radazan im *Regency* angerufen. Sie waren einig geworden. Und jetzt war er hier. Im Libanon, Gott soll schützen!

Stanley beschloß, zu duschen und ein Nickerchen zu machen. Ungefähr vier Stunden später klingelte das Telefon. Radazan war am Apparat. Er schlug ein gemeinsames Abendessen vor, aber Rosen lehnte ab. Sie kamen überein, daß Stanley sich in dieser Nacht gründlich ausruhen solle und daß Radazan ihn um zehn Uhr vormittags im Hotel abholen werde. Stanley ging wieder ins Bett.

*

Am folgenden Morgen, Dienstag, den 23. Oktober, frühstückte Rosen auf der Terrasse vor seinem Hotelzimmer. Das Wetter war prächtig und der Blick auf das Mittelmeer hinreißend. Die Ähnlichkeit mit der französischen Riviera war unverkennbar.

Radazan erschien Punkt zehn Uhr mit Cadillac und Chauffeur, und zwanzig Minuten später waren sie in seinem Büro in einem offensichtlich brandneuen zwölfstöckigen Gebäude, wo die Beiruter Niederlassung der Commercial Bank of the Trucial States ein Stockwerk innehatte. Im übrigen regte sich im ganzen Anwesen keine Spur von Leben.

Radazan machte Rosen mit einem Mann bekannt, der sein Bruder oder Vetter oder sonst etwas sein mochte, kein Wort Englisch sprach und dafür ein paar offenbar französische Brocken murmelte. Rosens Französisch war so dürftig, daß er es nicht mit Bestimmtheit sagen konnte. Der Vetter hatte das Amt des obersten Kaffeekellners. Dick, nicht sehr heiß, sirupsüß – brrr! Der einzige Rettungsanker war das große Glas Wasser, das dazu serviert wurde. Wie Stanley feststellen mußte, war es sinnlos, den Kaffee hinunterzukippen, damit man es hinter sich hatte. Kaum war die Tasse abgestellt, so erschien der Vetter wie aus dem Boden gezaubert mit einer frischen Tasse, und die zweite Runde war fällig. Und so weiter.

»Mister Rosen«, begann Radazan, »lassen Sie mich Ihnen zunächst versichern, wie dankbar ich bin, daß Sie diese weite Reise nicht gescheut haben, um mit uns zu sprechen. Es ist uns eine Ehre.«

»Ganz meinerseits, Mister Radazan, ganz meinerseits«, erwiderte Rosen. »Sagen Sie, wieso haben Sie sich eigentlich ausgerechnet an mich gewandt?«
Stanleys New Yorker Überlegungen erwiesen sich als zutreffend. Sie hatten ihn von Kopf bis Fuß überprüft. Ganz besonders interessierten sie sich für seine, wie Mister Radazan es nannte, Erfolgsbilanz. Im Libanon natürlich.
»Aufrichtig gesagt, Mister Rosen. Wir interessieren uns nicht für Ihre Gesellschaften in Panama oder für die Liechtensteiner Anstalten. Das ist nicht das, was wir brauchen. Wir haben hier keine Steuerprobleme. Mein Kunde wünscht solide Erträge, und das haben wir bisher in New York nicht gefunden.«
»Etwas verstehe ich nicht, Mister Radazan. Ich habe bis jetzt keinerlei Erfahrungen in diesem Teil der Welt gesammelt. Aber ich komme doch ziemlich viel herum. Und ich weiß, daß ›Ertrag‹ hier niemals großgeschrieben wurde. Ich habe mir bei vielen verschiedenen Gelegenheiten sagen lassen, daß die meisten aus diesen Ländern stammenden Anlagekapitalien entweder in Grundbesitz oder einfach als Sichteinlagen bei Banken investiert werden. Und damit haben die Banken eine Menge Scherereien, was dazu führt, daß solche Geldanlagen mehr oder weniger auf die fünfzig größten Banken der Welt beschränkt sind – und daß die britischen Banken immer den Löwenanteil bekommen haben. Sie werden also verzeihen, wenn ich Ihnen ein bißchen mißtrauisch vorkomme. Ich möchte Ihre Zeit nicht verschwenden, und ich hoffe, Sie verschwenden nicht die meine. Ich bin kein Immobilienfachmann, und ich arbeite auch nicht für Barcleys.«
Radazan schien über soviel Direktheit keineswegs konsterniert. Ganz im Gegenteil. »Mister Rosen, Ihre Analyse der hiesigen Situation ist völlig zutreffend – oder besser gesagt, war es bis vor ein paar Jahren. Auch hier im Nahen Osten ändern sich die Dinge. Eine neue Generation hat die Schlüsselpositionen bezogen, nicht nur in Ägypten oder in Libyen, sondern auch in anderen Staaten und sogar Scheichtümern. Diese jüngeren Männer haben größtenteils eine vorzügliche Ausbildung in Eng-

land oder Frankreich genossen und verstehen eine ganze Menge von Anlageverfahren und Märkten. Selbstverständlich üben sie diese Fähigkeiten nicht berufsmäßig aus. Aber sie versuchen, einen Mittelweg zu finden zwischen dem Ultrakonservativismus ihrer Väter und Großväter und dem legitimen Bestreben, Kapitalgewinne im modernen Sinn zu erzielen.«

»Schön. Aber warum muß jemand bis von New York geholt werden, damit er sich beruflich mit Ihren Geldgeschäften befaßt? Sie könnten das viel näher haben – direkt hier in Beirut oder auf jeden Fall in London oder Amsterdam oder Genf.«

»Nun, so allgemein läßt sich das nicht beantworten; der Großteil des Geldes aus diesen Gebieten geht in der Tat nach Europa. Aber in diesem speziellen Fall versuchte mein Freund es mit Europa und erzielte keine Resultate oder zumindest nicht die Resultate, die er sich aus seinem ›neuen‹ Approach erhofft hatte. Daraufhin fragte er mich um Rat. Ich bin ein einfacher Geschäftsbankier, aber nicht in der Lage, Investitionen in dieser Höhe zu betreuen. Also setzte ich mich mit Freunden in New York in Verbindung, die ich für durchaus kompetent gehalten hatte. Das Portefeuille haben Sie gesehen, das dabei herauskam. Innerhalb der letzten zwölf Monate ist es ihnen gelungen, fast 10 Millionen Dollar zu verlieren. Und das war noch eine Verbesserung gegenüber dem, was in Europa passiert ist.«

Das alles hatte einen vertrauten Klang in Stanleys Ohren. Anleger, die vom Regen in die Traufe hopsten und dann zurück in einen neuen Regen, weil sie ihr Hinundher mit aktiver Anlagepolitik verwechselten. »Und ich soll jetzt die Scherben auflesen«, stellte Stanley fest.

»Genau«, erwiderte Radazan. »Das Honorar, das wir zugrunde legen, beträgt 0,5 Prozent per annum vom verwalteten Gesamtwert, plus 10 Prozent der erzielten Jahresgewinne – gegebenenfalls. Der genaue Satz kann bestimmt zu Ihrer Zufriedenheit ausgearbeitet werden, wenn wir erst einmal soweit sind.«

»Sind Sie zu einem Abschluß bevollmächtigt?« fragte Rosen.

»Nein«, erwiderte Radazan. »Ich sollte vielleicht deutlich machen,

daß ich für meinen Freund nur als Laufjunge agiere. So heißt das wohl bei Ihnen. Genau gesagt, er ist mein Onkel mütterlicherseits. Er ist in Beirut und erwartet jetzt unseren Besuch.«
»Und was möchte er von mir hören?«
»Es dürfte für alle Beteiligten von Vorteil sein, wenn Sie einen spezifizierten Vorschlag machen könnten.«
»Kann ich.«
»Sehr schön. Dann möchte ich vorschlagen, daß wir direkt hinfahren.«
Tempo und Entschiedenheit des Vorgehens hätten für arabisches Geschäftsgebaren nicht weniger typisch sein können. Die sonst übliche Prozedur erforderte Tage, Wochen und Monate ständigen Hinundherredens, alles mit einem Maximum an Zeremoniell und einem Minimum an konkreten Vorschlägen. Offenbar hatte derjenige, der Stanley Rosen an Radazan vermittelt hatte, großartige Vorarbeit geleistet, und Radazan hatte seinem Klienten gegenüber noch bessere Arbeit geleistet. Wie Radazan ihm später gestand, war die Angelegenheit mehr als vier Monate lang besprochen worden.
Sie stiegen beide wieder in das wartende Auto und fuhren ab.
»Sagen Sie, Mister Radazan, wo haben Sie das gelernt?« fragte Rosen.
»Sie meinen mein Englisch?« fragte Radazan zurück.
»Das, und noch einiges andere mehr«, antwortete Rosen.
»Im wesentlichen von euch Amerikanern. Ich besuchte die amerikanische Universität hier in Beirut – die juristische Fakultät – und ging nach der Promotion noch ein paar Jahre auf die Handelshochschule in Fontainebleau. Man bedient sich dort hauptsächlich der Methode der Fallstudien, wie in Harvard, wissen Sie.«
»Oh«, bemerkte Stanley. Er hatte offenbar mit seiner Annahme recht gehabt, daß dieser neue Klient ihn einen großen Schritt über diese Ganeffs in Las Vegas und ihre zweitklassigen Winkeladvokaten hinausbrachte. Das hier war Klasse!
Der Kontrast zwischen Stanleys Gedanken und der Szenerie vor den Autofenstern hätte nicht größer sein können, denn er befand

sich plötzlich im alten arabischen Viertel von Beirut. Auf den Straßen herrschten Schmutz und Gedränge, der Verkehr war ein chaotisches Durcheinander aus Karren, Eseln und überladenen Lastfahrzeugen. Die Kleidung der Leute war genauso exotisch. Es stank.

Zu Rosens großer Überraschung hielten sie genau in der Mitte einer der schmuddeligsten Straßen, und Radazan bedeutete ihm, daß sie aussteigen müßten.

Um in das Haus zu gelangen, das offenbar ihr Ziel war, mußten sie über einen verkrüppelten Bettler hinwegsteigen, der auf der Türschwelle kauerte. Dieses Detail störte Stanley plötzlich.

Das Ganze kam Stanley auf einmal wie ein verschissener Hokuspokus vor. Mit derlei gewählten Überlegungen beschäftigte er sich, während er hinter Radazan die zwei Stockwerke der baufälligen Treppe hinanklomm.

Die einzige Tür auf dem zweiten Stock öffnete sich auf Radazans Klingeln sofort. Ein bärtiger Araber in voller Wüstenmontur dienerte sie hinein, nachdem Radazan ein paar arabische Worte mit ihm gewechselt hatte. In dem großen Empfangsbüro, wenn man es in Ermangelung eines besseren Ausdrucks so bezeichnen wollte, lungerten ähnliche Beduinentypen herum. Ein siebenter Mann in europäischer Kleidung hörte auf, die bestimmt fünfzigjährige Schreibmaschine zu bearbeiten, und glotzte ihnen nach, als sie in das angrenzende Büro geführt wurden.

Bei ihrem Eintritt erhob sich eine groteske Figur hinter dem Schreibtisch und streckte Radazan die Hand entgegen. Radazan seinerseits stellte die Gestalt als Ali ben Fezali, seinen Onkel mütterlicherseits, vor. Der Mann schien in den Siebzigern zu sein, war unglaublich fett und schmutzig – eine Nomadenausgabe von Sydney Greenstreet. Sein Schreibtisch war mit einem Wust von Papieren bedeckt, einige davon gelb von Alter, Fett oder Kameldung. Der Tisch war riesig, aber alt und völlig verschrammt. Das sonstige Mobiliar des Zimmers bestand aus zwei Stühlen mit kerzengeraden Lehnen, einem Kaffeetischchen und einem Sofa – vermutlich Leder mit Roßhaarfüllung.

Rosen hatte auch in den Staaten schon mit einigen – milde ausgedrückt – seltsamen Auftraggebern zu tun gehabt, aber dies hier war der absolute Gipfel.
Radazan setzte sich auf das Roßhaarsofa und forderte Rosen auf, neben ihm Platz zu nehmen. Fezali ließ sich wieder hinter seinem Schreibtisch nieder. Die Tür ging auf, und ein weiterer Mann – ebenfalls komplett kostümiert – trat ein und setzte vor jeden das übliche Täßchen mit dickem Kaffee. Dieses Mal ohne ein Glas Wasser.
Fezali begann, zu Radazan auf arabisch zu sprechen, und während er redete, wurde deutlich, daß er ein Mann von Humor sein mußte. Sein riesiges Gesicht überzog sich häufig mit einem Netz von Lachfältchen. Stanley entspannte sich allmählich.
Nach angemessener Zeit wandte Radazan sich an Rosen. »Erstens, Mister Rosen, möchte mein Onkel sich entschuldigen, daß er nicht englisch spricht. In seiner Jugend war das noch nicht notwendig. Er möchte Ihnen für Ihren Besuch danken. Er entschuldigt sich für die Unzulänglichkeiten dieses Büros, aber er benutzt es nun seit mehr als vierzig Jahren immer, wenn er in Beirut ist, und hat nicht vor, dies jetzt noch zu ändern.«
Rosen murmelte die übliche Erwiderung, und Radazan gab sie weiter.
Dann wandte Radazan sich wiederum an Rosen. »Mein Onkel hat mich gebeten, Ihnen seine Situation zu erklären. Er ist Bankier. Einer der bekanntesten im ganzen Vorderen Orient. Ihm gehört zum Beispiel auch die Bank, in der ich arbeite.«
Rosen mußte seine Zweifel zu deutlich gezeigt haben, denn sowohl Ali ben Fezali wie Radazan brachen unvermittelt in Lachen aus.
»Ich weiß, daß Sie sich das kaum vorstellen können«, sagte Radazan, »aber es stimmt. Lassen Sie mich erklären.«
Die Geschichte war nicht uninteressant. Fezali hatte bereits von seinem Vater und Großvater ein Banksystem geerbt, dessen Tradition so alt war wie der Sand der Levante und doch so modern, wie die Drive-in-Banken, Kaliforniens einziger bedeutender Bei-

trag zum Finanzwesen, wenn man von Howard Hughes absieht. Die Familie Fezali – Brüder, Vettern, Neffen – hatte seit Generationen den Geldumtausch in und um Mekka und Medina kontrolliert. Dazu brauchten sie einen Tisch und einen Stuhl, der vor der sengenden Sonne geschützt war und bei Nichtbedarf an den Wegrand gerückt wurde. Die Kunden waren Pilger aus allen islamischen Ländern der Welt, vom benachbarten Ägypten bis zum fernen Pakistan und Indonesien. Mekka bedeutete die Erfüllung der heißesten Gebete aller Moslems, der sehr reichen wie der sehr, sehr armen. Häufig brachten sie so ziemlich alles mit, was sie ein Leben lang zusammengespart hatten, und zwar in Myriaden verschiedener Münze, von Maria-Theresien-Talern und Napoleons bis zu verknitterten Dollarscheinen. Die Familie Fezali war ihre Wechselstube. Sie führte diesen Teil des Bankgeschäfts mit einer Geschwindigkeit und Genauigkeit durch, die legendär geworden waren. Ihre Rechenkünste waren der verwirrenden Vielfalt der Währungseinheiten, mit denen sie umgingen, spielend gewachsen. Bis an die Zähne bewaffnete und immer paarweise reisende Boten beförderten die Gelder von und nach Mekka. Die Transportmittel reichten von den eigenen Füßen über Kamel und Pferd bis – heutzutage – zum schnellen Wagen und Düsenflugzeug. Die Wechselkurse wurden täglich vom Familienoberhaupt, Ali ben Fezali, persönlich festgesetzt und sprachen sich mittels eines geheimnisvollen Systems binnen Stunden bis zum letzten Tisch am Straßenrand herum. Es hatte sich wirklich nur sehr wenig geändert im Verlauf der Generationen.

Dann war das Öl gekommen und mit ihm so immense Geldbeträge, daß sie von der herrschenden Klasse beim besten Willen nicht so schnell verbraucht werden konnten, wie sie hereinströmten, und die Folge war, daß plötzlich große Nachfrage nach den ehrwürdigen Familientalenten der Fezalis herrschte.

»Plötzlich mußte meine Familie ihr Tätigkeitsfeld erweitern – nach Kuweit, nach Riad, nach Qatar, in die Golf-Staaten, nach Abu Dhabi und sogar nach Oman, dieser Pestbeule in der Wüste. Der Irak ist nichts für uns. Diese Tollhäusler mögen wir nicht.

Unsere Freunde bringen uns viel Geld. Aber wir lernen langsam. Wir haben eine sehr einfache Arbeitsweise. An den meisten Orten gibt es keinen organisierten Geld- und Kapitalmarkt. Sogar in Beirut ist alles sehr klein und beschränkt. Also bleibt uns keine Wahl – wir müssen mit unserem Geld ins Ausland. Zu Lloyds und Barcleys in erster Linie. Sie waren die einzigen Banken, bei denen wir unser Geld anlegten. In London, in Sterling, zu 7 Prozent. Wir haben noch immer eine Menge dort, aber wir sind geschädigt worden. Zwei Abwertungen haben die Zinsen vieler Jahre weggeschwemmt. Danach haben wir es in der Schweiz versucht. Keine Abwertung, aber auch keine Zinsen. Die Schweizer sind der Ansicht, daß wir dankbar sein müssen, wenn sie unser Geld zu null Prozent nehmen, vielleicht zu einem oder zwei, abzüglich endloser Gebühren und Belastungen und Unverschämtheiten. Sie wissen, was ich meine.«
Stanley wußte es nur zu gut.
»Die Holländer? Nicht schlecht. Aber ein schwerfälliges Volk, und ein sehr hinterlistiges Volk. Mit betrügerischen Instinkten geboren, die mit dem Erfolg und den Jahren wachsen. Mit den Franzosen haben wir es auch probiert: zu umständlich. Die Deutschen? Zu deutsch. Also beschlossen wir endlich, es mit Hilfe meines Neffen hier in den Vereinigten Staaten zu versuchen. Als Experiment. Wissen Sie, ich bin überzeugt, daß es nicht schwer ist, Geld zu verdienen. Aber es ist sehr schwierig, es zu behalten, und sehr gefährlich, mit Geld Geld zu machen. Der Koran ist in diesem Punkt sehr weise. Geld wechseln – ja, das dürfen wir. Aber Kapital anlegen – das müssen wir immer noch den Kapitalisten überlassen, bis wir diese Kunst gelernt haben.
Und deshalb sind wir nach New York gekommen und schließlich zu Ihnen, Mister Rosen. Weil wir gehört haben, daß Sie sehr erfolgreich mit großen Beträgen umzugehen wissen. Und jetzt möchte ich gern hören, was Sie mit meinem Kapital anfangen würden, wenn Sie einen Teil davon in Ihre Obhut nähmen.«
Nun war Stanley an der Reihe. In der Zeit, die seit Radazans Anruf in New York verstrichen war, hatte er sehr gründlich

über den Fall nachgedacht. Er hatte eine Idee entwickelt, die zwar kühn und ungewöhnlich, aber doch in voller Übereinstimmung mit seiner Philosophie des risikoarmen Geldmanagements war. Das einzige wirkliche Problem bildete der Zeitfaktor. Und hier war das Glück, das, wie Rosen wußte, bei allen Finanzgeschäften eine der wichtigsten Größen darstellte, vielleicht gerade im rechten Moment auf der Szene erschienen.

Während des Wochenendes in Paris, das Rosen auf seinem Weg von New York nach Beirut eingeschaltet hatte, war er von einem Bekannten zu einer Cocktailparty eingeladen worden. Wie üblich, hatte Stanley auch hier das Fest an der Seite des hübschesten Mädchens verlassen. Einer sehr großen Rothaarigen, mit, wie sich bald herausstellte, einem Faible für kleine Männer wie Stanley. Die Puppe hatte offenbar unwahrscheinlich gute Beziehungen, wie aus der Unterhaltung in der ziemlich langen Nacht klar wurde. Eine der redefreudigsten Bettgenossinnen, die er je gehabt hatte, aber dennoch eine verdammt gute Bettgenossin, eindeutig mit einer Menge Übung. Aber was bei Stanley eingeschlagen hatte wie eine Bombe, war eine Anekdote gewesen, die sie – nach Stanleys Schätzung etwa um vier Uhr morgens – zum besten gegeben hatte und die von ihrem »ständigen Freund« handelte, offenbar einem sehr bedeutenden Schweizer Bankier. Der arme Kerl war am Vorabend einfach nicht vom Start gekommen, obwohl er ausschließlich zu diesem Zweck nach Paris geflogen war. Wie der ausführliche Rotschopf erläutert hatte, war daran nur der amerikanische Finanzminister schuld gewesen – und noch ein anderer Typ, von irgendeiner internationalen Bank in Basel. Sie erinnerte sich nicht an alle Einzelheiten. Aber es reichte Stanley, der, im Gegensatz zu seinem Vorgänger, in jener Nacht eine perfekte Verbindung von Geschäft und Vergnügen zustande brachte.

Rosen wandte sich an Fezali. »Mister Fezali, lassen Sie mich meine Anlageprinzipien kurz umreißen. Ich spekuliere nicht. Ich gehe sehr sorgfältig kalkulierte Risiken ein. Ich verspreche Ihnen aus Ihrem Geld keine 5 oder 10 Prozent jährlicher

Rendite. Aber ich kann versprechen, daß ich nicht die Hälfte davon verlieren werde. Ich betreibe weder ein Spielkasino noch einen Investmentfonds. Ich habe nichts für hohe Verlustrisiken übrig. Hingegen bin ich bereit, in alles und überall Geld zu investieren, vorausgesetzt, das Verlustrisiko ist meßbar und annehmbar, und die Chancen für einen hohen Gewinn stehen über 50 Prozent. Wenn ich mich beim Gewinn verrechne, so bleibt zumindest die Kapitalbasis für die nächste Runde intakt. Schließlich versuche ich nie, mich meinen Klienten gegenüber in Geheimnisse zu hüllen. Wenn ich mit ihrem Geld einen größeren Zug vorhabe, erkläre ich ihnen meine Gründe und Absichten. Sind sie mit dem Vorschlag nicht völlig einverstanden, so lasse ich ihn fallen. Und ein Letztes. Ich lege mein eigenes Geld in den gleichen Projekten an, die ich auch für meine Klienten wähle.«

Radazan übersetzte. Onkel Fezali schien beeindruckt.

Rosen fuhr fort: »Außerdem bin ich absolut überzeugt, daß es für jeden Anlagetyp einen speziellen Zeitpunkt gibt. Es gibt eine Zeit, zu der man in den Aktienmarkt geht, und eine Zeit, zu der man sich völlig draußenhält. Es gibt eine Zeit für Immobilieninvestitionen, aber auch Zeiten, zu denen man Immobilien meiden sollte wie die Pest. Zuzeiten muß man in Japan investieren, und zuzeiten sich auf Westeuropa verlegen. Ich glaube nicht an das gestreute Risiko, denn ich finde es unlogisch, nur um der Vielfalt willen Geld in Sachen zu stecken, wenn man genau weiß, daß sie sich als Fehlschläge erweisen werden. Ich vertrete den Standpunkt, daß man ausgesprochen positive Situationen aufsuchen muß und – bis man sie gefunden hat – das Geld zu einem soliden Zinssatz liegen läßt. Gute Gelegenheiten liegen nicht auf der Straße und fallen einem nicht in den Schoß. Sie werden durch harte Arbeit ermittelt. Die Durchführung einer Idee erfordert sogar noch härtere Arbeit. Dafür werde ich bezahlt – und ich erwarte, daß ich gut bezahlt werde.«

Radazan übersetzte, und Fezali nickte wiederum beipflichtend.

»All right«, fuhr Rosen fort. Wenn er einmal bei seinem Lieblingsthema war, konnte ihn niemand mehr aufhalten. »Ich glau-

be, daß ich eine dieser Gelegenheiten ermittelt habe. Ihnen wird mein Plan bestimmt klingen, als wollte ich Eulen nach Athen tragen. Ich will's Ihnen trotzdem erklären. Wenn Ihnen die Idee zusagt, ist es recht. Dann können wir sofort zum Geschäft kommen. Wenn nicht, ist es auch recht, und wir werden einander hoffentlich nichts nachtragen.

Also. Meine Idee ist ganz einfach folgende. Ich habe das Gefühl, daß die Zeit reif ist für ein ganz großes Spiel mit Goldbarren und gegen den US-Dollar. Alle Signale stehen auf Grün – zum erstenmal seit den frühen dreißiger Jahren. Bei diesem Rennen hat es bereits zahllose Fehlstarts gegeben, und mancher hat dabei sein letztes Hemd eingebüßt. Aber dieses Mal glaube ich, ist es ernst. Der todsichere Schlüssel zum Erfolg ist die Wahl des richtigen Zeitpunkts; auf diesem Gebiet ist das Timing wichtiger als in allen anderen Anlagesparten. Margen sind da nicht drin. Wenn man sich verrechnet, wenn der Stichtag versäumt wird, gibt's nur noch eins: Beuge dein Haupt in Scham, sammle deine restlichen Murmeln ein und geh. Sonst blutest du dich langsam zu Tode.«

Rosen legte wieder eine Pause ein. Radazan hatte einige Schwierigkeiten mit dem arabischen Wort für »Murmeln«. Endlich schien er auch diesmal wieder Stanleys Wortschwall gemeistert zu haben.

»Normalerweise setze ich nicht gern alles auf eine Karte. Aber dieses Mal ist die Versuchung zu groß. Das Verlustrisiko ist sehr gering im Vergleich zum möglichen Gewinn. Im schlimmsten Fall müßten wir eine maximale Einbuße von 15 Prozent hinnehmen, aber wahrscheinlich sind es auch dann nur 10 Prozent. Wenn wir gewinnen, vervierfachen wir unser Geld innerhalb der nächsten zwei Monate.«

Fezali, der nach wie vor Radazans Wiederholung von Rosens Worten sehr aufmerksam lauschte – die Augen ständig auf Stanley gerichtet –, schien vom letzten Teil nicht gerade überwältigt. Aus dem Mund Radazans brachte er seine Zweifel vor.

»Mister Rosen, wir im Vorderen Orient investieren nun seit

Jahrzehnten in Gold. Gewiß, unser Kapital ist erhalten geblieben. Aber es hat uns jahrzehntelang weder Zinsen noch Kapitalgewinne eingebracht. Erst vor ganz kurzer Zeit ist der Preis auf dem freien Markt endlich gestiegen, kaum so viel, daß die vielen ertraglosen Jahre wettgemacht wurden, aber immerhin gestiegen. Die jüngeren Männer unserer Familie, unserer Organisation, kamen zu mir. Sie sagten, es sei jetzt an der Zeit, aus dem Gold auszusteigen; neue und bessere Anlagemöglichkeiten für unser Kapital zu finden, damit es nicht noch eine oder zwei Generationen lang unfruchtbar herumliegt. Dies ist einer der Gründe, warum wir in Amerika Rat suchten.«

»Die Überlegung war richtig«, warf Rosen ein, »aber der Zeitpunkt falsch gewählt. Ja, sehr falsch. Denn jetzt, genau jetzt könnte der Goldpreis explodieren. Es ist eine Investition, die einen sicheren Kapitalgewinn einbringen dürfte, bei gar keinem oder extrem geringem Verlustrisiko. Meine These ist sehr einfach. Der amerikanische Dollar ist wiederum in Schwierigkeiten. Aus dem Grund, weil kein Mensch in der Welt ihm mehr vertraut, da er seit 1971 nicht mehr in Gold konvertierbar ist. Die amerikanische Regierung muß irgend etwas unternehmen, um das Vertrauen wiederherzustellen, wenn das Weltwährungssystem nicht so total zusammenbrechen soll, daß 1971 dagegen der reinste Kegelausflug war. Die einzige Lösung ist, die Goldkonvertibilität des Dollars wiederherzustellen. Dies erfordert eine massive Anhebung des Goldpreises – auf mindestens 125 Dollar pro Feinunze und vielleicht noch höher. Dort liegt dann der neue, von der Regierung garantierte Preis für dieses Metall. Jetzt können wir Gold in London oder Zürich für 74 Dollar pro Unze kaufen. Ich schlage vor, daß wir das tun. Und danach Schluß mit dem Gold. Für immer. Ich verstehe Ihre jungen Leute. Aber nach so vielen Jahren dürften sie gewiß gelernt haben, sich noch ein paar weitere Wochen zu gedulden.

Und noch eins. Verlassen Sie sich darauf, wenn die Amerikaner den Dollar im Verhältnis zum Gold abwerten, dann werden sie auch durchsetzen, daß der Dollar gegenüber den Währungen derjenigen Länder, die den Vereinigten Staaten an der Währungsfront so hart zugesetzt haben, noch eigens abgewertet wird, also gegenüber Frankreich, Deutschland, der Schweiz und Japan. Gewiß, es wird kaum annähernd so drastisch werden wie im Verhältnis zum Gold, aber ich schätze, daß mindestens 10 Prozent darin sind.«

Bis jetzt schienen seine Ausführungen nicht auf heftige Mißbilligung zu stoßen, also fuhr Stanley fort: »Aber jetzt komme ich zum Kern der Sache. Zum maximalen Leihkapital. Wir drücken alles heraus, was wir aus unseren 100 Millionen Dollar in klingender Münze herausschlagen können. Solches Geld macht von sich reden. Und ich denke an das, was wir bei uns zu Hause einen doppelten Schlemm nennen. Als ersten Schritt deponieren wir unsere 100 Millionen Dollar in einer Schweizer Bank. Sodann nehmen wir einen Kredit in Höhe von 100 Millionen Dollar auf und setzen das Ganze in Gold um: Wert 200 Millionen Dollar.«

Er wurde von Radazan unterbrochen. »Das nennen Sie maximales Leihkapital? Vergessen Sie nicht, ich bin Bankier, und als Bankier im Vorderen Orient verstehe ich mehr als nur ein bißchen vom Gold. Sie sprechen von einer Bardeckung von 50 Prozent bei Goldbarren. Ich weiß, daß 20 Prozent hoch genug gegriffen sind – womit ich nicht sagen will, daß wir überhaupt so weit gehen.«

Rosen fiel ein: »Augenblick. Ich bin noch nicht fertig. Der letzte Schritt der Operation besteht darin, daß wir unser Dollarkonto gewaltig überziehen. Ich schätze, wenn wir das ganze Gold als Garantie festlegen, können wir mindestens 1,5 Milliarden ohne Deckung verkaufen, auf dem Terminmarkt vielleicht 2 Milliarden. Wenn meine Berechnungen stimmen, würden wir am Gold 100 Millionen Dollar verdienen und weitere 200 Millionen an unserer ungedeckten Dollarposition. Das ist nicht ganz so viel, wie Howard Hughes verdiente, als er in den sechziger Jahren seinen Anteil an TWA verkaufte, aber auch kein schlechter Schnitt.«

Die beiden Araber steckten die Köpfe zusammen.
»Ehe wir zum Grundsätzlichen kommen«, sagte Radazan, »möchte ich darauf hinweisen, daß wir, *falls* unsere Theorien stimmen, und ich sage *falls,* genausoviel verdienen würden, wenn wir einfach alles in Goldbarren anlegten. Wenn wir auf der Basis einer 20prozentigen Bardeckung operieren, könnten wir für eine halbe Milliarde Gold kaufen – das, wie Sie sagen, fast unmittelbar danach um 50 Prozent steigen wird. Dann müßten wir keinerlei Risiken auf dem ausländischen Währungsmarkt eingehen.«
»Aha«, erwiderte Rosen, »ich sehe, Sie sind mir gefolgt. Aber Sie vergessen eine Kleinigkeit. Der Goldmarkt ist hoch empfindlich. Schon der Ankauf von Gold für 200 Millionen Dollar wird den Preis hochtreiben. Der Versuch, für eine halbe Milliarde Dollar Goldbarren zu kaufen, könnte den Markt überhaupt ruinieren.«
»Die libanesische Regierung hat das vor ein paar Jahren getan.«
»Mhm. Und damit den Preis um 15 Dollar pro Unze hochgetrieben.«
»Wie kommen Sie darauf, daß man leicht 2 Milliarden Dollar ungedeckt kaufen könnte?«
»Leicht nicht. Aber auch wieder nicht übermäßig schwierig. An den Devisen-Terminmärkten werden an jedem Tag der Woche Milliarden Dollar gekauft und verkauft. Natürlich könnte es sein, daß wir einige Unruhe auf dem Markt hervorrufen, mehr aber nicht.«
Wiederum besprach sich Radazan mit seinem Onkel.
»Falls alles schiefginge, wieviel würden wir verlieren?«
»Am Gold gar nichts. Wir würden uns nur Zeit lassen müssen, bis wir wieder abstoßen. An der Währungsoperation ungefähr 1 Prozent des Nennbetrages. Bei 2 Milliarden Dollar würden das also 20 Millionen sein.«
Rosen lächelte. »Das ist ein Spielchen, wie Stanley Rosen es gern hat. Ich schätze, wenn die ganze Schose fehlschlägt, verlieren wir maximal – wohlgemerkt *maximal* – 20 Millionen Dollar auf dem Währungssektor. Ebensogut können wir gar nichts verlieren,

und es ist nicht unmöglich, daß wir sogar noch einen kleinen Profit herausschlagen. Aber trotzdem, wir würden ein Darlehen von 100 Millionen Dollar auf vielleicht ein halbes Jahr anstehen haben, bis wir ganz behutsam unser Gold wieder abstoßen könnten. Das würde, sagen wir, 5 Millionen Dollar ausmachen. Aber dafür haben wir die Möglichkeit, 300 Millionen Gewinn zu machen. Dreihundert zu fünfundzwanzig, solche Odds sind mir auf dem Rennplatz sympathisch, aber glauben Sie mir, das hier ist kein Rennplatz.«

»Sehr schön, Mister Rosen«, sagte Radazan, »aber das läßt noch immer offen, was Sie selber als den wichtigsten Faktor bezeichneten – den Zeitplan. Wieso sind Sie so sicher, daß Sie ihn richtig berechnet haben?«

»Ich bin nicht sicher. Aber ich beabsichtige, noch sicherer zu gehen. Sie verstehen? Genau dafür bezahlen Sie mich. Stimmt's?«

»Und wenn Sie danach anders disponieren?«

»Ich melde mich wieder bei Ihnen. Dies war nicht die einzige Idee, die ich mir zurechtgelegt habe. Aber im Moment ist sie mit Abstand die beste. Selbstverständlich habe ich ein komplettes Alternativprogramm in meiner Aktentasche im Hotel. Aber lassen Sie mich Ihnen eins in aller Deutlichkeit sagen: Sie kaufen hier nicht einen Plan oder ein Programm. Sie kaufen Stanley Rosen. Schlicht und einfach.«

Radazan übersetzte auch dies für seinen Onkel. Dann begannen die beiden einen Dialog, der eine gute Viertelstunde dauerte. Stanley saß still auf seinem Roßhaarsofa.

»Mein Onkel ist bereit, mit Ihnen zu arbeiten«, erklärte Radazan schließlich. »Er möchte, daß wir unverzüglich den Vertrag aufsetzen.«

Beide Araber erhoben sich, und zehn Minuten später waren Stanley und Radazan, nach nicht endenwollendem Händeschütteln, Lächeln und Kopfnicken, wieder im Cadillac.

*

Am frühen Nachmittag des darauffolgenden Tages saß Rosen im Flugzeug, mit einer Vollmacht über ein Portefeuille aus einem New Yorker Aktienragout im Wert von knapp über 100 Millionen Dollar und dem üblichen Managementvertrag, der ihn – oder vielmehr eine seiner Firmen auf den Bermudas – zum Anlageberater der Commercial Bank of the Trucial States bestellte. Gegen ein sagenhaftes Honorar selbstverständlich.
Stanleys nächstes Ziel war Paris. Er hatte vor, dort eine Nacht zu verbringen. Zwecks – um einen Ausdruck aus dem Flugverkehr zu gebrauchen – Rückbestätigung.

6

Die Maschine der Air France landete in Orly um fünf Uhr Ortszeit, und eine knappe Stunde später betrat Rosen die Halle des *George V*. Er verlangte eine Suite im Nordflügel, der auf den Garten hinausgeht, und das Hotel geruhte, ihm eine solche zu geben, für den bescheidenen Preis von 135 Dollar pro Nacht plus 22 Prozent Bedienung, 15 Prozent Steuer und einen Aufschlag von 10 Dollar, der ausgesprochen kulant war, da ihm weder Bedienung noch Steuer hinzugerechnet wurden.

Als zweiten Schritt der Anmeldeformalitäten schob Stanley dem Portier einen 20-Dollar-Schein zu. Außerdem einen Zettel mit Namen und Telefonnummer der Dame, mit der er sich in Verbindung setzen wollte. Er hatte längst gelernt, daß es reiner Selbstmord war, sich ohne kundigen Beistand eines Ortsansässigen des französischen Telefonsystems bedienen zu wollen. Es ging Stanley ein bißchen gegen den Strich, 10 Dollar für jedes Ortsgespräch zu zahlen, aber in diesem Fall und im Hinblick auf die Millionen, die auf dem Spiel standen, fand er es vertretbar.

Keine drei Minuten, nachdem er es sich in seiner Suite bequem gemacht hatte, klingelte das Telefon. Jean-Paul, sein Fernverbindungsmann, war am Apparat. »Monsieur Rosen«, sagte er, »die junge Dame ist ausgegangen, aber das Mädchen erwartet sie in spätestens einer Stunde zurück. Sie hat versprochen, Madame werde dann gleich zurückrufen.«

»Sehr schön«, sagte Stanley. »Würden Sie noch etwas für mich erledigen?«

»Gewiß, Monsieur Rosen«, kam die ölige Antwort.
»Ich möchte einen Tisch im teuersten Restaurant von Paris.«
»Im teuersten?«
»Ja.«
»Nun, angeblich ist das *La Tour d'Argent* –«
»Hört sich fein an. Und sorgen Sie dafür, daß wir den besten Tisch kriegen. Für zwei. Ich werde mich erkenntlich zeigen, Jean-Paul.«
»Ah, yes, Sie können sich ganz auf mich verlassen, Monsieur Rosen. Es wird alles nach Wunsch erledigt. Für welche Zeit, Sir?«
»Gegen halb neun.«
»Yes, Sir. Und brauchen Sie einen Wagen?«
»Eine gute Idee. Klar, warum nicht?«
»Einen Bentley vielleicht?«
»Großartig. Aber unbedingt mit einem Chauffeur, der englisch spricht.«
»*Certainement*, Monsieur. Der Chauffeur ist ein Freund von mir.«
»Und noch etwas. Lassen Sie zwei – nein, lieber drei Flaschen vom besten Champagner des Hauses auf Eis stellen und gegen, sagen wir, elf Uhr in meine Suite schicken. Ich werde dann noch nicht zurück sein, der Kellner soll ihn einfach oben bereitstellen. Verstanden?«
»Selbstverständlich. Darf ich die Wahl für Sie treffen, Monsieur Rosen?«
»Gewiß, Jean-Paul. Und *merci beaucoup*.«
Mit dieser polyglotten Arabeske legte er auf und ging unter die Dusche.
Genau fünfundvierzig Minuten später klingelte das Telefon aufs neue. Stanley nahm vorsichtig den Hörer auf.
»Hallo«, war alles, was er riskierte.
»Stanley, Darling. Bist du's?«
»Claudine! Wie nett, daß du zurückrufst.«
»Aber natürlich. Sag mal, was bringt dich denn so schnell schon wieder nach Paris?«

»Du natürlich.«
»Oh la, la«, sagte sie, und es klang geschmeichelt.
»Claudine, ich habe für halb neun einen Tisch im *La Tour d'Argent* bestellt, ich hole dich um acht Uhr ab. Und Ausreden gelten nicht.«
»Aber Stanley, so plötzlich –«
»Claudine, ich habe nur einen Abend in Paris. Und irgendwie hab' ich mir eingebildet, unser letzter gemeinsamer Abend hätte dir Spaß gemacht.«
»Das hat er auch«, erwiderte sie begeistert.
»Gut. Dann soll's uns dieses Mal noch mehr Spaß machen.«
Es folgte ein kaum merkliches Zögern. Dann: »Ich komme.«
»Auch dafür werd' ich sorgen.«
»Stanley! Wir sprechen am Telefon!«
»Wir sehen uns also um acht. Bis dann, Claudine.«
»Bye, Darling.«

*

Als Claudine de Beauchamps ein paar Stunden später vor dem *La Tour d'Argent* aus dem Bentley stieg, machte sie einen umwerfenden Eindruck. Der elegante reinweiße Mini und die phantastischen Beine, die darunter zum Vorschein kamen, blitzten aus dem dunklen Nerzmantel und benahmen sogar dem Türsteher ein bißchen den Atem. Das volle rote Haar quoll unter der Pelzkapuze hervor, als sie durch die Eingangshalle zum Lift fegte. Der fast zwanzig Zentimeter kleinere Stanley trabte hinterher und keuchte fast, als er in der kleinen rotsamtenen Kabine stand. Ein junges Geschöpf mit weißem Haar bediente den Lift; es saß auf einem Hocker neben der Schalttafel und hatte einen weißen Pudel auf dem Schoß. Das breite rote Band um den Hals des Pudels rundete das Bild süperber Dekadenz ab. Claudine plauderte vergnügt mit dem Geschöpf undefinierbaren Geschlechts, während der Aufzug sich nach oben bewegte. Offenbar war sie hier eine bekannte Erscheinung. Als sie aus dem Lift traten, zögerte der Oberkellner denn auch nur eine Sekunde, ehe er herbeikam und sich vor Claudine verbeugte. Stanley trat vor, um seinen Namen zu nennen, wurde jedoch glatt übersehen, während Claudine auf den verglasten Erker am anderen Ende des Saales zuschritt und fast alle Blicke ihr folgten.

»Das ist mein Lieblingstisch«, sagte sie zu Stanley, als der Kellner ihr mit großem Zeremoniell den Nerz abnahm und einen Stuhl unter den wohlgerundeten Popo schob, wobei er sorgfältig darauf achtete, das Ziel nicht zu verfehlen.

Dieser Arschkriecher, dachte Stanley, als der Oberkellner verschwand, ohne Rosens Vorhandensein auch nur andeutungsweise zur Kenntnis genommen zu haben. Doch seine schwindende Hochstimmung wurde wieder belebt, als er zum erstenmal über Claudines Schulter hinwegblickte. Vor ihm stand, von den Erkerfenstern vollendet gerahmt, Notre Dame, und die Türme und Pfeiler der Kathedrale glommen in einem sanften Licht. Rosen, der unter der harten Schale ein romantisches Herz trug, wurde einen Augenblick lang die Kehle eng, denn es war ein sehr, sehr gutes Gefühl, so viel Schönheit um sich zu haben. Es war, das fühlte er genau, ein denkwürdiger Moment, denn er war vielleicht symbolisch für ein neues und besseres Leben, das jetzt in seiner Reichweite lag.

Die Ankunft der Speisenkarten rief Stanley flugs in die Wirklichkeit zurück, denn sie waren nicht nur ausschließlich in Französisch abgefaßt, sondern trugen auch keinerlei Preisangaben. Um Zeit zu gewinnen, bestellte Stanley zwei trockene Martinis on the rocks.

»Chéri«, fragte Claudine, »bist du hungrig?«

»Ja«, erwiderte er, »aber offen gesagt, ich kann mir auf diese gottverdammte Karte keinen Vers machen.«

»Stanley, Darling«, sagte Claudine und faßte über den Tisch nach Rosens Hand, »genau deshalb habe ich dich vom ersten Augenblick an gemocht. Du bist der einzige ehrliche Amerikaner, dem ich jemals begegnet bin, der einzige, der zugibt, daß er sehr wenig von der französischen Sprache versteht, noch weniger vom französichen Essen und überhaupt nichts vom französischen

Wein. Würde es dich schrecklich kränken, wenn ich das Menü zusammenstelle?«
Stanley war im Gegenteil höchlichst erleichtert. »Claudine«, sagte er und drückte jetzt ihre Hand, »leg los, Baby.«
Und das tat sie. Dem delikaten *filet de sole cardinal* folgte das berühmte *caneton Tour d'Argent*, und den Abschluß bildete ein *soufflé Valtesse.* Nach dem 1959er weißen Burgunder kam ein fantastischer 1949er Haute Brion. Der Cognac aus der Spezialreserve des Hauses erwies sich ebenso golden von Geschmack wie im Aussehen. Stanley wich nur in einem Punkt hartnäckig von Claudines Vorschlägen ab, und das war der Kaffee. Er weigerte sich, das Zeug anzurühren. Noch war die Erinnerung an Beirut zu lebendig.
Die Rechnung war schlechthin erschütternd, aber Stanley beglich sie mit einer Nonchalance, die eines Agha Khan würdig gewesen wäre. Als sie wieder im Bentley saßen, nahm Claudine seinen Kopf in ihre beiden behandschuhten Hände und versetzte ihm ein winziges Küßchen auf die Nase.
»Es war reizend«, sagte sie, »und jetzt fahren wir zu mir.«
»Nein«, sagte Stanley, »es gibt da ein Lokal, wo ich schon immer hinwollte, aber irgendwie hab' ich's nie geschafft. Ich weiß, es ist mehr was für Touristen, aber –«
»Doch nicht das *Moulin Rouge?*« rief Claudine.
»Nein. *The Crazy Horse Saloon.*«

*

Also ging's in den *Crazy Horse Saloon.* Es war bummsvoll, wie immer, es gab aber wie immer noch Platz für Leute, die mit 10-Dollar-Noten winkten. Schließlich saßen Stanley und Claudine nebeneinander eng in einen ausgebeulten Halbkreis direkt vor der kleinen Bühne gepfercht. Der Lärm war ohrenbetäubend, der Rauch im Lokal erstickend, und die Anzahl von Amerikanern aus dem Mittelwesten nebst ihren Kunststoff-Ehefrauen überwältigend.

»Wundervoll«, schrie Claudine, als die Musik einsetzte und der bereits herrschenden Atmosphäre tödlichen Erstickens ein weiteres klaustrophobisches Element hinzufügte. Doch trotz alledem war die Show von Anfang an mit elektrischer Erregung geladen. Die blitzenden Scheinwerfer, die exzentrischen Kostüme, die prachtvollen Mädchen trieben die Temperatur im Raum innerhalb von Minuten um weitere zehn Grad in die Höhe. Die mittelalterliche Dame aus Little Rock, die zwischen Stanley und ihrem Gatten eingequetscht war und ihren Ellbogen beharrlich in Stanleys Rippen bohrte, wich sichtlich zurück, als eines der Mädchen das wohlgetrimmte Vlies dem Pappi verdammt dicht unter die rote Nase schob. Die Selbstbeherrschung des Mannes brach völlig zusammen, als er viele Male nacheinander hilflos nieste.

Claudine fand das sehr erheiternd und brach in glockenhelles Lachen aus, womit sie im Handumdrehen das nächstsitzende Dutzend Leute ansteckte, besonders als die nette amerikanische Dame mit dem leichten Silberton im Haar sich an ihren verlegenen Eheherrn wandte und laut sagte: »Hör doch endlich auf, du Idiot!«

Das Tableau auf der Bühne vor ihnen wechselte, dieses Mal trat ein afrikanisches Paar auf. Bald konzentrierte sich das gesamte weibliche Augenmerk auf den Zwickel des riesigen Schwarzen, der an der richtigen Stelle sichtlich schwoll, als sein Besitzer die gnadenlose Verfolgung der jungfräulichen Partnerin aufnahm. Im Lokal wurde es immer stiller. Plötzlich erschrak Stanley. Denn an seinem eigenen Reißverschluß zog, mit promptem Erfolg, eine fremde Hand. Und sobald die Bahn frei war, packte eine zweite Hand entschlossen zu.

»Jeezus«, flüsterte Stanley aus dem Mundwinkel. »Was hast du denn vor?«

Die einzige Antwort kam von den beiden Händen. Sie fingen langsam an, sich im Rhythmus der Trommeln zu bewegen, die jetzt die Raserei des zunehmend ineinander verknäulten Paares untermalten. Als der Höhepunkt langsam herannahte, versank das Lokal in völligem Dunkel. Die beiden kunstvoll präparierten nackten Leiber reflektierten die ultravioletten Strahlen, die jetzt auf ihnen spielten und Bilder von dunklem und unheimlichem Sex hervorzauberten.

In diesem Moment regte sich dic amcrikanische Dame an Stanleys linker Seite. Zu seinem äußersten Entsetzen legte sich eine dritte Hand auf ihn. Sie war so ganz von ungefähr auf sein Knie gefallen, wie es unter diesen gedrängten Verhältnissen durchaus zufällig passieren mochte. Doch dann begann sie, zielstrebig, Zentimeter um Zentimeter, ihren Weg nach oben. Stanley war dazu verdammt, in gräßlicher Vorahnung stillzuhalten, denn er war zu beiden Seiten von festem Fleisch eingekeilt, und der Tisch verhinderte die Flucht nach vorn. Das übergroße Tischtuch, das Stanleys Schoß gnädig verhüllte, begann zu flattern wie ein Zelt im Wüstensturm, als die Unruhe darunter wuchs. Er konnte fast im voraus schon die fünf molligen Fingerchen spüren, die immer schneller dem Zielgebiet zustrebten. Sie hielten inne, stutzten bei der Begegnung mit dem rührigen französischen Fingersatz. Dann aber faßten sie sich ein Herz, suchten und fanden, wenn nicht den Vollbesitz, so doch wenigstens einen Zipfel des Objekts, das sich so enormen Zulaufs erfreute.

Endlich begann es Claudine zu dämmern, daß hier etwas Ungewöhnliches vor sich ging.

»Bist du das?« flüsterte sie.

Stanley war zu erstarrt, um zu antworten, aber Worte waren kaum nötig, denn dort oben auf dem Tisch leuchteten seine beiden weißen Manschetten im bläulichen Schein der ultravioletten Lampen. Plötzlich zog Claudines Hand sich zurück, sie beugte sich mit königlicher Miene über Stanley hinweg und sagte mit ebenso süßer wie lauter Stimme zu der links von ihm sitzenden Matrone, deren Hand die Siegespalme fest umklammert hielt:

»Madame, würden Sie gütigst die Pfoten aus der Hose meines Begleiters nehmen?«

Was die Dame tat, während Stanley in heftige Rückzugssympto-

me verfiel, die sich noch verschärften, als Claudine in gleicher Lautstärke fortfuhr:
»Stanley, mach die Hose zu, wir gehen.«
Man hätte meinen können, dergleichen passiere allnächtlich im *Crazy Horse Saloon,* denn während des ganzen Zwischenfalls drehte niemand den Kopf. Die amerikanische Dame, die jetzt geziert den Arm ihres Mannes umfaßt hielt, wandte nicht einmal den Blick von der Bühne, als Stanley sich hochrappelte und der Freiheit zustrebte, hoheitsvoll gefolgt von Claudine. Aber dann überkam Claudine wieder der Kicheranfall, und sie konnte erst wieder aufhören, als sie den Club verlassen hatten und in der Avenue George V. standen, nachdem Stanley auf halbem Fluchtweg einem erstaunten Kellner 50 Dollar in die Hand gedrückt hatte.
»Stanley«, sagte sie, als sie sich endlich beruhigt hatte, »wenigstens mußt du ihr lassen, daß sie Geschmack bewiesen hat. Obwohl sie, wenn man's recht bedenkt, nicht besonders weit gekommen ist. Die Ärmste. Sie wird nie erfahren, was ihr entgangen ist. Aber vielleicht hast du's überhaupt lieber zu dritt?«
Stanley war noch immer zu verstört, um lachen oder weinen zu können. Aber dann mußte er sich doch langsam eingestehen, daß sie, bis Claudine dazwischengefunkt hatte, selbdritt einem recht interessanten Crescendo entgegengeeilt waren. Ja, je länger er daran dachte, an die Kühnheit der Situation, um so mehr begann er sich auf den Rest des Abends zu freuen. Als Claudine und er schließlich in seiner Hotelsuite angelangt waren, befanden beide sich im Stadium der Weißglut. Aber wieder übernahm Claudine die Führung.
»Her mit dir, Stanley. Sofort!«

*

Sie warf den Nerz ab und zog Rosen ins Schlafzimmer. Ihre Eile war so groß, daß der weiße Mini anblieb, bis sie beide eine Ekstase erreicht hatten, in der Claudine mit ihren ganzen einsachtzig

Länge auf Stanley um sich drosch, als sie immer wieder und wieder kam. Endlich lag sie still. Dann holte sie tief Atem, stand auf und zog ihre restlichen Kleidungsstücke aus. Stanley leistete sie den gleichen Dienst, wobei ihre Hände unermüdlich an ihm tätig waren. Plötzlich verschwand sie im Salon, um mit einer eisgekühlten Flasche Champagner und zwei Gläsern zurückzukehren.

»Du bleibst, wo du bist«, sagte sie zu Rosen, der übers Bett hingestreckt lag. »Von jetzt an werde ich für die Bedienung sorgen.«

Ein Daumenschnippen, und der Korken flog. Claudine füllte die Gläser bis zum Rand, überreichte sie Stanley, kletterte in das geräumige Bett und zog mit einer Reihe flinker Griffe die Daunendecke über beide. Sie schnappte sich eines der Gläser und stieß mit Stanley an.

»Stanley, Darling. Du bist wirklich ein wunderbarer Mann. Bis auf eine einzige Sache.«

Wieder erschrak Rosen. Er war an Klagen im Schlafzimmer nicht gewöhnt.

»Hat was nicht gestimmt?« fragte er besorgt. »So, wie dieses Weib rumgezerrt hat, wäre ich nicht überrascht. Diese Chuzpe ...!«

»Nein, es hat alles gestimmt, Darling«, sagte sie lachend. »Nur, daß du absolut perfekt wärst, wenn du einen Schnurrbart hättest.«

»Aha«, sagte Stanley erleichtert. »Du meinst, wie dein kleiner Herzensbankier aus der Schweiz?« Jetzt trank er sein erstes Schlückchen Champagner.

»Ja.«

»Aber ich dachte, nach dem, was du mir erzählt hast, war er beim letzten Mal eine komplette Niete?«

»Nun ja, nicht ganz. Wenigstens sein Schnurrbart war steif. Aber wir wollen nicht von ihm sprechen.«

»Doch«, beharrte Stanley, »ich schon. Nur ganz kurz. Der Knabe interessiert mich.«

»Wieso? Du kennst ihn doch gar nicht.«

»Natürlich nicht, aber es interessiert mich, wenn ein Kerl sich übers Geschäft so aufregt, daß nicht mal du ihn im Bett aufregen kannst.«

»Ich hab' dir's doch gesagt. Er hatte eine ganz große Sache laufen.«

»Was in aller Welt könnte *so* groß sein?«

»Er sagte, die Zusammenkunft der beiden Kerle, die er in London gesehen hat, könnte bedeuten, daß große Dinge bevorstehen. Verstehst du, irgend etwas mit Gold und Dollars und solchem Zeug.«

»Du meinst den amerikanischen Finanzminister?«

»Ja, und den anderen.«

»Von welcher Bank war der gleich wieder?«

»Ich weiß nicht, wie sie auf englisch heißt. Aber auf französisch heißt sie *Banque pour le* . . . ich hab's vergessen. Er hat sie die BIZ oder BIEZ oder so ähnlich genannt. Aber warum«, fuhr sie fort, »interessiert dich das so brennend?«

»Na ja, er ist doch mehr oder weniger dein fester Freund, oder?«

»Sozusagen. Aber nicht so, daß es irgend etwas mit dir und mir zu tun hätte.«

»Da bin ich wieder nicht so sicher. Ich meine, du kannst doch kaum besonders glücklich sein mit einem Mann, der impotent ist.«

»Das habe ich nicht gesagt. Es war das erstemal, daß so etwas passiert ist.«

»Klar«, sagte Stanley.

»Jetzt hör mir mal zu. Du glaubst doch wohl nicht, daß ich mich mit einem Mann einlassen würde, der mich nicht mal richtig –« Sie war sichtlich entrüstet.

»Claudine«, unterbrach Rosen, »sprechen wir von was anderem. Entschuldige. Du hast ganz recht. Es geht mich wirklich nichts an. Ich hoffe nur, daß du mich in Zukunft ungleich häufiger zu sehen kriegst als diesen Schweizer Dreikäsehoch.«

Tatsache war, daß sie während der nächsten vier Stunden einan-

der nicht wenig zu sehen kriegten und oft unter den erstaunlichsten Blickwinkeln. Erst kurz vor Morgengrauen fielen sie in den Schlaf der Erschöpfung.
Als Stanley gegen Mittag erwachte, stellte er zuallererst das Datum auf seiner Uhr fest. 25. Oktober, Zeit, wieder an die Arbeit zu gehen.

7

Genau sechs Tage später, am 31. Oktober, hatte George Bernoulli im Hauptquartier der Spezialabteilung der schweizerischen Polizei in Bern gerade seinen Schreibtisch aufgeräumt, um zum Mittagessen zu gehen, als das Telefon klingelte.

»Herr Doktor Bernoulli?« fragte die metallische Stimme.

»Jawohl, am Telefon.«

»Bitte bleiben Sie am Apparat, Herr Doktor. Sie werden aus dem Bundesrat angerufen.«

Der Anruf war sehr kurz. Der Finanzminister wünschte Bernoulli baldmöglichst zu sehen – umgehend, wenn es zu machen sei. Es war zu machen.

Am schnellsten ging es zu Fuß. Nach einer Viertelstunde betrat Bernoulli das Büro des Ministers. Der Herr Minister war nicht allein.

Er hatte zwei weitere Mitglieder des Bundesrats bei sich. Nach dem üblichen allgemeinen Händeschütteln ergriff der Finanzminister, Jakob Gerber, das Wort.

»Herr Bernoulli, bitte entschuldigen Sie, daß wir Sie so kurzfristig rufen ließen. Aber wir haben ein sehr dringendes Problem, das zudem höchst delikat ist. Ich glaube, Sie sind der Mann, der uns helfen kann.«

Gerber bedachte Bernoulli mit jenem superernsten Blick, der für die Ausübung eines öffentlichen Amtes in jedem Land der Welt unerläßliche Voraussetzung zu sein scheint.

»Vielen Dank, Herr Minister. Ich würde mich selbstverständlich

glücklich schätzen, Ihnen in jeder nur möglichen Weise behilflich zu sein«, sagte Bernoulli, der ergebene Diener.
»Gut. Lassen Sie mich die Situation kurz umreißen. Der Ausgangspunkt ist offenbar die Weltwährungskonferenz in Rom im vergangenen Monat. Die Deutschen, Franzosen und Japaner faßten dort den Beschluß, sich zu einem Goldblock zusammenzuschließen, falls die Vereinigten Staaten sich einer Wiederherstellung der Goldkonvertibilität des Dollars widersetzen sollten. Es wurde uns nahegelegt mitzumachen, aber angesichts unserer Neutralität haben wir selbstverständlich davon Abstand genommen. Denn das ganze Projekt wäre auf nichts Geringeres als eine offene Rebellion gegen die Vereinigten Staaten hinausgelaufen. Außerdem zweifle ich persönlich daran, daß es überhaupt durchführbar wäre. Aber dies ist jetzt eine akademische Frage. Denn irgendwie bekamen die Amerikaner Wind von der ganzen Sache.«
Gerber hielt inne. Er legte stets Wert darauf, seine Gedanken ganz präzis zu formulieren, ehe er sie aussprach. »Also, wie gesagt, die amerikanische Delegation bekam einen Wink, und es geschah nichts Geringeres als ein Wunder. Der Präsident der USA hat beschlossen, die Bindung des Dollars an das Gold wiederherzustellen, indem er den offiziellen Goldpreis auf 125 Dollar pro Feinunze anhebt. Das ist natürlich eine sehr gute Nachricht. Und Sie werden sich fragen, wie wir davon erfahren haben.«
Bernoulli blieb nichts anderes übrig, als zu nicken.
Gerber fuhr fort: »Aus guten Gründen entschloß sich der amerikanische Präsident, den Generalsekretär der Bank für Internationalen Zahlungsausgleich ins Bild zu setzen. Offenbar ist den Amerikanern klargeworden, daß es absolut unerläßlich ist, Bollinger im vorhinein zu informieren – Sie kennen Bollinger natürlich –, da die BIS nach Bekanntgabe der amerikanischen Maßnahme einen beträchtlichen Teil der Verantwortung für die Stabilisierung der ausländischen Wechselbörsen übernehmen muß. Übrigens ist der fest vereinbarte Tag für die Aufwertung

des Goldpreises der 10. November. Also in einer guten Woche.«

Wieder machte Gerber eine Pause. Im Gegensatz zu den sechs anderen Mitgliedern des Bundeskabinetts war er kein Berufspolitiker. Er kam aus der Industrie und galt als ein Mann der harten und schnellen Entschlüsse. Obgleich er den Regierungsposten nun seit mehr als zwei Jahren innehatte, schien er sich in Gesellschaft einiger seiner Kollegen noch immer recht unbehaglich zu fühlen. Der Amtsbruder zu seiner Linken, der Innenminister, war vor allem wegen seiner Jodeldarbietungen zum Abschluß ländlicher Versammlungen bekannt, deren Alkoholumsatz bei weitem ihre politische Relevanz übertraf. Der Mann zu seiner Rechten, der Justizminister, war ehemaliger außerordentlicher Universitätsprofessor. Er konnte sich nicht auf einen Ruf als Jodler stützen und, nebenbei gesagt, auch auf keinen anderen. Das Gesetz schrieb sieben Männer im Bundeskabinett vor, und er war eben der siebente. Er konnte indessen mit einer gewissen Inbrunst Pfeife rauchen.

Der Finanzminister fuhr fort: »Ich habe natürlich noch nicht im vollen Umfang erklärt, was wir mit der Sache zu tun haben. Denn die Amerikaner haben von Bollinger die Zusicherung absoluter Verschwiegenheit gefordert und erhalten. Es ereignete sich jedoch ein Zwischenfall. Nach der Rückkehr aus London, wo er sich mit dem amerikanischen Finanzminister getroffen hatte, legte Bollinger seine Kopie des Goldplans in einen kleinen Safe in seiner Privatwohnung. Das war keineswegs ungewöhnlich. Bollinger sagte mir, er nehme häufig Dokumente mit nach Hause, besonders übers Wochenende – wie vermutlich wir alle. In diesem Fall bestand für Bollinger ein besonderer Anlaß, seinen Privatsafe zu benutzen. Er wollte nicht, daß irgendeiner seiner Mitarbeiter in der Bank – in der Mehrzahl Ausländer, wie Sie wissen – an dieses Dokument geriet. Die Gründe liegen auf der Hand.

Vorgestern – also eine Woche darauf – machte jemand sich an dem Safe zu schaffen. Bollinger geriet damit in eine überaus heikle Lage. Falls jemand den Safe mit dem Vorsatz geknackt hat, die Akte zu entwenden und ihren Inhalt zu verbreiten, so kann daraus die größte monetäre Explosion resultieren, die unsere Welt jemals gesehen hat. Selbst wenn die Amerikaner den Plan ändern, so genügt allein der Beweis für seine Existenz, um einen derartigen Exodus aus dem Dollar und eine Massenflucht in irgend etwas anderes auszulösen, in die Mark oder den Yen oder die Lira, in Schweizer Aktien oder südafrikanische Goldminen, daß vermutlich jede Bank in der freien Welt und sämtliche Wertpapier- und Warenmärkte ihre Pforten für die nächsten Wochen, vielleicht Monate, schließen müßten. Das wäre das totale Chaos. Ich glaube, das ist klar genug. Die deutsche Regierung ließ im Mai 1971 ihre genauen Absichten durchsickern, die Mark floaten zu lassen. Mit dem Ergebnis, daß sie in den letzten fünfunddreißig Minuten, ehe der Dollarankauf eingestellt wurde, mehr als eine Milliarde Dollar annehmen mußte! Stellen Sie sich bloß vor, was unter den geschilderten Voraussetzungen passieren würde.«

Schweigen im Raum.

»Die eine Möglichkeit ist die, daß irgend jemand darauf aus ist, den Dollar ein für allemal zu sabotieren. Die andere wäre, daß wir hier den ersten Akt eines wohlorganisierten verbrecherischen Coups erleben. Sie können sich vorstellen, was diese Information für einen Spekulanten oder eine Gruppe von Spekulanten wert wäre! Drittens besteht auch noch die Chance, daß es sich um eine zufällige Koinzidenz handelt. Vielleicht hat irgendein kleiner Dieb diesen Safe geknackt in der Hoffnung auf Beute, und als er nichts Wertvolles fand, hat er wenigstens diese, wie er sich vielleicht dachte, hochwichtigen Papiere mitgenommen. Denn Bollinger behauptet, niemand, absolut niemand könne gewußt haben, daß er ein Dossier von dieser Wichtigkeit bei sich hatte. Aber wie dem auch sei – die Akte ist verschwunden.

Nachdem er vierundzwanzig Stunden über die Sache nachgedacht hatte, beschloß Bollinger, den Amerikanern nichts zu sagen. Er ist Schweizer wie Sie und ich. Und wir alle wissen, daß unseren Freunden in den Vereinigten Staaten, bei all ihren guten

Seiten, ein Talent völlig abgeht, nämlich die Fähigkeit, ein Problem mit Eleganz anzugehen, mit Subtilität, mit geschickter Hand. Das ist keine Kritik, wohlgemerkt. Ich stelle nur Tatsachen fest. Wie einer meiner britischen Kollegen zu sagen pflegte: ›Das amerikanische Schatzamt ist die reinste Laienbühne.‹ Hätte Bollinger es ihnen erzählt, sie wären nach Basel gestürmt wie ein Haufen betrunkener Cowboys, wenn Sie mir diesen Ausdruck verzeihen wollen.«

Bernoulli, der die Amerikaner gut kannte, fand das ein wenig übertrieben. Aber der Innenminister, dessen engster Kontakt mit Amerika in einer gelegentlichen Flasche Coca-Cola mit reichlichem Rumzusatz bestand, knödelte seine ungeteilte Zustimmung. Auch die Pfeife des Justizministers schien positive Rauchzeichen hochzuschicken. Die daraus resultierende Steigerung der Rauch- und Alkoholdichte in der Luft schien den Finanzminister nicht zu stören. Er war im Amt gestählt. Gerber ergriff wieder das Wort.

»Das Ende der Geschichte ist einfach. Heute vormittag kam Bollinger schon sehr früh zu mir, inoffiziell natürlich, und fragte mich um Rat. Ich habe seitdem gründlich überlegt und bin vor etwa einer halben Stunde zu folgenden Schlüssen gelangt. Erstens: Wir, in unserer Eigenschaft als Schweizer, haben den dringenden Wunsch, daß dieser Plan einer Goldpreiserhöhung wie vorgesehen zur Durchführung gelangt. Es liegt in unserem nationalen Interesse. Zweitens: Tatsache ist, daß der Schaden bereits eingetreten ist. Das Dossier ist verschwunden. Drittens: Wenn wir diese Angelegenheit den Amerikanern vortragen, so wird entweder eine verheerende Untersuchung gestartet, beziehungsweise die Aufwertung wird auf Dauer abgeblasen. Viertens: Wir wünschen nicht, daß irgendeine in der Schweiz ansässige internationale Institution in einen Skandal solchen Ausmaßes verwickelt wird, wenn wir es irgend verhindern können. Mein Entschluß, ausgehend von diesen vier Punkten, ist also folgender: Wir wollen versuchen, diese Sache unverzüglich zu unterdrücken. Es kann sich sehr wohl um eine einfache intern schweizerische Angelegenheit handeln. Wenn ja, wird sie einfach abgewürgt. Sollte eine ausländische Regierung verwickelt sein, so werden wir uns sofort vom Schauplatz zurückziehen – und Schwamm drüber. In jedem Fall haben wir als Regierung – und ich kann auf dieses Faktum nicht deutlich genug hinweisen – keine, absolut keine Kenntnis von diesem Zwischenfall. Ich hoffe, Sie alle verstehen ganz genau, was ich hier sage – und ganz besonders Sie, Bernoulli.«

»Ja, Herr Minister«, erwiderte der junge Mann, »ich verstehe Sie vollkommen.«

»Ich nicht.«

Gerber fuhr in die Höhe. Ausgerechnet der Exprofessor machte diese Bemerkung.

»Soviel ich von diesen Dingen verstehe, würde eine massive Aufwertung des offiziellen Goldpreises *ipso facto* eine massive Dollarabwertung bedeuten.«

Offenbar hatte der Mann verschüttete Talente.

»Ich vermute, ja ich weiß, daß dies für Westeuropa nicht annehmbar wäre und daß es auch für die Schweiz unter keinen Umständen annehmbar wäre.«

Gerber griff wieder ein. »Lieber Kollege, theoretisch haben Sie natürlich recht, aber in praxi bin ich überzeugt, daß folgendes sich ereignen wird. Die meisten Staaten der Welt werden die Dollarabwertung voll mitmachen. Sie werden in genau demselben Umfang dem Gold gegenüber abwerten. Also wird sich praktisch nichts ändern, was die Wechselkurse betrifft. Es wird lediglich bedeuten, daß der Dollar wieder in Gold konvertierbar ist, nur bei einem weit höheren Goldpreis. Daran muß jedes Land interessiert sein.«

»Die meisten Länder, ja. Aber nicht alle. Und auf die anderen kommt es an.«

»Gewiß, darin liegt eine gewisse Schwierigkeit. Ob die Japaner, die Deutschen oder sogar die Briten voll mitmachen werden, ist nicht sicher. Sie wissen so gut wie ich, daß durch die Abwertungen von 1971 und 1973 der Dollarabfluß nicht gestoppt worden ist. Diese Abwertungen sind einfach nicht weit genug gegangen. Also kann eine weitere Berichtigung der Wechselkurse, die eine beschränkte Anzahl von Ländern beträfe, absolut opportun sein. Schließlich möchten wir dieses Mal das Problem ein für allemal lösen.«

»Wollen Sie damit sagen, daß der Schweizer Franken zum drittenmal in weniger als drei Jahren gegenüber dem Dollar im Wert steigen soll?«

»Ich sage lediglich, daß wir diese Möglichkeit nicht ausschließen können.«

»Um wieviel?«

»15 Prozent.«

»Unsere Industrie wird das nicht gern hören.«

»Die Industrie in Deutschland, Japan oder Großbritannien auch nicht. Aber wir müssen dem Dollarproblem ein Ende machen. Und jetzt ist der Moment gekommen. Bedenken Sie, diese ganze Geschichte wird für unser Land einen enormen Nebengewinn abwerfen.«

»Wieso?«

»Wir gehören zu den Ländern mit den größten Goldreserven: im Wert von 3,5 Milliarden Dollar. Dieser Wert wird sich über Nacht fast verdreifachen. Er wird dafür sorgen, daß der Schweizer Franken auf Jahre, vielleicht Jahrzehnte hinaus eine der härtesten Währungen der Welt bleiben wird. Und das, meine Herren, ist eindeutig im Interesse unseres Landes.«

Wieder senkte sich Schweigen über den Raum.

Gerber wandte seine Aufmerksamkeit dem Jüngsten in der Runde zu:

»Bernoulli, ich habe beschlossen, Sie mit der Untersuchung zu betrauen. Sie werden sich morgen früh um acht mit Bollinger treffen, um sämtliche Einzelheiten von ihm zu erfahren. Er erwartet Sie. Am besten fahren Sie heute abend nach Basel und schlafen sich dort noch mal tüchtig aus. Sie haben völlig freie Hand, Bernoulli. Aber ich möchte täglich Rapport. Telefonisch, wenn ich bitten darf.«

Die Audienz war so unvermittelt zu Ende, wie sie begonnen hatte.

*

Bernoulli nahm den Zwanzig-Uhr-dreißig-Zug nach Basel. Um zweiundzwanzig Uhr betrat er das Hotel *Euler.* Ehe er auf einen Drink in die Bar hinunterging, rief er seinen Freund bei der Stadtpolizei an und bat ihn, alle bekannten Safeknacker der Gegend zur Einvernahme festzusetzen. Er erklärte, um welche Art von Diebstahl es sich handelte, auch um welchen Ort, machte jedoch keine Andeutung über die Art der gestohlenen Gegenstände. Kommissar Heinz Bucher versprach, sich zu melden.

Bernoulli beendete den Tag kurz vor Mitternacht.

Um eins klingelte das Telefon. Bernoulli war sofort wach.

»Ist dort Doktor Bernoulli?« fragte eine wohlbekannte Stimme.

»Heinz, ja, ich bin's, und spät ist es auch.«

»Wir haben schon was. Einen Burschen, der passen könnte. Er soll gerade wegen Diebstahlverdachts eingebuchtet werden – ein anderes Objekt.«

»Wo?«

»Im Lohnhof.« Das war das Zentralgefängnis der Stadt, ein säkularisiertes mittelalterliches Kloster.

»Sehr gut. Geh wieder zu deinen Leuten, Heinz. Und sag ihnen, sie sollen den Burschen in eine leere Zelle legen, aber in eine mit zwei Betten. Zweitens, sag ihnen, daß du in ungefähr einer halben Stunde noch einen anbringst. Sie sollen mich wegen Verdachts auf Betrug einlochen und weiter keine Fragen stellen. Ja? Und dann läßt du mich in die Zelle von dem Kerl legen. Und sag um Gottes willen keinem, weder der Polizei noch den Leuten im Gefängnis, wer ich wirklich bin. Gib als meinen Namen Salzmann an. Okay?«

»Einverstanden.«

»Heinz«, brüllte Bernoulli, »wie heißt der Mann?«

»Bechot. Sammy Bechot«, lautete die Antwort.

»Ich komm' gleich 'rüber«, sagte Bernoulli und legte auf.
Er zog sich schnell an und verließ das Hotel über die Hintertreppe. Er brauchte eine Viertelstunde, um zu Fuß zum Polizeipräsidium zu kommen. Wie die meisten Schweizer ging Bernoulli gern zu Fuß. Soll angeblich gesund sein. Kommissar Bucher erwartete ihn vor dem Portal. Das Gefängnis grenzte unmittelbar an das Polizeigebäude.
Das Aufnahmeverfahren war ziemlich unerfreulich. Krawatte, Manschettenknöpfe, Armbanduhr, Brieftasche verschwanden in einem braunen Umschlag. Bernoulli unterschrieb, daß alles ordnungsgemäß darin sei. Dann ging's den Korridor entlang, durch zwei Gittertüren und in einen kleinen Raum. Dort mußte er sich entkleiden. Untersuchung. Mehr oder weniger wieder bekleidet, wurde er an einen neuen Wärter weitergereicht, die Treppe hinauf und dann nach links geführt. Unheimliche Bude. Eine einzige Reihe von Stahltüren, alle gelb gestrichen. Warum gelb? Die Tür von Zelle 15 war geschlossen. Bernoulli bekam zwei Wolldecken, zwei Laken, ein recht fadenscheiniges Handtuch und ein winziges Stück Seife und wurde in die Zelle gewiesen.
Der Mann drinnen hatte geschlafen. Er nahm kaum Notiz von dem Neuankömmling. Bernoulli wurde angewiesen, sein Bett, das fest an der Wand verankert war, herunterzuklappen, Laken und Decken auszubreiten, sich hinzulegen und den Mund zu halten. Es war spät in der Nacht.
Nach einer Viertelstunde war Bernoulli eingeschlafen. Das hier war zwar nicht gerade das *Euler*, aber ein Bett war ein Bett.

8

Die Kirchenglocken dröhnten. Ein paar Minuten darauf wurde das Licht in der Zelle von irgendwo eingeschaltet, die Tür ging auf, und ein Wärter schob einen Besen herein. Tür zu und versperrt. Bernoullis Zellengenosse begann, sich aus dem schmalen Bett zu winden, blickte zu Bernoulli hinüber, dann grinste er.
»*Bonjour!*«
»*Guete Tag*«, erwiderte Bernoulli im Schweizer Dialekt.
»Aha. *Un Bâlois*«, sagte der Mitinsasse und fuhr dann in fremd klingendem, aber ausgezeichnetem Deutsch fort: »Mein Name ist Sammy Bechot. Sie sind neu hier?«
»Ja. Ich bin George Salzmann«, erwiderte Bernoulli, »und das ist das erstemal, daß ich das Vergnügen habe, die Gastfreundschaft im Lohnhof zu genießen.«
»Nicht so schlimm«, sagte Sammy. »Ich war schon öfter hier. Haben Sie vor, lange zu bleiben?«
Bernoulli zuckte nur die Achseln.
»Nicht so schlimm«, wiederholte Sammy. »Gar nicht übel hier. Aber wir stehen jetzt besser auf. Sechs Uhr dreißig. Vorschrift!«
Sie wuschen sich nacheinander – eine Schüssel, kaltes Wasser – und zogen sich an. Nach Sammys Beispiel faltete Bernoulli sein Bettzeug zusammen und klappte die Pritsche wieder an die Wand. Das einzige weitere Mobiliar der Zelle bestand aus einem sehr kleinen Holztisch und dazu passender Holzbank, beides fest an Boden und Wand verschraubt. Um sieben Uhr wurde die Tür

aufgeschlossen: Zwei Portionen Frühstück wurden hereingereicht: Café au lait in riesigen Blechtassen, und für jeden zwei Scheiben Schwarzbrot. Tür zu, Schlüssel 'rum. Zwanzig Minuten später das gleiche Ritual mit der Tür. Dieses Mal wurden die Tassen und der Besen hinausgereicht. Kurz zuvor hatte Sammy damit genau dreimal über den Boden gefegt.

Dann Stille.

Nach einer weiteren halben Stunde ging die Tür erneut auf. Der Oberaufseher auf seiner täglichen Inspektionsrunde kontinentalen Stils. Auf dieser Runde nahm er nämlich auch Bestellungen entgegen, und Sammy bestellte eine ganze Menge: ein Transistorradio, Rasiercreme, drei Würste, zwei große Bier, hundert Gramm Nescafé, saure Gurken. Er versicherte dem Oberaufseher, daß ausreichend Geldmittel vorhanden seien, obwohl sie ihm am Vorabend zwangsweise und widerrechtlich aus den Taschen genommen worden waren.

Zwanzig Minuten später nahm die Aktion ihren Fortgang. Dieses Mal war es einer der Kalfaktoren, der mit einem Katalog der Gefängnisbücherei erschien. Ein äußerst angenehmer Mensch. Seinem sonderbaren Akzent nach zu schließen Amerikaner. Sammy stellte eine Liste von dreißig Büchern auf: 50 Prozent Krimis, die andere Hälfte Western-Romane.

Bisher hatten die beiden Männer in Zelle 15 kein Wort gewechselt, seit sie sich einander vorgestellt hatten. Bernoulli überlegte, wie er ein Gespräch in Gang bringen könne, als die Stahltür zum sechstenmal aufging.

»Salzmann?«

»Hier.«

»Zum Kommissar.«

»Warum?«

»Woher soll ich das wissen? Los, gehen wir.«

Nach zehn Minuten stand Bernoulli im Büro Kommissar Buchers.

»Setz dich, George, und erzähl mir, was hier eigentlich los ist«, sagte Bucher. »Wir haben gestern nacht ganze zwei oder drei

Minuten telefoniert, und ich habe alles getan, was du wolltest. Aber mir scheint, du packst das völlig verkehrt an. Du weißt so gut wie ich, daß alles, was du auf diese Weise etwa aus Bechot herausholst, vor Gericht nie und nimmer zugelassen wird.«
»Weiß ich, Heinz. Darum geht es mir auch nicht.«
»Na, und worum geht es dir, wenn ich fragen darf?«
»Das kann ich dir nicht sagen. Also frag mich bitte in dieser Sache nichts mehr.«
»Sehr schön. Wenn dem so ist, soll's mir recht sein.« Bucher fand das Ganze offensichtlich nicht sehr schön, aber er hatte längst gelernt, Leine zu ziehen, wenn etwas Ungewöhnliches vorging.
»Was ist der nächste Schritt?«
»Zunächst: Warum bist du so fest überzeugt, daß Bechot unser Mann sein könnte?« fragte Bernoulli.
»Aus mehreren Gründen. Er ist Profi – einer der Besten seines Fachs, mit einem kilometerlangen Polizeiregister. Und wie es scheint, hat er in jüngster Zeit ein neues Verfahren entwickelt: einen Safe aufzukriegen, direkt an Ort und Stelle und ohne ihn zu beschädigen. Früher hat er so viele Löcher gemacht, daß es kaum zu glauben war. Aber gestern abend wurde wieder ein Safe geöffnet, auch in einem Privathaus am Stadtrand. Genau die gleiche Geschichte, die du mir erzählt hast. Keine Spuren, gar nichts an dem Safe zu sehen. Dieses Mal wurde er vollständig ausgeräumt und wieder geschlossen. Das Opfer ist ein Engländer, ein Wissenschaftler, der mit der chemischen Industrie zu tun hat. Unter anderem hat er ein Bündel Fünfpfundnoten eingebüßt. Er meldete den Diebstahl gestern gegen sechs Uhr abends – beim zuständigen Revier. Ich bekam den Bericht, kurz nachdem du aus dem *Euler* angerufen hast, und habe sofort veranlaßt, daß alle uns bekannten Profis hier und in der näheren Umgebung aufgelesen werden sollen. Sammy traf als erster ein. Und obwohl er weiter nichts als ein paar hundert Franken bei sich hatte, hat er anscheinend, kurz ehe wir ihn aufgegriffen, in einer der Kneipen am Rheinhafen seine Zeche mit einer Fünfpfundnote bezahlt.«

»Hast du irgendeinen Anhaltspunkt dafür, daß er auch das andere Ding gedreht hat?«
»Nicht den geringsten. Aber ich glaube, du wirst schon dahinterkommen, daß es für diesen Verdacht einige Gründe geben muß.«
»Vielen Dank«, erwiderte Bernoulli. »Wann hast du vor, ihn durch den Wolf zu drehen?«
»Sobald du willst. Aber mach dir keine Hoffnungen. Wir haben Bechot schon früher hier gehabt. Vor ein paar Jahren. Er wird nicht reden. Er hat schon zwei Vorstrafen, und er weiß genau, wenn wir ihn jetzt nochmals drankriegen, dann wird er für mindestens fünf Jahre aus dem Verkehr gezogen.«
»Leuchtet mir ein. Also, Heinz, dann wäre ich sehr dankbar, wenn du mir ein paar Tage Zeit lassen könntest, damit ich's auf meine Weise bei ihm versuche. Ich bin auf Anweisung von Bern hier.«
»Ich weiß, ich weiß.«
»Also, laß ihn bitte zunächst noch eine Weile in Ruhe. Und dann wäre ich dankbar, wenn du mich morgen wieder holen lassen könntest – um die gleiche Zeit.«
»Wird gemacht.«
»Bevor ich gehe, möchte ich bitte noch zwei Anrufe machen. Allein, wenn du nichts dagegen hast.«
Bucher grinste nur und verließ das Büro.
Der erste Anruf ging an das Büro des Generalsekretärs der Bank für Internationalen Zahlungsausgleich. Bernoulli entschuldigte sich wortreich dafür, daß er die heutige Verabredung – die nun seit einer guten halben Stunde überfällig war – nicht einhalten könne. Sie setzten eine neue Zusammenkunft in Bollingers Privatwohnung fest. Der zweite Anruf ging nach Bern.
Dann lehnte Bernoulli sich bequem zurück und genehmigte sich eine Zigarette. Er war recht mit sich zufrieden.

*

George Bernoulli hatte nichts mit der angelsächsischen Tradition in der Ausübung des Detektivberufs zu tun. Gewiß, er hatte mit der »Schattenseite« von Staatsaffären zu schaffen, aber nicht mit dem Revolver in der Hand, obwohl er eine Waffe besaß und mit ihr umzugehen wußte. Auch ein Ferrari gehörte nicht zu seiner Ausrüstung. Er fuhr einen Standard Alfa Romeo 1600. Mit seinen einsachtzig lichter Höhe, seinem dunklen Haar und dem schmalen Schnurrbart machte er eine sehr gute Figur. Aber er kleidete sich konservativ und war fast nie ohne Krawatte zu sehen. Er besaß kein einziges Paar brauner Schuhe. Er lehnte selten einen Drink ab und verfehlte nie, einer Flasche guten Weins die gebührende Ehre anzutun, vor allem Rotwein, den er sogar zum Fisch trank. Mit seinen vierunddreißig Jahren war er noch unverheiratet, aber nie ohne Freundin. Im Skilauf schlug er die meisten Schweizer, und er verbrachte einen guten Teil der Monate Februar und März in St. Moritz oder Gstaad. Obwohl er aus unerfindlichen Gründen nie schwimmen gelernt hatte, verbrachte er seinen Sommerurlaub fast ausschließlich am Mittelmeer. Er betätigte sich gern als »Freizeit-Archäologe«, wie er es nannte. Als solcher besuchte er regelmäßig die Provence, Kreta und die Türkei. Ägypten hingegen hatte er zu seinem größten Bedauern aus Sicherheitsgründen zu meiden.
Er war also ein ziemlich unauffälliger Typ, und genau solche Leute braucht die schweizerische Regierung in seinem Beruf. Bernoullis Funktion bestand nach Auffassung der Regierung darin, wie ein Schatten hinter den Politikern zu stehen, da er der sehr kleinen, von der schweizerischen Bundesregierung unterhaltenen Spionage-Gegenspionage-Gruppe angehörte, einem unbedeutenden Häuflein im Vergleich zu den riesigen Organisationen anderer Staaten. Die Schweizer geben, hier wie auf so vielen anderen Gebieten, der Qualität den Vorzug vor der Quantität. Bernoulli entsprach in allen Stücken ihren Forderungen; er stammte aus einer guten Familie, war gebildet, intelligent, diszipliniert. Er paßte ideal für seine Aufgabe. Seine Spezialgebiete waren Finanzen und Wirtschaft. Geld ist den Herzen aller Schweizer außeror-

dentlich teuer. Daher steht auch ihre Neugier in bezug auf alles, was auf diesem Gebiet in der Welt vorgeht, sozusagen in keinem Verhältnis zu ihrem Interesse auf anderen Gebieten. Sie wissen gern im voraus von einer möglichen Abwertung des Pfund Sterling oder einer Entscheidung der amerikanischen Regierung, irgendeinem zur Zeit intensiv mit Staudamm- oder Straßenbauprojekten befaßten Entwicklungsland die Mittel zu streichen. Das ist nur natürlich, da die Schweiz oft große Pfundbeträge in Verwahrung hat und eine Anzahl von Schlüsselfirmen der schweizerischen Wirtschaft zu den größten Herstellern von Energieversorgungseinrichtungen und Zementlieferanten gehören. Will man die von den Amerikanern häufig aufgerissenen Marktlücken füllen, so bedarf es raschen Handelns, und oft auch »indirekter« Unterstützung von Regierungsseite in Form rechtzeitiger Information. Die Schweizer sehen das gern als »produktive Spionage«.

Einen großen Teil seiner Arbeitszeit verbrachte Bernoulli am Schreibtisch, wo er solche Informationen sichtete und sie an die richtige Stelle weiterleitete. Aber er hatte auch schon viel im Außendienst gearbeitet, wobei sein Fachwissen in Wirtschaftsfragen nur als Tarnung diente. Eine ganze Weile hatte er beim Internationalen Roten Kreuz gearbeitet, im Welthauptquartier in Genf. Die Spitzenstellungen dort sind ausschließlich Schweizern vorbehalten, denn schließlich war das Rote Kreuz eine Schweizer Erfindung. Er war auf Planstelle Nummer 3 in die Finanzabteilung eingeschleust worden. Es war eine gute Stelle. Als zum Beispiel 1970 die Araber ein paar Flugzeugladungen voll Menschen entführten, darunter eine schweizerische DC-8, hatte das Internationale Rote Kreuz die Verhandlungen geführt, um die Insassen aus Jordanien zurückzubekommen. Die schweizerischen Staatsangehörigen waren natürlich die ersten, die herauskamen. Dr. Bernoulli hatte vorzügliche Arbeit unter schwierigen Umständen geleistet, wenn die Sache auch noch ein schönes Sümmchen Schweizer Franken kostete. Er war auch ziemlich regelmäßig in Biafra gewesen, wo er den armen Flüchtlingen half, aber auch dafür sorgte, daß Schweizer Geschäftsleute mit den Männern in Kontakt kamen, die nach einer Vereinigung Nigerias die Spitzenstellungen einnehmen würden. Seine Teilnahme an der Hilfsmission in Westbengalen führte zu einer deutlichen Abkühlung der Beziehungen zwischen der Schweiz und Pakistan und zugleich zu einem neuen Interesse an den Entwicklungsproblemen Indiens, mindestens zwei Monate vor dem militärischen Zusammenstoß, der zur Schaffung von Bangladesch und der Festigung der indischen Hegemonie auf dem Subkontinent führte.

*

Bernoulli schickte sich nicht ohne Bedauern in seine Rückversetzung ins Berner Hauptquartier. Insgeheim hoffte er, bald wieder nach Genf abgestellt zu werden. Vielleicht würde ein Erfolg in Basel nachhelfen. Und im Augenblick waren die Aussichten nicht schlecht. Denn Bernoulli war überzeugt, daß er als Sammy Bechots Zellengenosse mit ein bißchen Glück in kürzester Zeit auf den Kern der Sache stoßen mußte.

Aber ich muß die Sache jetzt ins Rollen bringen, dachte er, als er in seine Zelle zurückgeführt wurde, begleitet von einem uniformierten Polizisten, der offensichtlich nicht eingeweiht war. Es wäre doch um Gottes willen nicht nötig gewesen, Handschellen anzulegen. Aber vielleicht war das auch nur einer von Buchers üblen Scherzen.

Es war nicht sehr viel Zeit inzwischen vergangen. Kurz nach zehn fiel die Zellentür wieder klirrend hinter ihm ins Schloß. Bechot lag lesend auf seinem Bett und blickte kaum auf, als auch George sein Bett herunterklappte und sich hinlegte.

»Heh«, sagte George schließlich, »was gibt's Neues?«

»Hah!« erwiderte Sammy, »als ob's hier jemals was Neues gäbe!«

»Was haben Sie inzwischen getan?«

»Gelesen. Lesen Sie gern?«

»Klar, bloß im Moment hab' ich keine Lust. Spielen Sie Schach?«

»Natürlich. Aber zuerst brauchen wir ein Schachspiel.«
»Wie machen wir das?«
»Passen Sie auf!«
Sammy sprang von seinem Lager und fing an, mit der Faust gegen die Metalltür zu hämmern. Er hämmerte einfach so lange, bis die Tür aufging.
»Sammy, du solltest vernünftiger sein«, sagte der Aufseher mit breitem Grinsen. »Was soll das, willst du deinem Freund imponieren?«
»Hören Sie«, sagte Sammy, »Sie sind hier, um uns zu beschützen und uns zu helfen, und wir brauchen eine kleine Gefälligkeit. Ein Schachspiel.«
»Klar, ich will sehen, ob ich eins auftreiben kann.«
»Nein, nein. Jetzt«, sagte Sammy.
»Warum jetzt?«
»Weil mein Freund hier Selbstmordregungen verspürt. Ich will versuchen, ihn abzulenken. Möchten Sie lieber eine große Pfütze Blut aufwischen?«
Der Aufseher schaute George genau an. In diesem Bau kann man nie wissen.
»Schon gut. Immer mit der Ruhe, Sammy.«
Fünf Minuten später kam er mit einem verschrammten Schachspiel zurück und ging wieder, nachdem er einen weiteren ziemlich argwöhnischen Blick auf Bernoulli geworfen hatte. Niemand hat gern Irre im Gefängnis, und ein Stiller wie der war immer verdächtig. Achselzuckend ging der Aufseher wieder und verschloß die Tür, diesmal, wie es schien, besonders schwungvoll.
Sammy hatte das Schachbrett unverzüglich auf seinem Bett aufgestellt und war bereits tief in seinen Eröffnungszug versunken. Er spielte verblüffend gut, und George, ein wenig aus der Übung, war auf dem besten Weg, die Partie zu verlieren, als die Tür wieder aufflog.
Mittagessen. Um elf Uhr vormittags, du lieber Gott.
Trotz des Blechgeschirrs war die Mahlzeit überraschend gut zubereitet.

»Ist das Essen hier immer so gut?«
»Das beste von allen Gefängnissen in der ganzen Schweiz«, antwortete Sammy. »Ich weiß es, ich habe einige selber ausprobiert und über viele andere gehört. Eins ist sicher, wenn die Bullen hinter dir her sind, dann sieh zu, daß sie dich hier schnappen und nicht in Genf oder St. Moritz. Dort ist es gräßlich. Manche Leute haben eben absolut kein Verantwortungsgefühl. Sie lassen ihre Gefängnisse in unvorstellbarer Weise verkommen.«
Sammy langte unter sein Bett, und seine Hand tauchte mit einer Bierflasche wieder auf. Seine Vorräte waren offenbar während Bernoullis Abwesenheit geliefert worden.
»Hier sehen Sie, was ich meine. Im Basler Gefängnis hat man seine Bedienung, prompte Bedienung. Es ist auch das einzige Gefängnis im Land, wo sie einen was trinken lassen.«
Er bot Bernoulli einen Schluck aus der Flasche an und erhielt keine Ablehnung.
»Aah«, seufzte Bernoulli, »das war wirklich das Höchste. Sammy, wissen Sie, irgendwie hab' ich das Gefühl, die Sache renkt sich ein.«
»Na, das freut mich zu hören. Heute früh haben Sie wahrhaftig recht bedeppert ausgesehen.«
»Wahrscheinlich, weil's für mich das erstemal ist. Sie wissen, wie's ist, wenn man keine Ahnung hat, was einem bevorsteht.«
»Klar, ich hab' das auch mitgemacht. Lassen Sie mich nachdenken, ja, ungefähr vor sieben Jahren. Und das war in Genf. Brrr. Passen Sie auf, Sie müssen immer reichlich zu essen und trinken von draußen bestellen. Das bringt Sie auf andere Gedanken. So wie Sie aussehen, müssen Sie Geld haben. Was haben Sie angestellt?«
»Ungedeckter Scheck. Und Sie?«
»Safes. Meine Spezialität. Sie kennen mich weit und breit. Sammy Bechot. Der Beste seines Fachs.«
Die beiden Männer waren plötzlich aufgetaut. Bernoulli fand Sammy höchst sympathisch und amüsant. Und offensichtlich

hatte Sammy großes Mitgefühl mit diesem Mann, der nicht recht mit einem Leben fertig wurde, das Sammy seit eh und je vertraut war. Gefängniszellen bewirken seltsame sozialchemische Vorgänge.

Am Nachmittag folgte Bernoulli Sammys Rat und hämmerte mit seiner Blechtasse an die Tür. Als der Aufseher kam, überreichte er ihm eine Liste mit Nahrungsmitteln und insbesondere Weinen – guten Weinen –, die er sobald wie möglich haben wollte. Er übertrieb die Bestellung absichtlich. Als die Vorräte kamen, wurde der Großteil davon in einen hölzernen Kasten im Korridor neben der Zellentür gesperrt. Die tägliche Alkoholration war auf einen Liter Wein pro Kopf beschränkt. Dank irgendeines Mißverständnisses jedoch hatte Bernoulli schließlich zwei Liter in der Zelle.

Dann hatte Sammy eine Idee. Keine Gefängnisvorschrift hinderte einen Insassen, einem anderen Geschenke zu machen. Er hieb mit seiner Tasse gegen die Tür und machte einen Lärm, der auf langjährige Übung schließen ließ. Der Metalldeckel über dem Guckloch in der Tür wurde beiseite geklappt.

»Was ist los?«

»Ich möchte bloß ein bißchen Wein für abends.«

»Sammy, treib's nicht zu weit. Du hast schon dein Bier gekriegt, und du weißt verdammt gut, daß das alles ist.«

»Aber mein Freund George möchte mir eine von seinen Flaschen verehren. Und er hat gedacht, Sie könnten vielleicht auch eine brauchen.«

Die Tür schwang auf.

»Nicht so laut, Sammy. Um Gottes willen, willst du uns alle in Schwulitäten bringen?« Er wandte sich an Bernoulli.

»Stimmt das, was Sammy da sagt?«

»Natürlich.«

»Na schön. Ich nehme Ihr Angebot an, aber nur ganz ausnahmsweise, wohlgemerkt.« Er schloß den Kasten im Korridor auf, und zwei weitere Flaschen kamen zum Vorschein. Er setzte den Korkenzieher an, der an seiner schweren Schlüsselkette hing.

»Halt!« gebot Sammy. »Lassen Sie einfach den Korkenzieher hier.«

»Du weißt, daß das gegen die Vorschrift ist. Ich mache die Flasche auf. Ihr trinkt sie aus.«

»Ach kommen Sie. Mein Freund ist nicht gewohnt, abgestandenen Wein zu trinken. Schauen Sie doch um Gottes willen. Ein 1957er Pommard. Wollen Sie so was verhunzen?«

Der Aufseher studierte das Etikett mit plötzlicher Hochachtung.

»Na schön, wartet mal. Ich hol' einen anderen.«

»Ich gehe mit«, sagte Sammy. »Sie haben schließlich einen langen Tag hinter sich.«

Bernoulli traute seinen Augen nicht, als beide verschwanden und hinter sich die Tür weit offen ließen. Fünf Minuten später kam Sammy und brachte nicht nur einen Korkenzieher mit, sondern zwei Zigarren, zwei Flaschen Bier und eine Kerze.

»Alten Freund getroffen«, war seine einzige Erklärung.

Punkt neun Uhr dreißig gingen die Lichter in den Zellen aus. Ebenso pünktlich flammte Sammys Kerze auf. Bernoulli und Bechot ließen sich zu einem ausgedehnten nächtlichen Trinkgelage nieder, und ihre Witze und ihr Gelächter führten zu erbittertem Hämmern an der Zellenwand. Ihr Nachbar wollte unbedingt schlafen.

Es mußte gut nach Mitternacht sein, als Sammy zum Fachsimpeln ansetzte. Für ihn war dies eine unerwartete Gelegenheit, zu einem besonders gebildeten und aufmerksamen Publikum zu sprechen. Und als er seine neue Technik beschrieb, erntete er allergrößte Hochachtung.

Inzwischen war der Wein zu Ende. Sie gingen zu Bier über, das seit Stunden im Waschbecken unter ständig laufendem Wasser gekühlt worden war. Außerdem war die Gelegenheit einer guten Zigarre würdig.

»Ist das vielleicht kein Leben?« fragte Sammy.

»Schon, vorausgesetzt, daß es sich nicht zu lange hinzieht«, meinte Bernoulli.

»Also, ich weiß natürlich nicht, wie das mit Ihnen ist, aber was das betrifft, mach' ich mir nicht die geringsten Sorgen. Ich bin in weniger als einer Woche wieder draußen – allerhöchstens.«
»Wirklich?«
Sammy war davon überzeugt. Sie würden nicht wagen, ihn zu behalten. Seinen vorletzten Job hatte er für die Bullen selber durchgeführt! Einer der Kommissare, mit dem Sammy bei einem früheren Prozeß zu tun gehabt hatte – vierundzwanzig Monate hinter Gittern waren dabei herausgekommen –, hatte ihn ausfindig gemacht und 10 000 Franken für die leichteste Arbeit seines Lebens gezahlt. Seinen letzten kleinen Seitensprung würden sie mangels Beweisen unter den Teppich kehren, und damit hatte sich's.
Mehr brauchte Bernoulli nicht zu hören. Es wäre einfach zu riskant gewesen, jetzt noch mehr aus Sammy herausholen zu wollen. Mit oder ohne Alkohol war Bechot kein heuriger Hase.
Bald waren auch Zigarren und Bier zu Ende. Sammy blies die Kerze aus und versteckte den Rest sorgfältig in einem Paar Socken. Er schien sich auch im Dunkeln gut in der Zelle zurechtzufinden.
Wenige Minuten später waren beide eingeschlafen, und beide schliefen friedlich in der sicheren Überzeugung, daß sie nicht mehr lange im Gefängnis bleiben würden.

*

Am nächsten Morgen wurde Bernoulli wiederum zum Verhör aus seiner Zelle geholt. Innerhalb einer Viertelstunde sammelte sein Freund Heinz Bucher alle Unterlagen, die über Sammy Bechot vorhanden waren. Bei Bernoullis Wiedergabe seiner nächtlichen Gespräche mit Sammy war Bucher weiß geworden vor Ärger; die Geschichte klang zu echt.
Die beiden Männer gingen systematisch die Akten durch, die auf mehreren hundert Seiten die Verhöre Sammy Bechots enthielten.

Sie wollten den Namen eines jeden Polizisten feststellen, der jemals mit Sammy zu tun gehabt hatte.
Um den Schein aufrechtzuerhalten, wurde Bernoulli zum Mittagessen wieder in seine Zelle gebracht. Als er nach einer Stunde zurückkam, war Bucher noch immer an der Arbeit.
»Heinz, wann gehst du denn zum Essen?«
»Morgen.«
»Hör mal, nimm es um Gottes willen nicht persönlich. Es kommt bei den besten Polizeikräften vor.«
»Mhm, kann schon sein.«
»Es kann auch sein, daß Sammy nur geschwindelt hat.«
»Das bezweifle ich. Wie wär's, wenn du jetzt die Klappe halten würdest, damit wir mit dieser Dreckarbeit fertig werden?«
Um vier Uhr hatten sie eine lückenlose Liste aller Polizeikontakte mit Bechot seit Anbeginn fertig. Vierzehn Namen. Als Bucher die Liste zum zwanzigstenmal durchlas, hieb er plötzlich mit der Faust auf den Schreibtisch.
»George, verdammt noch mal. Ich wette, daß ich's habe. Dieser Dreckskerl. Wir hängen den Scheißkerl so hoch, daß kein Kran auf der Welt ihn wieder 'runterholen kann.«
»Wer ist der Mann, Heinz?«
»Wahrscheinlich ein Kerl namens Rolf Lutz.«
»In welchem Dienstrang?«
»Er hat keinen. Er ist vor ungefähr vier Jahren aus der Polizei ausgetreten. War früher Kommissar im Betrugsdezernat. Wir haben ziemlich viel zusammen gearbeitet. Dann hat er in der Stadt ein Inkassobüro aufgezogen. Es ging sehr gut. Also hat er in Zürich und Genf Zweigstellen errichtet, schließlich auch noch in Lugano.«
»Das paßt aber nicht recht ins Bild, Heinz. Ich meine, nur weil er offenbar der einzige auf unserer Liste ist, der den Polizeidienst quittiert hat, muß man noch nicht unbedingt solche Schlüsse ziehen.«
»Das ist noch nicht alles. Er hat sich nicht auf Inkasso beschränkt. Vor zwei Jahren hat er den Namen seiner Firma in

Swiss Security Consultants abgeändert. Jetzt befaßt er sich vorwiegend mit der Untersuchung von Diebstählen, Betrugsfällen und Skandalen, die im Interesse der betroffenen Unternehmungen nicht an die Öffentlichkeit dringen sollen. Er hat unwahrscheinlichen Erfolg. Lutz muß inzwischen einen Mitarbeiterstab von mindestens fünfzig Leuten beschäftigen, zumeist Expolizisten. Letztes Jahr hat er den Hauptsitz nach Genf verlegt und zugleich den Namen der Firma geändert. Wie ich höre, hat er dort unten eine ganze Mannschaft von Nachrichtenleuten angeheuert. Sie säubern auf Vertragsbasis jede beliebige Örtlichkeit von versteckten Mikrophonen, Abhöranlagen oder einfach simpler Schlamperei. Aber soviel ich weiß, ist er nie bei einer Gesetzesübertretung erwischt worden. Immer strikt in der Defensive.«

»Hast du eine Akte über ihn?«

»Nein. Wie gesagt, er arbeitet seit ein paar Jahren von Genf aus. Und solange er hier tätig war, haben wir nie Grund zu einer Untersuchung gehabt.«

»Wie kommst du darauf, daß er sich auf eine krumme Sache einlassen würde? Das ist doch enorm riskant.«

»Nur so ein Gefühl. Erstens gefallen mir Koinzidenzen gar nicht. Bechot würde kaum einen Unterschied machen zwischen einem Polypen und einem Expolypen. Für ihn gibt es nur uns und seinesgleichen. Zweitens, Lutz hat Basel nicht gerade mit Ruhm bedeckt verlassen. Jeder macht sich dann und wann einmal die Hände schmutzig. Das weißt du. Aber bei Lutz wurde es allmählich zur Gewohnheit.«

»Er ist also gefeuert worden?«

»Nein, aber niemand hier war besonders traurig über seinen Weggang. Er war ein bißchen zu sehr aufs Geld aus.«

»Heinz, ich muß mich auf dein Urteil verlassen«, sagte Bernoulli. »Ich kann nicht warten, bis die übrigen Leute auf der Liste mühsam ausgesiebt sind.«

»Aber ich kann ihn, nur aufgrund deiner Geschichte, nicht gut hops nehmen oder auch nur anpeilen, George.«

»Weiß ich, und das wäre auch das allerletzte, was wir möchten.

Im Augenblick brauche ich wirklich nur eins. Eine vollständige Akte über die Swiss Security Consultants. Genf muß irgend etwas haben. Es kommt vor allem darauf an, einiges über den Kundenkreis zu erfahren.«
»Gut, ich frage in Genf nach.«
»Aber bitte ganz unauffällig, Heinz«, beschwor ihn Bernoulli. »Ich möchte nicht, daß auch nur der kleinste Wirbel entsteht.«
»Ich sorge dafür.«
»Und noch etwas. Sei so gut und versuche, Bechots Wege am Abend und in der Nacht des 27. Oktober festzustellen, jeden einzelnen Schritt. Kontrolliere jedes Hotel und jede Kneipe in der Stadt. Eingehend.«
»Mach ich.«
Inzwischen wurde es draußen dunkel. Bernoulli wurde gerade noch rechtzeitig zum Abendessen in seine Zelle zurückgebracht. Die Mahlzeit bestand aus Schwarzbrot und dickem Kakao.
»Wie war's?« fragte Bechot.
»Alles in Ordnung. Morgen müßte die Sache geklärt sein.«
»Wieso das?«
»Mein Vater hat sich bereit erklärt, den Scheck zu decken. Das Ganze war nur ein großes Mißverständnis, wissen Sie. Ich hab' gedacht, seine regelmäßige Überweisung sei schon eingetroffen, aber er hat sie anscheinend vergessen oder was weiß ich.«
»Oh.«
»Mhm. Unglücklicherweise ist es nicht das erstemal. Ich hab' schon vor einiger Zeit in Deutschland einige Schwierigkeiten gehabt. Aber damals haben wir die Sache in Ordnung bringen können, ohne daß sie mich gleich eingelocht haben.«
»Glauben Sie, daß auch nur einer von uns zum erstenmal hier ist?« sagte Bechot. »Wenn sie einen einmal auf der Liste haben, ist's vorbei mit der Ruhe. Widerlich. Jetzt werd' ich wahrscheinlich so einen verdammten Türken oder Italiener in die Zelle kriegen. Aber das macht nichts. Man wird ohnehin nicht wagen, mich noch lang dazubehalten.«
An diesem Abend führten sie sich wiederum gemeinsam zwei

Flaschen Wein zu Gemüte und lauschten den Klängen aus Sammys neuerworbenem Radio.
Am nächsten Morgen um neun Uhr erschien ein Wärter und sagte, Bernoulli solle seine Habseligkeiten zusammenpacken. Bernoulli schüttelte Sammy die Hand, vermachte ihm den restlichen Wein und ging.
Um halb zehn war Bernoulli wieder im Hotel *Euler*. Nach einer recht lahmen Erklärung an den Empfangschef hatte er seinen Zimmerschlüssel, und Minuten später stand er unter der Dusche. Es war erstaunlich, wie schnell man das Gefühl hatte, durch und durch nach Gefängnis zu riechen.

9

Dr. Bollinger, der Generalsekretär der Bank für Internationalen Zahlungsausgleich, schritt ungeduldig in seinem Wohnzimmer auf und ab. Es war in Louis-Quinze möbliert. In echtem Louis-Quinze. Ein phantastischer blauer chinesischer Seidenteppich bedeckte den Fußboden. Ein Paul Klee, ein Renoir und zwei Kandinskys schmückten die Wände. Es war ein entzückender Raum.

Bollinger war Junggeselle. Außerdem war er homosexuell. Die Mädchen im Sekretariat der Bank waren immer wieder verblüfft, wie Bollingers Kollegen es fertigbrachten, darüber hinwegzusehen. Aber seine Kollegen wußten sehr gut, warum. Bollinger war der vermutlich brillanteste und schöpferischste Geist, den man in den letzten zehn Jahren auf der monetären Weltbühne gesehen hatte. Während alle anderen internationalen Organisationen aus den Nähten zu gehen schienen, wurde der BIS, wenn überhaupt etwas, wachsendes Ansehen zuteil. Dies war fast ausschließlich Bollingers Verdienst. Bei allen wichtigen Zentralbankleuten der Welt galt er als absolut zuverlässig und vertrauenswürdig, ja als bewundernswert. Obwohl er an der Zürcher Universität studiert hatte, dann an der Stanford University und schließlich die London School of Economics besucht hatte, war sein Französisch so grauenhaft, daß Edward Heath vergleichsweise als Linguist gelten durfte. Obwohl die Voraussetzungen nach gallischen Maßstäben kaum schlimmer hätten sein können, hielt der Vorstand der Banque de France die größten Stücke auf ihn. Damit hatte Bollinger die Feuerprobe bestanden.

Es klingelte an der Tür. Bernoulli war gekommen. Die beiden Herren kannten einander bereits. Ja, Herr Minister Gerber hatte alles erklärt.

»Bitte nehmen Sie Platz, Herr Doktor Bernoulli. Darf ich Ihnen Kaffee anbieten oder vielleicht Tee?«

»Nein, vielen Dank, Herr Doktor Bollinger. Wenn es Ihnen recht ist, kommen wir gleich zur Sache«, antwortete Bernoulli. »Erstens, wo ist der Safe?«

»Gleich dort drüben, hinter dem Klee.«

»Ein ziemlich großes Format für einen Klee.«

»Er hat es kurz vor seinem Tod gemalt.«

»Darf ich?«

»Gewiß.«

Bernoulli nahm das Gemälde ab. Dahinter befand sich ein Wandsafe wie Tausende von anderen. Nichts Besonderes. Wahrscheinlich zehn Jahre alt. Er hängte das Bild wieder auf und kehrte zu seinem Sessel zurück.

»Schicken Sie denn keine Leute, die Fingerabdrücke abnehmen und dergleichen?«

»Nein. Reine Zeitverschwendung. Aber wenn Sie Wert darauf legen –«

»Natürlich nicht. Ich dachte nur –«

»Wann genau haben Sie festgestellt, daß das Dokument nicht mehr da war?«

»Erst vor ein paar Tagen. Dienstag morgen, als ich es mit ins Büro nehmen wollte. Am 30. Oktober.«

»Wann haben Sie das Dokument zum letztenmal gesehen oder in der Hand gehabt?«

»Vorigen Montag.«

»Warum?«

»Wie meinen Sie das – warum?«

»Nun ja, Sie hatten es bereits seit Mitte des Monats hier in Basel. Was veranlaßte Sie, es am vergangenen Montag herauszuholen oder mitzunehmen?«

»Bernoulli, wir haben es hier mit einer äußerst komplexen Angelegenheit und einem äußerst komplexen Dokument zu tun. Glauben Sie, ich hatte es auswendig im Kopf?«

»War nur eine Frage«, erwiderte Bernoulli in aller Seelenruhe. »Also, mit anderen Worten, es muß am Montag dieser Woche verschwunden sein.«

»Ja.«

»Wo waren Sie am Montag?«

»Ich habe den ganzen Tag im Büro verbracht. Ich esse mittags immer in der Bank.«

»Und am Abend?«

»Nach fünf Uhr habe ich mich ein wenig erfrischt und bin zu einer Cocktailparty gegangen. Sie wurde zu Ehren des belgischen Botschafters gegeben. Er verbrachte den Tag in Basel, und die Stadtverwaltung hat den Empfang für ihn veranstaltet. Ich war zusammen mit mindestens fünfzig weiteren Personen eingeladen.«

»Sie sind wahrscheinlich ziemlich spät nach Hause gekommen?«

»Etwa um Mitternacht.«

»Haben Sie irgend etwas Ungewöhnliches bemerkt? Sie wissen schon, offene Türen, Schmutz auf dem Teppich.«

»Nein. Ich bin gleich ins Bett gegangen. Ich bin kein argwöhnischer Mensch.«

»Nicht? Ich dachte immer, alle Bankleute seien das. Na, spielt ja auch keine Rolle. Jedenfalls glaube ich, daß wir jetzt ziemlich genau wissen, wann es passiert ist. Montag abend zwischen fünf Uhr und Mitternacht.«

»Ja. Die Frage ist jetzt, wer. Und warum.«

»Ich glaube, über das Wer weiß ich bereits etwas«, bemerkte Bernoulli.

»Aber warum dann dieses ganze –«

»Ich sagte: ich glaube. Ich möchte im Moment lieber nicht in Einzelheiten gehen, aber wir haben einige ziemlich massive Indizien. Ein Mann namens Sammy Bechot. Kennen Sie ihn?«

»Habe den Namen nie gehört.«
»Sieht ein bißchen wie ein Beatnik aus. Siebenundzwanzig Jahre alt. Dick, dunkles, langes Haar, dunkler Bart. Seine Muttersprache ist Französisch, aber er spricht auch sehr gut deutsch, mit dem üblichen Akzent. Professioneller Safeknacker. Kommt Ihnen irgend etwas bekannt vor?«
»Kaum.«
»Haben wir uns schon gedacht. Na schön, versuchen wir es anders. Und es ist jetzt äußerst wichtig, daß Sie scharf nachdenken. Haben Sie etwas dagegen, wenn ich rauche?«
»Nein, nicht im geringsten.«
»Wir wollen Ihre Londonreise schrittweise durchgehen. Es interessiert mich weiter nicht, was Sie dort taten. Aber ich will wissen, wen Sie getroffen haben, ob vorsätzlich oder zufällig – oder auch wen Sie nur von weitem gesehen haben. Jeden, der Sie erkannt haben konnte oder den Sie kennen.«
Bollinger nickte.
»Erstens, wer in der Bank weiß oder wußte vom Zweck Ihrer Reise nach London?«
»Niemand.«
»Aber Ihre Sekretärin oder Ihr Stellvertreter muß doch gewußt haben, daß Sie sich mit dem amerikanischen Finanzminister trafen?«
»Nein, das hat niemand gewußt, und das weiß auch heute noch niemand.«
»Aber wie wurde die Verabredung getroffen?«
»Minister Crosby hat mich zu Hause angerufen und das Treffen vereinbart. Ich habe den Anruf an diesem Apparat entgegengenommen.« Bollinger wies auf das weiße Telefon, das genau in der Mitte eines Spitzendeckchens stand, womit ein Teil der Platte eines erlesenen Tischchens bedeckt war, das Bollinger um mindestens ein paar tausend Franken ärmer gemacht haben mußte.
»Wer wohnt außer Ihnen noch hier?«
»Niemand. Ich bin Junggeselle, und meine Haushälterin, die schon seit fast zwanzig Jahren bei mir ist, besorgt tagsüber den

Haushalt. Sie bleibt abends nur, wenn ich Gäste zum Essen hier habe. Sie ist absolut zuverlässig und kann unmöglich mit dieser schrecklichen Geschichte zu tun haben.«
»Das lasse ich gelten. Also wußte niemand in Basel von diesem Dokument oder vom Zweck Ihrer Reise nach London?«
»Niemand.«
»Aber Sie müssen für Ihren Flug nach England irgendeinen Grund angegeben haben.«
»Einen sehr triftigen Grund. Der Lordkanzler hatte mich bereits wiederholt gebeten, gelegentlich vorbeizukommen, um über den Abwicklungsmodus für die letzte Partie einer sehr komplexen Reihe von Währungsswaps zu sprechen, die im Laufe der Jahre angefallen sind. Ich war nach meinen Gesprächen mit Crosby bei ihm, und wir haben uns über einige sehr zufriedenstellende Maßnahmen in dieser Hinsicht geeinigt. Tatsächlich sind meine Mitarbeiter und ich seit meiner Rückkehr eingehend mit der Erfüllung unserer Vereinbarungen beschäftigt.«
»Gut. Jetzt wollen wir uns ganz auf die Zeit in London konzentrieren.«
Bernoulli fuhr fort: »Soviel ich weiß, sind Sie am 18. Oktober mit der Einuhr-Maschine hingeflogen. Das wäre also vor siebzehn Tagen gewesen. An einem Donnerstag, glaube ich.«
»Stimmt alles ganz genau.«
»Dann kamen Sie in Heathrow um etwa zwei Uhr fünfzehn Ortszeit an. Haben Sie mit irgend jemandem im Flugzeug oder auf dem Flugplatz gesprochen?«
»Mit keinem Menschen.«
»Wen haben Sie in London getroffen?«
»Niemanden. Ich habe bei Hertz einen Wagen mit Chauffeur gemietet. Das tue ich immer. Es ist nicht viel teurer als ein Taxi, aber viel bequemer. Ich fuhr direkt zum *Savoy*.«
»Wann haben Sie sich mit Minister Crosby getroffen?«
»Kurz nach meiner Ankunft im Hotel. Wir trafen uns in seiner Suite und haben nach einem langen Gespräch zusammen im Grillroom zu Abend gegessen.«

»Haben Sie Ihre geschäftliche Unterredung während des Essens fortgeführt?«
»Ja, natürlich. Aber wir hatten einen Tisch für uns.«
»Und Sie haben nicht bemerkt, daß irgend jemand in Ihrer Nähe auffallende Neugier gezeigt hätte?«
»Natürlich nicht. Andernfalls hätten wir unser Gespräch kaum fortgesetzt.«
»Und nach dem Essen?«
»Verabschiedeten wir uns vor dem Lift. Ich nahm die Akte mit in mein Zimmer und ging bald zu Bett. Sehr früh am nächsten Vormittag traf ich mich verabredungsgemäß mit den Leuten der Bank von England.«
»Und Sie haben niemanden sonst im Hotel getroffen?«
»Niemanden«
»Und Sie haben auch niemanden im Hotel erkannt, der Sie und vielleicht auch Crosby erkannt haben könnte?«
»Niemanden. Moment, das stimmt nicht ganz. Einen Mann habe ich tatsächlich erkannt. Als wir nach dem Essen den Grillroom verlassen hatten, mußte ich nochmals an den Tisch zurück, weil ich meinen Füller dort liegengelassen hatte. Ganz zufällig sah ich Dr. Walter Hofer, der ausnahmsweise ganz allein am anderen Ende des Raums zu Abend aß.«
»Dr. Hofer von der General Bank of Switzerland?«
»Ja.«
»Sie kennen ihn natürlich gut.«
»Ja.«
»Haben Sie einander begrüßt?«
»Nein. Ich bin überzeugt, daß er mich gar nicht gesehen hat.«
»Und sind Sie einander später in der Hotelhalle begegnet, oder vielleicht am nächsten Morgen beim Frühstück?«
»Nein.«
Bollinger war jetzt ein bißchen gereizt. Er hatte nach seinem Gespräch mit Bern erwartet, daß er ein paar Fragen beantworten müsse, aber in einer derartigen Angelegenheit konnte man so oder anders vorgehen. Dieser Bernoulli da wurde allmählich für

seinen Geschmack ein bißchen zu arrogant. Aber es hatte keinen Sinn, das zu zeigen, solange Bernoulli sich nur von seinem Privatleben fernhielt. Und das hatte er bis jetzt getan. Aber wenn die Amerikaner ins Spiel kämen, so würden sie genau da einhaken und nicht mehr loslassen.

»Mit anderen Worten, soweit Sie sich erinnern, war Hofer Ihr einziger Bekannter, der Sie und Minister Crosby zusammen gesehen haben könnte?«

»Ja, wenn Sie es so ausdrücken wollen.«

»Genauso will ich es ausdrücken.«

Ein abgefeimtes Aas ist der Kerl, dachte Bollinger und hoffte, daß man es ihm nicht ansah.

Bernoulli fuhr fort: »Ich darf wohl annehmen, daß Sie in der Bank von England diese ganze Sache mit keinem Wort erwähnten.«

»Ja, in dieser Annahme gehen Sie nicht fehl, mein lieber Doktor Bernoulli.«

Aha, dachte Bernoulli. Endlich bring' ich ihn auf die Palme. Das ist immer gut.

»Gut«, sagte er laut. »Und jetzt zu Ihrer Rückreise.«

»Das ist ganz einfach. Nach dem Lunch in der Bank von England bin ich direkt zum Flugplatz gefahren, obwohl es noch ein bißchen früh war. Auch dort war es die gleiche Geschichte. Ich habe niemanden gesehen, den ich kannte, und mit niemandem gesprochen, außer mit dem Mädchen am Zeitungsstand in der Auslandshalle.«

»Sehr schön. Damit kommen wir zum Rückflug.«

»Nun, dazu wäre einiges zu berichten. Erstens habe ich Igor Melekow von der Sowjetischen Außenhandelsbank in der Maschine getroffen. Wir kennen einander seit Jahren. Wir saßen sogar einen Teil der Reise beisammen und haben geplaudert.«

»Wo hatten Sie die Akte?«

»In meiner Mappe natürlich.«

»Haben Sie während des Fluges irgendwann einmal die Akte aus Ihrer Mappe genommen?«

»Nein.«
»Und worüber haben Sie sich mit diesem Russen unterhalten?«
»Über Dinge, die hier unmöglich von Bedeutung sein können.«
»Ach so.«
»Nach der Landung in Zürich hatte ich ungefähr eine Dreiviertelstunde Aufenthalt, bis meine Anschlußmaschine nach Basel startete.«
»Und Ihr russischer Freund?«
»Er fuhr nach Zürich hinein.«
»Verstehe. Bitte berichten Sie weiter.«
»Ich habe mit dem VIP-Empfangschef im Swissair-Warteraum in Zürich geplaudert. Er hat mich in seinem Wagen direkt zur Maschine nach Basel gebracht. Im Flugzeug erkannte und grüßte mich mein Schneider, und ich wechselte ein paar Worte mit ihm. Er kam gerade von einer Südafrikareise zurück.«
»Hm. Besserer Schneider. Und in Basel?«
»Fuhr ich mit dem Taxi direkt nach Hause, legte die Dokumente in meinen Wandsafe, den Sie sich angesehen haben, und zog mich für die Nacht zurück.«
»Sehr schön. Nun, ich glaube, das reicht für heute«, sagte Bernoulli und stand unvermittelt auf. »Übrigens, kennen Sie zufällig einen Mann namens Rolf Lutz? War früher hier bei der Polizei – Betrugsdezernat.«
»Nein.«
»Haben Sie jemals mit einer Firma zu tun gehabt, die sich Swiss Security Consultants nennt?«
»Die Bank hat mit diesen Leuten zu tun, ja. Sie führen regelmäßig Sicherheitsüberprüfungen durch. Ich persönlich finde die ganze Idee absurd. Aber einige der angelsächsischen Teilnehmer an unseren regelmäßigen Währungskonferenzen in der Bank bestanden darauf.«
»Meinen Sie die Amerikaner oder die Briten?«
»Die Amerikaner.«
»Haben Sie Schwierigkeiten mit den Amerikanern?«
»Nicht mehr als mit allen anderen.«

»Lutz ist Firmenchef von Swiss Security Consultants.«
»Dann bin ich ihm zweifellos schon begegnet. Warum?«
»Nur eine Frage.«
»Wir sind demnach alles durchgegangen, was Sie wissen wollten?«
»Ja. Besten Dank, Doktor Bollinger. Ich bleibe mit Ihnen in Verbindung. Falls Ihnen noch irgend etwas einfällt, was uns weiterhelfen könnte, so rufen Sie mich doch bitte im Hotel *Euler* an.«
Sie gingen gemeinsam zur Tür.
»Ach, nur noch eine Kleinigkeit«, sagte Bernoulli, die Hand auf der Klinke. »Was könnte passieren, wenn dieses Dokument in die falschen Hände geriete?«
»Was verstehen Sie unter ›falsche Hände‹?«
»Zum Beispiel eine Regierung, die den Vereinigten Staaten feindlich gesinnt ist.«
»Das ist schlichtweg unmöglich.«
»Trotzdem. Einmal ganz theoretisch, was würde passieren?«
»Wenn der Inhalt durchsickerte, würde eine wahnwitzige Flucht aus dem Dollar einsetzen. Niemand könnte die letzten Konsequenzen vorhersagen.«
»Aber warum?«
»Die Welt würde den Inhalt dieses Dokuments zweifellos dahin interpretieren, daß die Vereinigten Staaten eine neuerliche massive Dollarabwertung planen. Alle würden aus dem Dollar herauswollen – alle zugleich.«
»Aber die Vereinigten Staaten hegen gar keine solchen Absichten, wie?«
»Technisch ja, aber nur in Verbindung mit dem Gold. Es wird gleichzeitig eine weitere Dollarabwertung gegenüber anderen Währungen geben, aber sie wird relativ geringfügig sein – fünfzehn Prozent. Darum geht es nicht. Wir haben es hier mit Massenpsychologie zu tun. Die Welt ist seit geraumer Zeit äußerst schlecht auf den Dollar zu sprechen. Dies hier könnte die Panik auslösen, die wir alle dauernd zu vermeiden suchen.«

»Und wenn es sich nur um eine Privatorganisation oder eine Einzelperson handeln würde?«
»Dann könnte die natürlich eine Menge Geld verdienen.«
»Oder«, fügte Bernoulli hinzu, »das Dokument benutzen, um irgendeine fixe Idee in die Tat umzusetzen. Sie wissen schon, dem Kapitalismus den Todesstoß versetzen oder etwas in dieser Richtung.«
»Ich muß sagen, an Phantasie gebricht es Ihnen nicht, Bernoulli.«
»Na ja, ich bin kein Bankier.«
Damit ging er. Bollinger ging langsam ins Wohnzimmer zurück und goß sich einen ansehnlichen Cognac ein.

*

Zehn Minuten später widmete Bernoulli sich in seinem Hotel der nämlichen Tätigkeit. Dann machte er sich ans Telefonieren. Zuerst nach Bern, um Bericht zu erstatten, und dann an Kommissar Bucher im Basler Polizeipräsidium.
»George«, sagte Bucher, »gut, daß du anrufst. Allmählich macht's mir Spaß, mit dir zusammenzuarbeiten.«
»Wie kommt das?« fragte Bernoulli.
»Weil wir beide schnelle Arbeit leisten. Bechot haben wir schon festgenagelt. Einer unserer Leute, der alle Bars und Hotels überprüft, hat festgestellt, daß Bechot eine weitere Fünfpfundnote ausgegeben hat. Dieses Mal an der Bar des Hotels *Drei Könige*. Es war am gleichen Abend wie der Einbruch. Der Barmann ist bereit, als Zeuge aufzutreten. Wir haben bereits eine von ihm unterschriebene Zeugenaussage.«
»Großartig, aber wie hilft mir das weiter?«
»Es scheint, daß Bechot diese Bar an vier aufeinanderfolgenden Abenden regelmäßig aufgesucht hat, angefangen mit Freitag, dem 26. Oktober, bis zum Abend des Einbruchs, als er die Fünfpfundnote hinterließ.«
»Aha!«

»Wir ließen uns also die Hotelliste zeigen. Und was wir da gefunden haben, läßt einem die Haare zu Berg stehen. Erstens hat unser gemeinsamer Freund Rolf Lutz viermal dort übernachtet. Die Zeit überschneidet sich mit Bechots Aufenthalten.«

»Sieht aus, als wären wir auf die Goldmine gestoßen, Heinz.«

»Einen Augenblick, das ist noch nicht alles. Fünf – hörst du, fünf – Russen hielten sich während genau der gleichen Zeit dort auf. Ich habe mir gedacht, falls Bern mit der Sache zu tun hat, müßte das irgendwie ins Bild passen.«

»Möglich. Sonst noch etwas?«

»Die Russen hatten für die ganze Woche vorbestellt. Letzten Dienstag zogen sie fluchtartig aus – innerhalb von dreißig Minuten. Dann ist da noch ein fetter kleiner Amerikaner, der wie ein Irrer mit Mädchen und Dollarscheinen um sich wirft. Er hat auf die Hotelleitung beträchtlichen Eindruck gemacht. Hat während genau der gleichen Zeit dort gewohnt wie Lutz. Sein Zimmer lag dem von Lutz direkt gegenüber. Der Portier in der Halle behauptet, sie einmal sehr spät nachts zusammen gesehen zu haben. Schließlich haben wir noch einen Brasilianer. Der Beschreibung nach ähnelt er auffallend einem der wichtigsten Verbindungsmänner in der Branche. Interpol hat seit Jahren sein Signalement draußen. Er hat eine Woche im *Drei Könige* gewohnt und ist Dienstag vormittag abgereist – dem Tag nach dem Einbruch, zu sehr früher Stunde. Dienstag scheint einer der beliebtesten Abreisetage gewesen zu sein, den es in Basel je gegeben hat.«

»Großartig, Heinz. Ich komme gleich 'rüber und lasse mir alle Einzelheiten berichten.«

Wie gewöhnlich ging Bernoulli zu Fuß. Es war ein sonniger Herbsttag, aber ein kühler Wind war aufgekommen, von Osten her.

10

Drei Tage später, am Dienstag, dem 6. November, schneite es leicht, als Igor Melekow die Außenhandelsbank der Sowjetunion in Moskau verließ. Er überquerte im recht lebhaften Gegenwind die Straße und hielt auf das Hauptportal des nicht ganz hundert Meter entfernten Bolschoi-Theaters zu. Sein Thunderbird hatte wieder einmal eine Panne. Die Flotte schwarzer bankeigener Zis-Limousinen stand zwar zu seiner Verfügung, aber er verschmähte sie prinzipiell. Sie hatten absolut keinen Stil. Melekow nahm lieber ein Taxi, als daß er von einem so wichtigen Grundsatz abgewichen wäre. Nicht daß die Moskauer Taxis Stil gehabt hätten. Aber das war etwas ganz anderes.
Vor dem Bolschoi herrschte das übliche Gewimmel von Menschen und Fahrzeugen. Fünf Taxis parkten dort, deren Fahrer wie immer plaudernd beisammenstanden. Aber kein Glück. Sie waren alle bestellt. Auch eines von Mütterchen Rußlands undurchdringlichen Geheimnissen. Wie in New York wurde der größte Teil des Stadtverkehrs von Taxis bestritten. Aber in Moskau war niemals eines frei. Im Grunde war es Melekow egal. Er war in ausgezeichneter Stimmung.
Er beschloß, zu Fuß zu gehen. Es war ein Spaziergang von höchstens fünfzehn Minuten bis zum Hotel *Russaya.* Melekow machte gute Figur. Er war hochgewachsen, gut gekleidet und bewegte sich flott. Auf dem Weg hinauf zum Roten Platz mußte er an der üblichen Schlange von Besuchern entlang, die einen Blick auf Lenins Mumie werfen wollten. Melekow warf einen Blick auf seine

Uhr, eine Rollex, und blieb dann kurz vor den Schaufenstern des Gum-Kaufhauses stehen. Er schätzte, daß er ein wenig zu früh daran sei. Russen kamen nie zu früh, und er wußte, daß die Deutschen jede noch so geringfügige Kleinigkeit bei ihren Überlegungen ins Kalkül zogen.
Er schlenderte jetzt weiter über den riesigen Platz und auf die Moskwa zu. Zu seiner Linken tauchte das *Russaya* auf, das größte Hotel der Welt. Hier standen zahlreiche wartende Taxis – alle frei. Die Fahrer wußten, wo die Dollars steckten. Aber, dachte er, das ist harmlos. Sollen sie ihr kleines Ding drehen. Die meisten Ausländer in Moskau hatten ohnehin viel zu sehr Angst, um sich in irgendwelche Geschichten auf dem schwarzen Währungsmarkt einzulassen.
Er ging an dem Beriozhka-Shop des Hotels vorüber und blieb abermals stehen. Er durfte nicht vergessen, eine neue Kiste Black and White zu bestellen. Der Laden war wie immer brechend voll. Unglaublich, wie alle diese Leute in den Besitz von Dollars gelangten, der einzigen Währung, die in den Beriozhka-Läden angenommen wurde. Man fragte sich, wer wohl die Genehmigung zur Eröffnung dieser Einrichtung erteilt hatte. Das beste Geschäft in Moskau – hier führte man alles, von Heinz' Suppen bis zu Kodakfilmen, und wenn man mit Rubel zahlen wollte, warfen sie einen hinaus. Ausschließlich für Touristen. Erstaunlich, wie viele von ihnen russisch sprachen – ach was, das war schließlich nicht seine Sorge.
Melekows Sorge waren in diesem Augenblick die Deutschen. Außerdem Valentajn Iwanowitsch Stepanow. Diese Reihenfolge war rein chronologisch. Er konnte den Nachmittag und die Kraftprobe mit diesem blutigen Dilettanten kaum erwarten, dem Helden der Sozialistischen Sowjetrepubliken. Wenn die Karikaturisten des Westens wüßten, wie nah sie oft der Wahrheit kamen – diesen Kerl, der am 1. Mai ordenklirrend herumstolzierte, mußte man gesehen haben, um zu glauben, daß es so etwas überhaupt gab.
Die Halle des *Russaya* war riesig, und dabei war sie nur eine von

vier genau gleich angelegten Empfangshallen. Das Hotel war ein ungeheueres Viereck, und jeder der vier getrennten, aber völlig gleichen Flügel enthielt über tausend Zimmer. Ein byzantinisches *Hilton* von bizarren Ausmaßen. An den Empfangstheken standen lange Schlangen. Die Aufnahme in ein russisches Hotel ist fast so kompliziert wie die Abmeldung in einem amerikanischen. Aber auch das war nicht Melekows Sache.

»Genosse Melekow, der Leiter der deutschen Delegation erwartet Sie im zweiten Stock.«

Melekows Assistent ging ihm zu den Aufzügen voran. Nach fünf Minuten kam einer der Lifts. Drei kichernde amerikanische Mädchen und ein leicht angetrunkener Russe traten heraus.

Der Zuwachs von Dollars und Dekadenz scheint Hand in Hand zu gehen, dachte Melekow, als er zur zweiten Etage hinauffuhr. Er betrat die Suite »Slavic Holiday Inn«. Jetzt konnten die Amerikaner sogar nach Rußland reisen, ohne daß ihr Fuß ausländischen Boden berühren mußte.

*

Hans Klausen, Generalbevollmächtigter der Rhein-Ruhr-Stahlwerke, begrüßte Melekow überschwenglich in gutturalem Englisch. Melekow sprach sehr gut deutsch, aber er würde in dieser Sprache immer noch im Nachteil sein. Klausen gab vor, kein Russisch zu können, was natürlich nicht stimmte. Wie so viele Deutsche hatte er die russische Sprache nach der mühevollsten Methode erlernt, dank des militärischen Genies Adolf Hitlers. Klausens Englisch war recht ordentlich, aber nicht so perfekt wie das Englisch Melekows. Der Vorteil war also geringfügig, aber doch vorhanden. Melekow hatte längst gelernt, daß man nie versuchen soll, in einer Sprache zu verhandeln, die man nicht vollendet beherrscht.

»Mein lieber Herr Klausen, meine Leute berichten mir, daß alle technischen Einzelheiten des Abkommens geklärt seien und daß der Vertrag unterschriftsbereit sei«, sagte Melekow, als er sich dem Deutschen gegenüber auf dem barbarischen Brocken aus Schaumgummi und Stahl niederließ, der als Sitzgelegenheit diente.

»Jawohl, Herr Melekow«, erwiderte der Deutsche. Er war knapp unter sechzig und als der aggressivste Mann im europäischen Stahlgeschäft bekannt. Ein Selfmademan. Ein Mann, der Tag und Nacht arbeitete, nicht zum Ruhme Deutschlands, sondern nur für den Erfolg der Rhein-Ruhr-Stahlwerke.

»Das einzige, was noch einer letzten Klärung bedarf, sind die finanziellen Dispositionen. Aber auch hierüber haben wir in den vergangenen Wochen mit Ihren Leuten in der Außenhandelsbank einen Vertragsentwurf ausgearbeitet, und beide Seiten betrachten die Resultate als durchaus annehmbar.«

Er überreichte Melekow ein zwanzigseitiges Schriftstück – je zehn Seiten in Deutsch und in Russisch; der russische Text würde der verbindliche sein. Melekow setzte sich so bequem zurecht, wie das vorhandene Mobiliar es zuließ, und begann zu lesen.

Über die Grundvoraussetzungen der Transaktion wurde bereits seit fast zwei Jahren verhandelt. Es ging um den Ankauf von großkalibrigen Stahlröhren im Wert von annähernd 2 Milliarden Dollar von den Rhein-Ruhr-Stahlwerken, den größten Kauf, den die Sowjetunion je getätigt hatte. Der Grund für diese Transaktion war einfach. Der Energiebedarf stieg in Rußland im gleichen Tempo wie in der übrigen Welt – alle zehn Jahre auf das Doppelte. In der östlichen Hälfte Rußlands waren zwar gewaltige Energievorkommen in Form von Rohöl und Erdgas vorhanden. Aber sie mußten erst zu den Raffinerien und Industrieanlagen geschafft werden, und die waren auf die westlichen Regionen des riesigen Landes konzentriert, diesseits des Ural. Wenn man nun diese Öl- und Gasmengen schon bis ins europäische Rußland transportierte, so war nicht einzusehen, warum nicht ein Gutteil davon noch ein Stück weiter befördert werden sollte, nämlich nach Westeuropa, das verzweifelt versuchte, seine Abhängigkeit von den arabischen Ländern auf diesem Sektor zu vermindern. Öl und Gas konnten somit die Lösung für zwei wesentliche Bedürfnisse der Sowjets sein, den Energiebedarf und den Bedarf an Devisen. Da beide Bedürfnisse akut geworden waren, hatte man ein Sofortprogramm aufgestellt. Die Kalkulationen der detailliertesten Projektplanung, die in der Sowjetunion jemals durchgeführt worden war, hatten ergeben, daß die Bauvorhaben in den nächsten fünf Jahren gewaltige Mengen von Röhren für die Verlegung der Doppel-Pipeline erforderlich machen würden. Aber sie hatten auch eindeutig gezeigt, daß nach Abschluß des Projekts der Bedarf sogleich wieder auf ein Maß zurückgehen würde, das ziemlich genau der vorhandenen Kapazität einheimischer Produzenten entsprach. Schlußfolgerung: Es war wirtschaftlich nicht relevant, die russische Großröhrenkapazität auszubauen, um einen zeitlich beschränkten Spitzenbedarf decken zu können. Die erforderlichen Investitionen würden enorm sein und die Langzeitrentabilität äußerst fraglich, falls nicht ein großer Teil der Produktion in den achtziger Jahren auf dem Weltmarkt abgesetzt werden könnte. Eine sehr kostspielige Studie, die im russischen Auftrag von der führenden britischen Marktforschungsgesellschaft durchgeführt wurde, hatte gezeigt, daß die Konkurrenz in Westeuropa, in den Vereinigten Staaten und Japan eine solche Möglichkeit ausschloß. Also lautete die Antwort: den einmaligen Spitzenbedarf an Leitungsröhren während der kommenden fünf Jahre durch Importe zu decken.

Danach hatte das Problem sich auf die Frage nach dem Lieferanten beschränkt. Welches Land würde den fetten Vertrag bekommen? Natürlich hatte jeder sein Wort mitzureden. Alle Aspekte wurden erwogen: die politischen, militärischen, technischen und finanziellen. Dieses Mal jedoch gab – im Gegensatz zu früheren Abkommen wie etwa über den kubanischen Zucker oder die ägyptische Baumwolle – die kühle Logik der Technokraten, die jetzt das Land beherrschten, den Ausschlag. Möglichkeiten des Warenaustausches, Preis und Zahlungsbedingungen waren die Kriterien, denen die Entscheidung unterworfen wurde – in genau dieser Reihenfolge. Die Amerikaner in der Gegend von Milwaukee würden hinsichtlich der Lieferfrist den Sieg davontragen; die

Italiener aus Genua, was die Zahlungsbedingungen betraf; die Japaner hinsichtlich der Pünktlichkeit. Aber nur die Deutschen erhielten in allen sechs Fragen hohe Wertungen – sie erhielten die besten Noten, was die Qualität betraf, standen an erster Stelle als mögliche Partner für den Warenaustausch, denn sie würden vermutlich in der Lage sein, das ganze russische Angebot an Rohöl und Gas aufzunehmen und in harter Münze dafür zu bezahlen, und in allen übrigen Punkten waren sie zweite.
Den Sowjets wurde klar, daß Deutschland wieder einmal die leistungsfähigste Industrie der Welt besaß. Das ganze Land war eine einzige große moderne Fabrik, geführt von Männern, die mit dem Eroberergeist preußischer Generale die Absatzmärkte stürmten und von einem Heer von perfektionistischen Ingenieuren und Technikern flankiert waren. Hinter ihnen stand ein Heer von Arbeitern, die nicht ihresgleichen hatten an Pflichtgefühl und Qualitätsbewußtsein und sich völlig mit ihren Firmen, ihren Erzeugnissen und dem Erfolg beider identifizierten. Ein Alptraum der Marxisten – dieser deutsche Arbeiter mit seinem Volkswagen, seinem Farbfernseher und seinem Urlaub in Spanien.
»Ich sehe tatsächlich nur einen Punkt, der nicht vollständig geklärt zu sein scheint«, sagte Melekow schließlich und brach damit das Schweigen. Zwanzig Minuten lang hatte keiner geredet, während er den finanziellen Teil des Kontrakts studiert hatte.
Der Deutsche richtete sich steif auf. Das gefiel ihm nicht – ganz und gar nicht. Er und seine Leute hatten nunmehr fast sieben Monate harter Arbeit hinter sich, hatten über die winzigsten Einzelheiten mit oft zweitklassigen Bürokraten feilschen müssen, denen man, wenn sie in Düsseldorf gelebt hätten, kaum die Verantwortung für einen Straßenbahnwagen anvertraut hätte. Trotz alledem war das siebenhundert Seiten umfassende Vertragswerk – gar nicht zu reden von den Tausenden von Artikeln und Zusätzen – bereits abgezeichnet und fertig zur endgültigen Unterschrift. Mit Ausnahme dieser letzten zehn Seiten.
»Von welchem Punkt sprechen Sie?« fragte Klausen.

»Vom Zahlungsmodus.«
»Aber, Herr Melekow, wir haben diese Frage mindestens ein dutzendmal mit Ihren Leuten ventiliert. Dies ist schließlich *Ihr* Vertragsentwurf, nicht unserer.«
»Ich spreche nicht von der Zahlungsfrist. Zehn Jahre sind angemessen. Ich beziehe mich auch nicht auf die Verzinsung. Acht Prozent scheint mir korrekt. Und schließlich beziehe ich mich auch nicht auf die Abnahmebedingungen oder den Amortisationsplan. Alles, was hierüber ausgearbeitet wurde, ist durchaus annehmbar. Nein, ich beziehe mich einzig auf die Währungseinheit. Wir wünschen, daß der Abschluß in US-Dollar getätigt wird und nicht in Deutscher Mark. Das ist alles.«
Klausen hatte seine Ruhe wiedergewonnen. Er zuckte nicht mit der Wimper.
»Das ist alles?« wiederholte er.
»Das ist alles«, bestätigte Melekow.
»Aber Sie sind sich gewiß darüber klar, daß es sich hierbei nicht um eine geringfügige Änderung handelt. Das ganze Kreditschema beruht auf einer höchst komplexen Reihe von Abmachungen zwischen uns und einem Konsortium, dem die fünf größten Bankengruppen unseres Landes angehören. Unsere Währung ist die Mark. Unser Produkt basiert auf deutschen Kosten, D-Mark-Kosten. Daher muß die ganze Transaktion auch in Mark abgewickelt werden.«
»Mein lieber Herr Klausen, unsere Bank arbeitet mit Rubel. Unsere Kosten werden in Rubel berechnet. Unsere Arbeiter in Rubel bezahlt. Aber wir passen uns den Realitäten des Welthandels an. Wenn wir Ihnen Werkzeugmaschinen verkaufen, und wir haben Ihrer Firma schon viele verkauft, dann lautet die Rechnung auf Dollar, und Sie bezahlen sie in Dollar – nicht in Rubel und nicht in Mark. Wenn, oder sollte ich sagen, falls wir an Sie Rohöl und Erdgas liefern, sobald die Pipeline fertiggestellt ist, so werden die Bedingungen, wie Sie sehr wohl wissen, auf Dollarbasis ausgehandelt werden – wie das bei Ölgeschäften überall in der Welt üblich ist.«

»Und wer wird uns Vorausdeckung für diese Devisen geben? Wer wird eine Garantie stellen, die uns für die nächsten zehn Jahre vor Währungsverlusten schützt?«
»Das, mein lieber Klausen, ist Ihr Problem, wie Sie sehr genau wissen. Und es dürfte nicht das erstemal sein, daß Sie vor diesem Problem stehen. Aber ich bin überzeugt, Sie werden eine Lösung finden. Sie sind ein erfahrener Mann. Sie wissen so gut wie ich, daß Sie und Ihre Bankiers in Deutschland seit vielen Jahren beträchtliche Dollarfinanzierungen abwickeln. Das Vorhandensein von Dollarbeständen dürfte kein Problem sein. Auch die Verzinsung nicht. Im Moment sind die langfristigen Zinssätze für Dollar und Mark fast genau gleich. *Wir* ziehen Dollars vor. Wir wickeln 90 Prozent unseres Außenhandels in Dollar ab. Wir möchten nicht eine so beträchtliche Ausnahme machen.«
Klausens Gedanken rasten. Jetzt ist es soweit. Entweder oder. Entweder dieser Melekow ist aufrichtig, oder er hat Instruktionen erhalten, das ganze Projekt zu sabotieren. Hinhalten hat keinen Zweck.
»Schön, Herr Melekow. Ich werde Ihnen morgen mittag Bescheid geben. Wenn dieser Bescheid positiv ausfällt, dann werden Sie einverstanden sein, daß wir wie vorgesehen zur endgültigen Unterzeichnung der Verträge schreiten – um fünf Uhr nachmittags?«
»Ja«, antwortete Melekow.
»Keine weiteren Probleme?«
»Keine.«
»Darf ich Sie morgen in der Bank anrufen? Sagen wir, kurz vor Mittag?«
»Mit Vergnügen«, stimmte Melekow zu. Sein Assistent, der während der ganzen Prozedur an Melekows linker Seite gesessen hatte, war genauso verblüfft gewesen wie Klausen, aber sein Gesicht drückte nichts weiter aus als ständig wechselnde Langeweile. Die Tatsache, daß er persönlich die letztgültige Version des finanziellen Teils dieses Abkommens aufgesetzt hatte – in Deutscher Mark – und daß sowohl Melekow wie der Vorsitzende der

Bank, Stepanow, ihre Billigung gegeben hatten, war bereits auf dem Weg in jenes Sonderfach seines Gedächtnisses, das er für Kuriosa reserviert hatte.

*

Nachdem Melekow sich von den Deutschen verabschiedet hatte, fuhr er mit dem Lift ins oberste Stockwerk des Hotels und lud seinen Assistenten zu einem fürstlichen Lunch ein. Über Geschäfte wurde nicht gesprochen. Um zwei Uhr waren beide wieder in der Außenhandelsbank der Sowjetunion. Und das erste, was Melekow dort tat, war, daß er an die Tür seines Vorgesetzten klopfte, des Bankdirektors Valentajn Iwanowitsch Stepanow, des Helden von Stalingrad und Protegés Chruschtschows. Ein Überbleibsel aus stolzer Vergangenheit und eine alte Nervensäge. Nach dem Anklopfen ging Melekow stracks in das Zimmer.

»Nehmen Sie Platz«, gebot Stepanow mit barscher und heiserer Stimme. »Wie ist es gelaufen?«

»Sehr gut. Ich verlagere die ganze Transaktion auf Dollarbasis.«

»*Was* tun Sie?«

»Ich sagte laut und deutlich, wie ich glaube, daß ich den ganzen Pipeline-Ankauf auf Dollarbasis verlagere.«

»Sind Sie wahnsinnig?«

»Nein.«

»Wer hat Ihnen die Genehmigung hierzu erteilt?«

»Mein lieber Valentajn Iwanowitsch, ich brauche keine Genehmigung. Ich leite die Devisenoperationen dieser Bank.«

»Aber ich leite diese Bank. Und bei solchen Entscheidungen habe ich das letzte Wort. Mein Gott, die nationalen Interessen der ganzen Sowjetunion stehen auf dem Spiel. Sind Sie verrückt geworden?«

»Ich glaube, ich habe die Frage nach meinem Geisteszustand bereits beantwortet. Was das übrige betrifft, so habe ich diese Angelegenheit eingehend mit dem Präsidenten der Notenbank durchgesprochen. Er schließt sich der neuen Politik voll und ganz an.«

»Neuen Politik? Welcher neuen Politik?« brüllte Stepanow, und sein Gesicht lief rot an. Er war hinter seinem Schreibtisch aufgesprungen. »Was für einer neuen Politik, habe ich gefragt.«

»Der neuen Dollarpolitik«, antwortete sein Stellvertreter.

Stepanow schien zu spüren, daß hier etwas womöglich sehr, sehr Gefährliches vor sich ging. Er setzte sich wieder hinter seinen Schreibtisch und fing an, mit einem Kugelschreiber herumzuspielen.

»Melekow, es wäre mir sehr lieb, wenn Sie aufhören wollten, in Rätseln zu sprechen.«

»Da gibt es keine Rätsel. Wie Sie sehr wohl wissen, bin ich – wenn ich das nochmals wiederholen muß – mit den Devisengeschäften dieser Bank betraut. Und es ist meine Pflicht, alle Pläne und Operationen auf diesem Sektor mit dem Direktor unserer übergeordneten Stelle, der Notenbank der Sowjetunion, zu koordinieren. Schließlich liegen dort, nicht bei uns, die Gold- und Devisenreserven dieses Landes. Von dort wird auch der Geldumlauf innerhalb des Landes kontrolliert. Daher wird dort die Politik festgesetzt. Wir handhaben die täglichen Geld- und Kreditbewegungen zwischen uns und dem Ausland nach dieser Politik. Ich glaube, das muß ich Ihnen eigentlich nicht erst erklären.«

»Melekow, ich frage Sie jetzt nur noch einmal: welche neue Dollarpolitik?« Stepanows Stimme war zu einem heiseren Flüstern geworden.

»Das ist ganz einfach«, erwiderte sein Stellvertreter. »Wir hegen sehr ernste Zweifel, was die unmittelbare Zukunft des Dollars betrifft. Wir glauben, daß er abermals abgewertet wird, und zwar um ein Beträchtliches. Wir haben daher beschlossen, aus dieser Währung auszusteigen.«

»Einfach so!« lautete der sarkastische Kommentar von jenseits des Schreibtisches.

»Nein, nicht einfach so. Wir haben während der vergangenen Wochen dieser Angelegenheit größtmögliche Beachtung gewidmet, eingehende Recherchen hier und im Ausland angestellt, und sind zu dem Schluß gekommen, daß wir jetzt handeln müssen, und zwar so schnell wie möglich. Von heute an verkaufen wir unsere Dollar auf dem offenen Markt. Aber es geschieht sehr behutsam und nach einem feststehenden Plan.«

»Ach, Sie und Roskin haben einen ›festen Plan‹ ausgearbeitet, wie?«

»Stimmt. Und ein Teil dieses Plans besteht darin, daß wir von unseren künftigen Importen möglichst viele in abgewerteten Dollars bezahlen, was uns einen einmaligen Rabatt von vielleicht 15 Prozent auf alle Vertragskäufe einbringt. Die Sowjetunion wird Milliarden Dollar sparen. Allein beim Röhrenvertrag wird es eine Viertelmilliarde ausmachen.«

»Und die Deutschen werden sich darauf einlassen – einfach so?«

»Es wird ihnen nichts anderes übrigbleiben, sobald der Vertrag einmal geschlossen ist.«

»Sehr schön. Sehr schlau. Aber, mein lieber Melekow, wer sagt eigentlich, daß der Dollar wirklich abgewertet wird? Sie? Dieser arrogante akademische Quacksalber Roskin? Habt ihr beiden Genies noch nichts davon gehört, daß der Dollar 1971 abgewertet worden ist?«

Melekow blieb einfach sitzen.

»Und jetzt, einfach so, weil irgendein Spinner sich etwas ausgedacht hat, wollen Sie und Roskin eine Schlüsselpolitik – was sage ich, *die* Schlüsselpolitik unserer Bank umstürzen?«

»Genau«, war die kühle Erwiderung. »Ich glaube, Roskin will im Lauf der Woche eine Versammlung einberufen und den vollen Umfang der künftigen Auswirkungen auf uns alle hier in der Außenhandelsbank erläutern.«

»Wie rücksichtsvoll vom Genossen Roskin. Und wie freundlich von Ihnen, mich davon schon heute in Kenntnis zu setzen. Ist das alles, was Sie mir im Moment zu sagen haben, Melekow?« Er wartete nicht auf die Antwort. »Schön, sehr schön. Dann sehe ich keinen Grund, Sie noch länger aufzuhalten. Gewiß warten bereits weitaus wichtigere Aufgaben auf Sie.«

Melekow stand auf und verließ ohne ein weiteres Wort Stepanows Büro. Es war einer der schönsten Augenblicke seiner beruflichen Laufbahn.

*

Fünf Minuten später war er im Handelsraum seiner Devisenabteilung. Dort herrschte hektische Tätigkeit. Sein Haupthändler legte den Telefonhörer auf, sobald er Melekows ansichtig wurde und eilte auf ihn zu.

»Ich bin froh, daß Sie da sind.«

»Stimmt irgend etwas nicht?«

»Ganz im Gegenteil. Aber ich muß wissen, wohin wir jetzt steuern.«

»Wieviel sind Sie losgeworden?«

»Ungefähr eine Milliarde Dollar.«

»Wer sind die Käufer?«

»Jeweils ungefähr 500 Millionen gehen nach Zürich und London. Jetzt arbeiten wir an Frankfurt und Paris.«

»Was machen die Notierungen?«

»Na ja, wir müssen stark auf den Termindollar drücken. Aber er hält sich verdammt gut. Wird jedesmal sofort wieder durch Aufkäufe stabilisiert.«

»Gut. Wann eröffnet New York?«

Sein Mann blickte auf eine große Wanduhr. Sie zeigte ein paar Minuten nach drei Uhr.

»Die Sommerzeit in den Staaten ist jetzt vorbei, also haben wir wieder einen Zeitunterschied von zehn Stunden. Das würde bedeuten, daß New York in drei Stunden öffnet.«

»Richtig. Versuchen Sie, mindestens noch eine Milliarde Dollar in den Vereinigten Staaten zu verkaufen. Aber gestreut. Wenn nötig, bringen Sie den letzten Teil an der Westküste unter. Aber denken Sie daran, halten Sie sich ausschließlich an den Terminmarkt. Keine Kassageschäfte. Und halten Sie mich über die Notierungen auf dem laufenden. Ich bin bis Mitternacht im Büro.«

»Noch eins, bevor Sie gehen. Wir haben diesen Transfer von 500 Millionen Dollar nach Zürich getätigt, wie Sie angeordnet haben. Was sollen wir denen jetzt sagen, was sie damit anfangen sollen?«

»Darum kümmere ich mich persönlich«, erwiderte Melekow. »Aber ich glaube, Sie müssen vollständig und über alles im Bilde sein. Also: Wir werden dafür Goldbarren kaufen.«

»Sie meinen, die Schweizer Regierung wird tatsächlich Gold verkaufen?« war die Antwort des erstaunten Händlers.

»Nein. Wir werden es auf dem freien Markt bekommen.«

Dieses Mal bestand die Antwort aus einem leisen Pfiff.

Melekow fügte hinzu: »Das, mein Freund, war nur für Ihre Ohren bestimmt. Wir verstehen uns, ja?«

Das zustimmende Nicken hätte nicht eifriger sein können. Und Melekows Schritt, als er die Devisenabteilung verließ, hätte nicht zuversichtlicher sein können. Er ließ sich auf das größte Glücksspiel seiner ganzen Laufbahn ein. Aber er war in den Fünfzigern, und die Devise lautete, jetzt oder nie. Eine solche Gelegenheit würde sich nicht wieder bieten.

*

Hans Klausen hatte nicht im *Russaya* zu Mittag gegessen. Er war sofort nach Melekows Weggang zur Deutschen Botschaft geeilt. Von dort hoffte er mit Düsseldorf sprechen zu können, ohne daß ein paar Dutzend neugierige Ohren ihm zuhörten.

Der Botschafter empfing ihn wenige Minuten nach seiner Ankunft, und bald befanden sich beide im Nachrichtenraum im Kellergeschoß. Sie blieben bis lang nach Mitternacht dort. Die Zukunft des Botschafters in Moskau hing aufs engste mit der Zukunft dieses Pipeline-Projekts zusammen. Ein plötzlicher Abbruch der Verhandlungen – nur wenige Stunden vor der Unterzeichnung – könnte seine Beziehungen zu den Sowjets um Jahre zurückwerfen. Er legte dies Bonn in möglichst eindringlichen Worten dar.

Um ein Uhr fünfzehn morgens, Moskauer Zeit, hatte er die Antwort. Die Transaktion konnte auf Dollarbasis getätigt werden. Die deutsche Regierung würde Rhein-Ruhr eine wasserdichte Garantie für das Kursrisiko leisten. Der von den Russen zu zahlende Zinssatz müßte jedoch um symbolische 0,25 Prozent erhöht werden. Schließlich war auch immer das Prestige im Spiel.
Sowohl Klausen wie der Botschafter waren mit diesem Ergebnis zufrieden. Kurz nach zwei hatten sie die Flasche Steinhäger bis auf den Grund geleert. Klausen verbrachte die Nacht in einem der Gästezimmer der Botschaft. Er war zu müde, um noch sein Hotel aufzusuchen. Und er mußte für den heutigen Abschluß des Vertragswerks wieder Kräfte sammeln. Nicht daß das Unterzeichnen besonders anstrengend gewesen wäre. Aber er kannte seine Russen. Die darauffolgende Feier würde die ganze Nacht hindurch dauern.

*

In dieser gleichen Nacht, in der zwei Deutsche im Keller der Botschaft saßen und Melekow von seinem Büro in der Außenhandelsbank der Sowjetunion aus die Schachzüge seiner Devisen- und Goldfachleute leitete, dinierte sein Vorgesetzter, Direktor Stepanow, mit einem Freund im georgischen Restaurant in der Gorkistraße. Sie hatten sich um sieben Uhr getroffen und genossen nun, nach fünf reichlich von Wodka und Bier begleiteten Gängen, vor den Resten des Mahls sitzend ihre Zigarren und eine Flasche alten Krimsekts.
Die Zeit war gekommen, in medias res zu gehen.
»Josef«, sagte Stepanow, »sag mir eins. Hat der Vorstand in letzter Zeit irgendeine Änderung unserer Devisenpolitik erörtert?«
»Nein. Nicht daß ich wüßte. Ich verstehe nichts von Finanzfragen. Das weißt du doch, Valentajn.«
»Natürlich. Aber wurde überhaupt nicht über den Dollar gesprochen?«
»Nein. Das weiß ich genau.«
»Hab' ich mir gedacht.«

»Was?«
»Roskin und dieser Melekow da arbeiten nicht nur hinter meinem Rücken, sondern auch hinter dem Rücken des Vorstands. Ich habe dir schon früher von den beiden erzählt.«
»Ja, das hast du.«
»Ehrgeizig, hemmungslos, gefährlich. Alle beide. Wie Zwillinge in ihrem Denken und ihrer Herkunft; jahrelang außerhalb Rußlands ausgebildet; keiner von ihnen hat während des ganzen Kriegs einen einzigen Schuß abgefeuert oder auch nur zu hören gekriegt. Für sie sind Männer wie du und ich, Josef, nur georgische Bauern, Leute, die ausgeschaltet werden müssen, um Platz zu machen für akademische Gecken wie sie. Und genau das haben sie jetzt vor. Das weiß ich mit Sicherheit. Wenn wir sie noch weiter gewähren lassen, dann bleibt keiner von uns beiden ungeschoren. Es ist eine Affenschande. Wir müssen etwas tun.«
Stepanow steigerte sich in beträchtliche Erregung hinein. Aber in diesem Lokal beachtete das niemand. Wie üblich, war die Atmosphäre hochgestimmt. Der Alkohol floß schneller, je weiter die Stunde vorrückte.
»Was hast du vor, Valentajn?«
»Ich finde, du und ich – wir beide – müssen unverzüglich den Vorstand benachrichtigen.«
»Aber meinst du wirklich, daß die Sache so wichtig ist?«
»Da gibt's gar keinen Zweifel. Es wird ein furchtbarer Fehler begangen.«
»Bist du deiner Sache sicher?«
»Absolut!«
»Ich arrangiere die Sache, Valentajn.«
»Vielen Dank, Josef. Du bist ein wahrer Freund.«
Das Orchester auf der Empore vor dem Hintergrund eines schreiend bunten Wandgemäldes, das die dem Herzen der meisten Gäste so teure alpenähnliche Landschaft Georgiens darstellte, stimmte in ein wenig verrutschten Molltönen eine neue Weise an. Die beiden Freunde hielten eine weitere Flasche Champagner für angebracht, mit einem Tröpfchen Wodka zur Begleitung.

11

Am nächsten Morgen begannen die Zürcher Banken wie üblich mit ihrem Devisenhandel. An diesem Mittwoch war das Geschäft wie üblich lebhaft. Wie üblich schwirrten Gerüchte herum. Und die Schweizer verdienten wie üblich auf diesem, nach weitverbreiteter Ansicht schwierigsten aller Finanzmärkte. Der Devisenhandel liegt den Schweizern im Blut, und seit vielen Jahren wuchern sie mit diesem Naturtalent.

Die Entwicklung dieser seltenen Gabe hängt mit der Tatsache zusammen, daß fast jeder Schweizer auf die eine oder andere Art von frühester Jugend an in Devisentransaktionen verwickelt ist. In diesem kleinen Land im Herzen Europas ist kein Bewohner jemals mehr als 150 Kilometer von irgendeiner Grenze entfernt – der französischen, deutschen, österreichischen oder italienischen –, und die Wechselkurse zwischen dem Schweizer Franken und den Währungen dieser Nachbarländer sind dem Einheimischen ebenso vertraut wie dem Durchschnittsamerikaner der Benzinpreis oder den Bayern der Preis für eine Maß Bier. Ja, so mancher Schweizer ist durchaus in der Lage, den Benzinpreis in jedem seiner Nachbarländer zu nennen, umgerechnet in Franken oder sogar in Dollar, wenn man es von ihm verlangt, denn dank seiner angeborenen Sparsamkeit wird er, sooft er in seinem auf Hochglanz polierten Wagen zu einer Sonntagsfahrt über die Grenze startet, sich stets sehr genau ausrechnen, ob er zu Hause volltanken soll oder im Ausland. Mit anderen Worten, er stellt in seinem Alltag ganz selbstverständlich sehr komplizierte Wechselkursberechnungen an. Nehmen wir zum Beispiel einen Bürger von Basel. Diese zweitgrößte Stadt der Schweiz grenzt sowohl an Frankreich wie an Deutschland. Für einen Basler ist es ganz natürlich, nachmittags nach Deutschland zum Einkaufen zu fahren, eben nur rasch über die Grenze, sich in den Supermärkten die Sonderangebote zu holen, und dann zum Abendessen nach Frankreich hinüberzuwechseln, wo ihn besonders Preis und Qualität der Weine hinziehen. Er geht nicht zweimal täglich zur Bank und wieder heim, um sich die erforderlichen D-Mark oder Francs zu holen. Nein, er hat einfach besondere Fächer für sie in seiner Brieftasche – eines für jede der drei Währungen, die zu seinem täglichen Leben gehören.

Das Einmalige an der Schweiz aber ist, daß sie *sämtliche* Währungen gegen *sämtliche anderen* Währungen ausspielt. In London zum Beispiel ist dagegen der Devisenmarkt fast völlig auf Transaktionen von Pfund Sterling gegen US-Dollar beschränkt. In New York befassen sich die Devisenhändler mit dem Preis des Dollar gegen Sterling, Deutsche Mark, japanischen Yen und kanadischen Dollar. Aber in Zürich tauscht man Yen gegen Pfund, Deutsche Mark gegen holländische Gulden, Schweizer Franken gegen italienische Lire und macht einen hübschen Preis für Schwarzmarkt-Rubel gegen US-Dollar. Man nennt dort auf Wunsch den Preis für iranische Rial, zuzüglich der Gebühr für die Barbeschaffung aus Teheran und den Umtausch in Schweizer Franken sowie die Hinterlegung in Genf auf einem Nummernkonto oder unter falschem Namen.

Die Nervenzentren für diese Operationen sind die Devisenabteilungen der großen Schweizer Banken. Es sind Räume mit allen Arten von Kommunikationsmitteln. Die Händler – bis zu einem Dutzend – sitzen um einen ovalen Tisch von riesigen Ausmaßen. Jeder hat zwei Telefone vor sich, oft auch drei. Jeder Apparat hat mindestens sechs getrennte Anschlüsse. Auf diese Weise kann jeder Händler mit vielen Leuten gleichzeitig sprechen. Am Apparat Nummer eins, Leitung zwei, hat er zum Beispiel einen Kunden in Hongkong. Am Apparat zwei, Leitung vier, das FX-Desk der Deutschen Bank in Frankfurt. Am gleichen Apparat, Leitung sechs, hängt sein Kollege in der Londoner Zweigstelle als Vermittler. Am Apparat drei, Leitung eins, könnte er einen Devisenmakler in Genf haben. Lämpchen blinken, die weitere Gespräche signalisieren. Der Händler spielt auf seinen Telefonen wie auf einem Harmonium – er zieht die Register, drückt die Tasten und verursacht dabei beträchtlichen Lärm, wenn er seine Anweisungen schreit, ja brüllt. In diese Kakophonie fallen noch die an den Wänden des Riesenraums aufgereihten Fernschreiber ein – oft ein ganzes Dutzend, die Informationen über die Marktlage aus den verschiedenen Finanzmetropolen der Welt tickern oder die Bestätigungen von Transaktionen übermitteln, die erst vor Minuten per Telefon abgeschlossen wurden. Mädchen schusseln herum, reißen Eilmeldungen heraus und legen sie dem betreffenden Händler vor, der während seiner Telefongespräche nur einen flüchtigen Blick darauf wirft, sein O. K. darunterkritzelt und sie zurückgibt. Häufig braucht er nur zwei Sekunden für den Abschluß einer Transaktion, bei der es um Millionen Dollar geht.

An der Wand hängt eine Anzeigetafel, wie sie uns von Sportplätzen her vertraut ist. Die Preise aller wichtigen Währungen, in Schweizer Franken ausgedrückt, werden ständig elektronisch angezeigt – entsprechend den letzten Notierungen, so daß jeder im Raum auf dem laufenden ist. In einer Ecke brüten lautlos drei Männer über langen Papierstreifen. Sie führen die sogenannten Positionslisten. Jede Transaktion wird unverzüglich eingetragen, so daß der Leiter der Abteilung mit einem Blick den Nettobestand der Bank feststellen kann. Eine Stunde nach Eröffnung können seine Händler 200 Millionen Dollar verkauft und 210 Millionen Dollar gekauft haben – was für die Bank einen Nettobestand von 10 Millionen Dollar ergibt. Er versucht, die beiden Zahlen möglichst im Gleichgewicht zu halten, außer natürlich, wenn er von oben anderslautende Anweisungen erhält.

*

In eine solche Atmosphäre spazierte Dr. Walter Hofer am Morgen des 7. November hinein. In seiner Begleitung befand sich eine junge Dame von zweiundzwanzig oder dreiundzwanzig Jahren. Trotz der hektischen Aktivität entging dies keinem der Anwesenden. Es war schon ungewöhnlich genug, daß der Präsident der General Bank of Switzerland in der Devisenhandelsabteilung erschien. Aber ihn hier mit einer wohlgestalteten jungen Blondine zu sehen, war ein Ereignis, das man auskosten mußte, jede einzelne Minute.

Hofer trat geradewegs auf den Chief Trader zu.

»Herr Zimmerer, ich möchte Sie mit Miß Mary Rogers bekannt machen.« Er sprach englisch. »Sie arbeitet für eine Zeitung in Los Angeles und möchte gern einiges über Ihre Tätigkeit erfahren. Miß Rogers ist die Tochter der Schwester meiner Frau, die, wie Sie wahrscheinlich wissen, seit dreißig Jahren in den Staaten lebt. Also bitte, nehmen Sie sich ihrer an. Wenn Sie fertig sind, begleiten Sie Miß Rogers bitte in mein Büro. Ich möchte gern noch am heutigen Vormittag ein paar Worte mit Ihnen sprechen.«

»Mit dem größten Vergnügen, Sir«, erwiderte Zimmerer, als Hofer kehrtmachte und so unvermittelt verschwand, wie er gekommen war.

»Also bitte, machen Sie meinetwegen keine Umstände. Ich weiß, daß Sie sehr viel zu tun haben«, sagte die zierliche Miß Rogers, einsfünfundfünfzig, mit blauen Augen, langem blonden Haar und einem Busen, der nicht so einfach zu übersehen war, auch nicht bei der Nichte des großen Manitu.

»Überhaupt keine Umstände«, murmelte Zimmerer und dachte, mein Gott, ausgerechnet heute vormittag. Die Schweizer haben nie gelernt, wie man während der Arbeitsstunden das Geschäftliche mit dem Angenehmen verbindet, es sei denn, auf der allerhöchsten Ebene.

»Onkel Walter wollte unbedingt, daß ich mich heute in seiner Bank umsehe, und er dachte, hier sei es mit am interessantesten. Ich verstehe wirklich überhaupt nichts vom Devisenhandel. Aber

ich arbeite nun seit mehr als zwei Jahren am Wirtschaftsteil unserer Zeitung und bin daher kein völliger Neuling. Meine Mutter und ich verbringen eine Woche hier in Zürich. Wirklich eine reizende Stadt um diese Jahreszeit. Sind Sie von hier?«
»Ja«, antwortete Zimmerer.
Plötzlich rief ein Mann ihm über den Raum hinweg zu: »Herr Zimmerer, die Deutsche Bank in Stuttgart möchte 25 Millionen Dollar Kassa zu 3,40 franko.«
»Verkaufen. Dann werden alle Geschäfte eingestellt. Ich möchte innerhalb von zehn Minuten unsere exakten Positionen in jeder Währung, bis auf den Franken genau.«
Wenn er Hofer aufsuchen sollte, so wollte er genau wissen, wo die Abteilung im gegenwärtigen Augenblick stand.
Dann hörte er wieder seinen Namen: »Heh, Zimmerer, Kellermann ruft an. Er möchte Sie sofort sprechen. Ich lege ihn um auf Ihren Apparat – Leitung fünf.«
Zimmerer nahm den Hörer, machte sich ein paar Notizen und legte auf.
Dann wandte er sich wieder zu Mary Rogers um und sagte: »Auf die Gefahr hin, die Dinge übermäßig zu simplifizieren, möchte ich Ihnen zunächst erklären, was wir hier machen, und Ihnen dann in etwa darlegen, wie wir es machen. Einverstanden?«
Das Mädchen nickte.
»Gut. Ich glaube, aus Ihrem Erfahrungsbereich kommt die Produktenbörse unserem Devisenmarkt noch am nächsten. In Chicago gibt es einen Markt für Mais oder Weizen oder Sojabohnen und viele andere ähnliche Produkte. Genau wie hier ist der Markt dort gespalten: Es wird von sogenannten ›Geschäften in prompter Ware‹ gesprochen, wenn die Rohware an Ort und Stelle den Besitzer wechselt, und von ›Geschäften in Ware auf Lieferung‹, wenn bei einem Abschluß die Lieferung der Ware zu einem künftigen Zeitpunkt vereinbart wird – sei es in einem Monat, in drei Monaten oder sogar erst in einem Jahr. Wir nennen die Hier-und-jetzt-Transaktionen, bei denen das Produkt so-

fort und in bar den Besitzer wechselt, den Kassamarkt. Die ›Liefergeschäfte‹ nennen wir den Terminmarkt, und auch hier werden Abschlüsse für Monate oder sogar Jahre im voraus getätigt. Aber anstelle von landwirtschaftlichen Produkten sind die Produkte, mit denen wir handeln, die verschiedenen Währungseinheiten – Deutsche Mark, amerikanische Dollar, japanische Yen –, die alle ständig ihre Preise verändern, je nach dem Verhältnis von Angebot und Nachfrage. Ist das klar?«

»Ja.«

»Sehr schön. Da wir nun in der Schweiz sind, gehen wir gewöhnlich vom Schweizer Franken aus. Ich meine, wir veranschlagen gewöhnlich alle ›Produkte‹, mit denen wir handeln, in Schweizer Franken. Das leuchtet ein, nicht wahr?«

Wieder nickte Mary.

»Langweile ich Sie auch bestimmt nicht?« fragte Zimmerer.

»O nein, bitte sprechen Sie weiter. Es ist einfach faszinierend.«

Kann ich mir vorstellen, dachte Zimmerer, stürzte sich indes wacker aufs neue in seinen Vortrag.

»Ja. Und jetzt nehmen wir mal den amerikanischen Dollar. Wie Sie soeben den Mann da drüben haben schreien hören, kaufen wir im Moment Dollars zum Kassakurs von 3,40 Franken. Dieser Kurs kann sich von einer Minute zur anderen ändern, aber die obere Grenze ist von der Regierung festgesetzt. Das meiste, was man unter den von der Schweiz im Frühjahr 1973 akzeptierten Bestimmungen für einen Dollar an Franken bekommen kann, sind 3,4535. Und das wenigste sind 3,3015. Wir nennen das den oberen und unteren Interventionspunkt.«

»Was passiert, wenn alle Welt wie verrückt Dollars verkauft, so daß der Dollar auf 3,25 Franken fällt?« wollte Mary wissen.

»Das kann er nicht. Die schweizerische Regierung ist verpflichtet, durch die Nationalbank Dollars zum unteren Interventionspreis von 3,3015 Franken zu kaufen und den Markt ausreichend mit Schweizer Franken zu versorgen, also Dollar aus dem Markt zu nehmen, bis sich die Tendenz wendet.«

»Warum?«
»Weil die Welt übereingekommen ist, feste Wechselkurse aufrechtzuerhalten – also nahezu feste, denn wie Sie sehen, können sie gering schwanken. Ohne feste Wechselkurse könnte niemand im Geschäftsleben oder im Bankwesen eine internationale Transaktion im voraus planen. Ich meine, ein Schweizer Uhrenfabrikant würde zum Beispiel Uhren für eine Million Dollar in den Vereinigten Staaten verkaufen. Aber er würde erst nach drei Monaten in Dollar bezahlt werden. Wenn er nicht sicher sein könnte, wie viele Franken er ungefähr dafür bekommt, wenn er seine Dollar dann umtauscht, ginge er ein enormes Risiko ein. Schließlich bezahlt er seine Arbeiter und sein Material in Franken und nicht in Dollar.«
»Aber 1973 wurden doch alle festen Wechselkurse geändert, nicht wahr?«
»Schon. Aber das geschieht sehr selten.«
»Aber es ist geschehen.«
»Allerdings. Und die schweizerischen Uhrenexporteure waren schwer getroffen, zumindest diejenigen, sie sich nicht auf dem Devisen-Terminmarkt abgesichert hatten.«
»Und wie geht das vor sich?« fragte Mary.
»Bleiben wir einmal bei unserem Uhrenfabrikanten«, erwiderte Zimmerer. »Er weiß, daß er in drei Monaten eine Million Dollars bekommen wird, also wird er – wenn er schlau ist – zu uns kommen und diese Dollars im *voraus* verkaufen.«
»Können Sie das machen?«
»Gewiß. Darum dreht sich überhaupt dieses ganze Geschäft.«
»Sie meinen, er verkauft etwas, das er noch gar nicht bekommen hat?«
»Richtig. Und das geht so: Wir, seine Bank, schließen ein Abkommen mit einer anderen Bank – in diesem Fall mit einer amerikanischen Bank –, das im Effekt folgendes besagt: ›Wir, die General Bank of Switzerland, verpflichten uns, Ihnen in drei Monaten eine Million US-Dollar zu liefern. Die Chase Manhattan Bank verpflichtet sich, uns für diese Dollars bei Lieferung 3,35

Millionen Franken zu zahlen.‹ Sie werden feststellen, daß der Dollar mit einem kleinen Abschlag vom augenblicklichen Kassakurs von 3,40 verkauft wird, wenn die Transaktion auf einer Dreimonatsbasis abgeschlossen wird. Das kommt daher, daß der Markt annimmt, der Dollar werde sich vermutlich in den kommenden Monaten leicht abschwächen. Er ist in den letzten Wochen unnatürlich stark gewesen.«

»Also weiß der schweizerische Uhrenfabrikant genau, wie viele Franken er zu gegebener Zeit für seine Dollars bekommen wird.«

»Stimmt, andernfalls würde er, wie ich schon sagte, ein großes Risiko eingehen.«

»Aber wenn er seine Dollars nicht, wie Sie es nannten, im voraus verkaufen würde, könnte er ebensogut am Ende mehr Franken bekommen. Ich meine, niemand kann garantieren, daß der Dollar sich abschwächen wird.«

»Ganz recht. Falls der Dollar sich festigt und der Kassakurs nach drei Monaten auf, sagen wir, 3,45 steigt, könnte unser Mann dann seine eine Million Dollar verkaufen und 3,45 Millionen Schweizer Franken dafür bekommen – oder genau 100 000 Franken mehr, als er bekommt, wenn er im voraus verkauft hat. Das sind die Versicherungskosten.«

»Ich glaube, ich begreife. Es ist gar nicht so kompliziert, wie es auf den ersten Blick aussieht, vor allem, wenn ein Mann wie Sie es einem erklärt. Sagen Sie, wie sind Sie in diese faszinierende Branche gekommen?«

»Durch meinen Onkel. Ich habe nämlich auch einen Onkel, und der ist ein Freund Ihres Onkels. Er könnte sogar Ihre Mutter gekannt haben, wenn ich's recht bedenke. Ich werde ihn fragen. Jedenfalls habe ich vor etwa zehn Jahren an der General Bank of Switzerland angefangen, und nach einer Lehrzeit in ungefähr zehn verschiedenen Abteilungen habe ich mich für diese Laufbahn entschieden. Es gefällt mir hier sehr gut.«

»Können auch Mädchen diesen Beruf ergreifen?«

»Es spricht eigentlich nichts dagegen. Aber wissen Sie, in der Schweiz liegen die Dinge ein bißchen anders als in den Staaten.«

»Ja, ich weiß. Meine Mutter hat es mir erzählt. Deshalb ist sie fortgegangen.«

»Ich schlage vor, Miß Rogers, daß wir unser Gespräch über den Devisenhandel zum Abschluß bringen«, sagte Zimmerer mit einem Blick auf seine Uhr.

»Ich möchte Sie wirklich nicht aufhalten, wenn Sie Wichtigeres zu tun haben.«

»Nein, nein, haben Sie noch irgendwelche Fragen?«

»Nur noch eine, dann überlasse ich Sie wieder Ihren Geschäften. Wie ist das mit diesen Währungsspekulanten, von denen man dauernd liest? Die sind doch wohl kaum im Uhrengeschäft tätig?«

»Nein, Miß, die sind weiter nichts als Glücksspieler, und sie setzen normalerweise auf die Abwertung einer Währung. Das hat sich in den letzten fünf Jahren zu einer großen Sache entwikkelt. Eine Menge Amerikaner spielen jetzt mit, besonders die großen multinationalen Firmen.«

»Und wie machen sie das?«

»Das will ich Ihnen erklären. Aber dann sollten wir wirklich wieder in das Büro Ihres Onkels hinauf.«

»Gern.«

»Gut. Also, nehmen wir einmal an, ich spekuliere auf eine weitere Dollarabwertung, und ich glaube, daß sie innerhalb der nächsten drei Monate stattfindet. Eine Abwertung bedeutet, daß die alte feste Kursrelation – Sie erinnern sich? – zwischen dem Dollar und dem Schweizer Franken plötzlich und über Nacht geändert wird, und daß danach der Dollar gegenüber dem Franken viel billiger ist.

Unser Spekulant kommt also zu uns, und wir verkaufen auf seine Rechnung 10 Millionen Dollar mit drei Monaten Termin – Dollar, die er gar nicht hat. Leerverkauf heißt der Fachausdruck für diese Art Operation. Und wiederum schließen wir einen Vertrag: Wir, General Bank of Switzerland, verpflichten uns, Ihnen, Chase Manhattan Bank, in drei Monaten 10 Millionen US-Dollar zu liefern. Sie, Chase Manhattan, verpflichten sich, uns für diese Dollar bei Lieferung 33,5 Millionen Schweizer Franken zu zahlen. Daneben machen wir einen eigenen kleinen Vertrag mit unserem Spekulanten, worin wir ihm mitteilen, daß wir diese Transaktion unter unserem Namen, jedoch auf seine Rechnung und Gefahr, durchführen. So weit, so gut. Nehmen wir nun an, daß der Dollar um 15 Prozent abgewertet wird. Über Nacht würde der Kassakurs auf, na, 2,90 Franken für den Dollar fallen. Wenn die drei Monate vorbei sind, gehen wir in den Markt – den Kassamarkt – und kaufen die 10 Millionen, die unser Spekulant überhaupt nie hatte. Diese 10 Millionen würden uns *jetzt*, nach der Abwertung, nur 29 Millionen Schweizer Franken kosten. Können Sie mir folgen? Gut. Aber dann, buchstäblich ein paar Minuten darauf, würden wir diese 10 Millionen, die wir gerade gekauft haben, der Chase Manhattan Bank in Erfüllung des Vorausvertrags anbieten, den wir vor drei Monaten miteinander geschlossen haben. Entsprechend den Vertragsbedingungen würde Chase uns 33,5 Millionen Schweizer Franken auszahlen müssen. Ja? Also hat unser Freund, der Spekulant, sich soeben 4,5 Millionen Schweizer Franken verdient. Ich wiederhole, er hat im voraus für 33,5 Millionen Franken US-Dollars verkauft, die er gar nicht hatte, aber der Preis für diese Dollars betrug nach der Abwertung nur 29 Millionen Schweizer Franken. *Voilà*!«

»Herrje!«

»Mhm, und das Schönste daran ist, wenn dieser Spekulant bei uns bereits als guter Kunde eingeführt ist, so müßte er auf diesen Devisenkaufvertrag nicht einmal eine Anzahlung oder eine Sicherheit leisten. Jedenfalls nicht, solange er ein paar Millionen bei der Bank liegen hat oder uns sonst als durchaus solventer Mann bekannt ist.«

»Und warum nicht?«

»Weil es völlig klar ist, daß eine starke Währung wie der Schweizer Franken niemals abgewertet wird. Er ist fast hundertprozentig in Gold gedeckt. Also würde der Dollar kaum jemals über 3,4535 steigen, den oberen Interventionspunkt, an dem die schweizerische Regierung eingreifen muß. Selbst wenn unser Spekulant sich nach Ablauf der drei Monate den denkbar ungünstigsten Bedingungen gegenübersähe, müßte er nur zu diesem Kurs Deckung haben. Dann würden seine 10 Millionen US-Dollar ihn 34,4535 Millionen Franken kosten, während er von Chase nur 33,5 Millionen bekäme. Er hätte also ein Defizit von 953 500 Franken oder ungefähr 300 000 Dollar. Große Kunden schlucken solche Verluste, ohne mit der Wimper zu zucken. Aber ein solcher Verlust ist höchst unwahrscheinlich. Das System liefert dem Spekulanten eine Regierungsgarantie, die ihm erlaubt, seinen größtmöglichen Verlust bis auf den letzten Penny zu kalkulieren, während sie ihm andererseits erlaubt, enorme Profite zu machen – die zehnmal größer sein können, als der größtmögliche Verlust. Deshalb ist die Devisenspekulation ein so beliebter Sport geworden. Und deshalb gehen wir, als Bank, ein sehr geringes Risiko ein, wenn wir für unsere Kunden solche Transaktionen durchführen, auch dann, wenn es um sehr hohe Beträge geht.«

»Und Sie sagen, Amerikaner können das auch machen?«

»Warum nicht? Natürlich halten es viele Leute für nicht sehr anständig, wenn man gegen die eigene Währung spekuliert, und in den letzten Jahren hat jedesmal der Dollar darunter leiden müssen. Aber ich habe mir sagen lassen, daß amerikanische multinationale Firmen aufgrund ihrer Devisenverträge, die sie vor der letzten Dollarabwertung von 1973 abschlossen, ungefähr 3 Milliarden Dollar Profit abgesahnt haben. Ich nehme an, daß eine Menge Leute denken, und zurecht, was für General Motors gut ist, muß *gut* sein.«

»Spekulieren Sie auch für die Bank, Mister Zimmerer?«

»Also, eigentlich dürften wir hierüber nicht sprechen. Wissen Sie, dann geht dieses Gerede über die ›Gnome von Zürich‹ wieder los. Fragen Sie lieber Ihren Herrn Onkel.«

»Zimmerer!« Wieder kam aus dem großen Händlerkreis eine Unterbrechung.

»Außenhandelsbank Moskau. Wieder am Telex. Sie bieten dies-

mal 50 Millionen Dollar mit drei Monaten Termin zum Verkauf an. Soll ich ihnen einen Kurs geben?«
»Nein. Ich möchte zuerst die Positionen sehen. Sagen Sie ihnen, wir haben den Handel für eine Stunde eingestellt. Sie sollen dann nochmals kommen.«
Er wandte sich wieder der jungen Dame zu.
»Miß Rogers, würden Sie bitte einen Augenblick Platz nehmen. Ich muß für Ihren Onkel ein paar Zahlen zusammenstellen. In einigen Minuten bin ich wieder zurück.«
Und das war er auch. »Ich möchte mich gern noch sehr viel länger mit Ihnen unterhalten, Miß Rogers, aber Ihr Onkel wartet wahrscheinlich schon auf uns.«
»Macht nichts. Ich glaube, die Sache wird jetzt allmählich ohnehin ein bißchen zu kompliziert für mich.«
Sie waren schon auf dem Weg zur Tür, als Zimmerer Marys Arm ergriff.
»Sagen Sie, möchten Sie nicht eben noch rasch einen Blick in einen anderen Raum werfen?«
»Gern«, sagte sie. »Worum handelt es sich?«
»Um eine andere Sparte unserer Abteilung – den Handel mit Barrengold.«
Mary Rogers Augen leuchteten auf.
»Sie dürfen aber nicht erwarten«, sagte Zimmerer, »Goldbarren oder dergleichen herumliegen zu sehen.«
Sie betraten einen weiteren Raum. Er war nicht annähernd so groß wie das Devisenhandelszentrum. Nur drei Männer saßen an Telefonen und drei weitere waren mit Schreibarbeiten beschäftigt.
»Wie ist das Vormittagsfixing?«
»74,25 pro Unze.«
»Und wie groß ist der Umsatz?«
»Nicht schlecht. Irgend jemand macht Wirbel, aber wir wissen noch nicht, wer.«
»Wir werden einen noch größeren Wirbel machen müssen. Kellermann hat gerade angerufen. Er hat einen sehr großen Auf-

trag für einen Privatkunden – er soll für 200 Millionen Dollar Goldbarren kaufen.«

»Uff. Wer ist das?«

»Weiß ich nicht. Ein Nummernkonto. Kellermann sagt, er schickt den schriftlichen Auftrag nach dem Lunch herunter, aber wir können gleich anfangen. Keine Limits. Einfach am Markt kaufen. Aber seien Sie um Gottes willen vorsichtig. Wir wollen nicht, daß es sich herumspricht. Übrigens, ich möchte Sie Miß Mary Rogers vorstellen. Sie ist Dr. Hofers Nichte. Vielleicht können Sie ihr erklären, worum es hier geht.«

*

Die Preise stehen mit Kreide auf einer großen Tafel geschrieben. Sie geben die sogenannten Vormittags- und Nachmittagsfixing des Goldbarrenpreises in London und Zürich während der letzten Tage und Wochen wieder. Der Welt-Goldbarrenpreis wird auf eine seltsame, ja einzigartige Weise festgesetzt. An beiden Finanzzentren setzen sich zur beinah gleichen Zeit – um zehn Uhr morgens und um drei Uhr nachmittags – die wichtigsten Goldhändler der Welt zusammen, vier in Zürich und drei in London, und vergleichen die Kauf- und Verkaufsorders, die bis zur Zusammenkunft eingegangen sind. Dann »fixen« sie den Preis, zu dem sämtliche Transaktionen getätigt werden. Im Fall exzessiver Nachfrage treiben sie den Preis hoch und befriedigen die überschüssige Nachfrage aus ihren eigenen Goldbeständen. Kommt ein Überschuß an Verkaufsaufträgen zustande, so senken sie den Goldpreis und füllen ihre eigenen Vorräte auf. Sie agieren als Mittelsmänner bei allen Goldtransaktionen. Und natürlich basteln sie immer eine hübsche Spanne zwischen dem Kaufpreis und dem Verkaufspreis. Häufig machen sie mit einer Arbeit von fünf Minuten, zwischen zehn Uhr und zehn Uhr fünf, Millionen-Dollar-Gewinne, einfach indem sie große Kauf- und Verkaufsorders zusammenbringen und dazwischen ihre Scheibe abschneiden. In London wird dieser Markt von einem Clan altehrwürdiger Geschäftsbanken kontrolliert. Natürlich gehört Winthrop zu ihnen, und es heißt sogar, diese Bank habe jahrelang den gesamten Londoner Goldpool kontrolliert. In Zürich gibt die General Bank of Switzerland den Ton an, da sie, und insonderheit ihre Kunden, den größten Teil des Gesamtvolumens bestreiten. Nicht daß sie jemals bekanntgeben würden, wie groß das Volumen des Goldhandels an einem bestimmten Tag oder auch nur pro Monat oder Jahr gewesen war. Die Banken in London und Zürich waren übereingekommen, daß diese Kenntnis für den gewöhnlichen Handel unerheblich sei und daß die Spekulanten in der ganzen Welt vor unnötigen Sorgen geschützt werden müßten, wie sie sich dann ergeben könnten, wenn als Anhaltspunkte mehr als nur Gerüchte zur Verfügung stünden. Aber das wußte Mary nicht.

*

»Wieviel Gold kaufen und verkaufen Sie hier pro Tag?«

»Das kann ich Ihnen leider nicht sagen. In diesem Punkt vertritt die Bank den Grundsatz absoluter Verschwiegenheit.«

»Nur eine Andeutung vielleicht?«

»Nun ja, die Menge, die an *neuem* Gold in den letzten Jahren aus den südafrikanischen Minen und gelegentlich auch aus Rußland gekommen ist, beträgt im Schnitt ungefähr 40 Millionen Unzen. Zu den letztgültigen Preisen sind das fast 3 Milliarden Dollar. Aber dabei dürfen Sie nicht vergessen, daß sich weitere etwa 200 Millionen Unzen in den Händen privater Spekulanten befinden – in der Schweiz, in Frankreich und besonders im Nahen Osten –, und die kaufen und verkaufen ständig. Also dürften jedes Jahr weitere 10 Milliarden Dollar den Besitzer wechseln. Manche Leute setzen den Betrag viel höher an – sehr viel höher.«

»Und dieses ganze Geschäft wird von diesem kleinen Raum aus getätigt?« erwiderte Mary.

»Nein. Aber wir wollen so sagen: Wir tun um einiges mehr als

nur unseren angemessenen Teil. Und das ist Ihrem Onkel zu verdanken. Er versteht wahrscheinlich mehr vom Gold als irgendein anderer auf der ganzen Welt. Er kennt auch jeden in der Branche – von den südafrikanischen Minenunternehmern bis zu den großen Schmugglern, die tonnenweise Gold aus Dubai am Persischen Golf nach Indien schaffen. Im Vergleich zu ihm ist der Goldfinger aus dem James-Bond-Film ein Waisenknabe.«
»Das habe ich nicht gewußt.«
Jetzt mischte sich Zimmerer ein. »Bitte, Miß Rogers, erwähnen Sie um Gottes willen Ihrem Onkel gegenüber kein Wort davon. Er hat etwas gegen Publicity jeder Art – besonders, wenn es um Gold geht.«
Plötzlich schien Zimmerer es sehr eilig zu haben. Er sagte ein paar Worte in Schweizerdeutsch zu den Männern am Goldhandelsdesk und ging dann mit Mary hinaus. Nachdem sie mit dem Lift drei Stockwerke höher gefahren waren, betraten sie eine völlig andere Welt. Der Krach und die Konfusion der Devisenabteilung waren der völligen Lautlosigkeit eines mit dicken Teppichen belegten schalldichten Korridors gewichen. Die beiden waren erst ein paar Schritte gegangen, als ein uniformierter Wächter aufstand und sie grüßte.
»Doktor Hofer erwartet uns«, sagte Zimmerer. Die Brauen des Wächters hoben sich ganz leicht.
»Die Dame ist seine Nichte.« Die Brauen rutschten in die Normallage zurück.
Hofers Büro war riesig und eindrucksvoll: die Eichenpaneele, die Pastellbilder, die großen Teppiche und sogar das sehr schwache Zigarrenaroma, das als irdischer Überrest bester kubanischer Importe im Raum hing. Sie schritten durch den Raum auf Hofers Schreibtisch zu – er empfing niemals jemanden an der Tür seines Büros, sondern gab nur das Zeichen zum Eintreten mittels eines Signals mit der Aufschrift »Bitte eintreten« vor der Tür – und wurden zu einer Sitzgruppe gewiesen, die mehr als fünfzehn Meter entfernt auf der anderen Seite des Raumes stand. Die beiden jungen Leute wateten durch die Teppiche und setzten

sich. Zuerst wagte keiner von ihnen zu sprechen, aber es schien, daß Marys Natur kein längeres Schweigen duldete.

»Wissen Sie, Mister Zimmerer, Sie sind schrecklich jung für Ihren Posten in der Bank. Sind Sie verheiratet?«

»Nein, Miß Rogers, ich glaube, dazu habe ich einfach vor lauter Arbeit noch keine Zeit gehabt.«

»Sagen Sie ruhig Mary zu mir.«

»Gern. Ich heiße Werner.«

»Ein sehr ernster Name.«

»Er ist in der Schweiz sehr verbreitet.«

»Werner, kennen Sie in Zürich ein nettes Lokal, wo man tanzen kann? Sie kennen meinen Onkel; meine Tante ist genauso. Und Mom ist hoffnungslos. Ich kann also kaum einen von ihnen fragen.«

»Natürlich, es gibt eine Menge Lokale. Aber es kommt darauf an, was Sie wollen. Man sollte immer ein bißchen wählerisch sein.«

»Ich habe eine Idee«, sagte Mary. »Wie wär's, wenn wir beide heute abend gemeinsam irgendwo hingingen? Vielleicht in ein Lokal, wo wir zu Abend essen und dann tanzen können. Ich meine, wenn Sie nicht zu beschäftigt sind oder so. Schließlich bin ich nach dem heutigen Vormittag in Ihrer Schuld.«

Zimmerer dachte nach. Sehr hübsches langes Haar, drolliges Näschen, und sie sieht weiß Gott großartig aus mit dieser weißen Bluse und dem blauen Rock. Aber wahrscheinlich ist Vorsicht geboten. Er entschloß sich.

»Das finde ich eine fabelhafte Idee, Mary. Aber sind Sie sicher, daß Ihr Onkel nichts dagegen hat?«

»Ganz bestimmt nicht. Schließlich bin ich zweiundzwanzig.«

»Wohnen Sie bei ihm?«

»Ja, aber das ist weit draußen am See. Könnten wir uns nicht irgendwo treffen, damit Sie nicht hinausfahren müssen und wieder zurück?«

»Nein, das macht mir überhaupt nichts aus. Um welche Zeit soll ich Sie abholen?«

»Würde Ihnen sieben Uhr passen?«

»Ausgezeichnet.«
Die Sache war geritzt. Die beruflichen Zukunftsaussichten des Herrn Zimmerer hatten plötzlich eine neue Dimension hinzugewonnen. Und nach einer vollen Woche – nein, acht Tagen – völliger Flaute kehrte Marys recht aktives Sexleben wieder in normale Bahnen zurück. Das würde ihr erster Schweizer sein. Sie waren, wie Mary festgestellt hatte, im Vergleich zu amerikanischen Jungens ein bißchen kurz geraten. Aber vielleicht machte das gar nichts aus.
»Na, Mary, wie war's?« fragte ihr Onkel, der plötzlich zu ihnen getreten war.
»Großartig, Onkel Walter. Du hast recht, ein faszinierendes Geschäft.«
»Gut. Deine Mutter wartet unten. Ich begleite dich. Herr Zimmerer, würden Sie bitte ein paar Minuten hier warten.«
Mary wechselte mit Zimmerer einen feierlichen Händedruck, zwinkerte ihm zu und verschwand. Ein paar Minuten später kam Dr. Hofer zurück.
»Herr Zimmerer, ich freue mich, daß wir Gelegenheit haben, uns unter vier Augen zu unterhalten. Wie ich höre, herrscht heute vormittag einige Unruhe am Devisendesk. Was ist los?«
»Herr Doktor, es ist noch zu früh, um etwas zu sagen. Aber das Volumen ist beträchtlich, und der Dollar ist wieder unter Druck geraten.«
»Woher kommt der Druck?«
»Schwer zu sagen.«
»Irgendwelche ungewöhnlich großen Verkäufer?«
»Eigentlich nur einer, der uns auffiel. Moskau. Die waren schon gestern sehr deutlich auf der Verkäuferseite, und heute sind sie wiedergekommen.«
»Für diese Jahreszeit eine seltsame Erscheinung. Im Spätherbst kaufen sie sonst fast immer große Dollar-Nettobeträge, um damit ihre landwirtschaftlichen Importe zu bezahlen, wenn ich mich recht erinnere.«
»Das stimmt, Herr Doktor. Aber natürlich könnten diese Ver-

käufe sich im Moment ausschließlich auf uns konzentrieren. Sie könnten kräftig in den Handel eingestiegen sein und uns gegen Frankfurt oder London ausspielen oder, wahrscheinlicher, gegen Budapest, Bukarest und Prag. Ganz Osteuropa ist in den letzten paar Jahren groß ins Devisengeschäft eingestiegen. Soll ich die Sache im einzelnen nachprüfen, um festzustellen, ob wirklich etwas Ungewöhnliches vorgeht?«

»Ja, bitte tun Sie das, Zimmerer. Aber tun Sie's vorsichtig. Und erwähnen Sie vor allem nichts Ihren Kollegen gegenüber. Und jetzt etwas anderes. Wie ist unsere Netto-Dollar-Position?«

»Ich habe die neuesten Zahlen mitgebracht, Herr Doktor. Im Moment haben wir eine leichte Unterbilanz. Ungefähr 40 Millionen ungedeckte Dollar. Das hält sich innerhalb der Limits, die mir für die Position der Bank angegeben wurden.«

»Natürlich.« Hofer schwieg eine Weile und fuhr dann fort: »Richtig. Jetzt möchte ich, daß Sie unsere Dollarposition sehr behutsam adjustieren. Von ungedeckt zu noch viel ungedeckter. Sie werden autorisiert, bis zu 2 Milliarden ungedeckt zu verkaufen – und zwar, so schnell der Markt sie aufnimmt.«

»Meinen Sie 2 Milliarden Dollar oder Dollar für 2 Milliarden Schweizer Franken?«

»Dollar.«

»Sie sagten, so schnell der Markt sie aufnimmt. Meinen Sie, noch heute?«

»Ja.«

»Das ist möglicherweise nicht ganz problemlos. Ich erhielt soeben einen Kundenauftrag, genau denselben Betrag auf genau derselben Basis – alles mit dreimonatiger Fälligkeit, wenn möglich, es werden aber auch drei Monate akzeptiert.«

Hofer schien perplex. Er fragte: »Innerhalb welcher Preisspanne?«

»Es wurden keine Preislimits angegeben. Ein absolut offener Auftrag.«

»Wer hat Ihnen den Auftrag gegeben?«

»Direktor Kellermann.«

Hofer runzelte die Stirn. Zimmerer fuhr fort: »Und noch etwas. Direktor Kellermann hat mich ferner beauftragt, eine riesige Kauforder für Goldbarren zu starten. Für den gleichen Kunden.«
»Wer ist es?«
»Ich weiß nicht, Herr Doktor. Kellermann hat nur gesagt, es handle sich um ein großes Nummernkonto.«
»Ich werde das mit Kellermann abklären. Inzwischen führen Sie meine Anweisungen aus, Zimmerer. Vielen Dank.«
Nachdem Zimmerer die Tür hinter sich geschlossen hatte, nahm Hofer den Hörer ab und wählte vier Zahlen.
»Kellermann?«
»Jawohl, Herr Direktor.«
»Bitte kommen Sie herauf in mein Büro. Sofort!« Er legte auf.

*

In dem Augenblick, als Hofer den Hörer auflegte, bedauerte er schon seine Barschheit. Kellermann hatte an der General Bank of Switzerland eine große Zukunft. Hofer persönlich hatte ihn für seinen jetzigen Posten ausgewählt, den Posten, den Hofer zehn Jahre lang innegehabt hatte, ehe er die Gesamtleitung der Bank übernahm. Er wußte, daß Kellermann es nicht leicht hatte.
Die großen privaten Nummernkonten – das war die Domäne, die Kellermann von Hofer geerbt hatte. Das System war einfach. Alle Transaktionen für solche Konten wurden ausschließlich unter einer Nummer durchgeführt. Sogar bei Barabhebungen unterzeichnete der Kunde – in der völligen Abgeschlossenheit eines der oberen Sitzungszimmer – mit seiner Nummer, die natürlich ausgeschrieben wurde, also zum Beispiel »Einhundertundfünfunddreißigtausendsechshundertunddrei«. So heißt Herr X auf schweizerisch. Nur zwei Männer im gesamten Bankbetrieb konnten den Namen des Konteninhabers mit der Nummer seines Kontos identifizieren: der Kontenführer, der das Konto zugeteilt hatte, und Kellermann, der die Hauptakte dieser Vorzugskunden unter Verschluß hielt. Die Unterlagen mit den Namen und dazu-

gehörigen Nummern wurden in einem besonderen Safe verwahrt, zu dem nur Kellermann Zutritt hatte. Der Safe war so einbruch- und feuersicher, wie es die moderne Technik vermochte. Dennoch wurden, als zusätzliche Sicherheitsmaßnahme, Kopien dieser Dokumente in einer zweiten Stahlkammer verwahrt, tief in einer Berghöhle in einer kleinen Stadt am St.-Gotthard-Paß. Diese Kammer war buchstäblich bombensicher. Der Witz des Systems lag darin, daß kein Spion aus den eigenen Reihen, der, wie die Erfahrung längst bewiesen hatte, sich leicht in einen Bankbetrieb einschleichen könnte, an diese Information herankam.

Die Leute hinter diesen Kontonummern hatten insgesamt 20 Milliarden Dollar in Vermögenswerten bei der General Bank of Switzerland. Brasilianer, Franzosen, Deutsche, Argentinier, Briten. Sie waren die alten Hasen, die sich dieses Systems bedienten. Aber seit den sechziger Jahren hatten sich ihnen zahllose Neuankömmlinge aus New York, Miami, Las Vegas, Washington, Seoul, Bangkok, Saigon, Taiwan, Hongkong angeschlossen. Und dann waren da unter denen, die sich regelmäßig der traditionellen Schweizer Gastfreundschaft erfreuten, noch die Ex-Kubaner, die Ex-Algerier, Ex-Könige, Ex-Finanzminister, Ex-Präsidenten, Ex-Gangster, viele von zweifelhafter Nationalität, ganz zu schweigen von ihrem Wohnsitz.

Die Motive all dieser Leute waren im wesentlichen die gleichen. Sie suchten Schutz vor unmoralischen Einmischungen in ihre privaten Angelegenheiten. Und was kann privater sein als Geld? Nichts, sagen die Schweizer, gar nichts. Und sie meinen es ernst, es ist ihr Evangelium. Gewiß, einiges von diesem Geld, das Zuflucht suchte vor neugierigen Augen, war unversteuert. Vielleicht war es auf illegalem Wege aus Lateinamerika oder Asien in die Schweiz geschafft worden. Vielleicht war es gestohlen. Das ging die Schweiz nichts an. Wenn manche Staaten sich darauf versteiften, unvernünftig hohe Steuern einzuführen oder Devisenkontrollen, die des Menschen gottgegebene Freiheit, mit seinem angesammelten Geld nach Gutdünken zu verfahren, beschränken sollten, so war das ihr Fehler. Außerdem war ein Verbrechen in Chicago nicht unbedingt auch in Zürich ein Verbrechen. Die Geschichte hatte immer bewiesen, daß in Geldangelegenheiten die Schweizer stets im Recht waren und die übrige Welt ständig im Unrecht. Die Welt war sich kaum darüber klar, welche Vorteile ihr aus dieser Haltung erwuchsen. Denn Institute wie die General Bank of Switzerland nahmen sich dessen an, was unheilbare Zyniker hartnäckig als »schwarzes Geld« bezeichneten, bleichten es und ließen es produktiv arbeiten; Geld, das andernfalls versteckt und müßig herumgelegen hätte. Die Schweiz war somit in der Lage, Kapital zu mobilisieren, es an die Industrie zu verleihen und den Lebensstandard der Welt zu heben. Die Schweizer Banken legten ihren Kunden immer nahe, Weltbankanleihen für ihre Nummernkonten zu kaufen, und halfen dadurch – ganz konkret – den unterprivilegierten Massen in den Entwicklungsländern. Die Schweizer Banken waren die ersten, die vorsichtigen Leuten die Möglichkeit eröffneten, Gold zu kaufen, als Warnung an diejenigen Regierungen, die das Währungsgefüge der Welt durch leichtfertige Staatshaushalte zu untergraben suchten, was nur in die Inflation und zur indirekten Konfiskation des sauer Ersparten zahlloser alter und erwerbsunfähiger Menschen führte. Banken wie der General Bank of Switzerland war es zu verdanken, daß Leute aus aller Herren Ländern bei ihnen Aktien kaufen und zum Überleben der freien Welt in ihrem Kampf gegen den Kommunismus beitragen konnten.

Die Arbeit war schwer, aber sie war den Aufwand wert.

Mißverständnisse und Neid gab es indessen immer, und man konnte nie zu vorsichtig sein. Auch nicht den eigenen Angestellten gegenüber; traurig, aber wahr in diesen Zeiten langhaariger junger Bankkaufleute und gummikauender Sekretärinnen. Sogar den jungen Beamten in der Bank konnte man nicht mehr vertrauen. Sie waren allzuoft die Produkte chaotischer Universitäten, wirrköpfiger Professoren, denen nicht klar war, daß das Geldverdienen das Kernstück jenes Systems darstellt, welches letzten Endes einem Gutteil der Menschheit seine Würde verliehen hat. Das System der Nummernkonten, das nach Hofers Ansicht den Kapitalismus in Reinkultur verkörperte, war nur so gut wie seine Wächter. In dieser Hinsicht war Kellermann perfekt, nun, nahezu perfekt. Seine Treue zur römisch-katholischen Kirche war gelegentlich störend. Er hätte sie nicht so zur Schau tragen sollen. Schließlich war die General Bank of Switzerland eine protestantische Bank, wie fast alle ihre Schwesterninstitute in der Schweiz oder etwa auch in den Vereinigten Staaten. Und das hatte seine guten Gründe. Das Ganze fußte auf der protestantischen Ethik. Maßstäbe mußten aufrechterhalten, Vertrauen durfte nicht enttäuscht werden. Selbstverständlich ließ sich vieles zugunsten einer ökumenischen Entwicklung sagen. Solange sie nicht zu weit ging. Hofer hatte sich als einer der ersten großen Finanzleute seines Landes dieser Bewegung zugewandt. Aber mehr als einmal schon hatte er seine mahnende Stimme erheben und darauf hinweisen müssen, daß Zürichs Stärke sich von Zwingli herleitete, von Calvin, deren Lehren kaum vereinbar seien mit den Machenschaften eines Leo oder eines Gregor, ganz zu schweigen von der Scheinheiligkeit eines Pius. Gewiß, diese Gestalten gehörten der Vergangenheit an, aber die Jesuiten waren eindeutig sehr gegenwartsnah. Die Schweizer Verfassung verbannte sie noch immer aus dem Land. Man hatte vor, die Jesuitenartikel außer Kraft zu setzen – aber noch galten sie. Recht so. Ihre Taktik mochte sich geändert haben, aber wie stand es mit ihrer grundsätzlichen Weltanschauung? Verwechslung von Zweck und Mittel. Das war nicht Schweizer Art, an die Dinge heranzugehen, und jeder aufgeklärte Katholik mußte das auch einsehen. Oder davon überzeugt werden. Man stand ein für das, was man als richtig erkannt hatte, und starb, wenn nötig, auf dem Schlachtfeld, wie Zwingli, für seinen Glauben und sein Land.

*

Der Summer riß Hofer aus seinen Gedanken. Es geschah selten, daß er sich so in Tagträumen verlor.

Kellermann betrat das Büro und ging zu Hofers Schreibtisch.

»Ich freue mich, daß Sie wieder hier sind, Doktor Hofer«, sagte er. »Ihre Reise nach Johannesburg war hoffentlich zufriedenstellend.«

»Das war sie. Bitte nehmen Sie Platz. Ich habe soeben kurz mit Zimmerer von der Devisenabteilung gesprochen. Er sagte mir, daß er von Ihnen eine sehr große offene Order zum Kauf von Goldbarren und zum Verkauf von Dollars erhalten habe. Für ein Nummernkonto. Was steckt dahinter?«

»Der Kunde ist Amerikaner. Ein gewisser Mister Stanley Rosen aus New York. Wir kennen ihn gut. Das heißt, unsere Zweigstelle in Basel kennt ihn. Er ist einer ihrer größten Kunden und hat im Lauf der Jahre eine Menge Wertpapiergeschäfte mit ihnen abgewickelt. Macht überhaupt sehr bedeutende Umsätze. Rosen war einer unserer ersten überseeischen Kunden, der größere Anlagen in Euro-Währung tätigte. Basel sagte mir, man hätte dort einmal sogar 200 Millionen Dollar Belastung auf seinen Konten gehabt – alles auf der üblichen Vertrauensbasis.«

»Dürfte kaum sein eigenes Geld sein.«

»Nein, Herr Doktor. Unsere Leute in New York haben uns eingehendere Informationen über den Mann zukommen lassen. Wie es scheint, verwaltet er Gelder für recht unterschiedliche Sorten von Klienten, wenn Sie wissen, was ich meine. Aber das ist nicht unsere Sache. Bis dato war er in seinem Geschäftsgebaren uns gegenüber stets absolut korrekt. Sehr genau, aber sehr korrekt. Natürlich bekommt er keine Post von der Bank. Er kommt jeden Monat herüber und geht mit Widmer in Basel seine Kontenauszüge durch.«

»Wenn er bisher immer mit der Zweigstelle in Basel gearbeitet hat, wieso tätigen jetzt plötzlich Sie seine Geschäfte?«

»Er ist gestern mit dieser sehr bedeutenden Operation an uns herangetreten. Sie ist zu groß für irgendeine unserer Zweigstellen, auch für Basel. Also hat Widmer ihn direkt zu mir geschickt. Natürlich operiert er ausschließlich mit Nummernkonten. Seine Anweisungen sind ganz einfach. Er möchte am Markt Goldbarren für knapp unter 200 Millionen Dollar kaufen. 100 Millionen hat er in bar entrichtet. Dann will er das Gold als Sicherheit für einen gewaltigen Leerverkauf von US-Dollars gegen Schweizer Franken verwenden. Von unserem Standpunkt aus ist nichts dagegen zu sagen. Wir werden bei dieser im Grunde sehr einfachen Operation mindestens eine Million Dollar an Provisionen verdienen. Dabei exponieren wir uns in keiner Weise. Für ihn besteht natürlich ein gewisses Risiko.«

»Ist er sich darüber im klaren?«

»Bestimmt. Er ist einer der flinksten Denker, die ich unter unseren Privatkunden jemals gesehen habe. Offensichtlich ein gewiegter professioneller Geldmanager. Ich glaube, ich kann Ihnen guten Gewissens versichern, Doktor Hofer, daß er sich nicht in einen Jammerlappen verwandeln und uns lästig fallen wird, falls die Sache schiefgeht. Er ist kein Troublemaker. Also laufen wir von diesem Standpunkt aus praktisch kein Risiko.«

»Trotzdem ist es mir nicht geheuer«, erklärte Hofer. »Ganz und gar nicht. Hat er gute Papiere hinterlegt?«

»Ja, Herr Doktor. Er hat die ganzen 100 Millionen Dollar vor ein paar Tagen in New York in Schatzanweisungen deponiert. Unsere dortige Niederlassung hat ihre Validität nachgeprüft. Kein Problem. Sie sind echt, nicht gestohlen. Sie sind gestern verkauft worden, und der Erlös ist bereits hier eingegangen. Er arbeitet also per Kassa.«

»Keine Ahnung, wo die Schatzanweisungen herstammten?«

»Keine. Es sind Inhaberpapiere, wie Sie wissen. Praktisch keine Möglichkeit, sie zurückzuverfolgen. Aber eines ist doch noch interessant. Er hat für diese Transaktionen ein ganz neues Nummernkonto eröffnet. Er unterhält insgesamt etwa zwanzig Konten bei uns – alle in Basel, mit Ausnahme dieses letzten. Auf allen Unterlagen für dieses neue Konto befindet sich eine zweite Unterschrift. Ein gewisser Ali ben Fezali aus Beirut.«

»Der gleiche, mit dem wir im Devisengeschäft zu tun haben?«

»Ganz recht. Wir bekommen ungefähr alle vierzehn Tage ganze Ladungen von Banknoten aller Herren Länder, und ich meine das wörtlich. Wir kaufen sie ihm zu etwas ungewöhnlichen Kursen ab und lösen sie dann, jedenfalls den größten Teil, bei den Herkunftsländern ein. Er verwendet den Erlös zumeist zum Ankauf von Gold und Silbermünzen. Ich schätze, daß wir mindestens einmal pro Monat umfangreiche Rücksendungen an ihn tätigen. Er hat, und zwar schon seit vielen Jahren, stets beachtliche Guthaben auf seinen Konten. Er gehört zu unseren besseren Kunden aus dem Libanon.«

»Ist er gestern zusammen mit Rosen hiergewesen?«

»Nein. Rosen hat offenbar sämtliche Unterlagen für das Konto vor etwa einer Woche ausfertigen und unterschreiben lassen. Er hielt sich immer Formulare im Vorrat. Wie gesagt, er unterhält bei uns etwa zwanzig Konten und eröffnet ständig neue. Also ist das weiter nicht ungewöhnlich. Selbstverständlich besitzen wir zahlreiche Proben von Fezalis Unterschrift, und auch in dieser Hinsicht hat alles sich als unanfechtbar erwiesen.«

»Ist Rosen nicht Jude?« fragte Hofer.

»Ich nehme es an«, erwiderte Kellermann. »Aber ich würde dieser Tatsache nicht zuviel Bedeutung zumessen. Schließlich haben wir hier schon eine ganze Menge seltsamer Partnerschaften gesehen.«

»Hat Rosen schon vorher einmal etwas Derartiges unternommen?«

»Nein. Er hat sich nie mit Termingeschäften abgegeben, weder in Gold noch in Devisen. Widmer in Basel hat mir sogar gesagt, daß diese Operation völlig aus seinem üblichen Rahmen falle. Rosen ist offenbar ein Mann, der seine Geschäfte sehr vorsichtig handhabt, sich nie in Risiken stürzt, beizeiten seine Gewinne mitnimmt und nie versucht, den letzten Tropfen 'rauszuquetschen. Eigentlich der ideale Kunde. Er beschuldigt uns nie, ihm einen schlechten Rat gegeben zu haben, wie dies so viele unserer anderen amerikanischen Kunden tun. Er verläßt sich ganz auf sich selber und auf seine eigenen Ideen. Er ist manchmal nicht sehr glücklich über die Verzögerungen und Irrtümer in unserer Kontenführung. Aber das ist nicht neu. Alle Amerikaner sind in dieser Hinsicht sehr pingelig.«

»Je mehr ich davon höre, um so weniger gefällt es mir«, sagte Hofer. »Verstehen Sie, ich möchte nicht, daß unsere Bank in irgend etwas verwickelt wird, das uns Ärger mit den amerikanischen Behörden einbringt. Wie Sie wissen, ist es amerikanischen Staatsbürgern gesetzlich untersagt, mit Goldbarren zu handeln. Natürlich kümmern sie sich nicht um die kleinen Fische, aber vor ein paar Jahren haben sie versucht, Bernie Cornfeld und die IOS wegen eines angeblichen dicken Goldkaufs zu fassen, der 1968 getätigt wurde. So etwas könnte große Scherereien geben und viel Staub aufwirbeln, besonders in den amerikanischen Zeitungen. *Eine* Helga-Hughes-Affäre reicht für Zürich in den nächsten zehn Jahren. Und ich habe ein komisches Gefühl, daß hier irgendwas nicht stimmt. Kellermann, sagen Sie New York, sie sollen alles zusammenstellen, was sie über diesen Mann ausfindig machen können. Sofort. Und halten Sie Rosen solange hin. Ich möchte bis spätestens acht Uhr morgen früh den Bericht auf meinem Schreibtisch haben. New York hat noch fast einen ganzen Arbeitstag Zeit, um zu beschaffen, was wir brauchen.«

Kellermann runzelte die Stirn. Das war nicht üblich, und Kellermann war nicht für unübliche Dinge. Er lebte ein sehr geordnetes Leben. Er rühmte sich, daß sein einmal gegebenes Wort definitiv gültig sei. Und er hatte Rosen sein Wort gegeben. Soweit es ihn anging, war die Bank verpflichtet, Rosens Anweisungen durchzuführen.

»Herr Doktor Hofer, ich fürchte, es ist ein bißchen zu spät, um noch viel zu ändern. Ich habe seinen Auftrag angenommen, das Gold zu kaufen und sein Dollarkonto soweit wie möglich zu überziehen.«

»Mündlich?«

»Selbstverständlich. Aber er erwartet, daß er noch vor Ablauf der Woche die Bestätigungen dieser Transaktionen in seiner Akte durchsehen kann. Er hält sich ausdrücklich zu diesem Zweck in

Zürich auf. Soviel ich weiß, haben Zimmerers Leute bereits begonnen, einen Teil des Goldes in der heutigen Nachmittagssitzung aufzukaufen, und zweifellos verkaufen sie auch laut Anweisung bereits Dollar.«
Hofer dachte hierüber nach.
»Kellermann, was geschehen ist, ist geschehen. Das ist klar. Aber jetzt möchte ich, daß Sie etwas erledigen. Augenblicklich. Rufen Sie Rosen an und sagen Sie ihm, daß wir an seinem Auftrag nicht weiterarbeiten können, wenn wir nicht 50 Prozent mehr Bardeckung bekommen. Wenn ihn das nicht abhält, so wird es ihn doch eine Weile aufhalten. Sehr wenige Leute können im Handumdrehen 50 Millionen Dollar in bar auftreiben.«
»Ja, Herr Doktor.«
»Und, sagen Sie, Kellermann, gibt es noch andere Ihrer großen Kunden, die sich etwa in der gleichen Richtung betätigen?«
»Nichts in der Größenordnung Rosens, aber während der letzten paar Stunden ist es ziemlich hoch hergegangen. Jeder erwartete in dieser Woche einen ungewöhnlich großen Goldverkauf der Russen durch die Bank für Internationalen Zahlungsausgleich. Aber es ist nichts erfolgt. Offenbar haben sie den Verkauf im letzten Moment ohne irgendeine logische Erklärung gestoppt. Reuter hatte übers Radio eine gerüchtweise Meldung verbreitet, kurz ehe ich hier heraufkam. Sie haben anscheinend jemanden vom Flugplatz Zürich interviewt, der behauptet, das Gold sei tatsächlich vorige Woche eingeflogen worden, liege aber seitdem im Zollspeicher draußen in Kloten. Allein eine solche Geschichte könnte heute die Aktivität stark aufleben lassen, zumal der Markt bereits in Bewegung ist. Eins jedenfalls ist sicher: Den Spekulanten fehlt es in jüngster Zeit weder an Geld noch an verrückten Einfällen.«
»Kellermann, halten Sie Verbindung mit der Goldabteilung und den Devisenleuten. Sollte sich heute nachmittag irgend etwas ausgesprochen Ungewöhnliches entwickeln, dann möchte ich, daß Sie persönlich die Leitung übernehmen. Irgend etwas geht vor.«

Kellermann wußte, wann er verabschiedet war. Hofer nahm einfach keine Notiz mehr von seiner Anwesenheit. Bankangestellte, denen das Hofer-Spiel neu war, fühlten sich davon oft zutiefst beleidigt. Aber Kellermann war längst daran gewöhnt. Er schloß die Doppeltür, die Hofers Büro vor jeder möglichen Geräuschbelästigung durch die Außenwelt schützte, und ging durch den Korridor zu den Lifts. Er war beunruhigt. Er mochte es nicht, wenn Hofer seinen Kunden in die Quere kam. Besonders, nachdem er sich bereits verpflichtet hatte. Hier ging es um mehr als nur um Hofer. Es ging um die Integrität der Bank und um seine eigene. Seine Anweisungen waren klar. Wenn Rosen die geforderte zusätzliche Bardeckung aufbringen konnte, dann galt der Handel, soweit er, Kellermann, etwas zu sagen hatte. Wenn nicht, dann lag die Verantwortung allein bei Hofer, und Hofer würde Rosen die Gründe erklären müssen. Darauf würde Kellermann bestehen.

Aber zuerst mußte er Rosen die erfreuliche Mitteilung machen. Das Telefonat dauerte nur sehr kurz.

12

»Wir werden also zusätzliche 50 Millionen Dollar in bar benötigen, ehe wir weitere Schritte unternehmen können, Mister Rosen.«
»Schön, Herr Kellermann. Ich will sehen, was ich tun kann.«
Die Leitung blieb ein paar Sekunden lang tot.
»Haben Sie verstanden, was ich sagte, Mister Rosen?«
»Durchaus. Ich komme heute nachmittag zu Ihnen. Sagen wir, nach dem Lunch. Werden Sie dann im Büro sein?«
»Ja.«
»Schön. Auf Wiedersehen.«
Stanley rülpste, zog ein rosa Hemd an, eine grüne Krawatte, einen blauen Anzug und braune Schuhe zu schwarzen Socken. Er meldete ein Gespräch nach New York an und ging hinunter in den Grillroom, um sich ein gut durchgebratenes Steak mit Pommes frites zu genehmigen.
Er genoß seine Mahlzeit von Herzen, während er über Kellermann, die General Bank of Switzerland und 50 Millionen Dollar grübelte. Na ja, was konnte man schließlich anderes erwarten? Jeder ist sich selbst der Nächste. Und die Aristokraten dieser Welt lernten diese Weisheit als erste. Deshalb wurden sie Aristokraten. Stanley gab sich bei seinen mittäglichen Betrachtungen keinerlei Illusionen über seine großen Kunden hin. Klar, sie waren eine Mafia. Aber in dem von ihnen gewählten Geschäftszweig bildeten sie die Aristokratie. Sie glaubten ebenso fanatisch an das System, das Amerika zu dem gemacht hat, was es ist, wie

die Rockefellers, die Harrimans, die Kennedys vergangener Generationen daran geglaubt hatten. Schweizer Bankiers waren aus genau – aber ganz genau – dem gleichen Holz geschnitzt.
Sie benutzten den Mantel der Wohlanständigkeit und das Bankgeheimnis in der gleichen Weise, wie die Mafia Bestechungen und die Drohung »Schweigen oder Tod« benutzte. Beide warteten mit Diensten auf, die ein gieriges und zutiefst gesetzesfeindliches Publikum haben wollte. Keine der beiden kapitalistischen Gruppen des zwanzigsten Jahrhunderts hätte in diesem Maße überleben und gedeihen können, wenn nicht eine große Zahl von Leuten, in niedrigen und hohen Stellungen, sie wünschten und brauchten. Die Machtposition, die ihnen daraus erwuchs, daß sie die Schlüssel zu so vielen verschiedenen Finanzreichen in Händen hielten, war völlig unangreifbar. Es hatte keinen Sinn, dagegen anzurennen. Beuge dein Haupt in Demut, nimm die Dinge hin, wie sie sind, ducke die Schläge ab. Tu mit. Da du nicht zu ihnen gehören kannst, sei wenigstens nicht so dumm, dich gegen sie wehren zu wollen. Du mußt einfach genug Geld haben, um mit ihnen Schritt zu halten. Macht und Geld. Das war etwas, wovor sowohl die Mafiosi wie die Gnome in Zürich Respekt hatten. Und Geld hatte Stanley. Und deshalb genoß er sein Mittagessen. Obwohl sein Magen nicht in erstklassiger Verfassung war.
Die Beschwerden hatten mit jener feuchtfröhlichen Nacht in der vergangenen Woche begonnen. Wie konnte es auch anders kommen, wenn man bis vier Uhr früh in den französischen und deutschen Kneipen über der Grenze bei Basel herumzog? Der Bursche aus Genf hatte sich weiß Gott ausgekannt: mit den Lokalen, mit den Mädchen. Und konnte der trinken. Mensch! Komisch, daß die Magengeschichte sich so lange hinzog. Aber trotzdem, das war's wert gewesen. Einmal 'rauskommen aus diesem Hotel in Basel wäre alles wert gewesen. Herrgott, was für ein muffiger Schuppen. Und der Manager! Junge, wenn Blicke hätten töten können, als wir mit den Mädels dort anrückten. Wahrscheinlich ein Schwuler.

»He.«
Der Oberkellner starrte ihn an.
»He. Krieg ich die Rechnung, ja?«
Der Oberkellner näherte sich.
»Sir?«
»Hören Sie, geben Sie mir doch schnell die Rechnung. Ich erwarte oben einen Anruf.«
Nach zehn Minuten hatte er seine Rechnung, und als er leicht verärgert seine Suite betrat, klingelte das Telefon.
»Ihr Gespräch mit New York«, sagte die Telefonistin.
»Stanley, bist du das? Ich bin's, Harry Stahl.«
Mein Gott, dachte Rosen, der Junge wird nie lernen, daß man nicht brüllen muß, damit man's auf der andern Seite des Atlantik hört. Typischer New Yorker Simpel.
»Ja, Harry, ich bin's. Und sprich bitte normal, ja? Ich kann dich ausgezeichnet hören. Wie geht's drüben?«
»Gut, sehr gut«, brüllte Harry. »Wieso hab' ich die ganze Zeit nichts von dir gehört? Ich bin schon ganz krank vor Angst, es könnte was passiert sein.«
»Harry, du ängstigst dich zuviel. Das habe ich dir immer gesagt. Und hör auf, ins Telefon zu plärren.«
»Okay, Stanley, reg dich bloß nicht auf. Hast du mit den Arabern abgeschlossen?«
»Und ob. Phantastische Sache. Ich hab' was ganz, ganz Großes vor, Harry. Die größte Idee aller Zeiten.«
»Na, sag's schon!«
»Harry, nicht am Telefon. Du verstehst. Du sollst nur eins für mich erledigen, umgehend. Laß von der First National Bank of Nassau 50 Millionen Dollar an die General Bank of Switzerland überweisen, an die Hauptstelle Zürich, zu Händen Kellermann.«
»Moment mal. Zu Händen von wem?«
»Kellermann.« Er buchstabierte den Namen, mit einem »n« am Schluß, und fuhr dann fort: »Ruf die Knaben in Nassau an und bring ihnen bei, daß es eine telegrafische Überweisung sein muß. Sie sollen keine Geschichten machen. Das Geld muß spätestens

morgen früh um acht Uhr Schweizer Uhrzeit hier zur Verfügung stehen. Du hast also fast den ganzen Tag Zeit, um die Sache bei euch drüben zu erledigen.«

»Fünfzig Millionen?«

»Fünfzig Millionen.«

»Aus welchen Konten?«

»Nimm fünf Millionen aus unserem Privatkonto, Harry. Und den Rest anteilig von einigen der übrigen sehr großen. Den Burschen von St. Louis sollten fünf nicht weh tun. Das Sammelkonto von Las Vegas müßte weitere fünf liefern. Mach's, wie du es richtig findest. Wir haben einen Haufen Bargeld auf den Bahamas 'rumlungern.«

»Du hörst dich an, als wärst du diesmal deiner Sache sehr sicher, Stanley. Soll ich vielleicht rasch 'rüberkommen, damit wir alles durchsprechen können?«

»Paß auf, Harry, das wäre mir das liebste. Aber das hier ist brandeilig. Das ist nichts, was wir erst in Ruhe erörtern könnten. Aber mach dir keine Sorgen. Ich weiß genau, was ich tue.«

»Das bedeutet, daß wir für alle anderen Operationen ziemlich knapp an Bargeld sein werden.«

»Weiß ich. Aber nicht für lange. Hier geht's um schnellen Umsatz. Und das Risiko für unser Bahama-Geld ist gleich Null. Ich brauche es nur sehr kurzfristig, als sehr hoch verzinste Anleihe, um die hiesige Operation zu stützen.«

»Aber denk daran, Stanley, wir haben beide den Hals in der Schlinge. Es heißt, einige unserer Kunden können recht eklig werden, wenn irgendwas mit ihrem Geld gedreht wird.«

»Ich weiß«, war Rosens einzige Erwiderung, obwohl er zugeben mußte, daß Stahls Bedenken berechtigt waren.

»Von wo rufst du an, Stanley?«

»Vom *Baur au Lac* in Zürich. Aber am Freitag ziehe ich hier aus. Gehe übers Wochenende zurück nach Basel. Übliche Adresse.«

»Okay, Stanley. Wenn sie in Nassau irgendwas vermasseln, dann ruf mich an. Wann kommst du voraussichtlich zurück?«

»Ende nächster Woche.«

»Okay, Stan. Sei vorsichtig, und glaub mir, ich mein's ernst!«
»Wiedersehn, Harry. Und vielen Dank, Alter.«
Er legte auf. Toller Bursche, dieser Harry Stahl. Eine alte Unke, ja. Aber er würde die Sache durchpauken, und wenn er keinen Schimmer hätte, was wirklich vorging. Stanley nahm abermals den Hörer auf.
»Fräulein«, sagte er, »geben Sie mir die General Bank of Switzerland, die Direktion. Die Nummer hab' ich vergessen. Ich warte.«
Warum diese Idioten keine Amtsleitungen in Hotelzimmer legten, war ein ewiges Rätsel.
»General Bank of Switzerland.«
»Kann ich Herrn Direktor Kellermann sprechen?«
»Einen Augenblick, bitte.«
Na los, na los, macht schon.
»Kellermann«, kam die tiefe Stimme.
»Herr Kellermann, hier Stanley Rosen. Sie bekommen morgen früh Ihre 50 Millionen Dollar in sicheren Papieren.«
»Nun –«
Rosen unterbrach. »Ich erwarte also, daß Sie unverzüglich an die Ausführung meiner Orders gehen.«
»Aber, Mister Rosen –«
Wieder fiel Stanley ihm ins Wort. »Ich glaube nicht, daß es jetzt noch irgendein ›Aber‹ geben kann, Herr Kellermann. Sie haben erklärt, daß Sie meine Order akzeptieren, und Sie haben ferner erklärt, daß Sie unverzüglich mit dem Barrenkauf und mit dem Dollar-Leerverkauf beginnen. Offen gesagt haben Sie Ihr Wort bereits gebrochen, als Sie auf zusätzlicher Bardeckung bestanden, aber ich verstehe Ihre Lage. Ich stelle die zusätzliche Deckung. Und jetzt erwarte ich, daß Sie sich an die Vereinbarung halten.«
Rosen hatte, ohne es zu wissen, Kellermanns verwundbare Stelle getroffen: er hatte sein Wort gegeben.
»Einverstanden, Mister Rosen. Ich werde mit der Transaktion fortfahren.«
»Schön. Die Überweisung wird morgen telegraphisch von der

First National in Nassau eintreffen. Wenn Sie bis spätestens neun Uhr früh nichts bekommen haben, rufen Sie mich an. Ich bin im *Baur au Lac*, Zimmer 718. Ich werde auf alle Fälle in den nächsten Tagen mit Ihnen in Kontakt bleiben.«

Und damit war der Fall erledigt. Jetzt Beirut. Er meldete das Gespräch an, dann zog er sich aus und trat unter die Dusche.

Die Dusche tröpfelte nur, wie die meisten europäischen Duschen. Vermutlich weil diese Vögel hier, wenn man der Sache auf den Grund ging, noch immer eine Abneigung gegen Wasser hatten, zumindest gegen zuviel Wasser auf einmal. Daher wahrscheinlich auch die Bidets. Und die entsetzten Mienen, wenn man an einem brüllend heißen Sommertag in Paris Eiswasser bestellte. Wenigstens waren die Handtücher groß. Sogar riesig. Das Telefon klingelte. Im Badezimmer.

Warum nicht? dachte Stanley Rosen und nahm den neckischen rosa Hörer ab.

»Ihr Gespräch mit Beirut, Sir. Das hatten Sie doch angemeldet, nicht wahr?«

»Ganz richtig. Ich bleibe am Apparat.«

Eine Minute verging, und Rosen war noch immer am Apparat. An einem rosa Telefonapparat im Badezimmer eines Schweizer Hotels, von wo aus er einen Araber anrief, um über Goldkäufe und Dollarverkäufe im Wert von Millionen zu sprechen. Es war ein langer Weg gewesen von New Jersey bis hierher.

Aber, dachte er, es war jetzt Zeit, New Jersey endgültig hinter sich zu lassen, und ebenso Miami, Las Vegas und alles übrige. Sehr, sehr langsam und sehr, sehr vorsichtig. Denn im Anlagegeschäft gibt es so etwas wie einen dauernden Erfolg nicht. Es gibt nur Höhepunkte – und dann nichts. Das ist die Lektion, die diese Gigolos im Investmentgeschäft, die Schnapphähne in der Maklerbranche, die Windbeutel im Spar- und Leihwesen niemals lernen würden. Daher endeten sie nach drei oder vielleicht fünf Jahren auf dem gleichen Pflaster, von dem sie gekommen waren. Jeder Geschäftszweig hat seinen ganz bestimmten Erfolgszyklus. Davon war Rosen überzeugt. In der Industrie war das jedem

Idioten klar. Vom Taschenradio bis zum Farbfernseher, vom Heckflossenauto bis zum Minirock.
Da kamen die Dinge als letzter Schrei heraus, schwangen sich innerhalb kürzester Zeit zu unglaublichen Höhen auf und endeten als Überproduktion auf gesättigten Märkten, als Ramsch. Mit der Zeit wurde der Lebenskreis von der sensationellen Geburt bis zum banalen Ende immer kürzer. Das gleiche galt für Ideen im Finanzleben. Wachstum, aggressive Neu-Emissionen, Leistung – das Evangelium einer intelligenten neuen Generation, die vermeintliche Lösung, der moderne Lebensstil –, wenn man seine Lebensdauer auf drei Jahre ansetzte. Kapitalerhaltung, Gewinn, Zinsen – die neue Philosophie des neuen Approach im Anlagegeschäft. Lebenserwartung: zwei Jahre. Internationale Streuung, Bodenschätze, Ökologie – die Zauberformel zur Erschließung des nächsten ewig fließenden finanziellen Erfolgsquells. Rentabilitätsspanne: achtzehn Monate. Das Problem war, wie Stanley so genau wußte: man mußte den Kunden etwas verkaufen. Und sobald dieses Etwas verkauft war, war es auch schon passé. Aber wenn man es ihnen nicht verkaufte, dann würde es ihnen ein anderer genau auf dem Höhepunkt des Ertragszyklus verkaufen, und aus war's mit den Kunden.
Stanley hatte, wie seine Kollegen, alle diese Möglichkeiten ausprobiert. Jetzt war er bei Gold, Abwertungen und Steuerparadiesen angelangt. Araber. Vielleicht der kürzeste aller Lebenszyklen. Und wofür?
Und dann war da noch das dickste Problem: Jersey, Miami, Las Vegas und so weiter.
Vielleicht war die Antwort so einfach, daß es klappen würde. Einfach aussteigen. Sich in die Schweiz absetzen, auf die Bermudas, vielleicht nach London. Mit 30 oder 35 Millionen Dollar würde er bestimmt Aufnahme finden, nicht unbedingt bei den Leuten an der Spitze, aber doch bei den meisten Leuten, denn er stellte etwas dar: Geld und Grips. Dann würde er nur noch wenige Kunden annehmen – nur um im Spiel zu bleiben.
Stanley Rosen hatte das entscheidende Alter von fast fünfund-

vierzig Jahren erreicht; den *point of no return*. Wonach er sich vor allem sehnte, war etwas, das ihm bisher völlig entgangen war: eine Zeit wahren Glücks und schlichter Zufriedenheit. Vor gar nicht langer Zeit erst hatte er erfahren, daß es so etwas wirklich gab. Im August hatte er drei Wochen absoluten Nichtstuns mit einer vierundzwanzigjährigen Norwegerin auf Sardinien verbracht. Sie hatten sich auf dem Flugplatz von Kopenhagen kennengelernt und waren im gleichen Taxi in die Stadt gefahren. Es folgte ein gemeinsames Abendessen draußen im Tivoli. Nepp, aber lustig. Und fünf Tage später ging's ab ins Blaue. Völlig ungeplant. Nach Sardinien. Calle di Volpe. Ein Hotel, das für nur sechzig Gäste gebaut war; Franzosen, Belgier, Schweizer, Briten, Italiener, Deutsche. Alles bessere Leute. Manche sogar adelig. Aber sie hatten Stanley in ihren Kreis aufgenommen. Sie hatten ihn um Rat gefragt. Sie hatten ihn zum Abendbrot auf ihre Jachten eingeladen. Und keiner hatte ihn angepumpt. Er hatte sogar die Einladung eines Brüsseler Ehepaars angenommen, er solle doch auf dem Rückweg bei ihnen vorbeischauen. Wie sich herausstellte, gehörte der Mann dem Kabinett an. Aber Stanley Rosen wurde als alter Bekannter aufgenommen, als Ehrengast. Klar, Rosen wußte, daß sie wußten. Daß er einen Haufen Geld hatte. Aber wie durch eine geheime Absprache war nie die Rede davon. Er wußte, daß sie wußten, daß er ein amerikanischer »Wilder« war. Aber das war für sie offenbar nur eine Kuriosität; seinen Jersey-Akzent fanden sie drollig; seine Eigenheiten »natürlich«. Rosen war kein Narr. Er wußte, hier war eine Welt, für die er gegebenenfalls auf dem offenen Markt würde bezahlen müssen. Er wußte, daß die Preisfrage sich unvermeidlich stellen würde. Aber es würde den Preis wert sein. Dann könnte alles andere begraben und vergessen werden: die gemeinen Schweine aus Chicago, die Show-Girls aus Las Vegas, ihre betrunkenen Radaubrüder in Nassau, die kleinen jüdischen Aasgeier aus Jersey – so wie seine Eltern die Erinnerungen an ihr Ghetto begraben hatten. Durch den einfachen Vorgang der Emigration über den Atlantik. Gott sei Dank hatte er seine Scheidung glücklich hinter sich. Denn mit ihr, ihrem gespenstischen Make-up, ihrer schrillen Stimme, ihren Freundinnen, ihren Canasta-Partys, wäre die ganze Idee absurd gewesen. Aber mit jemandem wie dem Mädchen aus Bergen, mit einem festen Kundenstamm im Nahen Osten und dem Ruf eines überwältigenden Erfolgs während der großen Dollarabwertung war es möglich.

Das rosa Telefon erwachte endlich wieder zum Leben.

»*Hallo, hallo, qui est là?*« erklang die Stimme.

»Hier Stanley Rosen. Ich rufe aus der Schweiz an, ich möchte gern –«

»*Hallo, hallo. Je ne parle pas anglais, Monsieur.*«

»Ach du lieber Gott«, war Stanley Rosens Erwiderung. Er hieb wie besessen auf die Gabel ein und hoffte inbrünstig, die Verbindung möge nicht unterbrochen werden.

»Vermittlung, Vermittlung«, schrie er.

Nichts. Und dann noch weniger als nichts. Am anderen Ende wurde aufgelegt. Stanley tat desgleichen. »Saukerl«, fluchte Stanley Rosen.

Na ja, da konnte man nichts machen. Es würde mindestens zwei, drei Stunden dauern, bis er wieder durchkam. Schieben wir's auf bis später.

Das Telefon klingelte von neuem.

»Hier ist die Vermittlung, Mister Rosen. War Ihr Gespräch mit Beirut in Ordnung? Es war ziemlich kurz.«

»Ja, Fräulein. Vollständig in Ordnung. Vielen Dank.«

Wozu sich komplett lächerlich machen. Das mußte anders werden, und zwar schleunigst. Ein Schnellkursus in Französisch und vielleicht auch einer in Deutsch. Mr. Stanley Rosen würde bald genauso europäisch sein wie Grace Kelly.

Nach dem Duschen beschloß Stanley, ein Schläfchen zu machen. Er war zufrieden, zufrieden mit der Zukunft, jetzt, da das größte Ding seines Lebens angelaufen war.

13

Historiker, die später die Ereignisse dieser ersten Novemberwoche rekonstruierten, kamen zu dem Schluß, daß das eigentliche Geschehen am Mittwoch gegen zwei Uhr fünfzehn nachmittags einsetzte. Der Dollar wurde von der größten Verkaufswelle erfaßt, die man bisher im zwanzigsten Jahrhundert erlebt hatte. Innerhalb von zwei Stunden fiel er gegenüber allen anderen bedeutenden europäischen Währungen unter Führung des Schweizer Franken um 3 Prozent im Wert. Gegen drei Uhr sah es aus, als könne eine Erholung einsetzen, aber dann kam die Meldung vom nachmittäglichen Goldfixing. Der Preis war in einer einzigen Sitzung um 4,10 Dollar gestiegen. Was bedeutete, daß die Goldpools in Zürich und London diese explosionsartige Nachfrage nicht mehr zu decken vermochten. Nunmehr schwächte sich der Dollar von Minute zu Minute weiter ab.
Generalsekretär Bollinger von der Bank für Internationalen Zahlungsausgleich saß allein in seinem Büro und brütete über den Telex-Meldungen, die seit Mittag hereinströmten. Er sah leicht mitgenommen aus. Er hatte seine Sekretärin angewiesen, keine weiteren Telefongespräche mehr durchzugeben, mit zwei Ausnahmen: den Anruf des amerikanischen Finanzministers und den eines gewissen Dr. Bernoulli.
»Was nun?« fragte er.
Die mannshohe Holzplastik aus Neuguinea, die ihn von der gegenüberliegenden Wand her anstarrte, konnte ihm schwerlich antworten.

Nur noch zwei Tage lang so weiter, und die Hölle würde los sein. Und dann ausgerechnet die Russen. Wenn die Amerikaner die ganze schmutzige Geschichte 'rauskriegten, würden sie ihn kreuzigen – wenn er Glück hatte. *Ausgerechnet die Russen!* Als ihn heute vormittag der Präsident der Deutschen Bundesbank anrief, hatte er geglaubt, gehofft, es handle sich um eine bloße Koinzidenz. Die Russen konnten eine Million Gründe gehabt haben, warum sie beim Röhrenkauf zu Dollars übergegangen waren. Und die Deutschen hatten sich auch keine besonderen Sorgen deswegen gemacht. Sie hatten einfach gedacht, die BIS sollte Bescheid wissen. Es würde bedeuten, daß die künftige Nachfrage nach Dollars auf dem Euromarkt höher sein würde, als man allgemein vorausgesehen hatte. Weiter nichts. Es konnte die Kurse für langfristige Gelder in Dollars erhöhen. Um vielleicht 0,25 Prozent. Aber die Leute in Frankfurt wußten nicht, was er wußte. Allmählich fügte das ganze Bild sich zusammen. Zuerst Melekow, dann der überstürzte Auszug der Moskauer Delegation, dann der Röhrendreh, und jetzt dies Schlamassel auf den Gold- und Devisenmärkten. Das konnte die Vereinigten Staaten Milliarden kosten – drei, fünf, wer weiß –, und die gesamte Finanzwelt würde trotz dieser Kosten hektisch mitmachen. Geld, das einfach aus dem Fenster geworfen war. Da er die Amerikaner kannte, wußte er, daß sie eher den Dollar bis zur letzten Sekunde verteidigten, als daß sie vor den Russen das Gesicht verlieren wollten.
Seine Sekretärin öffnete die Tür, steckte aber nur den Kopf herein. Sie wußte, wann die Zeichen auf Sturm standen.
»Herr Doktor Bernoulli ruft von unten, vom Empfang, an und fragt, ob er heraufkommen kann.«
»Sagen Sie ihm, er soll sofort kommen.«
Bollinger war der Panik nahe. Denn er war ein durch und durch rechtschaffener Mensch und widmete sich mit ganzer Kraft der ungeheuren Verantwortung, die ihm anvertraut war. Er gehörte zu den wenigen internationalen Funktionären, die genügend Mut und Weitblick besitzen, um notfalls Kopf und Kragen zu ris-

kieren und zu tun, was sie für richtig halten, ohne Rücksicht auf etwaige politische Konsequenzen. Das Vorgehen, zu dem er sich in dieser schrecklichen Situation entschlossen hatte, war seiner Ansicht nach noch das beste für alle beteiligten Regierungen, einschließlich der Vereinigten Staaten. Bollingers Verstand arbeitete analytisch; seine Handlungen basierten auf Logik, nicht auf taktischen oder strategischen Erwägungen. Die vorliegenden Umstände entzogen sich der Analyse. Die Ereignisse spielten sich im Untergrund ab, in einer Welt, die Bollinger nie kennengelernt hatte und der er völlig hilflos und mit zunehmender Bitterkeit gegenüberstand.

Bernoulli betrat sein Büro.

»Entschuldigen Sie bitte mein so unerwartetes Auftauchen, Herr Bollinger, aber wie ich fürchte, überstürzen sich die Ereignisse. Ich muß versuchen, mit ihnen Schritt zu halten.«

»Keine Ursache. Bitte nehmen Sie Platz.«

»Ich glaube, wir haben ausgezeichnete Fortschritte gemacht. Wir kennen jetzt die genauen Zusammenhänge, die zum Diebstahl der Papiere geführt haben. Wir kennen die beiden Männer, die für die Organisation und die Durchführung verantwortlich sind. Aber wir haben noch immer keine Antwort auf die Schlüsselfrage: Wer war der Endempfänger des roten Dossiers? Und was will er damit – wenn er überhaupt etwas damit anfangen will?«

»Verstehe.«

»Ich möchte Sie ja nicht erschrecken, aber wir haben vom Besuch dieser russischen Delegation gehört. Der Basler Aufenthalt Ihrer Gäste aus Moskau fällt genau mit dem Zeitpunkt des Diebstahls zusammen. Mehr noch. Sie wohnten in genau dem gleichen Hotel, wo die beiden für die eigentliche Tat verantwortlichen Männer mehr als einmal zusammen gesehen wurden. Diese Koinzidenz ist nahezu überwältigend, wenn Sie verstehen, was ich meine. Aber das ist nicht die einzige Koinzidenz. Ich werde später noch auf weitere zu sprechen kommen. Bleiben wir zunächst noch bei den Russen.«

»Ehrlich gesagt, Herr Bernoulli, ich glaube, daß Sie weit hinter den Ereignissen zurückgeblieben sind; ich möchte daher, ehe Sie fortfahren, für Sie einiges nachholen. Nur damit Sie an diese Sache nicht weiter unnötig Zeit verschwenden.«
Bernoulli hörte das nicht gern. Seine Augen rückten nah zusammen, seine Hände ballten sich. Und in seine gesunde braune Gesichtsfarbe mischte sich plötzlich mehr als nur ein Hauch von Rot.
»Was soll das heißen«, fragte Bernoulli schließlich, nachdem er Bollinger lang über den Schreibtisch hinweg angestarrt hatte. Daß ein Amateur ihn derart von oben herab behandelte, behagte ihm gar nicht.
»Das Wort ›Koinzidenz‹ gefällt mir. Lassen Sie mich noch ein paar weitere Koinzidenzen anfügen, dann werden Sie verstehen, was ich meine.«
»Bitte sehr. Deshalb bin ich ja hierhergekommen.«
»Erstens, die russische Delegation. Sie war hier, um die letzten Absprachen über den Verkauf einer größeren Goldsendung zu tätigen. Das ist keineswegs ungewöhnlich. Wir bringen für die Russen Gold auf den Markt. Der Grund ist höchst einfach. Wir selber besitzen Gold in großem Umfang. Wir sind sogar die einzige Finanzinstitution der Welt, die ihr gesamtes Kapital und ihre ganzen Reserven in Form von Gold besitzt. Folglich haben wir die Möglichkeit, wenn nötig, beträchtliche Sendungen zu absorbieren, die andernfalls den freien Markt überfordern und gefährliche Preisschwankungen auslösen würden. Die Sowjetunion kann von uns einen angemessenen Preis erhalten – bis zur letzten Unze. Das ist ihr sympathisch. Uns ist es auch sympathisch, denn damit haben wir ein weiteres Mittel, in bezug auf dieses Metall auf dem freien Markt zu intervenieren – dazwischenzufunken, wenn Sie wollen. Schwankungen des Goldpreises haben in der Vergangenheit zu Währungsspekulationen geführt. Wir versuchen alles, das zu vermeiden, koste es, was es wolle.«
»Vielen Dank für die Erklärung, Herr Bollinger. Aber sie dürfte

uns leider nicht sehr viel weiterbringen.« Bernoulli war bereits bei seiner zweiten Zigarette.
»Nur langsam. Zurück zu unseren Koinzidenzen. Die Russen kamen also hierher, um die endgültigen Absprachen über den Verkauf von 20 Millionen Unzen zu treffen. Sie verhandelten im üblichen osteuropäischen Tempo mit dem Direktor unserer Goldabteilung. Schließlich wurde man handelseins. An den Tagen nach dem Verschwinden der Akte aus meinem Safe standen die Verhandlungen kurz vor dem Abschluß. Niemand sprach davon, daß von dem Verkauf Abstand genommen werden sollte. Sie sagten lediglich, sie müßten sich noch die endgültige Zustimmung in Moskau holen und würden in kürzester Zeit wieder auf uns zukommen. Sie verließen die Stadt noch am gleichen Tag. Seitdem haben wir nichts mehr von ihnen gehört.«
»Wo ist das Gold?«
»Im Flughafen Zürich.«
»Warum, um Gottes willen, haben Sie mir das nicht früher gesagt?«
»Weil es schon öfter vorgekommen ist. Es war keineswegs ungewöhnlich. Es wäre nur irreführend gewesen, wenn ich einer solchen Tatsache übertriebene Bedeutung zugemessen und Sie auf den Holzweg gelockt hätte.«
»Und warum messen Sie ihr jetzt so große Bedeutung zu?«
»Wegen Ihrer Koinzidenz Nummer zwei. Seit fast einem Jahr verhandeln die Russen schon mit den Deutschen wegen einer immensen Lieferung von Großraumröhren. Auch hier waren die Verhandlungen jetzt unterschriftsreif. Im allerletzten Moment drängten die Russen darauf, entgegen allen früheren Angaben, daß sie ausschließlich in US-Dollars zahlen würden.«
Bernoulli verstand.
»Aber jetzt kommt der Clou. Seit dem gestrigen Spätnachmittag verkauft Osteuropa Dollars – sowohl auf dem Kassa- wie dem Terminmarkt. Heute ist die Sache ernst geworden. Der Kassakurs in Zürich ist innerhalb von zwei Stunden von 3,40 auf 3,33 gedrückt worden. Das ist im Devisenhandel bisher noch nie da-

gewesen. Als ob der Dow-Jones-Index in einer Börsensitzung um 100 Punkte fallen würde.«

Bernoulli fragte nun sehr ruhig: »Herr Bollinger, was beabsichtigen Sie zu tun?«

»Ich warte ab, was in New York passiert. In Europa sind die Märkte jetzt geschlossen. Der nächste Zug wird jenseits des Atlantik gespielt. Wenn die Verkäufe weitergehen, müssen wir eingreifen. Der Präsident der Schweizerischen Nationalbank und der Finanzminister müssen konsultiert werden. Ich habe euch in die Sache hineingezogen, zu meinem größten Bedauern. Ich muß versuchen, bis zum Ende fair zu euch zu sein.«

»Und was ist mit den Amerikanern?«

»Mit denen werde ich gesondert verhandeln müssen.«

»Das Ganze kann vor Ablauf der Woche noch ziemlich schlimm werden, stelle ich mir vor.«

»Ja. Sie werden mich also bitte jetzt entschuldigen, Herr Bernoulli, ich muß wirklich wieder an meine Arbeit.«

»Nur noch eine Frage. Glauben Sie wirklich, die Russen könnten einen so dreisten, unverhüllten Versuch unternehmen, die Vereinigten Staaten in Mißkredit zu bringen?«

»Noch vor ein paar Jahren hätte ich gesagt: nein. Aber in der Sowjetunion sind jetzt die Jungtürken im Kommen. Sie sind alles andere als Stalinisten. Aber sie gehören auch nicht der Schule Chruschtschows an. Sie rechnen. Sie haben erkannt, daß die beste Waffe der Sowjetunion nicht Stalins Rote Armee ist oder ihr Raketenpotential, sondern die ungeheure wirtschaftliche Schlagkraft ihres Landes. Und im Gegensatz zu westlichen Staaten haben sie ihre Wirtschaft unter absoluter zentraler Kontrolle. Sie können sie lenken wie ein General seine Armee. Aber der schwache Punkt war und ist der Rubel. Oder, um es anders auszudrücken, die beherrschende Rolle des Dollars. Schwäche den Dollar, und du wirst automatisch in vielen Teilen der Welt den Rubel stärken. Die Zerstörung des Vertrauens in das Dollarsystem ist zwar keine Hilfe, kann jedoch ein wichtiger Operationsfaktor für jeden sein, der den Vereinigten Staaten eins aus-

wischen möchte. De Gaulle hatte das alles schon vor Jahren erkannt und die Initiative ergriffen. Er kam nicht damit durch. Die Russen sind natürlich von ganz anderem Kaliber.«
»Aber das Risiko?«
»Was für ein Risiko? Die Vereinigten Staaten haben absolut keine Möglichkeit, zurückzuschlagen. Bei der Verteidigung des Dollars haben sie nur wenige Verbündete. Beim Gold gar keinen. Die Vormachtstellung des Dollars ist in der gesamten westlichen Welt eine größere Quelle des Ressentiments als irgendein anderes Element der amerikanischen Außenpolitik, sogar hier in der Schweiz.«
Bernoulli stand auf und wechselte mit Bollinger einen Händedruck.
Doch noch im Hinausgehen feuerte er einen letzten Schuß ab. »Für meinen schlichten Verstand kommt das Ganze einfach ein bißchen allzu gelegen. Auf jeden Fall werden wir uns, falls neue Entwicklungen eintreten sollten, vermutlich wieder sprechen.«

*

Als Bernoulli fort war, griff Bollinger zum Telefon und rief die Devisenabteilung der Bank an.
»Was tut sich in New York?«
»Es geht weiter, Herr Bollinger. Der Angebotspreis für Dollars auf dem Kassamarkt ist bis knapp unter 3,31 Franken gefallen. Wie Sie wissen, muß gemäß dem Währungsabkommen von 1973 die Schweizerische Nationalbank bei diesem Kurs eingreifen. Sie muß anfangen, Dollar zu kaufen. Was sollen wir tun?«
»Im Augenblick gar nichts. Aber heute abend geht niemand nach Hause, ehe ich es sage. Kann sein, daß wir die ganze Nacht bleiben müssen, bis Tokio schließt.«
Er legte auf und wählte von neuem. »Joan, bitte geben Sie mir den Präsidenten der Nationalbank in Zürich. Sofort.«
Das Gespräch kam in weniger als dreißig Sekunden durch. »Hier Bollinger. Wie sehen Sie die Lage?«

»Gefällt uns überhaupt nicht. Woher kommen diese Massenverkäufe?«
Bollinger überlegte genau, ehe er antwortete. »Es scheint in Osteuropa angegangen zu sein. Dann kamen Zürich, Frankfurt, Paris; so wenigstens scheint es.«
»Was habt ihr denn vor?«
»Das weiß ich noch nicht. Vielleicht wird New York eine Berichtigung bringen.«
Der Präsident der Nationalbank schien ihm das nicht abzunehmen.
»Kann ich mir nicht recht denken. Verdammt komische Geschichte. Aus heiterem Himmel. Wir sind ja allmählich schon an diese Währungsspekulanten gewöhnt, die jeden Herbst aus dem Gebälk kriechen, aber normalerweise sieht man sie kommen. Diese Geschichte hier hat sich innerhalb von vierundzwanzig Stunden zusammengebraut.«
»Sie haben vermutlich Bericht aus New York. Der Dollar ist unter die 3,31-Marke gesunken. Werden Sie jetzt intervenieren?«
»Wir werden in etwa einer Viertelstunde über diese Frage beraten. Ich schätze, wir werden versuchen, den Dollar für den Rest des Tages dort zu halten. Falls sich morgen in Europa eine leichte Wendung abzeichnen würde, so könnte dies eine Welle von Deckungskäufen auslösen. Dann wären wir aus dem Schneider. So sehe ich im Moment die Lage.«
»Vielen Dank. Das ist sehr wichtig für uns. Wir werden vermutlich in Kürze ebenfalls in den New Yorker Markt gehen und versuchen, die Sache zu stoppen. Ich melde mich wieder.«
»Was sagt denn Washington dazu?«
»Ich weiß nicht. Ich erwarte jeden Augenblick ein Gespräch«, erwiderte Bollinger.
»Gewiß. Danke für Ihren Anruf.«

*

Obwohl es in der Schweiz schon siebzehn Uhr war, war es in Washington erst elf Uhr vormittags. Der Finanzminister fuhr soeben in seiner Limousine auf dem Grundstück des Weißen Hauses ein. Als er aus dem Wagen stieg, hielt ein weiteres Regierungsfahrzeug direkt hinter ihm. Es war der Außenminister. Beide passierten gemeinsam die Kontrollen und wurden sofort von einem der Assistenten des Präsidenten in Empfang genommen, der sie direkt in das Sitzungszimmer führte.

Der Notenbankgouverneur war bereits anwesend. Nicht ganz eine Minute später trat der Präsident ein und bat alle, Platz zu nehmen.

Er wandte sich zuerst an den Staatssekretär der Finanzen, Henry Crosby.

»Henry, was geht hier vor? Ich bekam vor nicht ganz einer Stunde Nachricht von den Intelligence-Leuten. Sie melden, daß in Europa massive Dollarverkäufe eingesetzt hätten und daß der Goldpreis himmelhoch gestiegen sei. Und vor allem behaupten sie, das Ganze gehe von den Russen aus. Wie, um Gottes willen, ist das möglich?«

»Ich weiß es nicht. Ich weiß nur, daß es stimmt.«

»Wann genau ist es losgegangen?«

»Gestern. Am Nachmittag in New York, und dann kurz vor Börsenschluß in San Francisco. Nichts Beunruhigendes, aber doch stetige Verkäufe. Am heutigen Geschäftstag in Europa, der jetzt eben zu Ende geht, kam dann richtig Dampf dahinter. Die letzten Stunden brachten buchstäblich eine Massenflucht aus dem Dollar und in den Schweizer Franken, die Mark und den Gulden – egal was. Die Spekulanten scheinen erst heute vollzählig mitzuspielen.«

»Woraus schließen Sie das?«

»Die Notierungen für Termindollar fielen plötzlich ins Bodenlose. Und der Goldpreis schoß innerhalb einer Stunde um vier Dollar in die Höhe. Allgemein beunruhigend daran ist, daß das Ganze plötzlich sämtliche Symptome einer genau geplanten Aktion aufweist.«

»Welche Maßnahmen schlagen Sie vor, Henry?« Wie schon so

oft wandte der Präsident sich an Crosby, wenn er in einer Krisensituation Rat brauchte.
»Well, wir dürfen keinesfalls den Fehler wiederholen, den die Briten 1967 machten.«
»Welchen Fehler?«
»Die Umstände waren den gegenwärtigen sehr ähnlich. Auf irgendeine Weise sprach es sich an einem Dienstag oder Mittwoch herum, daß das Pfund am Wochenende abgewertet werden sollte. Am Donnerstag wußte jeder Bankangestellte in ganz Europa Bescheid. Anstatt nun der Tatsache Rechnung zu tragen, daß die Nachricht durchgesickert war, intervenierte die Bank von England, um das Pfund mit allen Kräften zu stützen, nicht nur am Kassamarkt – sie kauften auch alles an, was von den Spekulanten auf dem Terminmarkt angeboten wurde. Damit haben sie innerhalb von zwei Tagen 1,5 Milliarden Pfund Sterling eingebüßt, bis sie dann am Freitag gegen Mittag die Waffen strecken mußten.
Die ganze Mühe hatte sich als nutzlos erwiesen. Die britischen Verluste sind aber gar nichts im Vergleich zu dem, was uns diese Woche blüht, wenn die Verschwörung gegen den Dollar weitergeht. Meine Schätzung liegt irgendwo zwischen 5 und 10 Milliarden.«
»Und die Lösung?«
»Wir haben nur zwei Möglichkeiten. Die Banken sofort schließen, ehe das totale Chaos hereinbricht. Oder uns durchbluffen, koste es, was es wolle, auch auf die Gefahr hin, daß wir uns dabei lächerlich machen.«
Der Präsident hatte aufmerksam jedem Wort gelauscht. Dann wandte er sich an den Außenminister.
»Charles, was meinen Sie?«
»Erstens bin ich mit der Diagnose nicht einverstanden. Wir sind noch immer weit von dem entfernt, was Henry als das totale Chaos bezeichnet. Die Notierungen sind nur auf einen Stand gefallen, bei dem die Regierung eingreifen muß. Das ist früher auch schon passiert. Es muß sogar seit 1971 ein dutzendmal pas-

siert sein. Wir haben uns jedesmal durchgeblufft, und ich bin überzeugt, daß es uns auch dieses Mal wieder gelingen wird. Schließlich müssen wir nur noch ein paar Tage durchhalten.«

Crosby schüttelte den Kopf, während er diesen Ausführungen lauschte, aber der Außenminister fuhr unbeirrt fort:

»Aber das alles steht in Wahrheit gar nicht zur Diskussion. Sogar wenn Henry recht hat, sogar, wenn es uns 5 bis 10 Milliarden kosten würde, so haben wir meiner Ansicht nach keine andere Wahl, als den Dollar bis zum Wochenende zu stützen. Denn was würde passieren, wenn wir es nicht täten? Die ganze Welt wird Zeuge sein, wie die Vereinigten Staaten – denn so wird man es später sehen – den Goldpreis auf das Dreifache hochtreiben, daran werden alle unsere früheren gegenteiligen Versicherungen nichts mehr ändern. Und ein großer Teil der Welt würde nur allzu gern hören, daß es die Russen waren, die das ganze Manöver gedeichselt haben. Stellen Sie sich vor, wo das Vertrauen in den Dollar bliebe. Sehen Sie sich Großbritannien an. Sobald die Welt dem Pfund Sterling nicht mehr vertraute, sank der britische Einfluß in Asien, Afrika und sogar in Europa prompt auf den niedrigsten Stand in der Geschichte. Und zwar innerhalb weniger Jahre. O nein! Ein solches Vorgehen wäre politischer Selbstmord. Daß wir den Goldpreis anheben und den Dollar wieder konvertierbar machen müssen, ist klar. Aber wir müssen es entsprechend *unserem* Plan und *unserer* Zeitkonzeption tun.«

Nun ließ sich der Notenbankgouverneur zum erstenmal vernehmen.

»Wir könnten natürlich jederzeit den Plan ändern.«

Der Präsident seufzte. Seit Jahren drängte der Mann an der Spitze des Federal Reserve Board nach einer Wiederherstellung der Konvertierbarkeit des Dollar. Er vertrat die Ansicht, daß dies nur durch eine massive Anhebung des offiziellen Goldpreises zu machen sei. Und er wies immer wieder auf die Dringlichkeit des Problems hin. Bis der Präsident beschlossen hatte, diesem Rat zu folgen. Aber was er jetzt gesagt hatte, machte das ganze Konzept

verdächtig. Unglaublich, was so oft aus verständigen Leuten wird, wenn sie in ihrem Amt Größenwahn entwickeln.
»Frank«, sagte der Präsident. »Ich glaube, diese Idee müssen wir aufgeben. Wir können nicht mehr zurück, es ist zu spät. Was könnten wir auch dadurch gewinnen? Was immer in den nächsten paar Tagen auf den Märkten geschieht, das Kernproblem bleibt bestehen. Wir müssen die Konvertierbarkeit des Dollar wiederherstellen. Was heute passiert, beweist nur, wie eilig die Sache ist. Entweder wir handeln jetzt, oder die Welt wird gegen uns handeln.«
»Aber –«
»Sehen Sie, der Einwand des Herrn Außenministers ist berechtigt. Unsere vorrangige Bemühung muß jetzt sein, das Prestige des Dollars zu erhalten. Darum geht es schließlich bei der ganzen Aktion. Wir wollen den Dollar nicht nur wieder auf eine realistische Basis stellen, sondern, was genauso wichtig ist, wir möchten ein für allemal die Achtung der Welt vor jenen Leuten zurückgewinnen, die das Geschick des Dollars in Händen halten – und das bedeutet letztlich, vor den Leuten in diesem Zimmer. Kein Mensch traut einem Sachwalter, der in Panik gerät. Und genausowenig traut man einem, der sich von den Russen oder den Spekulanten das Fell über die Ohren ziehen läßt.«
»Ich fürchte, Sie mißverstehen mich«, sagte der Mann von der Notenbank. »Ich bin nicht dafür, daß wir unsere Ziele aufgeben. Mein Standpunkt in dieser Sache dürfte bekannt sein. Ich spreche von der Methode, die zur Erreichung dieser Ziele angewendet wird. Niemand sagt, daß wir den Goldpreis über Nacht auf 125 Dollar anheben müssen. Niemand sagt, daß wir in unserer gottgegebenen Weisheit beschließen müssen, der Dollar solle an diesem Wochenende um 15 Prozent abgewertet werden. Wir können den Dollar seinen Kurs alleine finden lassen. Desgleichen das Gold. Lassen wir beides frei. Die Märkte sollen entscheiden. Kehren wir zum Floating zurück.«
Henry Crosby unterbrach. »Frank, dieses Thema haben wir doch schon mindestens hundertmal besprochen. Ihr Professoren oder

Ex-Professoren blast immer ins gleiche Horn. Dabei hat das Jahr 1971 bewiesen, ein für allemal, daß das Floating nicht funktioniert. Letztesmal hat jeder gemogelt, wir auch. Es wäre Wahnsinn, das nochmals zu versuchen.«

Der Präsident hatte das alles schon öfter gehört. Er anerkannte die Verdienste beider Argumente. Aber jetzt war er überzeugt, daß Crosby recht hatte. Der Welthandel wollte Stabilität; die Geschäftsleute wollten mit bekannten Größen rechnen, wollten wissen, wie sie daran waren, nicht nur heute, sondern ein Jahr im voraus. Wenn die Vereinigten Staaten ihnen keinen auf Gold basierenden stabilen Dollar geben könnten, dann würden sie etwas anderes benutzen. Und der Gemeinsame Markt würde es ihnen nur allzugern geben. Der Präsident wollte jetzt keine weitere Debatte über Wirtschaftsfragen. Er hatte über dieses Thema zwei Semester am College gehört. Und das hatte ihm genügt.

»Gentlemen«, sagte er, »wir werden uns an den ursprünglichen Plan halten. Und an die Methode und den Zeitplan wie bereits abgesprochen. Aber wir werden eine Panik verhüten müssen. Ich bin willens, sofort an den Märkten zu intervenieren. Unsere Geheimdienstberichte melden, daß jeden Augenblick ein wahrer Sturm losbrechen kann, wenn wir die Kurse noch weiter fallen lassen. Stimmt das?«

Die anwesenden Herren nickten Zustimmung. Wieder wandte der Präsident sich an Henry Crosby.

»Henry, wieviel wird nötig sein, und wie sollen wir vorgehen?«

»Mister President, ich schätze, daß wir schon 5 Milliarden Dollar brauchen, um die nächsten vierundzwanzig Stunden durchzustehen – bis morgen mittag unserer Zeit. Darüber hinaus wage ich keine Schätzung.«

»Und wie machen wir's?«

»Ganz einfach. Wir gehen in den Markt und verkaufen Francs, Mark, Gulden, Yen – was immer zu uns hereinkommt. Auf diese Weise halten wir ihre Kurse zum Dollar innerhalb der vom Welt-

währungsfonds gesetzten Grenzen. Andernfalls würden wir vor einer fortschreitenden De-facto-Abwertung stehen.«
»Haben wir genug von diesen Devisen?«
»Nein, aber wir können uns nahezu unbegrenzte Mengen durch die Bank für Internationalen Zahlungsausgleich leihen. Gott sei Dank haben wir Bollinger frühzeitig in den Plan eingeweiht. Ich bin überzeugt, daß er der Situation gewachsen ist und unverzüglich ein Swap-Arrangement in Europa ausarbeiten kann. Wir tauschen Dollars gegen einen Scheffel von diesen anderen Währungen und haben dann jede Menge Munition. Allerdings steckt hier ein Haken. Die BIS verlangt bestimmt eine Versicherungsklausel für die Länder, die ihre Devisen zur Verfügung stellen. Mit anderen Worten, wir müssen das Risiko und die Kosten der Dollarabwertung auf uns nehmen. Ich bin überzeugt, wenn wir erst einmal einen festen Standpunkt demonstriert haben, werden die Europäer nicht müßig bleiben, sondern uns helfen, die Spekulanten nach Hause zu schicken. Gemeinsam müßten wir in der Lage sein, auch gewaltigem Druck standzuhalten. Natürlich hat alles seine Grenzen. Deshalb sage ich, versuchen wir es zunächst vierundzwanzig Stunden, und dann wollen wir weitersehen.«
Der Präsident schien mit Crosbys Vorschlag hochzufrieden.
»Und was sollten wir Ihrer Meinung nach mit dem Goldpreis tun?«
»Da können wir überhaupt nichts tun. Schließlich werden wir kaum Gold aus Fort Knox zum augenblicklichen Preis auf den freien Markt verkaufen wollen, wenn wir wissen, daß es von Sonnabend an 125 Dollar pro Unze wert sein wird. Ich würde sagen, wir lassen das Gold jetzt beiseite und konzentrieren uns darauf, die Flucht aus dem Dollar zu stoppen.«
»Das leuchtet mir ein«, sagte der Präsident. »Und was machen wir jetzt mit den Russen?«
»So erschrecken, daß ihnen der Arsch mit Grundeis geht«, war Henry Crosbys Rat.
»Aber wie?«

»Wir geben ihnen von ihrer eigenen Medizin zu schlucken«, sagte Crosby.
»Ich glaube nicht, daß wir diese Art Medizin auf Lager haben.«
»O doch, haben wir. Weizen. Sie haben in Rußland gerade die größte Mißernte seit der Revolution gehabt. Sie haben unseren Weizen bitter nötig. Sehen Sie«, sagte Crosby, der jetzt voll in Fahrt war, »dort drüben ist es nicht mehr wie in der guten alten Zeit. Die Bevölkerung will nichts mehr wissen von Brotrationierung oder dergleichen. Aber wenn wir alle Getreideexporte stoppen, wird genau das passieren. Die Kanadier sind ausverkauft und die Australier ebenfalls. Deshalb sind sie ja an uns herangetreten. Nun, und jetzt sagen wir einfach, wir haben es uns anders überlegt; wir verhängen ein sofortiges Embargo über alle Ausfuhren nach Osteuropa. Und wir lassen die Russen wissen, daß sie das nur ihrem eigenen törichten Verhalten auf dem Währungssektor, das ohnehin zum Scheitern verurteilt war, zu verdanken haben.«
»Und wenn das der Öffentlichkeit zu Ohren kommt?«
»Ausgeschlossen. Wir benutzen den heißen Draht nach Moskau. Die Nachricht wird nicht über dieses Zimmer und den Kreml hinausdringen. Glauben Sie mir, die Russen werden dichthalten und sich die Sache ernsthaft überlegen.«
»Und wenn sie eskalieren?« warf der Staatssekretär ein.
»Dann eskalieren wir auch«, erwiderte der Präsident prompt. »Aber wir wollen Zug um Zug vorgehen. Alle einverstanden?«
Sie nickten.
Der Präsident wandte sich wieder an seinen Außenminister.
»Könnten Sie sofort mit der Ausarbeitung dieser Botschaft beginnen? Ich möchte sie mir sehr genau ansehen, ehe wir sie durchgeben. Aber sie muß noch heute abend hinausgehen.«
Und dann zu Crosby: »Henry, Sie nehmen am besten Kontakt mit diesem Burschen in der Schweiz auf, ehe es dort drüber und drunter geht.«
Damit war die Sitzung aufgehoben.

Der Finanzminister eilte in sein Büro zurück und hatte zwei Minuten später Dr. Bollinger von der BIS am Telefon.
»Doktor Bollinger, hier spricht Henry Crosby.«
»Ja, Herr Minister. Ich habe schon vor einer Weile versucht, Sie zu erreichen, aber Ihre Leute sagten mir, Sie seien im Moment nicht zu sprechen. Es sieht nicht besonders gut aus, wie?«
»Nein. Wir müssen Sie um Hilfestellung bitten. Wir möchten europäische Währungen im Gegenwert von 5 Milliarden Dollar auf Swap-Basis, die auf Abruf für uns bereitliegen. Wir werden dieser Sache auf dem Markt ein Ende machen, und zwar sofort.«
»Das kann enorm teuer zu stehen kommen.«
»Wissen wir. Der Präsident hat soeben diese Entscheidung getroffen.«
»Aber der Plan ist noch immer gültig.«
»Ja.«
»Verstehe.«
»Bollinger, was ist nun mit den Swap-Geldern?«
»Wie Sie wissen, ist das alles bereits früher besprochen worden. Ich werde die Vereinbarungen unverzüglich zum Abschluß bringen, das sollte innerhalb der nächsten Stunde möglich sein. Sie sind sich natürlich darüber klar, daß jeder eine Versicherungsklausel verlangen wird. Analog denen, wie die Briten sie vor ein paar Jahren akzeptiert haben.«
»Einverstanden. Geben Sie mir alles direkt durch, sobald Sie das Paket beisammen haben. Ich bleibe in meinem Büro, bis ich von Ihnen höre. Herzlichen Dank, Doktor Bollinger. Wir werden es nicht vergessen.«
Eine Stunde und sieben Minuten später war die Swap-Vereinbarung formell abgeschlossen. Es war die größte einzelne Finanztransaktion, die jemals getätigt wurde.
Am gleichen Nachmittag um drei Uhr hatten die Devisenmärkte in New York den Siedepunkt erreicht. Die Regierung der Vereinigten Staaten hatte fast 3 Milliarden an ausländischen Währungen hineingepumpt, um den Dollar gegen den Ansturm der Spekulanten zu halten, die entschlossen schienen, Uncle Sam in

die Knie zu zwingen. Die Banken in der Stadt schlossen endlich ihre Schalter mit der denkbar größten Erleichterung. In Chicago und San Francisco machte man sich die Sache einfach. Die dortigen Banken hatten sich immer nur am Rande mit internationalen Geldgeschäften und mit Devisenhandel abgegeben. An jenem Tag verweigerten sie entweder den Umtausch oder stellten in ihren Devisenabteilungen die Telefonklingeln ab. Ihr Motto: Sollen die Japaner jetzt diese heiße Kartoffel auffangen.

*

Etwa um die gleiche Zeit, als die amerikanischen Banken nach einem hektischen Tag ihre Pforten für das Publikum schlossen, trank Dr. Walter Hofer zu Hause, hoch über dem Zürichsee, seinen Kaffee aus. Draußen fielen gerade die ersten Schneeflokken des Jahres. Seine Frau hatte zur Feier des Tages das Kaminfeuer angezündet.

»Warum ist Mary denn so aufgeregt?« fragte er seine Frau.

»Sie hat ein Rendezvous. Ihr erstes in der Schweiz. Mit einem jungen Mann von der Bank. Seinen Namen habe ich vergessen.«

»Wo ist ihre Mutter?«

»Walter, sie ist nicht ihre Mutter – nicht in diesem Ton. Sie ist meine Schwester.«

»Aber für mich ist sie Marys Mutter, wenn du nichts dagegen hast. Ihr amerikanisches Getue geht mir jedesmal auf die Nerven, wenn sie hier auftaucht. Sie wurde in Brugg geboren und aufgezogen, genau wie du. Warum in aller Welt wir mit ihr englisch sprechen müssen, geht über meinen Verstand.«

»Aber Walter. Dreißig Jahre in Amerika sind eine lange Zeit. Und du mußt zugeben, daß sie Mary sehr gut erzogen hat.«

»Schön. Also: wo ist deine Schwester?«

»Sie ist ins Theater gegangen.«

Die Türglocke läutete. Frau Hofer stand auf und kam mit dem jungen Mann zurück. Es war Zimmerer von der Devisenab-

teilung, zu gesundem Schweizer Rosa geschrubbt und tödlich verlegen.
»Walter, bitte kümmere dich einen Moment um Herrn Zimmerer, ich gehe rasch hinauf und sage Mary, daß er da ist.«
Es war nicht unbedingt Hofers Art, Abteilungsleiter der Bank in seinem Wohnzimmer zu unterhalten, aber er nahm die Herausforderung in guter Haltung an. Zimmerer lehnte den angebotenen Kaffee ab, nahm jedoch mit Dank einen Cognac an.
»Nun, nun, Herr Zimmerer. Wie es scheint, haben meine Nichte und Sie ein gemeinsames Interesse für den Devisenhandel entdeckt.«
Zimmerer grunzte etwas Unverständliches und nahm einen weiteren Schluck Cognac. Hofer fuhr fort: »Ich bin ganz froh, daß Sie vorbeikommen. Ich habe gehört, daß in New York während der letzten paar Stunden die Hölle los war.«
»Ja, Herr Doktor. Die Gerüchte, wonach der Dollar unter ständigem Beschuß aus Osteuropa steht, scheinen sich zu bestätigen. Jetzt wird alle Welt aktiv. Ich weiß nicht, wie lange die Amerikaner den Dollar halten können. Offenbar haben sie den ganzen Tag hindurch massiv am New Yorker Markt interveniert, aber wenn die Verkäufe *so* weitergehen, läßt sich schwer vorhersagen, was passieren wird.«
»Was glauben Sie?«
»Ich weiß es wirklich nicht. Aber ich kann sagen, daß die Bank in guter Form ist. Per saldo sind wir jetzt ungefähr 2 Milliarden Dollar unter Deckung, entsprechend Ihren Anweisungen. Aber leider konnten wir nicht alle gleichfalls dahingehenden Kundenaufträge ausführen. Die Märkte waren einfach zu hektisch, und einige unserer größten Partnerbanken haben einfach den Devisenhandel vorübergehend eingestellt.«
»Ist bekanntgeworden, daß wir große Mengen Dollars verkaufen?«
»Ich fürchte ja, Herr Doktor. Sie wissen, wie so etwas geht. Wenn vier oder fünf Banken ständig von uns Verkaufsaufträge bekommen, fangen ihre Devisenhändler an, miteinander darüber zu reden. Eine schrecklich schwatzhafte Sippschaft, wissen Sie.«

»Schön, Zimmerer. Von jetzt an möchte ich, daß Sie sich abwartend verhalten, bis ich anderslautende Anweisung erteile. Keine weiteren Dollarverkäufe. Aber auch keine Ankäufe. Einfach nur in sehr, sehr engen Grenzen das Wechselgeschäft weiterführen. Apropos, wenn nötig, kaufen Sie mehr Dollars, als Sie morgen vormittag verkaufen. Und sorgen Sie dafür, daß jeder das merkt.« Er machte eine Pause. »Und jetzt sagen Sie, was das Gold macht.«

»Also, Kellermann bestand darauf, daß wir mit der Ausführung des Kaufauftrags für dieses Nummernkonto beginnen. Und gleichzeitig sind die Herrschaften von der anderen Straßenseite mit einem sehr großen Kauf ins Nachmittagsfixing gekommen. Das Resultat war unvermeidlich. Der Preis mußte über 4 Dollar pro Unze heraufgesetzt werden, da bisher niemand interveniert hat.«

»Und morgen?«

»Kann er nur noch höher steigen. Viel höher.«

»Ich möchte aber nicht, daß er höher steigt. Ich möchte, daß Sie die bankeigenen Goldvorräte benutzen, um alle morgigen Kauforders auszuführen. Ich möchte, daß der Preis unter 80 Dollar für die Unze bleibt. Ich mache Sie persönlich dafür verantwortlich.«

»Ja, Herr Doktor. In diesem Fall werde ich selber zum Goldfixing anwesend sein. So können wir zwar den Zürcher Markt ein paar Tage lang kontrollieren, aber ich fürchte, in London werden wir wenig ausrichten können.«

»Das lassen Sie meine Sorge sein, Zimmerer. Sie halten sich nur hier an Ihre Anweisungen.«

In diesem Augenblick erschien Hofers Nichte. Im Gegensatz zu ihrer Mutter fand sie die Schweiz einfach fabelhaft. Sie hatte eine weiße Spitzenbluse und ein Dirndl an. Hofer, der keine eigenen Kinder hatte, mochte die junge Dame schrecklich gern und machte ihr gegen jede Gewohnheit ein Kompliment über ihr hübsches Aussehen. Er begleitete sie und den jungen Mann zur Tür und verweilte sogar noch ein wenig, bis sie die Stu-

fen hinunter und plaudernd zum geparkten Wagen gegangen waren.
»Walter«, rief seine Frau, »bitte komm wieder herein. Du wirst dich erkälten, wenn du da draußen stehenbleibst.«
Bald saß er wieder in seinem gewohnten Sessel am Kamin.
»Sorgen?« sagte Martha.
Hofer blickte nicht einmal auf. Er starrte ins Feuer.
»Walter!«
»Ja, Martha, was ist?«
»Ich habe dich gefragt, ob du Sorgen hast. Du bist ungefähr zehn Kilometer weit weg, seit du heute abend heimgekommen bist.«
Keine Antwort.
»Komm, du weißt, es ist immer besser, wenn du dir die Dinge vom Herzen redest. Sonst vergräbst du dich immer mehr in dich selber, und bald knurren wir einander bloß noch an.«
»Du hast recht, Martha. Im Moment ist die Lage nicht rosig. Die gleiche alte Geschichte. Man leistet x, und im nächsten Jahr wird erwartet, daß man x plus eins leistet. Und im Jahr darauf x plus zwei. Und so weiter. Man muß immer schneller laufen, nur um den Anschein der Unfehlbarkeit aufrechtzuerhalten, von absoluter Vollkommenheit. Jahr für Jahr müssen die Einlagen um 15 Prozent wachsen, die Gewinne um 20 Prozent, Leihverluste null Prozent. Wenn man soweit ist, dann genügt der kleinste Schnitzer, und schon heißt es weit und breit, mit Hofer geht es abwärts. Es ist nicht immer ganz leicht.«
»Warum denkst du dann nicht langsam daran, es aufzugeben? Es gibt wirklich nicht mehr viel, was du noch zusätzlich tun könntest, nach allem, was du schon getan hast. Warum immer weitermachen, solange, bis etwas passiert?«
»Jetzt geht es nicht. Vielleicht in zwei, drei Jahren. Aber nicht jetzt.«
»Warum nicht?«
»Martha, du weißt, ich rede nicht gern über Einzelheiten, was die Bank angeht. Aber ich will trotzdem versuchen, es wenigstens in Umrissen zu erklären. Dieses hemmungslose Wachs-

tums- und Gewinndenken während der letzten zehn Jahre hat es mit sich gebracht, daß wir eine Reihe von Ausleihungen mitschleppen, die wir längst hätten abschreiben sollen, was wir aber nicht taten. Es hätte nicht gut ausgesehen. Die Konkurrenz hätte sich krank gelacht. Obwohl sie sich natürlich mit dem gleichen Problem herumschlägt. Aber versuche mal, das zu beweisen. Jetzt kommen zu den alten noch die neuen Ausleihungen dazu. Im Grund kein Problem, wenn man unsere Gesamtsituation betrachtet. Gar keines. Aber wenn wir reinen Tisch machen, dann würden auch unsere Gewinne aus einem Jahr unter den Tisch fallen. Vielleicht aus zwei Jahren. Danach wäre für die nächsten zehn Jahre wieder klar Schiff zum Gefecht.«

»Nun, wenn es eben getan werden muß, dann würde ich mir keine Gedanken machen wegen der anderen. Die sind doch nur neidisch. Du bist immer derjenige, der am letzten lacht, Walter.«

»So einfach ist es nicht. Wenn ich so vorginge, würden die Aktionäre sofort nach einem jüngeren Mann schreien. Ich kenne diese Vögel. Nein, ich muß eine Lösung finden, in der Zeit, die mir noch verbleibt.«

»Na, na, Walter, achtzig bist du nun auch wieder nicht, weißt du.«

»Egal, ich möchte alles in tadelloser Ordnung haben, ehe ich gehe. Ich möchte nicht, daß mein Nachfolger in der ganzen Stadt herumtuschelt, welchen Pfusch ihm der alte Hofer hinterlassen hat. O nein! Aber mach dir keine Sorgen, ich habe schon etwas laufen, das unser Problem auf der Stelle lösen könnte. Ich fürchte nur, daß die Sache, auf die ich gesetzt habe, sich als Schuß nach hinten erweist.«

»Du meinst diese ganzen Geschichten im Fernsehen über das Gold und den Dollar?«

»Martha, du alter Fuchs. Und du behauptest jedesmal in den Ferien, du könntest nicht zwischen Mark, Franc und Lira unterscheiden.«

»Walter, es wird schon klappen. Es hat noch jedesmal geklappt.

Du findest einen Weg. Komm, wir trinken jetzt eine gute Flasche miteinander. Ich gehe rasch in den Keller und hole deinen Lieblingswein.«
Sie saßen fast bis elf Uhr plaudernd beisammen. Dann kam Marthas Schwester nach Hause. Sie bestand darauf, in saloppem amerikanischen Englisch die vollständige Handlung des Theaterstücks zu erzählen, das sie soeben auf deutsch gesehen hatte. Hofers Geduld war dieser Prüfung nicht lange gewachsen. Er zog sich bald zurück.

*

In seinem Schlafzimmer griff er sofort zum Telefon und wählte eine zwölfstellige Nummer. Der Teilnehmer meldete sich unverzüglich.
»Sir Robert, hier ist Walter Hofer in Zürich. Entschuldigen Sie, daß ich so spät noch anrufe.«
»Keine Ursache. Ich freue mich sehr über Ihren Anruf. Wo brennt's?«
»Wir sind noch nicht hundertprozent sicher, aber soviel wissen wir: Zwei große Käufer sind während des Nachmittagfixings gleichzeitig über den Goldmarkt hergefallen. Beide sind hier in Zürich. Einen kennen wir: Er ist einer von unseren Privatkunden. Der andere ist vielleicht Moskau, vielleicht auch nicht. Wir wissen es nicht. Es ist noch eine zweite Bank beteiligt, und sie gibt keine Auskunft.«
»Haben Sie den Abschluß in Johannesburg getätigt?« war Robert Winthrops nächste besorgte Frage.
»Die endgültige Unterzeichnung wird morgen hier in Zürich stattfinden.«
»Morgen?«
»Ja.«
»Well, wie sollen wir nach Ihrer Meinung diese Sache handhaben?«
»Ich handhabe sie. Aber wir müssen beide unbedingt dafür sorgen, daß der Goldpreis morgen unter 80 Dollar bleibt. Wir müs-

sen jeder Kauforder mit einer Verkauforder in gleicher Höhe begegnen. Schlicht und einfach. Wir müssen diesen Burschen das Handwerk legen.«

»Ja, aber könnte das nicht letztlich bedeuten, daß wir gutes Geld dem schlechten nachgeworfen haben, wenn sie morgen die Unterzeichnung verweigern?«

»Sir Robert, Sie wissen so gut wie ich, daß der Goldmarkt große Risiken birgt. Wir haben das von Anfang an gewußt. Und wir sind unsere Verpflichtungen in voller Kenntnis dieser Tatsache eingegangen. Ich muß Sie wohl kaum daran erinnern, daß ich eingegangene Verpflichtungen zu erfüllen pflege. Erst heute haben mir unsere Leute berichtet, daß wir Ihnen bereits Ihre gesamten Transcontinental-Airlines-Schwindelpapiere im Wert von 35 Millionen Dollar abgenommen haben. Es hat nicht einmal zwei Wochen gedauert.«

»Walter, das weiß ich, und ich werde ewig dankbar sein. Ich beabsichtige nicht, mich vor irgendeiner Vereinbarung zu drücken. Ich werde morgen mit allem,was wir haben, am Goldmarkt sein.«

»Gut.«

»Was meint David Mason zu der ganzen Sache?«

»Er ist mit der Strategie völlig einverstanden. Er war mit mir in Johannesburg, wissen Sie. Er hat bei diesem Abschluß 500 Millionen Dollar auf die Hand verdient. Wir sind also alle drei verbindlich festgelegt.«

»Well«, sagte Sir Robert Winthrop, »wenigstens machen wir fabelhafte Geschäfte mit dem Dollar. Unsere Leute haben heute sämtliche Register gezogen, und ich schätze, daß wir seit dem Lunch gute 25 Millionen Dollar vorausliegen. David dürfte den gleichen Kurs gesteuert haben.«

»Ja, aber vergessen Sie nicht, Robert, wir haben abgemacht, daß wir es nicht übertreiben wollen.«

»In Ordnung. Wir werden uns auf der ganzen Linie an die Absprachen halten. Sonst noch etwas?«

»Nein. Nur nochmals: Tun Sie alles, was in Ihren Kräften steht, um morgen den Goldmarkt in Schach zu halten.«

14

Donnerstag, 8. November. Zwei Tage vor der Großen Dollarabwertung. Als Folge der Entscheidung, die irgend jemand, vielleicht Bischof Usher, einmal fällte und wonach der Tag in der Mitte des Pazifik endet und ebendort der nächste beginnt, war Tokio die erste Metropole, die in den Genuß der Morgenröte kam. Die Erregung in der Finanzwelt war mit der Sonne weitergewandert. Die Tokioter Börse wurde von einem Käuferansturm heimgesucht, wie er selbst in ihrer ausgefallenen Geschichte nicht seinesgleichen hatte. Die Aufträge hatten sich während der ganzen vorhergehenden Nacht bei den Maklern gehäuft, sie waren zuerst aus Zürich und Frankfurt gekommen, dann aus London, und die Spitze hielt ein massiver Zustrom von Kaufaufträgen per Telefon, Telex und Telegramm aus New York, Chicago, San Francisco und Los Angeles. Es schien, als halte jeder den japanischen Yen als die beste Geldanlage der Welt und den Erwerb japanischer Aktien als die einfachste Methode, sich gegen ein Währungsrisiko abzusichern. Und so stieg der japanische Dow-Jones-Index in der ersten Börsenstunde um 226 Punkte.
Das stand in völligem Gegensatz zu dem, was am vorhergegangenen Nachmittag in New York passiert war. Dort war der Dow Jones – der richtige – während der letzten Börsenstunde buchstäblich ins Bodenlose gefallen. Schon den ganzen Tag hatten sich die Preise stetig verringert und das Volumen vergrößert, so daß um zwei Uhr der Dow-Jones-Index knapp über 12 Punkte verloren und das Volumen 15 Millionen Aktien betragen hatte.

Dann setzte die Panik ein. Die Börse schloß mit einem Tagesverlust von 42 Punkten und einem Gesamtumsatz von 32 Millionen Titeln. Die Jobber hatten den größten Tag in der Geschichte des Wertpapiermarkts. An diesem Nachmittag spielte sich in jedem Maklerbüro an der Wallstreet genau das gleiche ab. Parole: Nichts wie 'raus. Liquidiert, verkauft – egal zu welchem Preis – und schafft den Erlös sofort außer Landes. Legt ihn in etwas Solidem an: Schweizer Bankkonten, Deutsche Bundesbahnanleihen, Südafrikanische Goldminen, Britische Konsolpapiere. Alles, was nicht auf Dollar lautet. Tokio profitierte, dank seiner pfiffigen geographischen Lage, zuerst an der Flucht aus dem Dollar. Das Ergebnis war an jenem Vormittag ein nahezu komplettes Chaos.
Doch schon um Mittag setzten Gewinnmitnahmen, japanische Gewinnmitnahmen, ein. Die Verlockung, ihren ganzen Ramsch dem großen weißen Mann im Westen aufzuhängen, erwies sich für die japanischen Banken und Maklerfirmen am Ende zu groß. Papiere, die seit Monaten oder Jahren unbeachtet schlummerten, wurden zu neuem Leben erweckt, und diese wunderbaren Entdeckungen wechselten, scheinbar ungern, in fremde Hände über. Ein fernöstliches Hirn errechnete, daß innerhalb von drei Stunden 20 Prozent der Anteile der Nippon Gold Corporation, einer obskuren kleinen Firma für Dentalbedarf in Sapporo, an eine Gruppe cleverer Anleger aus San Diego in Kalifornien, lauter ehemalige Navy-Leute, übergingen. Das alles wurde von den ersten Nachmittagsausgaben der Zeitungen voll Stolz berichtet. Bewies es doch zweifelsfrei, daß Japan für würdig befunden wurde, an einer weltweiten Börsenpanik als Vollmitglied teilzunehmen.
Panikreaktionen auf dem Finanzsektor sind etwas Seltsames. Sie bringen wie kein anderes Ereignis den Lemming im Menschen zum Vorschein. Gewiß, Kriege, besonders Invasionen, leisten auf dem Gebiet der Panik ebenfalls Beträchtliches. Die Flucht aus Paris 1940 oder die Flut der Deutschen, die 1945 vor der Roten Armee westwärts zog, beweist es zur Genüge. Im Mittelalter

brachte auch die Pest allerhand Schwung in die Leute: ein paar Leichen auf der Straße, und ganze Städte waren für eine Weile entvölkert. Auch Erdbeben wirken anregend auf die Bevölkerung. Aber in allen diesen Fällen – Kriege, Pestilenzen, Naturkatastrophen – ist die Panik mehr oder weniger örtlich begrenzt. Erst wenn's ums Geld geht oder vielmehr um die Angst, es zu verlieren, bricht die Panik auf weltweiter Ebene aus – wie an diesem Novembertag.

Zuviel nervöses Geld, zuviel Gier, zuviel Furcht, kein Eingreifen der Regierungen. Alles zusammen bedeutete, daß wieder einmal alle notwendigen Komponenten für eine große finanzielle Panik gegeben waren. Es fehlte nur noch jemand, der den Stein ins Rollen brachte. Die Russen schienen wie geschaffen für diese Rolle. Die Sonne hatte auf ihrer Bahn Tokio hinter sich gelassen und brachte Moskau einen neuen Tag.

Die Menschenmenge, die an diesem Morgen in die Moskauer U-Bahn strömte, unterschied sich wenig von der, die man bei Tagesanbruch in der Pariser Métro oder der Londoner Underground antrifft.

*

Obwohl Genosse Melekow zweifellos ein rühriger Mann war, paßte er nicht recht zu dieser frühmorgendlichen Menge. Aber da war er, mit Ballyschuhen, Puccikrawatte, Rollexuhr, Havannazigarre und allem übrigen. Er rauchte heute nicht zum erstenmal um diese Morgenstunde eine Havanna. Aber sonst bewegte er sich in der Gegenrichtung, nach Hause von einer langen Nacht. Im Augenblick war er auf dem Weg ins Büro.

Er war tief in Gedanken versunken, während er mit der Bewegung des Zuges vor- und zurückschwankte. Dieser Fordhändler in Helsinki war eindeutig ein kompletter Versager. Nach drei Telegrammen und zwei Telefonanrufen war die neue Benzinpumpe endlich angekommen. Sie paßte nicht. Melekow hatte nicht vor, sich von nun an per U-Bahn fortzubewegen. Ebensowenig wollte er auf eines jener Wunderautos der sowjetischen

Fahrzeugindustrie zurückgreifen. Er würde sich zu einem anderen Modell entschließen müssen. Ein Oldsmobile 98. Das dürfte so ziemlich das Richtige sein. Ein Mercedes würde schlechten politischen Geschmack beweisen. Ein Cadillac würde zu weit gehen. Er hatte von mehreren Leuten im Auswärtigen Amt gehört, daß der Service von General Motors in Finnland ganz ausgezeichnet sei. Aber was sollte er mit dem Thunderbird anfangen? Ein bißchen zu rassig für einen durchschnittlichen Regierungsbeamten. Hockeyspieler oder Fußballstars – hier lag offenbar der Absatzmarkt für Gebrauchtwagen. Sie besaßen die Dollars, und er hatte gelernt, solche Dinge zu schätzen. Er beschloß, sich unverzüglich mit GM in Verbindung zu setzen. Muß mir die Prospekte kommen lassen und die Extras aussuchen. Dieses Mal muß der Stereorecorder funktionieren.
Kurz nach sieben tauchte Melekow an der Station Bolschoi-Theater auf und betrat wenige Minuten später die Außenhandelsbank. Die beiden Pförtner in der schäbigen Halle schenkten ihm kaum einen Blick, als er zur Treppe ging. Das war auch etwas, das er ändern würde. Eine der bedeutendsten Banken der Welt, und hatte keinen Lift. Sogar die Stufen knarrten.
Es würde ein arbeitsreicher Tag werden. Die Unterzeichnung des Vertrags mit den Deutschen hatte natürlich gestern nicht wie vorgesehen stattgefunden. Aber wie üblich waren nicht die Deutschen daran schuld gewesen. Irgendein Blödmann im Ministerium für Industrie und Technik hatte offenbar in letzter Minute auf einigen Änderungen bestanden. Melekow hoffte, daß das geregelt war und daß der Abschluß vor dem Wochenende unter Dach und Fach käme.
Melekow schloß seinen Schreibtisch auf und nahm den Terminkalender heraus. Die wöchentliche Direktionskonferenz war für acht Uhr fünfzehn angesetzt. Er hatte also noch reichlich Zeit, alle Schlußkurse des vergangenen Abends zu studieren.
Seine Sekretärin, wie immer in Braun gekleidet und fetter mit jedem Tag, brachte ihm seinen Kaffee und die Bündel von Streifen aus dem Fernschreiber.

Melekow begann zu lesen. Phantastisch! Der Abschlußbericht der *Times* war besonders erfreulich.
Sein Telefon klingelte.
»Melekow«, meldete er sich automatisch.
»Guten Morgen.« Es war der Alte persönlich. »Wegen der Direktionssitzung heute morgen, es wurde beschlossen, daß wir zur Staatsbank hinübergehen. Man ist dort der Meinung, daß die Situation eine gemeinsame Besprechung zwischen unseren beiden Stäben erfordere. Also um neun Uhr in der Radislowstraße, Konferenzzimmer im dritten Stock – Sie wissen schon, das große. Bis dann.« Peng.
Aha, dachte Melekow. Das große Spiel. Sehr schön. Könnte zeitlich nicht günstiger liegen.
»Genosse Lofkin möchte Sie sprechen. Empfangen Sie ihn?«
»Klar. Soll gleich 'reinkommen«, antortete Melekow.
Der junge Mann erschien sofort.
»Nehmen Sie Platz, Lofkin. Zigarre?«
»Bin so frei. Unglaublich, was?« sagte der Leiter der Devisenabteilung.
»Absolut phantastisch. Haben Sie unsere Schlußpositionen von gestern abend bei sich?«
Lofkin hatte sie. Er rückte mit seinem Stuhl zu Melekow hinüber und erklärte die Schlüsselzahlen auf den Blättern, die er mitgebracht hatte.
Nach einer Weile unterbrach ihn Melekow. »Hören Sie, lassen Sie mich einfach die Resultate wissen.«
»Gut. Ausgehend von der gesamten Liquiditätslage der Bank haben wir zur Zeit ein Dollar-Nettodefizit von 3,16 Milliarden. Ich habe versucht, es möglichst zu streuen. Ich nehme an, daß Paris, Frankfurt und Amsterdam ungefähr gleichgezogen haben. Den größten Teil haben wir natürlich über Zürich, London und New York abgewickelt. Besonders über New York. Mann, da haben wir ein regelrechtes Dumping veranstaltet.«
»Auf welcher Basis?«
»Fast alles in Form von Termingeschäften auf drei Monate, und

die Preise sind verdammt gut. Ich nehme an, daß wir inzwischen schon einen Schnitt von 100 Millionen Dollar gemacht haben dürften. Nicht schlecht, wie?«

Melekow paffte an seiner Zigarre. »Kann ich diese Aufstellungen zunächst behalten?«

»Selbstverständlich. Und was jetzt?«

»Nichts. Sie rühren sich nicht vom Fleck. Wir haben in nicht ganz einer Stunde eine Direktionssitzung drüben in der Staatsbank. Ich informiere Sie dann sofort.«

»Wenn Sie nichts dagegen haben, gehe ich jetzt lieber wieder in mein Büro. Unsere Leute ersticken nach dem gestrigen Tag praktisch in Schreibarbeiten. Ich möchte nicht, daß es bei den Bestätigungen irgendeinen Kuddelmuddel gibt. Nicht beim jetzigen Stand der Dinge.«

»Gehen Sie nur. Moment, sagen Sie mir nur noch eins. Glauben Sie, daß der Dollar heute durchhalten wird?«

»Also, meiner Meinung nach hat er nicht die geringste Chance. Bis zum Mittagessen dürften wir's genau wissen. Wenn die Westeuropäer sich zu einem energischen Dumping entschließen, ist er geliefert.«

»Dann bis später.«

Nachdem sein Mitarbeiter gegangen war, nahm Melekow sich wieder die Devisenpositionen vor. Kein Zweifel, Lofkin hatte recht. Melekow wußte, daß 40 Milliarden Dollar in Westeuropa in Privathand waren. Man mußte nur an die Unmengen von Eurodollaranleihen denken, die in den letzten zehn Jahren an die Europäer verkauft wurden – wahrscheinlich allein schon 15 Milliarden Dollar. Ältere Anleihen kamen kaum in den Handel. Selbst in flauen Zeiten war der Verkauf eines Pakets von einigen Millionen Dollar ein großes Geschäft. Ein Dumping dieses Markts würde keine Lösung bieten. Das einzige Heil lag im Devisenmarkt. Dollar-Leerverkäufe gegen den Trend, wie man in New York sagt. Das würde den Glauben erschüttern. Kein Mensch würde in den nächsten Jahren noch eine einzige Dollaranleihe kaufen.

Melekow griff zum Telefon und rief den Direktor der Staatsbank an. »Tag Roskin. Hier Melekow. Na, was sagen Sie?«
»Bei Gott, ich glaube, Sie haben's geschafft. Ich habe ja immer gewußt, daß Sie ein gerissener Hund sind, aber das ist doch die Höhe. Sie wissen von der Konferenz?«
»Ja. Bei Ihnen drüben«, antwortete Melekow.
»Stimmt, aber das meine ich nicht. Litnowitsch und Slawic vom Zentralkomitee werden beide anwesend sein. Ich habe gestern spätabends telefonisch Anweisung erhalten, die Vorbereitungen zu treffen. Mein Lieber, wir haben die höchsten Herrschaften aus der Ruhe gebracht. Wie sieht unser Saldo aus?«
»Ich habe gerade nachgesehen. Wir sind mit knapp über 3 Milliarden Dollar auf der Sollseite. In den Schlußnotierungen in New York sind wir bereits an die 100 Millionen Dollar voraus, sagt Lofkin. Und wir haben in Zürich 5 Millionen Unzen Gold zu einem Durchschnittspreis von 78 Dollar pro Unze gekauft.«
Roskin schien eine Weile die Luft wegzubleiben. Dann fuhr er fort: »Melekow, haben Sie sich schon überlegt, wie es danach weitergehen soll?«
»Nun, ich meine, wir haben einen ausgezeichneten Start an den Börsen gehabt. Jetzt muß der massive Nachstoß kommen. Mit allem, was wir haben. Er muß rasch und perfekt koordiniert erfolgen.«
Roskin, ein guter solider Bankier der alten Schule, hatte schon vor Jahren begriffen, daß er mit seinem jüngeren Kollegen an der Außenhandelsbank nicht mithalten konnte. Aber er war schlau genug, um einen guten Verbündeten zu erkennen. Einen Mann mit Zukunft. Daher hatte er beschlossen, über den Kopf von Melekows Vorgesetztem hinweg, oder hinter dessen Rücken, je nachdem wie man es ansah, mit ihm gemeinsame Sache zu machen. Melekow, das Gehirn und der Cheftheoretiker, und er, Roskin, würden bestimmt am Ende gemeinsam das gesamte sowjetische Finanzwesen kontrollieren. Und dieser Coup würde es besiegeln. Als Melekow vor ein paar Wochen mit diesem Plan an ihn herangetreten war, hatte Roskin zuerst zurückgescheut. Die

Waghalsigkeit, das damit verbundene Risiko – alles ging gegen seinen Bankiersinstinkt. Es war ohne Beispiel.
Rußland war auf dem Gebiet der internationalen Finanzen stets ultrakonservativ gewesen. Freilich im größten Gegensatz zu dem aggressiven Gebrauch, den das Land in anderer Hinsicht von seiner Wirtschaftskraft machte. Der Assuan-Staudamm, die kubanischen Zuckerverträge, die Petroleumabkommen mit dem Iran und besonders dem Irak, die Kredite an Indonesien, die Unterstützung Chiles und Indira Ghandis in Indien. Und vor allem die lautlose Verschleißkampagne gegen die amerikanische Wirtschaftsstabilität durch die unendliche Verlängerung des Vietnam-Konflikts, ein Projekt, das sich als unglaublich erfolgreich erwies. Aber es hatte eines Melekows bedurft für die Feststellung, daß der Zeitpunkt da war, die geschwächte Position der Vereinigten Staaten zu einem spektakulären Angriff auf deren ungeschützte Weichteile zu nutzen – auf die internationale Stellung des Dollars. Roskin hatte Melekows Absicht sofort begriffen, und als Melekow im Hinblick auf den Zeitplan eine völlig atypische Siegessicherheit an den Tag legte, hatte Roskin beschlossen, ihm Rückendeckung zu geben. Bisher hatten die Ergebnisse sein Vertrauen gerechtfertigt. Aber –
»Roskin, sind Sie noch da?« fragte Melekow.
»Ja, ich habe nur nachgedacht«, erwiderte Roskin. Dann fuhr er fort: »Wie wollen Sie das alles bei der Konferenz darlegen?«
Melekow erwiderte: »Kern der Sache ist, daß die Welt Zeuge sein muß, wie der Dollar in die Binsen geht. Kein geordneter Rückzug, keine Beilegung auf dem Verhandlungsweg, sondern Schlag auf Schlag bis zum bitteren Ende. Und dieses Ende muß gesehen werden als das unvermeidliche Resultat des amerikanischen Dollar-Imperialismus – der Aufstand seiner Sklaven in der ganzen Welt. Als nächster Schritt muß unverzüglich ein Ersatz angeboten werden, ein nichtimperialistisches Handelsinstrument. Und zwar eines, das sofort das Vertrauen der Welt gewinnen kann. Ich schlage den goldgedeckten Rubel vor. Schlicht und einfach. Zu Anfang werden wir seine Verwendung bis hinunter zur letz-

ten Goldkopeke überwachen müssen. Die Rubelzone langsam ausdehnen, damit wir nicht ins gleiche Unheil schlittern, in das zuerst die Briten mit ihrer Sterlingzone, dann die Franzosen mit ihrer Franczone und schließlich die Amerikaner mit ihrem Allerweltsdollar unweigerlich geraten mußten. Wir möchten nicht die Bankiers der ganzen Welt sein, Roskin. Nur für einen guten Teil davon. Aber es kann gar nicht schiefgehen. So sicher, wie nach dem Zweiten Weltkrieg der Dollar in einem Land nach dem anderen das Pfund Sterling ersetzte, kann der Goldrubel allmählich den Dollar ersetzen. Nach einem alten Spruch ist das größte Kapital eines Bankiers das Vertrauen, das die Leute in ihn setzen. Die Vereinigten Staaten waren bis zu dieser Woche das größte Bankhaus der Welt. Das kann sich nun ändern.«

Roskin hörte sich das alles sehr aufmerksam an. Und wieder konnte er dem Gehörten nur beipflichten. Er sagte: »Sagen Sie, Melekow, haben Sie vor, diese Ideen heute vormittag gleich zu Beginn der Konferenz auf den Tisch zu legen?«

Melekow erwiderte: »Natürlich. Wer *a* sagt, muß auch *b* sagen. Wir müssen jetzt zum Angriff übergehen. Mit allen verfügbaren wirtschaftlichen Waffen. Und vor den Augen der ganzen Welt!«

»Stepanow und seine Freunde im Zentralkomitee könnten aber Mätzchen machen.«

»Wir werden ja sehen, Roskin. Jetzt muß ich hier noch einiges erledigen. Also, in einer Viertelstunde.«

Melekow suchte sorgfältig alle Unterlagen zusammen, die er für die Konferenz vorbereitet hatte, packte seine Aktenmappe und trank dann in aller Ruhe seinen Kaffee aus. Nachdem er seiner Sekretärin gesagt hatte, sie könne ihn gegen Mittag zurückerwarten, ging er die Treppen hinunter.

Der Pförtner am Ausgang meldete, daß ein Wagen auf ihn warte. Melekow hatte zwar keinen bestellt, stieg aber dennoch ein. Es war zu spät, um nach einem Taxi zu suchen.

*

Die Staatsbank der Sowjetunion war in einem weit imposanteren Bau untergebracht als ihr Schwesterinstitut. Schließlich war sie die Heimat des Rubel. Marmortreppenhäuser. Und sogar ein Lift. Melekow meldete sich nicht erst bei den unvermeidlichen Wachhunden am Eingang an. Sie kannten ihn. Er fuhr mit dem Lift in den dritten Stock und schritt den Korridor bis zu dem großen Sitzungssaal an seinem Ende entlang. Er hatte erwartet, zahlreiche leitende Herren beider Banken dort vorzufinden, doch der einzige, der ihn dort begrüßte, war sein Freund Roskin.

»Komme ich zu früh, oder was ist los?« fragte er prompt.

»Nein«, erwiderte Roskin. »Die Sitzung ist für neun Uhr anberaumt. Ich will mal nachsehen, wo die anderen sich versteckt halten.«

Aber als er in den Korridor hinaustrat, sah er bereits eine Gruppe von Männern herankommen.

»Da sind sie schon.«

Genauer gesagt betraten drei Männer den Sitzungssaal. Iwan Litnowitsch, der Mann, der erst vor ein paar Jahren in das Zentralkomitee aufgenommen worden war und fast sofort alle Fäden des sowjetischen Finanzwesens an sich gezogen hatte. Wenn die Sowjetunion jemals einen Finanzzaren hatte, dann hieß er Litnowitsch. Ihm folgte Slawic, einer der ältesten Haudegen im Komitee. Er hatte drei Führungswechsel im Kreml überlebt und war für seine Schläue und Primitivität bekannt. Und schließlich Melekows Boß Stepanow, der typische Sowjetfunktionär. Alle drei hatten nur eins gemeinsam, dachte Melekow flüchtig, als sie hereinkamen: Sie waren alle drei Georgier.

Litnowitsch übernahm sofort das Präsidium und bedeutete Stepanow, er solle die Tür schließen. Das Ausbleiben des üblichen Händeschüttelns war bemerkenswert.

Litnowitsch ergriff das Wort.

»Genossen, wir wollen unverzüglich zur Sache kommen.«

Roskin unterbrach ihn sofort.

»Glauben Sie nicht, daß wir auf die anderen warten sollten?«

»Nein«, erwiderte der Mann vom Zentralkomitee. »Sie haben

Anweisung, in ihren Büros zu bleiben. Im Moment sind alle unmittelbar Beteiligten anwesend.«
Roskin warf einen raschen Blick zu Melekow hinüber.
»Genosse Melekow, der Vorsitzende der Außenhandelsbank der Sowjetunion meldete dem Zentralkomitee, daß Sie ohne sein Wissen und seine Billigung völlig neue Wege beschreiten. Daß Sie Ihre Kompetenzen in bisher unerhörter Weise überschritten und die finanzielle Position der Sowjetunion in der Welt gefährdet haben. Ich erwarte eine Erklärung.«
Melekow war bis ins Mark erschüttert. Roskin hatte ihm geschworen, daß er abgesichert sei. Vielleicht ganz an der Spitze. Litnowitsch hingegen war, trotz seines meteorhaften Aufstiegs, bestenfalls Nummer vier im Lande.
»Ich verstehe diese Anklage nicht recht«, sagte Melekow entschieden. Vielleicht eine Spur zu entschieden. Das Echo seiner Stimme hallte in dem riesigen fast leeren Raum. »Es ist meine Aufgabe, den gesamten Devisenhandel der Außenhandelsbank der Sowjetunion zu überwachen. Diese Autorität bringt ungeheure Verantwortung für das Wohlergehen unseres Landes mit sich. Ich habe immer versucht, dieser Verantwortung nach besten Kräften gerecht zu werden – und wie man sehen wird, mit einigem Erfolg.«
Er griff nach seiner Aktentasche und begann, ihr die verschiedenen von ihm sorgfältig vorbereiteten Unterlagen zu entnehmen.
»Ich widerspreche«, unterbrach Litnowitsch brüsk. »Mein Kollege Slawic widerspricht, und Ihr Vorsitzender Stepanow widerspricht ebenfalls.«
»Meine Herren«, sagte Melekow, »unabweisbaren Tatsachen können Sie nicht widersprechen. Ich habe diese Tatsachen hier.« Er schwenkte die Positionslisten, die er vor nicht ganz einer Stunde von der Devisenabteilung bekommen hatte.
»Über Ihre Tatsachen sind wir genauso gut informiert wie Sie, Melekow. Dank Ihres Vorsitzenden Stepanow. Wenn er nicht das ausgeprägte Verantwortungsgefühl besäße, das er glücklicherweise hat, und wenn er nicht den Mut gehabt hätte, direkt zu uns zu

kommen, nachdem er Ihre ›Tatsachen‹ entdeckte, so hätten die Führer dieses Landes vermutlich keinen Deut von dem erfahren, was in den letzten paar Tagen bei der Außenhandelsbank der Sowjetunion vorging. Sind Sie komplett wahnsinnig geworden, Melekow? Glauben Sie, daß Sie hier ein Spielkasino führen? Oder versuchen Sie, das Image der Sowjetunion für immer zu untergraben, ein Image, das wir in fünfzig Jahren mühsam aufgebaut haben? Wir werden heute als der zuverlässigste Handelspartner der Welt betrachtet. Warum, glauben Sie, haben wir überall buchstäblich unbeschränkten Kredit? Warum gilt ein Vertrag mit der Sowjetunion als das denkbar solideste Wertpapier? Ich will Ihnen sagen, warum. Weil wir seriöse Kaufleute sind. Weil wir immer unser Wort halten, ohne Rücksicht auf unvorhergesehene Umstände. Weil wir genau zum vereinbarten Zeitpunkt zahlen, immer. Weil wir keine Ausweich- oder Betrugsmanöver versuchen. Weil wir ein sozialistisches Land sind und kein Rudel kapitalistischer Spekulantenwölfe. Darum.«

Jetzt wurde Melekow zornig.

»Moment mal. Es ist höchst einfach, mit Ausdrücken wie ›Spekulanten‹ und ›Kapitalisten‹ herumzuwerfen. Aber wir wollen doch sehen, ob nicht andersrum auch ein Schuh draus wird. Die Wahrheit sieht ganz anders aus. Wir haben unseren gesamten Außenhandel mit dem Westen auf Dollarbasis abgewickelt. Der US-Dollar ist nicht mehr sicher. Er wird abgewertet werden. Es wäre völliger Wahnsinn, davor die Augen zu schließen. Es wäre noch größerer Wahnsinn, die Sowjetunion nicht vor den Folgen dieser Tatsache zu schützen. Und es wäre töricht, wenn man daraus keinen Nutzen zu ziehen suchte. Sogar mein Vorsitzender sollte dieser einfachen Logik folgen können.«

»So, so. Der Dollar soll abgewertet werden. Ganz ohne weiteres«, sagte Litnowitsch.

»Selbstverständlich«, erwiderte Melekow. »Begreifen Sie denn nicht, was während der letzten vierundzwanzig Stunden passiert ist? Hat mein Vorsitzender Ihnen nichts von der Flucht aus dem Dollar und in das Gold in ganz Europa gesagt, und vom Ausbruch der Panik in New York und dem daraus resultierenden Chaos in Tokio? Das sind eindeutige Symptome für das, was unweigerlich passieren muß. Ich rate nicht bloß, ich –«

»Das genügt, Melekow«, brüllte Litnowitsch. »Erst vor einer Stunde erhielt ich einen vollständigen Geheimdienstbericht über die ganze Situation. Ich kenne alle Fakten, und vielleicht noch ein paar, die Sie nicht kennen. Das ist eine Falle. Hören Sie? Eine Falle. Die Amerikaner haben doch nur nach einer Entschuldigung gesucht, um diese Weizenlieferungen zu stoppen. Was sie jetzt getan haben. Wissen Sie, was das für unser Volk bedeuten kann? Und für diese Regierung? Die Amerikaner wissen es. Und deshalb sperren sie uns die Zufuhr. Und Sie haben ihnen eine erstklassige Entschuldigung geliefert. Weil Sie prompt in ihre plumpe Falle getappt sind.«

»Aber Sie müssen doch wohl einsehen, daß sie diese Weizengeschichte nur als Bluff benutzen. Begreifen Sie denn nicht, daß Sie, nicht ich, in die Falle gehen, indem Sie die Chance eines Lebens dümmlich vertun. Sie müssen doch –«

»Melekow! Schluß jetzt!« schrie Litnowitsch. »Von jetzt an rede ich. Und ich treffe die Entscheidungen. Ist das klar? Ich wünsche keine weiteren Unterbrechungen. Keine.« Er hieb mit der Faust auf den Konferenztisch, um diese Feststellung zu unterstreichen.

»Hören Sie mir jetzt gut zu. Die Amerikaner haben diese Sache eingefädelt, klammheimlich, höchst geschickt. Mit Hilfe ihrer Freunde, versteht sich. Und Sie haben nach dem Köder geschnappt wie der typische, gierige, schmierige, glupschäugige Spekulant. Ich weiß, wie smart ihr jungen Dachse seid. Ich kenne alle faulen Tricks, die ihr in London und Zürich lernt. Aber wir wollen von solchen Mätzchen nichts wissen. Wegen Ihres Größenwahnsinns glaubt die Welt jetzt, *wir* hätten das Ganze angefangen; *wir* versuchten auf die täppischste Weise, die Amerikaner genau dort zu treffen, wo ihre größte Stärke liegt – mit einem Schwinger mitten in den Dollar. Und wenn es nicht klappt? Wer steht dann in den Augen der Welt als Idioten da?

Wir. Wir die Sowjetunion. Und das russische Volk, das zum erstenmal seit fünfundzwanzig Jahren vor den Bäckerläden Schlange stehen wird. Alles *Ihretwegen,* Sie blöder Hund. Haben Sie vergessen, was vor gar nicht so vielen Jahren auf einer kleinen Insel in der Karibischen See, auf Kuba, passiert ist? Der kleine Zwischenfall hat uns um Gott weiß wie viele Jahre zurückgeschlagen. Nur weil auch so ein Größenwahnsinniger geglaubt hat, er könnte die Amerikaner mit seinen Raketen bluffen. Und jetzt haben Sie, ausgerechnet der unbekannte kleine Schnösel Melekow, beschlossen, die Welt mit Ihrer Superwaffe, dem Rubel, zu erobern. Absolut heller Wahnsinn!«

An dieser Stelle reichte es Melekow. Schön. Okay. Es ist *euer* Begräbnis.

Litnowitsch sprach weiter, aber nun so leise, daß Melekow, der knapp fünf Meter von ihm entfernt saß, ihn kaum hören konnte.

»Sie, Melekow, sind von Ihrem Posten an der Außenhandelsbank der Sowjetunion suspendiert. Mit sofortiger Wirkung. Sie können gehen. Drunten wartet ein Wagen für Sie. Sie fahren in Ihre Wohnung und bleiben dort.«

Ohne ein Wort, ohne einen Blick auf seinen »Freund« Roskin, aber mit zitternden Beinen stand Melekow auf und fing an, seine Papiere wieder einzupacken.

»Die Papiere und die Aktentasche bleiben hier, Melekow.«

Melekow verließ den Saal.

»Jetzt zu Ihnen, Genosse Roskin. Welche Rolle haben Sie in diesem Skandal gespielt?« Roskin hatte Zeit gehabt, sich einiges zu überlegen. Seine Antwort war bedächtig, bemessen – richtig bemessen, wie er hoffte.

»Genosse Litnowitsch, es liegt mir fern, abzuleugnen, daß Melekow über diese Angelegenheit mit mir gesprochen hat. Ich leugne auch nicht, daß seine Logik betreffs des wachsenden Risikos, das wir mit dem Dollar eingehen, mich überzeugt hat. Ich beschloß daher, gewisse Defensivmaßnahmen zu treffen. Ich habe letzte Woche einen größeren Goldverkauf abgeblasen. Ich gab zu, daß es sinnvoll sei, den Röhrenkauf bei den Deutschen auf Dollarbasis zu tätigen, in der Hoffnung, daß wir für die Lieferung in abgewerteten Dollars bezahlen könnten. Das ist alles.«

»Aber war Ihnen denn nicht klar, daß Melekow während der letzten vierzig Stunden wie ein Irrer an sämtlichen Devisenbörsen in jeder größeren Stadt des Westens Dollars verkaufte? Wußten Sie nicht, daß er noch und noch Dollar-Leerverkäufe in Höhe von – stellen Sie sich vor – über 5 Milliarden tätigte? Wußten Sie nicht, daß er gerade 5 Millionen Unzen Gold für über 300 Millionen Dollar gekauft hat?«

»Selbstverständlich nicht. Das liegt außerhalb der Linie unserer üblichen Diskussionen. Wir besprechen ausschließlich Grundsatzfragen, keine taktischen Einzelheiten.«

Litnowitsch starrte Roskin lange und wägend an. Roskin erwiderte den Blick, ohne mit der Wimper zu zucken. Um so lange Zeit an der Spitze der Staatsbank zu überleben, hatte er schon mehr als einmal gute Nerven gebraucht.

Endlich sprach Litnowitsch weiter. »Wir werden uns über dieses Thema noch ausführlicher unterhalten, Genosse Roskin. Im Augenblick haben wir Vordringlicheres zu tun. Aber merken Sie sich eins – und merken Sie sich's gut. Diese Sache muß gestoppt werden, zur Gänze und auf der Stelle. Die Gerüchte, wonach die Sowjetunion versuchen will, den Dollar im offenen Kampf zu vernichten, müssen zum Schweigen gebracht werden, vollständig und unverzüglich. Und dieser Unsinn mit dem Gold hört mir auf – sofort. Sie sorgen persönlich dafür.«

Fünf Minuten später war die Konferenz zu Ende. Es war erst neun Uhr dreißig Moskauer Zeit.

*

Der Vorsitzende der Staatsbank saß als erster wieder an seinem Schreibtisch. Er hatte nur ein paar Schritte vom Konferenzsaal den Korridor entlanggehen müssen. Er nahm den Hörer ab und meldete für elf Uhr dreißig ein dringendes Gespräch nach Basel, Schweiz an. Es würde die Goldleute bei der BIS erreichen, kurz nachdem sie ihre Arbeit aufgenommen hatten. Daraufhin machte er sich eine Reihe sehr sorgfältiger Notizen aller bei der Konferenz gefallenen Äußerungen, an die er sich noch erinnerte. Er suchte sich lückenlos zu erinnern. Jedes Wort würde später einmal wichtig sein. Besonders jedes Wort, das Melekow gesprochen hatte.

Zehn Minuten später war auch der Vorsitzende der sowjetischen Außenhandelsbank, Stepanow, wieder in seinem Büro. Auch er griff als erstes zum Telefon.

»Geben Sie mir den Führer der deutschen Delegation, mit der wir wegen der Röhren verhandeln.«

Seine Sekretärin erwiderte: »Jawohl. Wie heißt der Herr, und wo hält er sich auf?«

»Verdammt, woher soll ich das wissen? Stöbern Sie ihn auf, sofort.«

Wirklich Zeit, daß hier ein bißchen mehr Disziplin hereinkam. Er hatte diesem Melekow viel zuviel Autorität und Freiheit belassen. In der besten Absicht, in gutem Glauben. Und was ist dabei herausgekommen! Er, Stepanow, würde jetzt die Scherben kitten müssen. Dieser gottverdammte Lügner drüben in der Nationalbank, Roskin, sollte sich auch verdammt in acht nehmen. Seine Position hing an einem Faden. Noch das geringste, und – peng! Dafür würde Litnowitsch sorgen.

Das Telefon klingelte.

»Ich habe Herrn Klausen von Rhein-Ruhr-Stahl am Apparat«, sagte seine Sekretärin. »Einen Augenblick, ich verbinde Sie sofort.«

Das Telefon klickte ein paarmal, wie es Telefone in der Sowjetunion immer tun.

»Klausen«, dröhnte es plötzlich aus dem Hörer.

»Mein lieber Herr Klausen, hier spricht Direktor Stepanow von der Außenhandelsbank.«

»Wer?«

»Stepanow. Außenhandelsbank der Sowjetunion.«

»Tut mir leid, ich kenne Sie nicht. Ich habe immer mit Melekow verhandelt.«

»Ganz richtig, Herr Klausen. Leider ist Herr Melekow heute abwesend, und daher habe ich einige seiner Aufgaben übernommen. Ich bin sein Vorgesetzter.«

»Sehr schön, aber Herr Stepanow, lassen Sie mich eins klarstellen. Ich glaube nicht, daß es noch irgend etwas zu besprechen gibt. Man hat mir versichert, daß die Unterzeichnung des Abkommens verbindlich auf gestern nachmittag fünf Uhr festgesetzt sei. Um vier Uhr dreißig bekomme ich einen Anruf aus dem Ministerium für Industrie und Technik, wonach die Unterzeichnung verschoben sei. Die Erklärung lautete: technische Schwierigkeiten. Ich weiß verdammt gut, daß wir uns seit Wochen über jedes einzelne technische Detail völlig einig waren. Und jetzt darf ich annehmen, daß auch neue finanzielle Schwierigkeiten aufgetaucht sind?«

»Aber, Herr Klausen –«

»Entschuldigen Sie, aber ich möchte zu Ende sprechen. Ich sitze nun seit fast zwei Wochen hier in Moskau und warte, daß ich meine Unterschrift auf ein Abkommen setzen darf, über dessen Inhalt wir uns alle schon längst geeinigt hatten. Man sagte mir, die letzte Änderung bestehe nur darin, daß als Zahlungseinheit nicht Deutsche Mark, sondern Dollar gewünscht würden. Auch gut. Wir gaben in weniger als vierundzwanzig Stunden unsere Zustimmung, obwohl das keineswegs einfach war. Jetzt kommt wieder etwas Neues. Herr Stepanow, ich beabsichtige, dieses Wochenende nach Düsseldorf zurückzufliegen, mit oder ohne unterschriebenen Vertrag. Also, was sagten Sie?«

Stepanow war es nicht unbedingt gewohnt, so behandelt zu werden, aber da dieser Deutsche genau wie er selber ein Opfer dieses wahnsinnigen Melekow war, konnte er für dessen Ärger eine gewisse Sympathie aufbringen.

»Ganz Ihrer Meinung, Herr Klausen. Ich fürchte, in unserer Bank ist ein schreckliches Mißverständnis passiert. Ausschließlich unser Fehler, nicht Ihre Schuld, natürlich. Ich verstehe Ihre Reaktion in diesem Augenblick vollständig. Vielleicht könnten wir uns irgendwann treffen, wann immer es Ihnen passen würde, vielleicht in Ihrem Hotel?«

»Nicht nötig. Ich bin überzeugt, daß wir alles Nötige gleich jetzt am Telefon besprechen können. Nur zwei Fragen. Wer ist letztlich befugt, diesem Vertrag zuzustimmen oder nicht zuzustimmen, je nachdem? Wann werde ich eine klare Antwort, ja oder nein, von ihm bekommen?«
Klausen hatte die beliebte osteuropäische Stuhlpolonaise am Konferenztisch mehr als einmal durchgespielt. Die andere Seite fing jedesmal mit der dritten oder vierten Garnitur an und arbeitete sich langsam die hierarchische Leiter hoch, bis endlich der große Boß persönlich erschien. Aber das war lächerlich.
»Ich kann beide Fragen beantworten. Ich wurde vom Genossen Litnowitsch, einem Mitglied unseres Zentralkomitees, wie Sie wissen, befugt, Ihnen mitzuteilen, daß er heute nachmittag um fünf Uhr persönlich zur endgültigen Unterzeichnung erscheinen wird. Er hat mich jedoch beauftragt, Ihre Zustimmung zu einer einzigen Änderung einzuholen.«
»Und die wäre?«
»Daß wir auf die ursprünglichen Zahlungsbedingungen zurückgreifen, wie sie vor der von meinem Kollegen Melekow von Ihnen erbetenen Änderung gültig waren.«
»Sie meinen, daß Sie wieder zu einer Zahlung in Deutschen Mark zurückkehren wollen, unter genau den ursprünglich vorgesehenen Klauseln und Bedingungen?« fragte Klausen ungläubig.
»Genau.«
»Einverstanden.«
»Sehr schön. Wenn es Ihnen recht ist, hole ich Sie, sagen wir um vier Uhr, in Ihrem Hotel ab; wir können dann direkt zum Finanzministerium in den Kreml fahren und den formellen Abschluß tätigen.«
»Abgemacht.«
»Bis dann, mein lieber Herr Klausen.«
Stepanow legte auf und rief sofort seine Sekretärin herein.
»Schicken Sie Lofkin zu mir. Sofort.«
Das war noch so ein Fall: Lofkin. Er hatte die ganze Zeit gewußt, was Melekow im Schilde führte. Als Leiter der Devisenabteilung

hatte er jede einzelne Verkaufsorder ausführen müssen. Aber kein Sterbenswörtchen zu dem Mann, der Vorsitzender der Bank war.
»Sie haben nach mir geschickt, Genosse Stepanow?«
»Ja, ich habe nach Ihnen geschickt. Nicht die Mühe wert, daß Sie sich setzen. Es dauert nicht lange«, sagte Stepanow. »Kennen Sie diese Blätter?« Er hielt zwischen Daumen und Zeigefinger die Devisen-Wertstellungsbogen hoch, die Lofkin vor nicht viel mehr als einer Stunde Melekow übergeben hatte.
»Jawohl. Es sind unsere –«
»Mein lieber Lofkin, ich weiß sehr gut, was sie sind. Und ich werde es Ihnen jetzt sagen. Es sind die Ergebnisse der Wühlarbeit von zwei verantwortungslosen Irren – von Melekow und Ihnen, Sie unverschämter kleiner Pinscher.«
Er ging sehr gemächlich und bedächtig vor.
»So, und wissen Sie, was wir jetzt tun werden? Ich will es Ihnen sagen. Wir werden am Terminmarkt ausreichend Dollars kaufen, um Ihr Dollar-Defizit bis auf den letzten Cent zu decken. Haben Sie gehört! Und wir werden noch heute vormittag anfangen zu kaufen. Und wir werden in Zürich damit anfangen. Sie sind drei Stunden später daran als wir. Das bedeutet, daß sie in etwa eineinhalb Stunden eröffnen. Ich möchte, daß Sie sofort bei Eröffnung in den Markt gehen. Und wir werden die Sache zu Ende gebracht haben, ehe Sie sich wieder schlafen legen. Haben Sie das auch gehört? Ich will jede halbe Stunde einen Bericht über Ihre Fortschritte. Von Ihnen. Persönlich. Schriftlich. Und jetzt scheren Sie sich 'raus!«
Lofkin scherte sich 'raus.
Sobald er wieder in seinem Büro war, versuchte er als erstes, Melekow zu erreichen. Man teilte ihm mit, Melekow werde an diesem Tag nicht in die Bank zurückkommen. Dann trommelte Lofkin seinen Stab zusammen und gab seine Anweisungen. Als er das getan hatte, war ihm hundeelend. Er griff in die unterste Schreibtischlade, holte eine Flasche Kirschwasser hervor – ein Geschenk von Melekow von seiner letzten Reise nach London und Zürich – und tat einen tiefen Zug.

15

In der Schweiz war es noch ein bißchen früh für Kirschwasser – sogar in den Alpen wäre dies um sieben Uhr morgens unerhört gewesen. Aber zumindest zwei Bewohner dieses Landes dachten, daß sie an diesem Morgen des 8. November einen Tropfen brauchen könnten – Dr. Bernoulli, weil er frustrierter war denn je in seinem Leben, und Dr. Walter Hofer, weil er sich größere Sorgen machte denn je.

Bernoullis Frustration war verständlich. Er war am Vorabend die ganze Geschichte mit dem Schweizer Finanzminister durchgegangen. Er war absolut überzeugt gewesen, daß irgend etwas nicht stimmte. Nachdem er am Spätnachmittag das Büro der Bank für Internationalen Zahlungsausgleich verlassen hatte, konnte er die Geschichte über die Russen einfach nicht glauben. Weil sie zu schön war; eine so faustdicke internationale Verschwörung konnte nicht wahr sein.

»Hol's der Teufel, so spielt das Leben nicht«, hatte er zum Finanzminister gesagt. Dann hatte er ihn über Mr. Stanley Rosen informiert. Die Fakten waren klar. Erstens, Rosen hatte sich die ganze Zeit sowohl vor wie nach dem Diebstahl der roten Akte aus Bollingers Safe im Hotel *Drei Könige* aufgehalten. Zweitens, Rosen war sogar in Gesellschaft des Mannes gesehen worden, der diesen Diebstahl organisiert hatte, des Expolizisten Lutz, Chef der Swiss Security Consultants. Sie waren durch nahezu jede bekannte Bar im Umkreis von zwanzig Kilometern von Basel gewalzt – in der Schweiz, in Frankreich und Deutschland –, um schließlich zwei Prostituierte anzuschleppen, denen der Eintritt in die *Drei Könige* verwehrt worden war. Drittens, die Berichte, die der Minister aus New York erhalten hatte, bestätigten einwandfrei, daß Rosen mit der Mafia in Verbindung stand – und mit den führenden Leuten dieser Organisation.

Und dann war da unser feiner Herr Dr. Hofer, Vorstandsvorsitzender der General Bank of Switzerland. Er hatte als einziger Mensch den Schatzminister der Vereinigten Staaten und den Generalsekretär der BIS in London zusammen gesehen. Er war kein ausgesprochener Dummkopf. Er konnte zwei und zwei schneller zusammenzählen als sonst jemand in Zürich. Er kannte vermutlich auch Bollingers Arbeitsgewohnheiten: daß er, als Junggeselle, fast jedes Wochenende arbeitete und immer eine dicke Aktentasche voller Papiere mit nach Hause nahm. Und nochmals zurück zu der Swiss Security Consultants. Wer war ihr bedeutendster Kunde? Die General Bank of Switzerland. Bernoulli zweifelte nicht den Bruchteil einer Sekunde lang daran, daß ein Mitglied der schweizerischen Bankengilde fähig wäre, ein solches Projekt zu organisieren.

Aber der Minister war an Theorien nicht interessiert. Das Verhalten der Russen hingegen bewegte sich nicht mehr im Rahmen des Theoretischen; es war Tatsache, erhärtete Tatsache.

Es war schwierig gewesen für Bernoulli, gegen diese Logik anzugehen. Die Russen hatten ein klares Motiv. Sie hatten die Gelegenheit, den Diebstahl in Basel zu organisieren. Und sie arbeiteten beharrlich und brutal auf der gleichen Linie weiter.

Aber sollte man dann nicht den Chef von Swiss Security Consultants, Rolf Lutz, hochnehmen? Unter entsprechendem Druck würde er gewiß bestätigen, was sich wirklich ereignet hatte, und die Frage ein für allemal klären. Der Finanzminister sagte nein. »Wenn es die Russen waren, wollen wir einfach nichts gewußt haben.« Nur recht und billig. Lutz war tabu, weil die Russen tabu waren. Aber für Bernoulli war der Fall damit noch nicht zu Ende. Während der langen Nacht, die auf dieses Gespräch folgte, hatte er das Problem unablässig im Kopf gewälzt. Er konnte Rosen und Hofer nicht so ohne weiteres ausschließen. Je mehr er besonders über Hofer nachdachte, um so verdächtiger wurde er. Wenn die Russenthese einfach zu schön war, dann war es die Mafiathese vielleicht auch.

Bernoulli genoß den Vorzug, aus einer Bankiersfamilie zu stammen. Sie waren im siebzehnten Jahrhundert als hugenottische Einwanderer in die Schweiz gekommen. Ihr französischer Geldsinn hatte, zusammen mit dem Calvinismus, bald auch in der neuen Heimat den Familienwohlstand wachsen lassen, und der Wohlstand hatte 1796 zur Gründung einer Privatbank, einer Familienbank, geführt. Sein Vater war der neunte Bernoulli, der dem Unternehmen vorstand. Heute wie früher wies der Firmensitz sich nur durch ein goldenes Schildchen – 24 Karat Gold – etwa von der Größe einer Visitenkarte aus, das diskret links von der massiven Eichentür, dem Hauszugang, angebracht war. Es trug keine weitere Inschrift als ein graviertes B. Ein großes B, versteht sich.

Sein Vater war alles andere als entzückt gewesen, als George einen Posten bei der Regierung angenommen hatte, anstatt im Schoß der Familie zu bleiben. Aber er hatte George wegen seiner Wahl nie offen kritisiert. Für ihn gab es nicht den geringsten Zweifel, daß das Blut, welches auch in seines Sohnes Adern floß, nur eine begrenzte Dosis von Menschheitsbeglückung ertragen würde – oder was immer George drüben in Genf und Bern zu betreiben versuchte. Die wahre Berufung zu praktizierender kapitalistischer Wohltätigkeit würde zu gegebener Zeit unweigerlich den Sieg davontragen.

Aber George kannte diese Art von Wohltätigkeit von Grund auf. Schließlich hatte er sie schon als Junge Jahr für Jahr am Mittagstisch zu hören bekommen. Und deshalb arbeitete George Bernoulli jetzt für die Regierung. Und deshalb auch betrachtete er alle Bankiers, einschließlich des guten Dr. Hofer, mit äußerst voreingenommenem Auge. Er hatte Hofer mehr als einmal im Haus seiner Eltern gesehen. Wie ein Mann einsfünfzig groß sein und trotzdem auf die ganze übrige Welt herabblicken konnte, hatte

George nie begriffen. Aber Hofer brachte es fertig. Und Georges Vater ließ es sich gefallen, denn Hofer war schon damals ganz an der Spitze der schweizerischen Bankkreise. Große Gewinne, immer größer als sonst jemand in der Branche. Nie ein Rückschlag. Einfach unheimlich, dachte Bernoulli, es ging nicht mit rechten Dingen zu.

Denn es gab da einiges, was sich logisch unmöglich erklären ließ. Zum Beispiel Metalle. Die General Bank of Switzerland hatte sich schon immer auf Edelmetalle spezialisiert. Im Gegensatz zu amerikanischen oder britischen Banken konnten Schweizer Banken jedermann jegliche Dienstleistung bieten. Sie waren nicht nur Geschäftsbanken, sondern auch Emissionäre, Effektenmakler, Rohwarenagenten – die Liste war nahezu endlos. Sie waren die größten Finanz-Supermärkte. Aber sogar die großen hatten ihre Spezialitäten. Im Falle der General Bank waren es Gold, Silber, Platin, Palladium gewesen.

Die sechziger Jahre waren besonders gegen Ende große Jahre für Edelmetalle gewesen. Während dieser ganzen Periode hatte die General Bank die Preise hochgetrieben, sie hatte sowohl für ihre Kunden wie für sich selber massiv investiert. Es hieß, Hofer stecke dahinter und Hofer irre sich nie. Und tatsächlich erreichten 1968 alle vier Metalle Rekordhöhen. Die General Bank trieb die Preise weiter und kaufte weiter, obwohl vorübergehend eine Flaute folgte. Aber es sollte sich erweisen, daß von vorübergehend keine Rede sein konnte. Monat für Monat, Jahr für Jahr rutschten die Preise für Edelmetalle weiter ab. Silber von 2,80 Dollar pro Unze auf 1,50 Dollar. Platin fiel von 450 Dollar auf 95 Dollar. Palladium ins Bodenlose. Nur Gold hielt sich. Es ging das Gerücht, daß Hofers Bank zu Anfang der siebziger Jahre zu Verkäufen gezwungen worden sei. Ihre hartnäckigen Versuche, alle vier Märkte praktisch im Alleingang zu stützen, hatten ihre Liquidität zu sehr geschmälert. Die Verluste mußten monumental gewesen sein. Aber was passierte? Kein Wort in den Jahresberichten. Kein Hinweis in den Bilanzen. Vielmehr stiegen die Gewinne Jahr für Jahr stetig an, im Durchschnitt um 20 Prozent.

Außerdem diese Anleihen an Chile, Ägypten, Algerien, Pakistan und Rhodesien. Insgesamt mußten sie sich auf mindestens 250 Millionen Dollar belaufen haben. Große Publicity, als sie angekündigt wurden. Aber seither kein Wort. Ihre Rückzahlung war ganz offenkundig unmöglich. Ihre Tilgung war nicht zu umgehen.

Ja, kein Zweifel, ein großes, großes Gemetzel in den Gold- und Devisenmärkten würde Dr. Walter Hofer mächtig gelegen kommen.

*

Aber wie stand es mit diesem Stanley Rosen? Es stand einwandfrei fest, daß er den größten Fonds illegalen Gelds verwaltete, das man jemals in der Geschichte der Vereinigten Staaten auf einem Haufen gesehen hatte. Er war ein großer Brocken! Aber er war offenbar auch ungemein erfolgreich. Den amerikanischen Behörden war das sehr wohl bekannt. Bernoulli wußte es; sie hatten ihm eine Akte über Rosen zugeschickt, die fast 200 Seiten umfaßte. Einen Auszug. Rosen war in den letzten fünf Jahren mindestens zwölfmal überprüft worden. Fast jede Bundesbehörde und staatliche Stelle, die einen noch so fadenscheinigen Vorwand finden konnte, hatte seinen Laden bereits durchgekämmt. Aber es war nichts zu finden. Rosen übte nur eine Tätigkeit aus. Er diente einigen fünfundzwanzig bis dreißig nichtamerikanischen Investmentgesellschaften als Anlageberater auf Honorarbasis. Alles völlig legal und in absoluter Übereinstimmung mit den im Investmentgesetz von 1940 verankerten Vorschriften. Sein Partner, Harry Stahl, leitete eine kleine Maklerfirma, die sowohl an der New Yorker wie an der Amerikanischen Börse zugelassen war und seit kurzer Zeit auch an der Pazifikküste. Für gewöhnliche Sterbliche tätigte er Maklergeschäfte nur dann, wenn die Kunden ihm praktisch die Tür einrannten. Mit so etwas verplemperte man nur seine Zeit. Er interessierte sich ausschließlich für einen Kunden – Stanley Rosen.

Das ganze System stand oder fiel mit einem einzigen Glied in

der Kette: mit dem Hinausschaffen der Gelder aus den Vereinigten Staaten. Sobald sie draußen waren, war die Sache gelaufen. Sie verschwanden in weithin unbekannten Aktiengesellschaften in der Karibischen See oder anderen ominösen Kleinstaaten irgendwo auf der Welt, wo die amerikanischen Behörden keinen Zugang hatten.
Anfangs war Rosens Spiel einfach gewesen. Jedermann konnte in jede beliebige Handelsbank des Landes spazieren, eine Überweisung an eine ausländische Bank tätigen, und das Geld war auf Nimmerwiedersehen verschwunden, ohne eine Spur zu hinterlassen. Jahr für Jahr hatten Milliarden Dollar die Vereinigten Staaten unbemerkt verlassen. Sie tauchten dann lediglich in den Zahlungsbilanz-Statistiken des Handelsministeriums noch einmal auf, wo sie lakonisch unter »Irrtümer und Auslassungen« geführt wurden. Das Land, das letztlich am meisten von solchen »Errata« profitierte, war seltsamerweise die Schweiz. Uncle Sam spielte Leuten wie Rosen und Konsorten jahrelang in die Hände, ehe ihm ein Licht aufging. Dann änderten sich die Dinge. Als erstes mußten die Banken alle größeren Überweisungen ins Ausland melden. Dann verlangte das Finanzamt eine Aufstellung aller Auslandskonten als Teil des regulären versteuerbaren Einkommens. Schließlich mußte ab Juli 1972 jeder, der mehr als 5000 Dollar in bar bei einer Ausreise aus den Vereinigten Staaten mit sich führte, den Betrag im einzelnen anmelden. Plötzlich war das Risiko für internationale Finanzmanager wie Stanley Rosen unendlich größer geworden. Das, so dachte Bernoulli, mochte die Erklärung für Rosens Kontakt mit Beirut sein. Er will sich in Form nichtamerikanischer Klienten eine Rückversicherung schaffen. Und er muß sich hier bewähren. Dann werden die Kunden aus dem Nahen Osten, aus Europa zu ihm strömen, wie die Amerikaner in den vergangenen zehn Jahren zu ihm geströmt waren. Aber es würde sich in Zukunft genauso um anrüchiges Geld handeln wie in der Vergangenheit. Und wie früher, so würden auch in Zukunft Leute wie Rosen auf die Verschwiegenheit von Schweizer Banken angewiesen sein, damit sie ihr

Ding drehen konnten. Damit bedeuteten sie eine Bedrohung für die Schweiz. Ihr eklatanter Mißbrauch der Möglichkeiten, die Schweizer Banken boten, konnte das ganze System unterhöhlen, ein System, auf dem der Wohlstand des Landes beruhte. Wenn sich herausstellen sollte, daß Stanley Rosen den Diebstahl des Gold-Dollar-Plans der US-Regierung organisiert hatte, und wenn ruchbar werden sollte, daß diese kriminellen Machenschaften mit Hilfe von Zürcher Nummernkonten durchgeführt wurden, so würde dies dem Schweizer Banksystem einen tödlichen Schlag versetzen. Denn Bernoulli kannte auch die Amerikaner. Von *dem* Artikel hatten sie jetzt die Schnauze voll.

Bernoulli kam zu dem Schluß, daß niemandem damit gedient sei, wenn er noch länger im Bett bliebe. Es gab einen Weg, der aus dieser Sackgasse herausführen könnte: die Anwendung der in Europa am meisten geschätzten Polizeitaktik – der Gegenüberstellung.

Zunächst würde er sich Walter Hofer vornehmen. Dann Stanley Rosen. Und schließlich beide, natürlich getrennt voneinander, mit Rolf Lutz von Swiss Security Consultants konfrontieren. Er würde dieser Sache noch auf den Grund kommen.

*

Auch Dr. Hofer war an jenem Donnerstagmorgen nicht sogleich nach dem Erwachen aufgestanden. Denn auch er mußte über einiges nachdenken. In seiner Position waren ernstliche Schwierigkeiten, ganz zu schweigen von offenkundigen glatten Fehlschlägen, undenkbar. Sie mußten undenkbar bleiben. Leider konnte seit ein paar Jahren eine solche Möglichkeit nicht mehr als völlig absurd abgetan werden. Die Männer an der Spitze von Rolls-Royce hatten es erfahren müssen. Genau wie die von Penn Central. Hofer hatte Leute von beiden Unternehmen gekannt. Sie genossen sein Mitgefühl. Aber seine eigene Lage war sogar noch schwieriger. Er war Bankier. Und Bankiers dürfen eines niemals tun: einen Fehler machen und ihn eingestehen. Sie fanden

immer einen Ausweg. Auch er mußte einen finden. Na ja, dachte er, in ein paar Stunden werde ich eine Menge mehr wissen.
»Walter«, kam die Stimme seiner Frau von drunten, »bist du bald fertig?«
»Ja, Martha. In fünf Minuten bin ich unten. Bitte fang inzwischen an. Ich komme gleich.«
Wie üblich duschte er fast kalt, und wie gleichfalls üblich zog er einen dunkelblauen Anzug an. Außer im Urlaub und bei offiziellen Anlässen trug Dr. Hofer unweigerlich blaue Anzüge. Er hatte einundzwanzig in seinem Kleiderschrank hängen. Er trug dazu blaue Socken, schwarze Schuhe und neigte bei seinen Krawatten zu stumpfen Rottönen. Seine Frau legte ihm stets den Anzug heraus, ehe er aufstand. Auch seine Krawatten. Sie kaufte sie sogar für ihn. Die Krawatten, versteht sich. Die Anzüge wurden je zwei pro Monat geliefert. Sein Schneider kam zur letzten Anprobe ins Haus. Martha beaufsichtigte das Verfahren. Die Resultate waren immer gut.
Zehn Minuten später saß Hofer am Frühstückstisch.
»Trinkst du heute keinen Orangensaft?« fragte seine Frau.
»Nein, nur Kaffee und ein Weckli, Martha.«
»Es fehlt dir doch nichts, Walter, wie?«
»Nein, nein. Ich habe nur nicht besonders gut geschlafen. Wahrscheinlich der Föhn. Gut, daß die Woche bald zu Ende ist. Vielleicht könnten wir beide uns ein ruhiges Wochenende machen? Zu Hause bleiben und ausruhen. Was meinst du?« Hofer trank seinen Kaffee schwarz. In den letzten zehn Jahren hatte er kein Pfund zugenommen. Sein Schneider hatte ihm wiederholt versichert, er kenne keinen anderen Mann, der sich seine Figur so lange immer gleich erhalten habe.
»O ja, Walter. Das wäre einmal zur Abwechslung ganz reizend. Aber da ist ein Haken. Du mußt am Sonntag abend in Altdorf vor der Ökumenischen Gesellschaft sprechen. Aber ich weiß, daß du immer gern zu diesen Versammlungen gehst. Es bedarf bestimmt keiner großen Vorbereitung für dich.«
»Das habe ich vergessen. Aber du hast recht. Ich sollte die Rede

leicht am Sonntag vormittag aufsetzen können. Weißt du, ob ein guter Besuch erwartet wird?«

»Bestimmt. Du weißt doch, wie neugierig die Leute auf dich sind. Viele können nicht verstehen, wie du bei deinen vielen Verpflichtungen noch Zeit für Kirchenangelegenheiten finden kannst. Wahrscheinlich sind einige auch eifersüchtig und kommen nur in der Hoffnung, daß du dich blamierst.«

»Na, na, Martha! Aber ich muß gehen. Wartet Heinrich schon?«

»Ja, er ist vorgefahren, kurz eh' du heruntergekommen bist.«

»Sehr schön. Ich muß gehen. Gegen sechs komme ich heim.«

Walter Hofer gab seiner Frau das übliche Küßchen auf die Wange und verschwand mit einem letzten Winken im Fond der schwarzen Limousine.

Der frühmorgendliche Verkehr am rechten Ufer des Zürichsees war außerordentlich dicht, und die Straße war schmal.

»Na, wie geht's heute morgen, Heinrich?« fragte Hofer seinen Chauffeur.

»Prima, Herr Doktor. Hab' gestern im Fußballtoto genau 526 Franken gewonnen. Zehn Treffer. Die Frau und ich sind zur Feier gestern abend zum Essen ausgegangen. Haben wir schon seit Jahren nicht mehr in der Woche getan. Spielen Sie manchmal im Toto, Herr Doktor?«

»Nein, leider nicht, Heinrich. Ich würde nicht einmal wissen, wie man diese Zettel ausfüllt«, sagte Hofer lachend. »Überhaupt, stellen Sie sich vor, ich hätte den Haupttreffer und es käme in alle Zeitungen. Das wäre nicht das Richtige.«

»Nein, da haben Sie recht, Herr Doktor.«

»Ganz schöner Nebel heute morgen. Wann, glauben Sie, daß wir zur Bank kommen?«

»Es wird sich nach ein, zwei Kilometern aufhellen, wie immer. In einer Viertelstunde ungefähr sind wir da.«

Nach genau vierzehn Minuten passierten sie den pompösen Vordereingang der General Bank of Switzerland, bogen um die Ecke und verschwanden in der riesigen unterirdischen Parkgarage.

»Brauchen Sie mich diesen Vormittag noch?« fragte der Chauffeur, als Hofer ausstieg.
»Nein. Seien Sie heute nachmittag gegen halb sechs wieder hier unten. Und machen Sie sich keine Gedanken wegen des Wochenendes, Heinrich. Ich werde zu Hause bleiben, Sie können sich also zusammen mit Ihrer Familie etwas vornehmen.«
»Vielen Dank, Herr Doktor. Das werde ich tun. Wahrscheinlich werd' ich den Jungen am Sonntag mit zum Fußballspiel nehmen. Viertelfinale im Europacup, wissen Sie.«
Aber Dr. Hofer hatte seine Gedanken bereits anderen Dingen zugewandt, während er zu den Aufzügen schritt.

*

»Guten Tag, Herr Doktor.«
»Guten Tag, Herr Doktor.«
Das Morgenritual. Seinen Leuten gegenüber tippte Hofer nur dankend an den Hutrand.
»Guten Tag, Herr Doktor.« Diesmal war es Kellermann.
»Herr Kellermann. Sagen Sie, könnten Sie vielleicht kurz mit mir in den Lift kommen?«
Als der nächste Lift kam, wartete die wachsende Menge ankommender Bankbeamter respektvoll, während Hofer mit einer Handbewegung Kellermann in die Kabine zitierte. Niemand sonst stieg mit ein. Es war ein ungeschriebenes Gesetz, daß Dr. Walter Hofer immer erster Klasse fuhr, in erhabener Einsamkeit.
Beide Herren stiegen im vierten Stock aus.
»Sagen Sie, Kellermann, was hat sich wegen dieses Burschen aus New York ergeben?«
»Ein ausführlicher Bericht wird vermutlich schon am Telex auf uns warten. Aber ich fürchte, es werden keine guten Nachrichten sein. Gestern am späten Nachmittag erhielt ich einen Anruf von der Basler Polizei, die sich nach Rosen erkundigte.«
»Was wollten sie wissen?«

»Die üblichen Fragen über seine Verbindung mit uns. Ein Kommissar namens Bucher. Er war recht energisch. Sagt, wenn nötig, werde er eine gerichtliche Verfügung erwirken. Daran dürfte uns kaum gelegen sein, also bestätigte ich ihm, daß Rosen unser Kunde sei und Geschäfte von außerordentlich großem Umfang durch uns tätigte.«
»Wollten sie Einzelheiten?«
»Nein. Aber ich bin überzeugt, daß wir noch nicht das letztemal von ihnen gehört haben.«
»Geht uns das eigentlich überhaupt etwas an? Schließlich haben wir ihn abgewimmelt, indem wir diese zusätzlichen 50 Millionen Dollar als Deckung verlangt haben.«
»Nicht unbedingt. Die Bardeckung ist heute frühmorgens eingegangen.«
»Und was haben Sie getan?«
»Was hätte ich tun sollen? Wir haben unsere Bedingungen gestellt, und er hat sie erfüllt. Wir sind dabei, seine Anweisungen auszuführen.«
»Manchmal, Kellermann –« Hofer beschloß, nicht laut zu Ende zu denken. Statt dessen drehte er sich abrupt und ohne ein weiteres Wort um und marschierte den Korridor entlang zu seinem Büro. Es war sieben Uhr fünfundvierzig mitteleuropäischer Zeit.
Sein Sekretär erschien in dem Augenblick, als er an seinem Schreibtisch anlangte.
»Doktor Hofer, Dutzende von Leuten haben heute morgen schon versucht, Sie zu erreichen. Mindestens die Hälfte sind von der Presse. Was sollen wir tun?«
»Das Übliche. Sagen Sie ihnen, ich sei nicht zu sprechen. Sie wissen, wen Sie mit mir verbinden dürfen, wenn es unbedingt nötig ist.«
»Der Mann von der *Times* war besonders hartnäckig. Sie waren eigentlich immer sehr anständig zu uns. Er ist auch jetzt gerade wieder am Apparat.«
»Gut, verbinden Sie. Aber das reicht. Keine Presse mehr heute.«
Er hatte kaum hinter seinem Schreibtisch Platz genommen, als

das Telefon klingelte. Er hob den Hörer vorsichtig ab, wie er es immer tat.

»Hier Hofer.«

»Doktor Hofer, hier spricht Fred Hastings von der *Times*. Sie wissen vermutlich, warum ich anrufe.«

»Ich kann es mir ungefähr denken, ja.«

»Well, ich weiß, daß Sie unter den gegebenen Umständen kaum eine Verlautbarung machen wollen, aber ich wäre sehr dankbar, wenn Sie sagen wollten, was sich Ihrer Meinung nach heute tun wird. Es gehen allerhand Gerüchte um, wonach ihr dort drüben heute vormittag jeden Devisenhandel aussetzen werdet. Stimmt das?«

»No, Sir. Das stimmt nicht. Ehrlich gesagt, ich meine, Sie sprechen mit der falschen Bank im falschen Land. Das augenblickliche Problem ist ein Dollarproblem, es geht nicht den Schweizer Franken an. Es stellt sich den Vereinigten Staaten, nicht der Schweiz. Wenn der Devisenhandel eingestellt wird, so muß er in New York eingestellt werden. Wir bleiben für Geschäfte geöffnet. Den ganzen Tag.«

»Stimmt es, daß Sie, zusammen mit den Leuten in Osteuropa, maßgeblich für diesen Ansturm gegen den Dollar verantwortlich sind?«

»Hastings, ein Mann wie Sie sollte eine solche Frage gar nicht stellen. Sooft irgendeine Währung in Schwierigkeiten gerät, werden wir in Zürich von jedem Boulevardblatt der Welt angeklagt. Sie bei der *Times* wissen, daß das einfach widersinnig ist. Wir sind ein sehr kleiner Fisch in einem riesigen Teich. Meine Einstellung zum Dollar ist allgemein bekannt. Ich sage schon seit Jahren, daß er wieder in Gold konvertierbar gemacht werden muß. Aber ich habe immer hinzugefügt, daß dies ordnungsgemäß geschehen müsse, in Zusammenarbeit mit allen bedeutenden Staaten der Welt. Mit diesen Spekulationswellen ist niemandem gedient.«

»Aber es stimmt, daß Sie voraussichtlich riesige Gewinne machen würden, zum Beispiel in Gold, falls eine solche Entscheidung getroffen würde?«

»Auch das stimmt nicht. Wir halten einen Goldvorrat, genau wie unsere Partnerbanken, weil wir mit Gold handeln. Es ist doch nur logisch, daß man nicht mit etwas handeln kann, wovon man nichts auf Lager hat. Aber wir haben entsprechend auch in beiden Richtungen ein Risiko zu tragen – wie Sie selber schon in mehr als einem Artikel ausführten, Mister Hastings.«
Der *Times*-Mann wußte, daß es keinen Sinn hatte, zu sehr auf diesem Thema herumzureiten.
»Dann will ich anders fragen. Wenn ich nun heute in Ihre Bank käme und Sie bitten würde, für mich einen Leerverkauf über eine Million Dollar zu tätigen, würden Sie's tun?«
»Es würde auf die Gründe ankommen. Wir sind nicht da, um die Spekulation zu fördern. Wenn Sie uns einen stichhaltigen kommerziellen Grund nennen oder beweisen könnten, daß Sie Ihre privaten Werte absichern müssen, und wenn Sie ein langjähriger und angesehener Kunde unserer Bank wären, dann würden wir bestimmt versuchen, unser Bestes für Sie zu tun. Wie jede andere Bank auf der Welt. Ob wir Ihnen raten könnten, es zu diesem Zeitpunkt zu tun, ist eine andere Frage. Die gestrige Meldung aus Washington war ganz klar. Wenn man jetzt auf eine Dollarbaisse spekuliert, so könnte das eine ziemlich kostspielige Art von Absicherung werden.«
»Ich schließe daraus, daß Sie in bezug auf eine Dollarabwertung zum gegenwärtigen Zeitpunkt recht skeptisch sind?« fragte der Mann von der *Times*.
»Ich bin Abwertungsgerüchten gegenüber immer skeptisch. Besonders wenn sie den Dollar betreffen.«
»Darf ich diese Äußerung zitieren, Doktor Hofer?«
»Sie dürfen. Und jetzt, Mister Hastings, muß ich leider aufhören.«
»Ich verstehe. Vielen Dank, Sir. Vielen Dank für das Gespräch.«
Als Dr. Hofer auflegte, erschien sein Sekretär aufs neue.
»Noch etwas sollte ich Ihnen meiner Meinung nach mitteilen«, sagte er. »Ein gewisser Doktor George Bernoulli hat heute schon sehr früh angerufen und eine Nachricht hinterlassen. Er möchte

Sie heute vormittag sehr dringend in einer Privatangelegenheit sprechen. Er schlug vor, daß er kurz nach neun Uhr hierherkommen würde, und er wäre Ihnen sehr verbunden, wenn Sie ihn nur für ein paar Minuten empfangen wollten.«
»Das muß der junge Bernoulli-Sohn sein. Na schön, ich glaube, ich kann ihn einschieben. Schicken Sie ihn gleich zu mir, wenn er kommt. Die nächste halbe Stunde oder so werde ich damit zubringen, die Börsenberichte zu studieren, die sich auf meinem Schreibtisch häufen. Denken Sie daran, daß ich um zehn Uhr die Südafrikaner erwarte. Danach möchte ich nicht mehr gestört werden. Lassen Sie den Lunch für alle in mein Büro heraufschikken. Und kein Wort über diese Besprechung und die Leute, die daran teilnehmen, zu niemandem in der Bank. Als einziger vom Hause wird Kellermann dabeisein. Er kommt kurz vor zehn. Schicken Sie ihn auch gleich zu mir herein.«
Und er widmete sich wieder ausschließlich den Papieren auf seinem Schreibtisch.

*

Drei Stockwerke tiefer, in der Devisenabteilung, hatten die Telefone soeben zu blinken begonnen. Um acht Uhr fünfundvierzig traten gleichzeitig zwanzig Devisenhändler in Aktion. Die Deutsche Bank in Frankfurt bot 25 Millionen Dollar Kassa an. Die General Bank war einverstanden, sie zum Kurs von 3,3015 zu nehmen, dem absoluten Tiefstpreis für den Dollar, einem Stand, der nie zuvor erreicht worden war. Die Deutsche Bank nahm an. Der Crédit Lyonnais in Paris bot 50 Millionen Dollar an. Sie waren mit dem Preis nicht einverstanden. Sie würden sich in zehn oder fünfzehn Minuten wieder melden. Die Banque de Bruxelles wollte 35 Millionen Dollar mit drei Monaten Sicht verkaufen. Der Händler konsultierte Zimmerer. Sie beschlossen einen Abschlag von 5 Prozent auf den Termindollar und boten Brüssel den entsprechenden Kurs von 3,136 an. Brüssel nahm ohne Zögern sofort an. Zwei Minuten später wurde der Banca Nazionale de Lavoro für 40 Millionen Dollar der gleiche Kurs geboten. Auch sie nahm an. Die Händler und Zimmerer steckten die Köpfe zusammen. Sie beschlossen, den Terminkurs für drei Monate um ein weiteres volles Prozent zu senken. Dann kam die Wende.

»Zimmerer, kommen Sie schnell. Die Außenhandelsbank in Moskau ist am Apparat. Sie wollen kaufen – kaufen! 100 Millionen Dollar per Kassa und weitere 100 Millionen Dollar Termin für drei Monate. Was soll ich machen?«

»Geben Sie her.«

Er verhandelte volle fünf Minuten, ehe er einen Kurs festsetzte. Als er auflegte, war seine Miene völlig verwirrt.

»Zimmerer, Budapest ist da. Sie wollen 50 Millionen Dollar Kassa kaufen. Aber sie möchten einen besseren Kurs.«

»Bieten Sie ihnen 3,31.«

Pause.

»Sie möchten 3,3050.«

»Gemacht.«

»Du lieber Gott«, gellte ein Schrei durch den Raum. »Hier ist nochmals die gottverdammte Deutsche Bank in Frankfurt. Jetzt möchten sie 50 Millionen Dollar *kaufen*. Ich habe ihnen 3,33 geboten, und sie waren einverstanden. Was, zum Henker, ist denn da los?«

In der nächsten Viertelstunde gewann der Dollar ständig an Boden, Minute für Minute. Nachdem er den Börsentag mit 3,3015 begonnen hatte, war er kurz nach neun Uhr auf 3,3645 gestiegen. Fünf Minuten nach neun brachte ein Mädchen Zimmerer eine Kurznachricht aus dem Telex. Er ließ den Handel einstellen und las sie laut vor. UPI meldete, daß das deutsch-russische Röhrenabkommen unterzeichnet werden solle und daß die Russen zugestimmt hatten, als Zahlungsbasis anstatt Dollars auf Deutsche Mark überzugehen. Innerhalb der nächsten fünf Minuten stieg der Dollar auf 3,38. Es war klar, daß alle Profis in der Branche Deckungskäufe für ihre Passivsaldos tätigten. Als Dollarverkäufer traten nur noch die Gimpel auf, die meilenweit hinter der jüngsten Entwicklung herhinkten und noch immer glaubten, die gestrige Tendenz setze sich auch heute fort. Zimmerer wußte nicht mehr aus noch ein. Die General Bank hatte ein Dollardefizit von 2 Milliarden. Während der letzten zwanzig Minuten war der Buchwert dieser Position um volle 90 Millionen Schweizer Franken zurückgegangen. Er griff zum Telefon und verlangte Dr. Hofer. Hofer meldete sich sofort.

»Hier Zimmerer. Herr Doktor Hofer, ich glaube, es wäre gut, wenn Sie zu uns herunter kämen. Der Markt hat total umgeschwenkt. Der Dollar steht bereits auf 3,38 und steigt weiter. Wir haben bereits einen Passivsaldo von guten 90 Millionen Franken, und es wird mit jeder Minute schlimmer. Ich glaube, wir sollten uns decken, ehe wir eine richtige Katastrophe erleben.«

Er lauschte zehn Sekunden lang in den Hörer und legte dann auf.

»Ich hoffe nur, daß er weiß, was er tut«, murmelte Zimmerer, dann stand er auf und zog sein Jackett an. Er mußte sich für das Goldfixing um zehn Uhr bereitmachen. Also in fünfundvierzig Minuten.

Punkt neun Uhr fünfzehn betrat Dr. George Bernoulli das riesige Büro Walter Hofers. Hofer stand auf, um ihn zu begrüßen. Bernoulli war volle zwanzig Zentimeter größer als Hofer, der aufblicken mußte, um dem jungen Mann in die Augen schauen zu können. Was er tat, denn Hofer war als ein Mann bekannt, der mit den Leuten Aug in Auge sprach.

»George – Sie erlauben doch, daß ich Sie so nenne. Aber ich habe Sie seit Ihrer Kindheit mit Vornamen genannt. Wie geht es Ihrem Vater?« Hofer geleitete Bernoulli zu einem Stuhl und bot ihm eine Zigarre an.

»Nein, vielen Dank, Doktor Hofer. Vater geht es, soviel ich weiß, recht gut. Ich war nämlich schon seit einigen Monaten nicht mehr zu Hause. Aber ich kann wenigstens sagen, daß ich keine schlechten Nachrichten erhielt.«

»Und was macht Ihre Arbeit in Bern? Ich habe gehört, Sie avancieren tüchtig?«

»Ich bin recht zufrieden. Dürfte ich Sie bitten, Herr Doktor

Hofer, daß wir gleich zum Anlaß meines Besuchs kommen? Im Grunde betrifft er die Regierung, aber wenn es Ihnen recht ist, könnten wir bestimmt ganz inoffiziell vorgehen. Ich weiß, daß Ihnen das ein wenig unorthodox vorkommen mag, aber ich glaube, Sie sind von unserer Familie in dieser Hinsicht einiges gewöhnt.«

Hofer gluckste. Er hatte schon von verschiedenen Seiten von George Bernoullis Forschheit gehört und sie sogar einmal selber, vor vielen Jahren, im Haus seiner Eltern erlebt.

»Legen Sie nur los, George. Wo brennt's?«

»Das ist schnell gesagt. Was wissen Sie über einen Mann namens Stanley Rosen?«

»Er ist Kunde unserer Bank. Schon seit Jahren, bei unserer Zweigstelle in Basel. Arbeitet mit großen Geldsummen für Anlagezwecke. Er wird mit mindestens fünfundzwanzig oder mehr geschlossenen Anlagegesellschaften identifiziert, alle mit Sitz außerhalb der Vereinigten Staaten. Es heißt, er könne mit der Mafia in Verbindung stehen. Wir haben dafür keinen Beweis.«

»Ich danke Ihnen für Ihre Offenheit, Doktor Hofer. Wir wissen, daß er das hiesige Bankhaus während der vergangenen Tage regelmäßig aufgesucht hat. Darf ich fragen, zu welchem Zweck?«

Walter Hofers Augenbrauen hoben sich. Er blickte George baumfest ins Gesicht und antwortete zunächst nicht. Sogar ein Mitglied der Sonderabteilung der Bundespolizei muß eine gerichtliche Verfügung vorlegen, um einer Schweizer Bank solche Fragen stellen zu können, und beide wußten das ganz genau.

»Eigentlich, George, geht die Sache in diesem Stadium Sie nichts an, und das wissen Sie auch. Aber ich will es Ihnen sagen. Er möchte für 200 Millionen Dollar Goldbarren kaufen und sie dann als Sicherheit für den Leerverkauf einer Riesensumme US-Dollars benutzen. Offensichtlich spekuliert er in sehr großem Rahmen auf eine fundamentale Veränderung des Status von Dollar und Gold.«

»Wenn Sie sagen, in sehr großem Rahmen, was meinen Sie genau?«
»Er spricht von einer Milliarde Dollar und mehr. Leerverkauf.«
»Und Sie?«
»Wir sind nicht begeistert.«
»Warum, glauben Sie, steigt dieser Mann so unerhört ein? Nichts an seiner bisherigen Laufbahn deutet darauf hin, daß er Währungsexperte ist.«
»Ich habe keine Ahnung. Aber soviel ich gehört habe, ist er seiner Sache absolut sicher.«
»Ist es möglich, daß er von irgendwoher vertrauliche Informationen bezieht?« fragte Bernoulli, vielleicht nicht ganz so diplomatisch, wie er geplant hatte.
»Mein lieber George. Sie sind durch Ihren Vater hinlänglich mit unserer Branche vertraut, um zu wissen, daß jeder glaubt, irgendwelche vertraulichen Informationen zu besitzen. Diese Frage kann ich wirklich nicht beantworten. Ich bin dem Mann nie persönlich begegnet. Ich habe ausschließlich aus zweiter Hand von ihm gehört, durch unseren Herrn Kellermann. Wenn Sie es möchten, kann ich ihn heraufbitten.«
»Nein, ich glaube, das wird nicht nötig sein. Vermutlich sind Sie nicht in der Lage, mir mitzuteilen, wer gegebenenfalls sonst noch mit Rosens Konten zu tun hat?«
»Ganz recht, George. Ich bin ohnehin schon viel zu weit gegangen. Es tut mir leid, aber Sie werden sich diese Art von Information wohl nur auf amtlichem Wege beschaffen können. Worum geht es denn? Sind die Amerikaner hinter ihm her?«
»Nein. Wir mutmaßen, daß er mit dem Diebstahl gewisser Dokumente aus der Bank für Internationalen Zahlungsausgleich zu tun haben könnte.« Bernoullis Augen folgten Hofer bei diesen Worten mit der Eindringlichkeit eines Laserstrahls. Nicht die geringste Reaktion.
»Aha. Vielleicht im Zusammenhang mit dem Dollar?« Dieses Mal war Hofer derjenige, der seinen Gesprächspartner scharf beobachtete.

»Vielleicht«, erwiderte Bernoulli. Er fuhr fort: »Warum fragen Sie das?«
»Aber George«, gluckste Hofer. »Ich weiß, Sie halten Ihren Vater und mich für zwei total verkalkte Greise. Aber wir können noch immer zwei und zwei zusammenzählen, zumindest vor Mittag an Wochentagen.«
»Ja, Sie haben recht. Es könnte ein Zusammenhang bestehen. In diesem Fall ist Ihnen doch bestimmt klar, Doktor Hofer, daß so etwas für Ihre Bank und für das gesamte schweizerische Bankgewerbe ganz und gar nicht gut wäre.«
Hofer nickte. »Ich glaube zu wissen, worauf Sie anspielen, George. Aber vielleicht könnten Sie sich doch ein wenig deutlicher ausdrücken.«
»Ich will's versuchen. Wir wissen es nicht mit Bestimmtheit, aber es könnte sein, daß wichtige amerikanische Dokumente aus dem Haus des Generalsekretärs der Bank für Internationalen Zahlungsausgleich gestohlen wurden. Jedenfalls sind sie offenbar verschwunden. Das war vor etwa zehn Tagen. Ungefähr eine Woche nach Bollingers Rückkehr von einer Reise nach London. Ich glaube, Sie waren zur gleichen Zeit in London?«
»Wie bitte?«
»Ich sagte, ich glaube, Sie waren zufällig zur gleichen Zeit wie Bollinger in London, und im gleichen Hotel. Ich glaube, Sie kennen einander sehr gut.«
»Natürlich kennen wir uns. Aber ich verstehe den Sinn noch immer nicht recht. Sie sagen, Bollinger und ich seien im vergangenen Monat zugleich in London im gleichen Hotel gewesen. Was wollen Sie damit sagen?«
»Ich will gar nichts damit sagen. Es ist nur eine Tatsache.«
»Aber George, Sie haben das Thema doch nicht angeschnitten, nur um ein bißchen zu plaudern?«
»Nun ja, es ist vielleicht ein bißchen mehr dahinter. Haben Sie bemerkt, ob Bollinger sich in London vielleicht irgendwie ungewöhnlich benommen hat? Oder sich vielleicht in Gesellschaft seltsamer Leute befand? Sie wissen, was ich meine.«

»Bernoulli! Soll das heißen, Sie verdächtigen Bollinger, in irgendwelche krummen Touren verwickelt zu sein? Das ist einfach lächerlich.«

»Es soll nicht heißen, daß wir irgend jemanden irgendeiner Sache verdächtigen. Wir wissen nur, daß gewisse Papiere offenbar abhanden gekommen sind und daß die Erklärungen entweder zu gelegen oder sagenhaft unwahrscheinlich sind. Daher eine ganz einfache Frage über Bollinger.«

»Also, ich sah Bollinger sehr flüchtig im Grillroom des *Savoy*, ja. Er speiste, wie ich glaube, mit einem der augenblicklichen hohen Beamten in Washington. Aber es war, wie gesagt, nur ein flüchtiger Eindruck. Sie verließen gemeinsam den Raum, kurz nachdem ich sie gesehen hatte. Wir haben uns nicht einmal gegrüßt. Habe ihn seitdem nicht mehr gesehen.«

»Sagen Sie mir einiges über Bollingers Charakter. Ich glaube, Sie stehen seit Jahren mit dem Mann in ziemlich engem Kontakt, sowohl beruflich wie privat.«

Hofer sagte: »Nun, ich glaube, ›eng‹ ist nicht das richtige Wort. Wir haben regelmäßig miteinander zu tun gehabt, das ja. Außerdem haben wir uns gelegentlich am Ende von Dinnerpartys und dergleichen noch ein Weilchen zusammengesetzt. Eins kann ich Ihnen zweifelsfrei sagen. In internationalen Währungsfragen ist er der beste Mann in Europa, vielleicht auf der ganzen Welt. Absolute Spitze.«

Hofers Telefon klingelte. »Entschuldigen Sie, George«, sagte er, und lauschte dann eine volle Minute aufmerksam, ehe er auflegte.

»Unglaublich. Der Dollar wird in ganze Europa gekauft. Die Baisse-Künstler scheinen sich um Deckung zu reißen.«

Bernoullis Gesicht spiegelte sein Erstaunen. »Sagen Sie das nochmals, Doktor Hofer. Ich war die ganze letzte Stunde mit von der Partie. Was ist los mit den Russen und so weiter?«

»Verblüffend. Ich weiß, ich habe den Geschäftsgang in unserer Devisenabteilung die ganze Woche über genau verfolgt. Aus naheliegenden Gründen. Etwa um acht Uhr fünfundvierzig schienen sich die Osteuropäer aus den größten Verkäufern von gestern in die größten Käufer zu verwandeln. Die Deutschen folgten ein paar Minuten später. Dann kam die Nachricht über die russischen Goldverkäufe, und jetzt scheint die Umkehr vollzogen zu sein.«

»Die Russen verkaufen Gold?« fragte Bernoulli ungläubig.

»Ja. Es ist erwiesene Tatsache, wie mir unsere Leute versichern. Bringe ich damit Ihre Theorien durcheinander, George?«

Touché.

»Im Moment kann ich es noch nicht sagen. Aber es wäre möglich. Meine Theorien scheinen stündlich zu wechseln. Die jüngste entstand im Zug auf der Herfahrt. Vielleicht sollte sie sofort wieder verschwinden.«

»Die Bollinger-Theorie?«

»So würde ich sie nicht unbedingt nennen. Aber sagen wir, ich möchte gern ein bißchen mehr über Bollinger erfahren. Was ist seine politische Einstellung?«

Hofer griff nach dem Zigarrenbehälter, einer kunstvollen persischen Arbeit, Goldgewirk auf dünnem Silber, mit der üblichen Emaillemusterung.

»Er hat keine. Aber ich sehe schon, was Sie ansteuern. Vielleicht haben Bollinger und die Russen zusammengearbeitet, gegen den Dollar. Ausgeschlossen. Und die Ereignisse der letzten Minuten liefern den Beweis.«

»Das gebe ich zu.«

»Mir scheint, unser Mister Rosen wäre ein weit geeigneterer Kandidat.«

»Das gebe ich gleichfalls zu. Kennen Sie einen Mann namens Rolf Lutz von Swiss Security Consultants in Genf?«

»Was soll denn das nun wieder, George?« erwiderte Hofer.

»Lutz. Security Consultants. Kennen Sie ihn?«

Hofer antwortete: »Was, in drei Teufels Namen, hat das mit Bollinger oder Rosen zu tun?«

»Das weiß ich noch nicht. Sie kennen ihn, nehme ich an.«

»Kennen?« erwiderte Hofer. »So würde ich es kaum bezeichnen.

Ich habe gelegentlich mit ihm zu tun gehabt, ja. Wir wenden uns mit verschiedenen Problemen, die wir als Bank leider haben, an seine Firma. In den letzten Jahren immer häufiger, leider. Er hat gute Leute. Die besten im Land, soviel ich das beurteilen kann. Das ist alles.«

»Gut«, sagte Bernoulli. Er stand auf.

Das brachte Hofer ein wenig aus dem Gleichgewicht. Was normalerweise sehr schwierig zu bewerkstelligen war.

»So. George Bernoulli – der Meisterpolizist«, lautete sein sarkastischer Kommentar. »Ich bin nicht ganz überzeugt, daß Sie damit sehr weit kommen.«

Bernoulli blieb gänzlich ungerührt. »Doktor Hofer, das habe ich schon sehr oft gehört.«

Beide Herren machten sich auf den Weg zur Tür.

»Ach, noch eins, was macht eigentlich das Silber in letzter Zeit, Doktor Hofer?«

Das traf ins Schwarze. Hofer machte Front zu Bernoulli und bedachte ihn mit einem Blick, der ihn eindeutig warnte, was zuviel sei, sei zuviel. Die Fassade der Etikette hatte einen Sprung bekommen.

»Fragen Sie Ihren Vater, George«, war Hofers Antwort.

Der Händedruck, mit dem er Bernoulli entließ, war äußerst knapp. Der große Mann war erzürnt.

Als Hofer wieder an seinem Schreibtisch saß, wurde er wütend. »Dieser impertinente junge Schnösel«, sagte er laut, und es klang sehr häßlich.

*

Um zehn Uhr trafen die Südafrikaner ein. Sie wurden von Hofer und Kellermann in Empfang genommen. Nach dem Lunch wies Hofer seinen Sekretär an, eine Magnumflasche gekühlten Champagners hereinzuschicken. Um zwei Uhr fünfundvierzig verschwanden die Südafrikaner durch den Garagenkeller, genau wie sie gekommen waren.

In der nächsten Viertelstunde sprach Hofer sowohl mit Sir Robert

Winthrop in London wie mit David Mason in New York. Beide waren einverstanden, sich zwei Tage später mit Hofer in Zürich zu sprechen. Im *Grand Dolder*, zum Lunch.

Um drei Uhr wurden sowohl in London wie in Zürich neuerlich massive Goldkäufe getätigt. Der Preis, der im Anschluß an die Nachrichten aus Rußland auf 74 Dollar pro Unze gefallen war, schnellte plötzlich wieder auf 77 Dollar. Der Dollar, der durch die panikartigen Deckungskäufe wieder nahezu seine Verluste der vergangenen Woche aufgeholt hatte, fing plötzlich wieder an zu fallen. Dieses Mal konnte niemand den Finger auf die Quelle der einen oder anderen Aktion legen. Sie schien zugleich in Zürich, London und New York stattzufinden.

Um drei Uhr fünfundvierzig nahm Kellermann einen Anruf Stanley Rosens entgegen. Ja, der Betrag sei aus Nassau eingegangen. Ja, die Bank gehe entsprechend Rosens Anweisungen vor. Nein, im Moment könne Rosen nichts weiter tun. Ja, er werde notieren, daß Rosen morgen früh nach Basel reise. Gewiß, er werde über das Wochenende mit ihm in Verbindung bleiben, wenn nötig. Um vier Uhr meldete Kellermann das alles Doktor Hofer.

Um neun Uhr an diesem Abend wurde Dr. Bernoulli vom Schweizer Finanzminister empfangen. Die große Erleichterung, die beide Herren den größten Teil des Tages über empfunden hatten, war völlig dahin, als die Meldung von der neuerlichen Explosion des Gold- und Dollarmarkts durchkam. Die Besprechung war kurz. Um elf Uhr fünfzehn erhielt Bernoulli einen anonymen Telefonanruf. Ein paar Minuten später rief er seinerseits den Minister an. Endlich kam die Sache ins Rollen.

16

»Das macht dann 396 Dollar 50, Mister Rosen. Einschließlich der Telefongespräche. Apropos, hatten Sie heute morgen irgendwelche Extras zum Frühstück? Die Abrechnung kommt immer erst einige Zeit später zur Buchhaltung.«
»Nein. Ich habe überhaupt nicht gefrühstückt. Das möchte ich erst im Zug tun. Er führt doch hoffentlich einen Speisewagen?«
»Wohin reisen Sie, Sir?«
»Basel.«
»Mit dem Siebensechsundvierzig?«
»Ja.«
»Er hat immer einen Speisewagen.«
Stanley gab dem Mann 400 Dollar in Reiseschecks und zählte gewissenhaft das Wechselgeld.
»Möchten Sie ein Taxi, Mister Rosen?«
»Ja, bitte.«
Fünfzehn Minuten später setzte das Taxi ihn nach einer qualvoll langsamen Fahrt durch die Stadt am Bahnhof Zürich ab. Erst halb acht Uhr, und die Halle wimmelte schon von Leuten. Alle so grimmig wie das Wetter draußen, wo ein eiskalter Wind, der überall hinzukommen schien, auch in den Bahnhof, graue Wolken vor sich hertrieb. Rosen kaufte eine Fahrkarte und eilte dann zum Bahnsteig 12, wo sein Zug stand. Er mußte an mindestens zehn Wagen entlanggegangen sein, ehe er einen mit dem Schild »1. Klasse« fand. Wie gewöhnlich auf dem Kontinent war er in

Coupés abgeteilt. Stanley wählte ein Nichtraucherabteil. Er schwang seinen schweren Koffer auf die Ablage, behielt jedoch den Mantel an. Es war eisig. Er machte sich auf die Suche nach dem Speisewagen, wanderte durch ein weiteres halbes Dutzend 2.-Klasse-Wagen, die zumeist mit Schweizer Soldaten in scheußlich grünen Uniformen, und jeder mit einem Sturmgewehr bewaffnet, angefüllt waren. Keiner schien älter als achtzehn zu sein. Endlich stieg der Duft von Kaffee in Stanleys dankbare Nase. Und nicht nur das, sondern der Waggon, den er betrat, war warm, sehr warm.

Überraschenderweise war der Speisewagen voller fröhlich plappernder Leutchen. Der Kontrast zu den mürrischen Horden, die er erst vor wenigen Minuten durch den Bahnhof hatte stapfen sehen, hätte kaum größer sein können. Und dann begriff Stanley den Grund. Es waren fast ausschließlich junge Amerikaner, voller Lebenslust und Späßen, sogar um diese frühe Stunde. Stanley fühlte sich wohl unter ihnen, und plötzlich verspürte er einen Hauch von Heimweh.

Wenige Minuten später erschien ein dampfender Kaffeebehälter, zusammen mit einem Korb appetitlich frischer *croissants*. Stanley nahm sein Exemplar der *Herald Tribune* aus der Manteltasche und ließ sich zu dem ersten Frühstück nieder, das er je in der Eisenbahn eingenommen hatte.

Die Titelseite der *Tribune* war voll vom Währungsgeschehen der letzten vierundzwanzig Stunden. Die wilden Schwankungen der Gold- und Dollarpreise an den internationalen Märkten waren in einer schwarzen Balkenüberschrift, die sich über die ganze Seite zog, dramatisch herausgestellt. Der Dollar, der am Mittwoch am Rande des Zusammenbruchs zu sein schien, hatte sich am Donnerstag vormittag enorm erholt. Gleichzeitig hatte der Goldpreis die schwindelndste Talfahrt seiner Geschichte erlebt. Aber später am selben Nachmittag schien die Spekulation neuen Auftrieb bekommen zu haben. Sämtliche Kommentatoren waren sich einig, daß der Freitagvormittag, also der heutige Vormittag, die Entscheidung nach der einen oder anderen Seite bringen werde.

Und aller Augen waren auf die Schweiz gerichtet, denn dort saßen die Spekulanten.
Stanley grinste übers ganze Gesicht, während er diese Nachrichten in sich aufnahm. Er las absichtlich langsam, um aus jeder Druckzeile ein Maximum an Genugtuung zu schöpfen. Er ließ sich eine zweite Portion Kaffee bringen und bestellte sogar eine Zigarre. Das tat er vielleicht zweimal im Jahr. Fast unmerklich begann der Speisewagen sich zu leeren. Rosen warf einen Blick auf seine Uhr und eilte in seinen Wagen zurück, wobei er übel hin und her gestoßen wurde.
Um acht Uhr vierundvierzig kam der Zug in Basel an. Rosen verließ den Wagen als letzter. Sofort traten zwei Männer an ihn heran.
»Stanley Rosen?«
»Ja.«
»Sie sind verhaftet. Bitte machen Sie keine Schwierigkeiten, sonst wären wir gezwungen, Ihnen Handschellen anzulegen.«
Er wurde fest unter jedem Arm gepackt. Der Mann links von ihm nahm seinen Koffer auf. Sie zerrten ihn die Treppe hinunter und dann eine Rampe hinauf und in einen bereitstehenden schwarzen Wagen. Einen Volkswagen. Der Koffer wurde auf den Vordersitz geworfen. Rosen wurde auf den Rücksitz gestoßen, einer der Männer setzte sich neben ihn. Niemand sprach ein Wort. Der Wagen startete mit dem üblichen Gewimmer der VWs. Rosen, mit aschgrauem Gesicht und unwillkürlich zitternden Händen und Beinen, fragte endlich: »Was soll das alles?«
Keine Antwort. Beide Männer, der Fahrer und der ein wenig kleinere Mann neben Rosen, blickten starr geradeaus. Der Wagen bog bald von den Hauptstraßen ab in eine Reihe gewundener, enger, mittelalterlicher Gassen. Nach drei Minuten passierten sie ein massives Tor neben einem Uhrenturm mit großem goldenem Zifferblatt. Zwei uniformierte und bewaffnete Polizisten salutierten, als der Wagen hindurchfuhr. Dann hielten sie. Rosen wurde grob herausgezerrt und durch eine Tür gestoßen, die in ein langgestrecktes graues Gebäude führte. Er wurde zwei Stock-

werke hoch und in ein ziemlich kahles Büro geführt, wo man ihm einen Stuhl anwies.
»Setzen und alle Taschen ausleeren.« Rosen tat, wie ihm befohlen wurde.
Der Koffer wurde neben einem Schreibtisch vor ihm abgestellt. Plötzlich betraten zwei gutgekleidete und gutrasierte Herren das Büro. Die anderen gingen hinaus. Einer der Herren setzte sich hinter den wuchtigen Schreibtisch, auf dem kein einziges Blatt Papier, kein Staubkörnchen lag. Sein Kollege blieb an der Tür stehen.
»Zigarette, Mister Rosen?«
Die Frage erschien Stanley als der bestürzende Höhepunkt einer Situation, die bis zur Unglaublichkeit absurd war, denn er umklammerte noch immer mit der linken Hand die längst erloschene Zigarre. Sie war schweißnaß.
»Nein«, sagte Stanley fast unhörbar.
»Mein Name ist Doktor Weckerlin. Ich bin der Oberstaatsanwalt des Kantons Basel-Stadt. Wir wissen alles über Sie, und ich kann Ihnen nur raten, daß Sie in vollem Umfang mit uns zusammenarbeiten. Es wird nur in Ihrem eigenen Interesse sein.«
Endlich hatte Stanley sich so weit beruhigt, daß er sprechen konnte.
»Ich möchte telefonieren.«
»Tut mir leid, das geht nicht.«
»Ich möchte einen Anwalt konsultieren, sofort.«
»Auch das geht nicht, bis wir die Erlaubnis geben.«
»Dann bestehe ich darauf, mit dem amerikanischen Konsul sprechen zu dürfen.«
»Alles zu seiner Zeit, Mister Rosen. Sie machen sich am besten von vornherein klar, daß Sie hier nicht in den Vereinigten Staaten sind. Unsere Gesetze weichen beträchtlich von den Ihren ab.«
»Habe ich denn überhaupt keine Rechte, um Gottes willen? Ich dachte, dies sei ein zivilisiertes Land!« schrie Stanley, denn jetzt erfüllten Zorn und Furcht ihn in einem Maß, das er nie zuvor gekannt hatte.

»Bis wir sicher sein können, daß zwischen Ihnen und irgendwelchen anderen Parteien kein geheimes betrügerisches Einverständnis besteht, werden Sie in der uns angemessen scheinenden Weise festgehalten.«
»Und was ist mit Habeas corpus?«
»Dieser Begriff ist in der schweizerischen Gesetzgebung nicht enthalten. Mister Rosen, es dürfte das beste für Sie sein, wenn Sie sich beruhigen und uns die Wahrheit sagen.«
»Worüber denn, um Gottes willen?« erwiderte Stanley.
Der Mann, der an der Tür stehengeblieben war, bewegte sich plötzlich. Er nahm Rosens Koffer und legte ihn auf den Schreibtisch.
»Ist das der Schlüssel?« fragte er und wies auf einen Schlüssel an der Kette, die Rosen auf den Schreibtisch gelegt hatte.
»Ja.«
Der Koffer wurde geöffnet, Kleidungsstücke beiseite geworfen. Plötzlich wechselten die beiden Schweizer einen Blick.
»Stehen Sie auf«, sagte Weckerlin. Rosen reagierte nicht.
»Wenn er sagt, stehen Sie auf, dann stehen Sie auf«, sagte der andere und riß ihn hoch. Dann packte er Rosen am Mantelkragen und stieß seinen Kopf in den Koffer.
»Das ist doch Ihr Koffer, oder?«
»Ja«, antwortete Rosen schwach, während der feste Griff des Mannes neben ihm ihn über den Koffer gebeugt hielt.
»Und was sehen Sie ganz unten in Ihrem Koffer?«
»Eine rote Akte. Aber ich habe Sie noch nie im Leben gesehen.«
»Na, na, Mister Rosen«, sagte Weckerlin und machte seinem Kollegen ein Zeichen, daß er den Amerikaner wieder auf seinem Stuhl Platz nehmen lassen solle. »Dieser Unsinn wird Ihnen gar nichts nützen.«
»Ich sage Ihnen, ich habe diese Akte noch nie im Leben gesehen.«
»Na schön, Mister Rosen, wenn Sie darauf bestehen. Nur fürchte ich, daß wir dann in den nächsten Tagen und Wochen

eine Menge Zeit gemeinsam verbringen werden. Wäre Ihnen das recht?«

Keine Antwort.

Weckerlin brachte plötzlich einen braunen Umschlag zum Vorschein und öffnete ihn.

»Sie wurden geboren in Brooklyn, New York, am 17. Januar 1929. Ihr voller Name lautet Stanley Salim Rosen. Der Name Ihres Vaters war David, der Ihrer Mutter Sarah, geborene Stein. Alles richtig soweit?«

Noch immer keine Antwort.

»Sie sind Jude. Stimmt das?«

»Was, in Gottes Namen, hat das damit zu tun?«

»Nichts weiter. Sie sind Jude, nicht wahr?«

»Verstößt das in der Schweiz gegen die Gesetze?«

»Nein. Wir haben hier keine Vorurteile.«

»Wie erfreulich zu hören. Ja, ich bin Jude.«

»Gut. Es scheint, wir kommen endlich weiter. Möchten Sie eine Tasse Kaffee, Mister Rosen?«

»Nein.«

»Wie Sie wollen. Ach, übrigens, wir müssen Ihre Krawatte requirieren. Bitte nehmen Sie sie ab.«

Er nahm sie ab.

»Und Ihre Manschettenknöpfe. Und die Armbanduhr.«

Er nahm alles ab.

»Was veranlaßte Sie, in dieser Woche durch die General Bank of Switzerland Gold im Wert von 200 Millionen Dollar zu kaufen, Mister Rosen?«

Erschüttertes Schweigen.

»Ich habe Sie etwas gefragt.«

»Und ich werde nicht antworten. Was ich mit der General Bank of Switzerland oder irgendeiner anderen Bank in diesem Land unternehme, geht Sie nichts an. Sie dürften gewiß schon vom Bankgeheimnis gehört haben.« Langsam gewann Stanley ein wenig von seiner Form zurück.

»Sie leugnen also?«

»Ich glaube, Sie haben mich gehört.«
Weckerlin nahm den Hörer ab. »Verbinden Sie mich mit Doktor Walter Hofer in der General Bank of Switzerland in Zürich. Ich warte.«
Wieder war es still im Zimmer.
»Doktor Hofer, ja, also hier spricht Weckerlin in Basel. Ich glaube, Bernoulli hat sie bereits angerufen und erwähnt, daß ich mich vielleicht an Sie wende. Nur eine Frage. Können Sie bestätigen, daß ein gewisser Mister Stanley Rosen aus New York Ihrer Bank in dieser Woche Auftrag erteilte, für ihn Gold im Wert von 200 Millionen Dollar zu kaufen? Ja? Das können Sie? Vielen Dank. Entschuldigen Sie die Störung. Ja, Sie werden wieder von uns hören.«
Nachdem er den Hörer aufgelegt hatte, blieb Weckerlin einfach sitzen und blickte Rosen an.
»Sie sehen, Mister Rosen, daß Sie mir glauben müssen, wenn ich sage, wir wüßten alles über Sie.«
Er griff in den Koffer, zog die rote Akte heraus und fuhr fort: »Und jetzt will ich Ihnen sagen, warum Sie Gold im Wert von 200 Millionen Dollar kaufen wollten. Wegen des Inhalts dieser Akte.« Er schwenkte sie in der Luft.
»Ich sage Ihnen nochmals, ich habe diese Papiere noch nie im Leben gesehen.«
»Wo ist Lutz?« war die nächste Frage.
»Wer?«
»Na los, Mann«, jetzt war die Stimme ruppig geworden. »Hören Sie auf, mir dieses Affentheater vorzuspielen. Rolf Lutz, Generaldirektor von Swiss Security Consultants.«
»Nie von ihm gehört.«
»Rosen, verstehen Sie doch, wir wissen alles. Hören Sie, wir wissen alles. Sie wohnten beide im Hotel *Drei Könige*. Wir haben Zeugen, die Sie am 26. Oktober in zahllosen Bars über der Grenze zusammen trinken sahen. Der Hotelmanager hat Sie beide gesehen –«
»Ach der! Klar kenne ich Rolf Lutz. Aber warum, in Gottes Na-

men, schleichen Sie so um den heißen Brei herum? Hat dieser Lutz etwas ausgefressen? Wenn ja, dann glauben Sie mir, ich habe ihn nur dieses einzige Mal im Leben getroffen. Wir lernten uns zufällig im Hotel *Drei Könige* kennen und haben uns mit vereinten Kräften eine Nacht um die Ohren geschlagen. Ich habe ihn seitdem nicht mehr gesehen, und ich habe mit dem Mann nicht das geringste zu tun.«

»Na hören Sie, Mister –«

»Jetzt hören *Sie* endlich, gottverdammt. Ich möchte wissen – jetzt sofort –, was hier eigentlich vorgeht. Ich möchte jetzt sofort wissen, warum Sie mich festgenommen haben und welche Anklage gegen mich vorliegt.«

»Alles zu seiner Zeit, Mister Rosen.«

»Jetzt.«

»Wenn Sie unbedingt wollen.« Weckerlin drückte auf einen Summer, und fast augenblicklich erschien ein Mädchen mit zwei ziemlich kleinen weißen Papierbogen. Weckerlin wartete, bis sie wieder gegangen war.

»Ich habe hier eine formelle Anklage gegen Sie, Mister Rosen. Sie lautet auf dringenden Verdacht von Wirtschaftsspionage in Übertretung von Artikel 273 des schweizerischen Strafgesetzbuchs. Ich muß Sie bitten, hier zu unterschreiben; die Kopie können Sie behalten.«

»Ich weigere mich, etwas Derartiges zu unterschreiben. Das ist widersinnig. Wer hat diese Anklage erhoben?«

»Hier stelle ich die Fragen, Mister Rosen. Und wenn Sie nicht unterschreiben wollen, mir soll's recht sein. Auf jeden Fall ist hier Ihre Kopie.« Er schob das Papier über den Schreibtisch. Stanley nahm es auf. Alles in Deutsch abgefaßt.

»Also, Mister Rosen«, fuhr Weckerlin fort. »Sie werden jetzt wohl begriffen haben, daß die Sache ernst ist. Sehr ernst. Das Strafmaß für das, was Sie getan haben, reicht bis zu zehn Jahren Gefängnis. Es muß aber nicht. Die Gerichte sind hierin sehr milde. Sie sind nachsichtig gegenüber Leuten, die vom Anfang an mit den Staatsanwälten zusammenarbeiten. Es zeigt Charakter. Ich mache Ihnen einen ganz einfachen Vorschlag. Sie erzählen mir einfach die ganze Geschichte in Ihren eigenen Worten. Warum haben Sie die Akte gestohlen. Wie haben Sie es gemacht? Wer hat Ihnen dabei geholfen? Eine unserer Sekretärinnen wird alles niederschreiben, und Sie können es dann durchlesen. Ich bin überzeugt, noch vor Ablauf des Vormittags werden wir eine unterschriebene Aussage haben, die letztlich Ihrer Sache nur dienlich sein kann.« Er sagte das alles mit der Stimme eines wohlmeinenden Mannes. Am Ende faltete er sogar die Hände.

Rosen war inzwischen wieder in den nahezu gelähmten Zustand zurückgefallen, der ihn bei seiner Festnahme überkommen hatte – ein Ereignis, das ihm jetzt in seinem wirren Hirn in grauer Vorzeit zu liegen schien.

»Also bitte, Herr Doktor Soundso, ich muß einen Anwalt konsultieren dürfen. Ich verstehe kein Wort von dem, was Sie sagen. Ich weiß überhaupt nicht, was hier vorgeht. Ich brauche Hilfe. Also bitte, lassen Sie mich mit einem Anwalt sprechen.«

»Ich habe Ihnen bereits gesagt, daß das nicht geht. Vielleicht nächste Woche oder übernächste. Ein Anwalt könnte Ihnen nicht das geringste helfen. Er würde Ihnen nur genau das sagen, was ich Ihnen auch sage. Liefern Sie uns eine Aussage. Liefern Sie uns die Wahrheit. Soll ich jetzt eine Schreibkraft rufen?«

Es kam keine Antwort. Weckerlin blieb volle zwei Minuten einfach schweigend sitzen und beobachtete Rosen. Rosen kauerte in seinem Stuhl; seine Augen schienen leer, als er geradeaus auf nichts als die nackte Wand hinter Weckerlins Schreibtisch starrte.

»Na schön. Abführen. Verschärfte Vorsichtsmaßnahmen.«

Der Mann an der Tür ergriff Rosen beim Arm und hob ihn vom Stuhl hoch. Mit der anderen Hand faßte er nach dem Koffer, der noch immer geöffnet auf dem Schreibtisch lag.

»Nein«, sagte Weckerlin, »der bleibt hier. Und, übrigens, vergewissern Sie sich, daß Rosen und Bechot nicht im gleichen Zellenblock sind.« Dann bediente er sich für einen abschließenden Satz der deutschen Sprache: »Laßt den Kerl heute abend ein bißchen braten.«

*

Rosen verschwand durch die Tür. Sekunden später trat Bernoulli ein.

»Haben Sie alles mithören können?« fragte Weckerlin.

»Ja. Alles ganz klar und deutlich. Sie sind nicht sehr weit mit ihm gekommen, wie?«

»Das ist normal. Nach vierundzwanzig Stunden Einzelhaft ändert sich das.«

»Vielleicht«, sagte Bernoulli. »Bitte das Dossier.«

Weckerlin übergab es ihm und fragte dann: »Was enthält denn nun dieses Dossier, in Gottes Namen, Bernoulli? Gewiß, Sie haben mir gesagt, daß es im Koffer sein werde, und Sie haben mir auch von dem Gold erzählt, das Rosen gekauft hat. Und Sie sagten, es bestehe ein Zusammenhang. Aber welcher?«

»Tut mir leid, daß wir bis später warten müssen. Dieses Dossier wird in Bern benötigt.«

»Dann sagen Sie Ihren Freunden in Bern, daß ich bis jetzt auf der ganzen Linie mit ihnen zusammengearbeitet habe, aber sie können wohl kaum erwarten, daß ich noch sehr viel länger im dunkeln arbeite.«

»Ich würde nicht sagen, daß Sie gar so im dunkeln arbeiten. Sie wissen, daß dieses Dokument aus dem Privathaus des Generalsekretärs der BIS gestohlen wurde. Und Sie wissen, daß Sammy Bechot den Diebstahl ausführte und daß Rolf Lutz ihn darauf angesetzt hat. Und ich denke, es ist jetzt zudem auch klar, daß dieser Rosen das Ganze ausgeheckt hat.«

»Aber warum wird das Dossier selbst als top-secret behandelt?«

»Weckerlin, ich wiederhole: Anweisungen aus Bern. Also lassen wir das Thema für den Augenblick fallen. Lutz ist weit wichtiger. Ihre Leute berichteten mir, sie hätten seine Spur jetzt bis zu einem kleinen Hotel in Zürich, dem *Hirschen*, verfolgt. Er hat dort die vergangene Nacht verbracht und ist heute früh gegen halb sieben ausgezogen. Dann nichts mehr. Sein Büro in Genf sagt, er habe heute nichts von sich hören lassen. Was nun?«

»Ich glaube, wir sollten als erstes die Flugplätze überprüfen – alle drei.«

Es war bereits Mittag, als die schlechte Nachricht eintraf. Unglaublich, aber wahr. Lutz mußte im gleichen Zug aus Zürich gewesen sein wie Stanley Rosen. Er war offenbar vom Bahnhof aus direkt zum Flugplatz Basel-Mulhouse gefahren und hatte gerade noch die Maschine nach Frankfurt erwischt. Die deutsche Polizei war alarmiert. Nach dem Mittagessen berichtete ein Telex von der Kripo in Frankfurt den Rest der Geschichte. Lutz hatte bei der Lufthansa einen Flug nach Lima gebucht. Die Maschine war vor zwei Stunden gestartet. Es hatte natürlich keinen Sinn, sich an die peruanischen Behörden zu wenden. In diesem Land war der Sinn des Wortes »Auslieferung« unbekannt.

»Diese gottverdammte Schlamperei«, sagte Bernoulli, der in Weckerlins Büro saß, nun schon zum drittenmal.

»Machen Sie sich keine Vorwürfe«, meinte Weckerlin. »Schließlich mußten wir zuerst Rosen haben. Nach allem, was Sie mir berichteten, ist er die Schlüsselfigur.«

»Ja, aber wir hätten Lutz ständig unter strengster Überwachung halten sollen. Lächerlich.«

Das Telefon klingelte. Weckerlin nahm den Hörer ab und reichte ihn dann über den Schreibtisch hinweg Bernoulli. »Für Sie. Doktor Hofer persönlich.«

Das Gespräch dauerte etwa fünf Minuten, wobei Bernoullis Part sich im wesentlichen auf Grunzlaute beschränkte. Als es beendet war, lehnte er sich wortlos zurück und zündete sich eine Zigarette an. Er war heute schon bei seinem zweiten Päckchen.

»Was wollte er?« fragte Weckerlin.

»Uns auf dem laufenden halten, sagt er.«

»Worüber?«

»Nun ja, er sichert sich ab, und das ist wahrscheinlich sein gutes Recht. Er sagt, er habe alle Transaktionen einstellen lassen, die von der Bank während der letzten Tage in Rosens Auftrag eingeleitet wurden. Er behauptet sogar, die Bank habe einen Teil dieses Goldes heute am Markt verkauft. Er behauptet, es habe die Spekulanten beträchtlich abgekühlt, als sie hörten, daß die General Bank of Switzerland plötzlich als einer der größten Goldverkäufer aufgetreten sei. Doktor Hofers bescheidener Beitrag zur Normalisierung der internationalen Währungslage.« Im letzten Satz schwang eine nicht gerade bescheidene Portion Sarkasmus mit.

»Sonst nichts?«

»Er fragte, ob wir die Barbestände, die Rosen bei ihnen habe, vorübergehend blockieren wollten. Es scheint sich um einige 150 Millionen Dollar zu handeln.«

Weckerlin stieß einen leisen Pfiff aus. »Und?«

»Ich habe gesagt, wir würden ihm Bescheid geben.«

Danach stand Bernoulli auf.

»Also, auf nach Bern. Ich melde mich wieder. Aller Wahrscheinlichkeit nach müssen wir uns morgen in aller Frühe wieder zusammensetzen. Hier. Ich weiß, morgen ist Samstag. Hoffentlich macht es Ihnen nichts aus.«

Weckerlin machte es nicht das geringste aus. Man hatte ihn aus politischen Erwägungen zum Oberstaatsanwalt bestellt, und diese Sache hatte eindeutig politische Bezüge.

Unterwegs kaufte Bernoulli sich die Nachmittagszeitungen. Sie bestätigten, was Hofer ihm am Telefon gesagt hatte. Es war ruchbar geworden, daß die Gnome von Zürich, angeführt von der General Bank of Switzerland, sich zu Gewinnmitnahmen entschlossen hatten. Die Flucht ins Gold war durch massive Goldverkäufe am Schweizer Markt gebremst worden. Der Unzenpreis hatte sich bei 79,45 Dollar eingependelt. Die Devisenmärkte hatten sofort reagiert. Die Spekulation gegen den Dollar war zum zweitenmal innerhalb von achtundvierzig Stunden jäh zum Stillstand gekommen. Aber es schien, als wolle angesichts der steilen Berg-und-Tal-Fahrten an den Märkten in den vergangenen Tagen niemand mehr Risiken eingehen. Die europäischen Ban-

ken hatten, eine nach der anderen, an diesem Freitagvormittag beschlossen, den Handel einzustellen. Alle beriefen sich auf die Notwendigkeit, den gewaltigen Papierberg aufzuarbeiten, der während einer Woche beispielloser Spekulationstätigkeit angefallen sei. Die Schlagzeile der National-Zeitung schien den allgemeinen Eindruck am besten wiederzugeben:
DER DOLLAR IST GERETTET – BIS NÄCHSTE WOCHE.

*

Zunächst aber zählte nur die gegenwärtige Woche. Als Bernoulli ein paar Stunden später in Bern eintraf, wurde ihm die Atmosphäre der Erleichterung im Büro des Finanzministers schon klar, sobald er durch die Tür trat. Und als er das rote Dossier überreichte, wurde ihm ein aufrichtig dankbarer Händedruck zuteil.
»Bernoulli, Sie haben ausgezeichnete Arbeit geleistet. Wirklich ausgezeichnet.«
»Ohne diesen anonymen Telefonanruf gestern abend würden wir noch immer im dunklen tappen.«
»Stimmt. Keine Möglichkeit, jemals festzustellen, wer es war, nehme ich an.«
»Keine.«
In diesem Moment betrat der Generalsekretär der Bank für Internationalen Zahlungsausgleich das Büro. Seine Augen fielen sogleich auf das rote Dossier, das der Minister noch immer in Händen hielt.
Bollinger errötete. Er trat spontan auf Bernoulli zu, ergriff dessen Hand und schüttelte sie nachdrücklich.
»Sie haben es geschafft«, sagte er. »Unglaublich. Aber die ganze Geschichte war ja von Anfang an unglaublich.«
»Sind denn die Gold- und Devisenmärkte unter Kontrolle?« fragte der Finanzminister.
»Sind sie. Die Banken haben schon vor Stunden geschlossen, und die in den Vereinigten Staaten werden bald zumachen. Glauben

Sie mir, es kostete die amerikanische Regierung eine schöne Stange Geld – weit über 7 Milliarden –, die Dinge während der letzten zwei Tage unter Kontrolle zu halten. Aber jetzt werden wir bestimmt die letzten paar Stunden auch noch durchstehen.«

»Sind Sie sicher, daß die Amerikaner sich an den vorgesehenen Plan halten werden?«

»Ja, unbedingt. Der Präsident der Vereinigten Staaten wird in etwa sechs Stunden eine Verlautbarung im Fernsehen geben, sobald sie dort drüben den Wochenschluß unter Dach haben.«

Dann wandte der Mann von der BIS sich an Bernoulli. »Sind Sie sicher, daß kein Wort von dieser Sache zur US-Regierung durchsickern kann?«

»Nun ja, heute abend keinesfalls mehr. Wir haben das rote Dossier hier, und der Mann, der für den Diebstahl verantwortlich ist, sitzt im Basler Gefängnis sicher hinter Schloß und Riegel.«

»Aber nach diesem Wochenende? Ich glaube, Sie müssen sich beide darüber klar sein, daß es für jeden in diesem Zimmer ernste Folgen haben würde, falls unsere wirkliche Rolle in dieser Affäre jemals bekannt würde.« Bollingers Blick ruhte bei diesen Worten auf Jacob Gerber, dem Schweizer Finanzminister.

»Ich verstehe nicht ganz, was Sie damit sagen wollen, Bollinger«, sagte Gerber.

»Ich will folgendes sagen: Die Schweiz ist das einzige Land der Welt, das fast vollständige Golddeckung besitzt. Dieses amerikanische Manöver wird den Wert dieser Reserven nahezu verdreifachen. Es würde für eine ganze Menge Leute sehr einfach sein, unser Bestreben, diese Affäre vor den Amerikanern geheimzuhalten, total irrig zu interpretieren.«

»Richtig«, sagte Gerber. »Was meinen Sie, Bernoulli?«

»Ganz meine Meinung.«

»Aber wie können wir einer solchen Entwicklung möglichst zuvorkommen?«

»Ich glaube, es gäbe eine Lösung«, erwiderte Bernoulli.

Hier fiel Bollinger ein. »Aber wer hat denn nun hinter dem

Ganzen gesteckt, Bernoulli? Und wen haben Sie eigentlich in Ihrem Gefängnis in Basel?«
Minister Gerber blickte auf seine Uhr und sprach: »Das, mein lieber Bollinger, ist eine sehr lange Geschichte. Meine Herren, ich schlage vor, daß Bernoulli sie uns beim Abendessen erzählt. Gehen wir doch zusammen in den *Schweizerhof*. Getränke und Abendessen gehen heute auf meine Rechnung.«
Es war kurz nach elf, als die drei Herren sich trennten. Gerber begleitete Bernoulli und Bollinger zum Bahnhof. Beide bestiegen den letzten Zug nach Basel.

17

In der Schwerverbrecherzelle 113 des Basler Gefängnisses strahlte die 500-Watt-Birne in ihrem massiven Drahtgehäuse unablässig auf den Mann herab, der in der Ecke kauerte und das Gesicht in den Händen barg. Es gab kein Bett, kein einziges Möbelstück; nur Matratze und Decke, beides verschmutzt. Die Zelle war ungeheizt.
Der Gestank war überwältigend, eine Mischung aus Exkrementen und Verwesung. Er stammte aus einem offenen Stehklosett. Rosens Augen, die regelmäßig die Zellenwände abstrichen, vermieden jedesmal dieses Objekt, ein Reflex, der vielleicht auf seine Kindheit zurückging, als er noch zuversichtlich hoffte, was man nicht beachte, existiere vielleicht nicht wirklich.
Draußen schlug eine Glocke. Nur einmal. Viertel nach elf. Rosen wußte es, denn seit es draußen dunkel geworden und völlige Stille im Gefängnis eingekehrt war, hatten seine Gedanken sich an diese Glocke und an das Vergehen der Zeit, das sie kundtat, geklammert. Aber war es wirklich nur ein einziger Schlag gewesen? Vielleicht waren es zwei gewesen, und er hatte den ersten einfach nicht gehört. Dann würde es halb zwölf sein, ein wenig näher am neuen Tag. Nein, es war bestimmt nur einer gewesen. Und es spielte auch keine so große Rolle. Denn sein Licht brannte noch immer. Bitte, lieber Gott, dachte er, laß es die ganze Nacht brennen.
Und dann ein Geräusch. Nur ganz leise. Aus der bewußten Ecke. Rosen sah nicht hin, spitzte nur die Ohren. Nichts. Wahrscheinlich irgend etwas drunten im Hof. Dann kam es wieder. Ein Ra-

scheln. Eine Bewegung. Und nochmals, stärker diesmal – und ganz nah. Rosen zwang sich, hinzuschauen.
»Nein!« flüsterte er.
Aber ja. Die Knopfaugen blickten ihn an. Unbeirrbar aggressiv. Dann wieder eine Bewegung, und das glänzende graubraune Fell kam zwischen den beiden Trittsockeln hervorgeschlüpft. Es hielt inne, Ohren gereckt, Augen noch immer starr auf Rosen, der voll Entsetzen nur zwei Meter entfernt hockte.
»Geh weg«, sagt er; dann schrie er: »'raus hier! Bitte, geh 'raus hier!«
Die Ratte aber blieb ruhig sitzen, nur die Augen bewegten sich jetzt, als wolle sie die Zelle ausmessen und die Fluchtchancen abschätzen – nicht für sich selber, sondern für ihre Beute. Die Idee sprang sogleich über, und nun begannen Rosens Augen, in rasender Hast die Zelle abzusuchen.
»Steig irgendwo 'rauf«, befahl ihm sein Gehirn.
Aber seine Augen sagten ihm, daß es unmöglich war. Die Matratze, auf der er kauerte, war ganze zwanzig Zentimeter hoch. Und sie war der einzige Gegenstand im Raum. An den glatten und von Feuchtigkeit glänzenden Mauern kein Regal, kein Sims, kein Halt für Füße oder Zehen. Das winzige vergitterte Fensterchen zum Hof war zwei Meter hoch oben.
Dann bewegte die Ratte sich von neuem. Dieses Mal direkt bis zur Kante der Vertiefung und direkt auf Rosen zu. Er begann zu zittern, zunächst fast unmerklich, aber bald schüttelten sich seine Arme, seine Beine und bald sein ganzer Körper in unkontrollierbaren Zuckungen, und alles in ihm bäumte sich gegen das furchtbare Grauen seiner Lage auf.
»Meine Schuhe«, dachte er verzweifelt.
Aber er hatte keine Schuhe. Sie waren ihm weggenommen worden. Und auch sonst hatte er nichts, womit er diesen Feind hätte bekämpfen können. Das gesamte Inventar der Schwerverbrecherzelle 113 bestand in 1 Ratte, 1 homo sapiens, dessen Hemd, Hose, Socken, Unterwäsche, 1 Matratze, 1 schmutzigen Wolldecke.
Und dann erschien ein zweiter Kopf. Ein zweiter graubrauner

Körper tauchte aus dem Abfluß, zögerte, gewöhnte vielleicht erst die Augen an den grellen Lichtschein in Rosens Zelle. Plötzlich fiel es Rosen ein. Die Alarmklingel! Gleich rechts neben der Zellentür. Nur zu betätigen, wie ihm ausdrücklich eingeschärft worden war, in äußersten Notfällen, bei Erkrankung, die sofortige Hilfe erforderlich machte. Die Klingel war vier Meter entfernt. Die Ratten zwei.

Rosen bewegte sich mit äußerster Behutsamkeit, Zentimeter für Zentimeter schob er sich an der Matratze entlang in Richtung auf die Tür voran. Dann verhielt er. Keine der Ratten hatte ihre Stellung auch nur im geringsten verändert. Aber sie beobachteten ihn. Rosen schob sich weiter. Noch immer keine Kampfansage. Dann stand er aufrecht. Er suchte Rückendeckung an der Zellenwand, dann schöpfte er Mut und glitt weiter auf den rettenden Klingelknopf zu. Im Stehklosett noch immer nichts Neues. Er drückte heftig auf die Alarmklingel, dann nochmals und nochmals. Er preßte den Kopf gegen den Stahl, der ihn vom Korridor trennte, und nach wenigen Minuten hörte er eilige Schritte herankommen. Dann rasselten Schlüssel in der Tür. Sie schwang auf, aber niemand kam herein.

»Stellen Sie sich an die Wand gegenüber!«

Der Mann sprach englisch. Gott sei Dank.

»Zurück an die andere Wand«, sagte die Stimme, diesmal unfreundlicher.

Stanley trat zurück, aber nur ein paar Schritte. Die beiden Wächter, einer mit gezogener Pistole, beobachteten ihn von draußen, vom Korridor.

»Hände hinter den Kopf!«

Rosen gehorchte.

Jetzt kam einer der Wächter herein. Der andere blieb mit mißtrauischem Blick unter der Zellentür stehen. Sein Revolver wies auf Rosens Füße.

»Was ist los?«

Rosen machte eine Kopfbewegung nach rückwärts, zum Stehklosett. Die beiden Männer starrten ihn schweigend an.

»Ratten«, sagte Rosen schließlich.
»Was?«
»Ratten«, wiederholte er.
»Wo?«
»In der Ecke. In der Toilette.«
Der Wächter in der Zelle machte ein paar Schritte zur Seite und schaute.
»Ich sehe keine Ratte.«
»Ratten«, wiederholte Stanley, »zwei Stück.«
Jetzt kam auch der bewaffnete Wächter in die Zelle.
Die beiden Uniformierten schauten einander an und dann wieder Rosen.
»Hier gibt's keine Ratten. Wir sind hier in der Schweiz, einem reinlichen Land. Ich glaube, Sie haben Ratten im Hirn.«
Er tippte sich mit dem Zeigefinger an die Schläfe. Sein Kollege mit dem Revolver fand das recht komisch. Er verstand zwar bestimmt kein Wort Englisch, aber die Bedeutung dieser Geste war ihm klar.
»Aber ich sage Ihnen –«
»Sie«, unterbrach ihn der Wächter, »Sie sagen mir überhaupt nichts. Wir sind schon vor Ihnen gewarnt worden. Daß Sie immer Scherereien machen. Kann schon sein. Vielleicht können Sie drüben in Amerika Scherereien machen, aber hier haben Sie damit kein Glück.«
»All right«, sagte Rosen, »vielleicht habe ich mir nur was eingebildet. Aber könnten Sie den Abfluß in dieser Toilette nicht irgendwie abdecken? Bitte?«
»Ob wir *was* könnten?« war die ungläubige Antwort.
»Den Abfluß abdecken. Da sind die Ratten 'rausgekommen.«
»Womit abdecken? Mit einem Holzbrett? Damit Sie uns das nächstemal damit über den Kopf hauen können? Seien Sie doch nicht albern. Sie wissen so gut wie ich, daß es hier keine Ratten gibt. Was also wollen Sie wirklich?«
Rosens eine Hand schlüpfte hinter seinem Kopf hervor und legte sich über seine Augen.

»Die Hände zurück, wie ich gesagt habe.«
Keine Reaktion. Dann erhielt Rosen einen plötzlichen Puff direkt in den Leib. Er klappte vornüber. Beide Wächter traten vorsorglich zurück.
»So. Das reicht. Morgen früh wird sofort gemeldet, wie Sie sich aufgeführt haben. Sie werden hier noch Ihre blauen Wunder erleben, mein kleiner amerikanischer Freund. Ein letztes Wort. Drücken Sie nicht nochmals auf diesen Alarmknopf. Weil nämlich niemand mehr kommen wird. Kapiert? Kein Klingeln mehr!«
Die beiden Männer gingen rückwärts hinaus. Die Tür fiel zu. Der Schlüssel drehte sich im Schloß. Und unmittelbar darauf erlosch das Licht.
Rosen erstarrte. Dann hämmerte er an die Tür.
»Machen Sie das Licht wieder an«, schrie er. Er hämmerte weiter.
Aber es kam kein Licht. Nur das verhallende Gelächter der beiden Männer, die sich entfernten. Dann tiefe Stille. Rosen brach hinter der Tür zusammen; jetzt schluchzte er leise. Sein Magen hatte sich nach dem Schlag zu einer harten schmerzenden Kugel zusammengezogen. Sein Herz begann unregelmäßig zu flattern. Stanley fürchtete sich. Er fürchtete um sein Leben. Denn er wußte, daß er unter diesen Umständen weder körperlich noch seelisch lange würde durchhalten können. Er war kein Feigling. Aber er war Jude, und wie so viele seiner Rasse lebte er mit der Erinnerung an den Alptraum des Unvorstellbaren. An Dachau, an Buchenwald, an die unsagbare, lautlose Vernichtung von sechs Millionen seiner Brüder. In Mitteleuropa. Im deutschen Europa. Die zynischen Anschuldigungen, die Wehrlosigkeit der Gefangenschaft und schließlich der Tod – durch Selbstmord, Tötung oder einfach Lebensentzug bis zur körperlichen Auflösung. In den dunklen Schichten so vieler jüdischer Seelen bedeutete dies das äußerste Grauen, ein Grauen, das tief verborgen bleiben mußte, wenn nicht alle Lebensfreude für immer dahin sein sollte.

Doch nun war dieses Grauen für Stanley Rosen mit schwindelerregender Schnelligkeit und brutaler Gewißheit zur Realität geworden. Denn niemand konnte ihm helfen. Weder heute nacht noch morgen nacht noch in den folgenden Nächten. Sie hatten ihn. Gefangen. In Mitteleuropa.

Wie im Traum, gelähmt und gebrochen an Geist und Seele, taumelte Rosen zurück in seine Ecke und kauerte sich wieder auf seine Matratze nieder. Er zog die Decke über seinen Körper, dann über seinen Kopf, rollte sich zusammen und verfiel in eine Art Dämmerzustand. Alle seine Sinne schalteten einfach ab, als sein Bewußtsein sich gnädig aus einer Welt zurückzog, die einfach nicht existieren durfte.

18

Am nächsten Tag, Samstag, den 10. November, kurz vor zehn Uhr, ging die Tür zu Stanley Rosens Zelle wieder auf. Er lag noch immer zusammengerollt auf seiner Matratze.

»Wach auf, du!« rief eine Stimme auf deutsch.

Rosen schwang die Füße auf den Boden, seine Augen richteten sich erregt auf die Tür.

»Komm, steh auf. Du wirst verlangt.«

»Hören Sie, ich verstehe nicht deutsch«, sagte Rosen müde.

»Blöder Amerikaner. Immer dasselbe.«

Der Gefängniswärter verschwendete keine weiteren Worte. Er trat zu Rosen hin und riß ihn hoch. Dann erschien ein zweiter Wärter und brachte Stanleys Schuhe, das Jackett, den Mantel und sogar die Krawatte.

»Anziehen«, lautete der nächste Befehl, der dieses Mal von einigen Gesten begleitet war. Stanley begriff. Er zog die Kleidungsstücke an.

»Du sollst zum Staatsanwalt gehen, verstanden?«

Einen wahnwitzigen Augenblick lang dachte Stanley, er sei freigelassen. Er deutete auf sich und dann auf die Tür und sagte: *»Gehen?«*

»Ja, ja.«

Beglückt machte Stanley einen Sprung auf die offene Tür zu.

»Nein, nein. Bist du verrückt?«

Die beiden Wärter packten Rosen, und unter ihrem eisernen Griff verließ er die Zelle. Als die drei durch die Gefängniskorridore schritten, nahm niemand Notiz von ihnen. Nach einigen Minuten und dem Auf- und Zuschließen mehrerer Türen betraten sie das angrenzende Gebäude. Stanley war jetzt auf vertrautem Boden, er wurde wiederum in das Büro des Staatsanwalts geführt. Dieses Mal erfuhr er dessen Namen, der in kühnen Lettern an der Außenseite der Tür prangte: Dr. Amadeus Weckerlin.

Weckerlin stand, als Rosen eintrat. Er erschreckte Stanley, als er plötzlich die Hand ausstreckte, aber es war nur zur Begrüßung. Stanley übersah die Hand.

»Mister Rosen«, sagte Weckerlin völlig ungerührt, »ich möchte Sie mit einem Vertreter unseres Bundes-Justizministeriums bekannt machen, Doktor Bernoulli.«

Der Mann, der neben Weckerlin stand, streckte nun ebenfalls die Hand aus. Dieses Mal nahm Rosen sie. Er wurde aufgefordert, an einer Art kleinem Konferenztisch im Hintergrund des Büros Platz zu nehmen. Die beiden Schweizer setzten sich ihm gegenüber. Sofort erschien ein Mädchen mit drei Tassen Kaffee. Auf jeder Untertasse lag ein Stückchen Gebäck.

»Nehmen Sie Zucker?« fragte das Mädchen.

»Ja, bitte. Sehr freundlich von Ihnen«, erwiderte Rosen.

»Wenn Sie erlauben, kommen wir gleich zur Sache«, sagte Weckerlin, nachdem das Mädchen hinausgegangen war.

»Je eher, desto besser.«

Nun übernahm das neue Gesicht, Dr. Bernoulli, die Führung.

»Mister Rosen, wie Sie wissen, besitzen wir unwiderlegliche Beweise für Ihre Mittäterschaft an einem der ernstesten Fälle von Wirtschaftsspionage, der jemals in diesem Lande entdeckt wurde. Da er das Ziel hatte, die Währung unseres Landes zu untergraben, war es meine Pflicht, Anklage gegen Sie zu erheben.«

»Aber das –«

»Bitte lassen Sie mich fortfahren, Mister Rosen. Ich werde ganz offen sein. Wir haben, wie gesagt, eindeutige und unwiderlegliche Beweise. Sie werden mindestens fünf Jahre bekommen. Wir könnten den ganzen Tag hin und her argumentieren, aber glauben Sie mir, ich kenne unsere Gerichte. Und geben Sie sich nicht der Illusion hin, irgendwelche Kräfte von außerhalb könnten Ihnen zu Hilfe kommen. Es geht hier um Angelegenheiten der nationalen Sicherheit und um Angelegenheiten, die unter die Gesetze des Bankgeheimnisses fallen. Der Prozeß gegen Sie wird von Anfang bis Ende unter Ausschluß der Öffentlichkeit stattfinden.«

»Sollen Sie mich von Amts wegen hier einschüchtern, oder was sonst?« fragte Rosen.

»Eine gute Frage«, erwiderte Bernoulli, »und sie führt uns direkt zum Zweck unseres heutigen Beisammenseins.«

»Und der wäre?«

»Ich soll Ihnen von Amts wegen einen Handel vorschlagen, wie ihr Amerikaner es so hübsch ausdrückt, Mister Rosen.«

»Ich habe einmal gelesen, daß die Schweizer Behörden nie mit sich handeln lassen«, erwiderte Rosen.

»Da haben Sie richtig gelesen. Hier handelt es sich um eine Ausnahme.«

Zum erstenmal seit vielen Stunden lächelte Stanley.

»All right, schießen Sie los.«

»Ich bin bereit, die Anklage gegen Sie fallenzulassen, und Doktor Weckerlin ist bereit, Sie – sofort – auf freien Fuß zu setzen, allerdings unter gewissen Bedingungen.«

»Unter welchen?«

»Erstens, daß Sie dieses Land unverzüglich verlassen. Zweitens, daß die Tatsache Ihres kurzen Aufenthalts hier im Hause und sämtliche Begleitumstände nicht nur im Moment, sondern für immer geheim bleiben. Das ist alles!«

»Wirklich weiter nichts? Keine Haken, keine Fallstricke?«

»Praktisch keine.«

»Vielleicht könnten Sie sich ein bißchen genauer ausdrücken?«

»Gern. Die gesamte Barsicherheit, die Sie in der vergangenen Woche bei der General Bank of Switzerland hinterlegt haben, bleibt für neunzig Tage eingefroren.«

»Und was ist mit dem Gold, das hätte gekauft werden sollen?«

»Alle diese Käufe sind eingestellt worden. Desgleichen wurden die Devisenverträge annulliert.«
»Auf wessen Verantwortung?«
»Doktor Walter Hofer, der Vorsitzende dieser Bank, wurde über den größten Teil der Ihre Person betreffenden Sachverhalte informiert und hat gestern diesen Schritt unternommen. Unser Ministerium bestätigt, daß er damit durchaus im Rahmen seiner legalen Rechte handelte, da die Aufträge, die Sie seiner Bank erteilten, direkt aus schweren verbrecherischen Aktivitäten resultierten, aus Spionagetätigkeit, die sich gegen die Schweiz richtete.«
»Und die Barsicherheit?«
»Wird, wie ich schon sagte, auf unsere Anweisung hin für neunzig Tage blockiert. Danach werden Ihnen, wenn Sie sich an unsere Vereinbarungen gehalten haben, die gesamten 150 Millionen Dollar zurückgegeben oder an irgendeine Bank Ihrer Wahl irgendwo auf der Welt überwiesen.«
»Sehr anständig. Aber was soll mich hindern, diese schmutzige Geschichte auszupacken, nachdem ich Ihr wundervolles Land verlassen habe?«
»Eine ganze Reihe von Dingen«, erwiderte Bernoulli.
»Zum Beispiel?«
»Zum Beispiel, daß nach dem Gesetz der Vereinigten Staaten jeder amerikanische Bürger, der Feingold kauft, mit einer Strafe in Höhe des dreifachen Betrags belegt wird, für den Gold angekauft werden sollte. In Ihrem Fall würden das etwa 600 Millionen Dollar sein. In besonders schweren Fällen ist auch Gefängnis bis zu fünf Jahren vorgesehen. Ich würde sagen, daß Ihr Fall als ziemlich schwer betrachtet werden könnte, was meinen Sie?«
Stanley sagte nichts.
»Dann ist da die gesamte Liste Ihrer Geschäfte mit der Basler Zweigstelle der General Bank of Switzerland während der letzten zehn Jahre. Soviel ich weiß, wird die Benutzung von Nummernkonten in der Schweiz zum Zweck der Umgehung des amerikanischen Fiskus in den Vereinigten Staaten als Betrug gewertet. Ich glaube auch zu wissen, daß die Strafen in Fällen, bei denen

die Regierung im Verlauf vieler Jahre um Millionen Dollar an Steuergeldern betrogen wurde, ziemlich schwer sind.«
»Verstehe. Und Ihre berühmten Gesetze zur Wahrung des Bankgeheimnisses?«
»Wo es sich um Verbrechen wie Wirtschaftsspionage handelt, kommen diese Gesetze nicht zur Anwendung. In Fällen wie dem Ihren, wo eindeutig eine internationale Verschwörung am Werk ist, hindert uns nichts, mit ausländischen Behörden einschlägige Informationen auszutauschen. In Ihrem Fall mit dem US-Justizministerium.«
»Soviel ich weiß, kommt das nicht sehr häufig vor.«
»Wie ich vorhin schon sagte, Mister Rosen, gibt es Ausnahmen.«
»Ich würde das als Erpressung bezeichnen.«
»Das dürfen Sie gern tun.«
»Wieviel Zeit habe ich zum Überlegen?« fragte Rosen.
Jetzt griff Weckerlin ein. »Soweit es uns betrifft, Monate – sogar Jahre.«
»Tja«, sagte Rosen. »Das hab' ich wieder vergessen. Ihr habt hier noch nie was von Habeas corpus gehört.«
»Na?« sagte Bernoulli nach ein Pause von einigen Sekunden.
»Abgemacht.«
»Sehr schön«, meinte Weckerlin. Er nahm ein Blatt Papier von seinem Schreibtisch auf. »Ich habe Ihre Entlassungspapiere schon hier. Würden Sie bitte unterschreiben, rechts unten, neben dem Bleistift-X.«
Stanley unterschrieb.
»Und jetzt?«
»Ich bringe Sie zum Flugplatz«, sagte Bernoulli.
»Zu welchem Flugplatz?«
»Zum Flugplatz Basel. Wir haben für Sie einen Air-Inter-Flug nach Paris gebucht. Die Maschine startet kurz nach Mittag.« Bernoulli schaute auf die Uhr. »Jetzt ist es viertel nach zehn. Wenn wir gleich aufbrechen, müßten wir es leicht schaffen.«
»Ihr wart eurer Sache recht sicher, was?«

Dieses Mal erhielt Rosen keine Antwort.
Rosen war bereits als erster aus der Tür, als Bernoulli sich nochmals umdrehte und Weckerlin eine letzte Frage stellte. »Was ist mit Bechot?«
»Keine Sorge. Auch wenn das jetzt flachfällt, haben wir noch jede Menge, um sicherzugehen, daß er uns mindestens drei Jahre lang erhalten bleibt.«
»Der arme Hund.«
Weckerlin zuckte nur die Achseln.

*

Rosens Entlassung aus diesem Schweizer Gefängnis vollzog sich in Rekordzeit. Er blickte nicht mehr zurück, nachdem er die schweren Tore passiert hatte. Er warf nur seinen Koffer in den offenen Gepäckraum von Bernoullis wartendem Wagen und rutschte auf den Vordersitz.
»Wie lang ist's zum Flughafen?« fragte er, als sie aus dem Hof in die enge Gasse kurvten, vorbei an den Hausfrauen, die mit ihren Körben die Einkäufe für das Wochenende besorgten.
»Eine Viertelstunde«, antwortete Bernoulli. Er reichte Rosen eine Zeitung. »Die *Herald Tribune* von heute morgen. Einiges darin könnte Sie vielleicht interessieren.«
Rosen warf Bernoulli einen seltsamen Blick zu. Dann entfaltete er die Zeitung. Die schreiende Schlagzeile sprang ihn an.
»Mein Gott!«
»Was ist los?«
»Um Himmels willen, sie haben es tatsächlich getan.«
»Was?«
»Die Vereinigten Staaten haben den offiziellen Goldpreis auf 125 Dollar pro Unze angehoben!«
»Und was ist daran so neu?«
»Na ja, ich habe mir gedacht, daß es kommen müsse. Ich habe gewußt, daß es geplant war. Aber so mir nichts, dir nichts. Um Himmels willen!« wiederholte er.

»Na, na, Rosen –«
Rosen ließ die Zeitung sinken, und sein Gesicht nahm plötzlich einen fast verzückten Ausdruck an.
»Jetzt versteh' ich. *Jetzt* versteh' ich. Ach du dreckiger Hundesohn. Du gottverdammter blöder Hund. Ihr Knallköpfe habt den Falschen erwischt. Irgend jemand hat das Ding des Jahrhunderts ausgeheckt, und ihr Blödmänner seid prompt drauf 'reingefallen. Ihr elenden blöden Hunde. Ihr Scheißkerle habt mir ein Vermögen unterm Arsch weggestohlen.«
Bernoulli sagte kein Wort. Sie waren jetzt auf der Geraden der Autobahn, die sie nach einigen Minuten zum Flugplatz geführt hatte.
Es war ein besonderer Flugplatz, wahrscheinlich eine Kuriosität, denn er lag halb in der Schweiz und halb in Frankreich. Die Grenze lief direkt durch die Mitte der Halle, und an dieser unsichtbaren Linie führte Bernoulli Rosen entlang. Bernoulli trug den Koffer.
»Mister Rosen«, sagte er. »Hier trennen sich unsere Wege. Ich glaube nicht, daß wir uns je wieder begegnen werden.« Er streckte die Hand aus. Rosen übersah sie und nahm statt dessen seinen Koffer.
»Moment mal«, sagte Bernoulli. Rosens Herz übersprang einen Schlag, und plötzlich hatte er furchtbare Magenschmerzen.
»Was denn?« keuchte er.
»Ihr Ticket«, sagte Bernoulli und griff in die Innentasche seines Jacketts. »Und Ihr Paß.« Nachdem er Rosen beides gegeben hatte, machte er abrupt kehrt und schritt davon.
Rosen passierte den französischen Zoll, ohne daß man ihm eine Frage stellte. Dann ging er in die Herrentoilette und erbrach sich.

19

»Walter, diese Kaviar-Canapés sind köstlich«, sagte Sir Robert Winthrop.

»Und der Champagner ist super.« Das war David Masons Kommentar.

Walter Hofer leerte nur sein Glas und winkte dann dem Barmann. Bald perlte erneut Veuve Cliquot in den Kelchen. Hofer blickte auf seine Piaget-Uhr aus Weißgold.

»Gentlemen, ich schlage vor, daß wir mit unseren Gläsern umziehen. Es ist schon weit über Mittag, und ich habe uns in einem Salon gleich neben der Bar zum Lunch decken lassen.«

Die drei Bankiers begaben sich durch die großen Glastüren linker Hand in ein kleines, aber prächtig möbliertes Gemach. Ein Tisch, der von Kristall und Silber funkelte, war für drei Personen gedeckt. Das Mittelstück aus kunstvoll arrangierten Blumen reflektierte das strahlende Sonnenlicht, das durch die Panoramafenster hereinströmte.

»Ein hübscher Blick, nicht wahr?« Doktor Hofer hatte recht wie immer. Das *Grand Hotel Dolder* lag hoch über dem Zürichsee auf dem Sonnenberg, inmitten eines Golfgeländes, das von hohen Tannen gesäumt war. Obwohl man nur zwanzig Minuten vom Herzen Zürichs entfernt war, genoß man die perfekte Illusion erhabener Bergesruh. Sogar die Preise waren eines *Palace* in St. Moritz oder Gstaad würdig. Es fehlten nur die Skilifts und müßigen Fürstlichkeiten.

»Ich habe Anweisung gegeben, sofort zu servieren. Inzwischen

können wir noch den geschäftlichen Teil besprechen. Setzen wir uns doch hier drüben an den Kaffeetisch.«
Nachdem sie Platz genommen hatten, überreichte Hofer seinen Freunden je eine säuberlich gebündelte Akte und behielt ein drittes Exemplar für sich.
»Hier sind also die Unterlagen. Alle nötigen Unterschriften der südafrikanischen Regierung sind beigeheftet. Ich und einer meiner Stellvertreter haben das Ganze mit Hilfe Ihrer Mittelsmänner in unser dreier Namen abgeschlossen. Es wurde am Donnerstag nachmittag hier in Zürich ordnungsgemäß beglaubigt. Gentlemen, dieses Dokument ist absolut luftdicht.
Lassen Sie mich nun die Einzelheiten zusammenfassen. Unsere Aktiengesellschaft, die hier als Vertragspartei auftritt, wurde vor genau fünf Tagen im Kanton Zug handelsrechtlich eingetragen. Wir wählten den Namen ›Intergold‹. Die General Bank of Switzerland hat auf 40 Prozent ihres Kapitals gezeichnet, und Ihre beiden Firmen erhielten je 30 Prozent. Alle ausgegebenen Anteile sind Inhaberpapiere und können von Ihnen an jede beliebige Rechtsperson in Ihrer Bankengruppe abgetreten werden. Hier werden gewiß Steuerfragen eine Rolle spielen. Ihre beiden Erfüllungsgarantien sind rechtzeitig eingegangen. Vielen Dank für die prompte Erledigung. Ich weiß, wie schwierig es manchmal ist, Überweisungen solch großer Beträge beschleunigt abzuwickeln. Wie Sie wissen, David, wurde Ihr Kreditbrief zugunsten von Intergold bei uns hinterlegt. Und mit Ihrer Sterling-Garantie, Sir Robert, wurde in gleicher Weise verfahren. Meine Bank hat Intergold eine unbegrenzte, ich wiederhole, unbegrenzte Erfüllungsgarantie geleistet. Ich glaube, wir waren uns einig, daß unser geringfügig höherer Anteil an dem Unternehmen hierdurch gerechtfertigt wird. Übrigens, da es sich ausschließlich um Inhaberaktien handelt, besteht für Außenstehende keinerlei Möglichkeit, festzustellen, wer hinter Intergold steht. Das könnte sich als nützlich erweisen. Ich komme auf diesen Punkt später nochmals zurück.«
Hofers Partner nickten.

»Jetzt zum Vertrag selbst. Er läuft über fünf Jahre, beginnend mit dem 1. Januar. Vertragsparteien sind die Regierung der Republik Südafrika und Intergold, garantiert durch die General Bank of Switzerland in Zürich, Winthrop's in London und die Republican Bank of New York. Gemäß den Bedingungen des vor nunmehr zwei Tagen abgeschlossenen Vertrags verpflichtet sich Intergold für die Dauer von fünf Jahren, beginnend mit dem 1. Januar, die gesamte Goldproduktion Südafrikas zu kaufen. Die südafrikanische Regierung verpflichtet sich, die gesamte Minenproduktion des Landes während dieser Zeitspanne exklusiv an Intergold zu verkaufen. Die einzige Einschränkung in bezug auf diese Facette des Vertrags besteht in der Verpflichtung beider Parteien, daß die gelieferte und abgenommene Menge nicht unter 30 Millionen Unzen jährlich und nicht über 35 Millionen Unzen pro jeweils zwölf Monaten liegen wird. Der vertraglich festgesetzte Preis beträgt im ersten Jahr 80 Dollar je Unze. In jedem darauffolgenden Jahr wird der Preis sich um 5 Prozent erhöhen. Leitgedanke des gesamten Abkommens ist, daß diese Preise unwiderruflich festgelegt wurden und bleiben, ohne Rücksicht auf die an den freien Märkten in Zürich und London zur Notiz kommenden Preise. Außerdem bleiben diese Preise während der Vertragsdauer auch festgelegt ohne Rücksicht auf eventuelle Bewegungen des von der Regierung der Vereinigten Staaten festgesetzten Goldpreises. Ich glaube, Sie können ermessen, Gentlemen, wie überaus wichtig diese letztere Bedingung heute geworden ist.«

David Mason meldete sich zum Wort. »Sind Sie sicher, daß die Südafrikaner auch nach der Rede des Präsidenten in der vergangenen Nacht nicht mehr von dem Vertrag zurücktreten können?«

»Absolut sicher. Selbst wenn sie es versuchen sollten, so würden sie fortan in jedem Finanzmarkt der freien Welt ausgespielt haben. Das können sie sich nicht leisten. Wie ich eingangs schon sagte, ist dieses Abkommen nach allen Seiten luftdicht. Es wurde von den besten Juristen der Schweiz und Südafrikas aufgesetzt und gebilligt. Sollte es jemals angefochten werden, so müßte die Handelskammer in Paris als Schlichter auftreten. Ich glaube, keiner von uns muß sich Sorgen machen, welcher Seite sie recht gäbe.«

»Und wenn die Regierung in Pretoria dieser Sache wegen abtreten müßte?« fragte Sir Robert.

»Das halte ich kaum für möglich. Sie kennen die Regierung dieses Landes genausogut wie ich. Sie könnte nur durch eine Revolution gestürzt werden, und eine solche würde nur aus innenpolitischen, aus rassischen Gründen ausbrechen. Ich schließe eine solche Möglichkeit nicht völlig aus, aber ich halte es für höchst unwahrscheinlich, daß sie in den fünf Jahren unseres Abkommens eintreten wird. Die südafrikanische Regierung hat diesen Vertrag aus höchst praktischen Gründen geschlossen. Er macht es möglich, daß ihre Goldminen, der wichtigste Wirtschaftssektor des Landes, mit Festpreisen für ihre Produktion arbeiten. Jahrelang konnte keine dieser Minen im voraus planen, da der Goldpreis zu großen Schwankungen unterworfen war. Ein Metallvorkommen, das bei einem Unzenpreis von 80 Dollar gewinnbringend abgebaut werden kann, wird zur finanziellen Katastrophe, wenn dieser Preis auf 65 Dollar fällt. Durch unsere Zusicherung eines festen Preises für sein gesamtes Goldaufkommen hat Südafrika den Weg zur optimalen Ausbeutung seiner Goldlager geöffnet.«

»Ja«, gab Mason zu bedenken, »aber nach der letzten Nacht könnten sie von der amerikanischen Regierung auch wieder einen Festpreis bekommen: 125 Dollar pro Unze, nicht die 80 Dollar, die wir zugesichert haben.«

»Davon hatte keine der beiden Parteien während der Verhandlungen Kenntnis. Im Gegenteil, seit Jahren drückten die Amerikaner immer wieder die Absicht aus, das Gold völlig außer Kurs zu setzen. Sie hätten genausogut diesen Weg einschlagen können anstatt der Lösung, für die sie sich vor wenigen Stunden erst entschieden haben. Dann könnten heute wir, meine Herren, lange Gesichter machen. Es hätte uns Milliarden kosten können.

Ich wiederhole, dieser Vertrag wurde von beiden Parteien im guten Glauben ausgehandelt und unterzeichnet, in beiderseitiger voller Kenntnis der in solchen Abkommen enthaltenen Risiken. An seiner Gültigkeit kann kein Zweifel bestehen.
Und vergessen Sie nicht den Artikel XVI des Vertrags. Beide Parteien verpflichten sich darin, für die Dauer von wenigstens zehn Jahren absolutes Stillschweigen über das Bestehen und die Bedingungen dieses Abkommens zu wahren. Wenn die südafrikanische Regierung so will, und ich möchte dies jetzt beinah vermuten, so kann sie unschwer das Ganze kaschieren, indem sie den Unterschied zwischen dem, was sie von uns bekommt und dem, was die Minen nach dem amerikanischen Beschluß erbringen sollten, unter der Hand ausgleicht. Sie kann es aus dem Staatshaushalt nehmen. Im Verteidigungsbudget lassen sich die entsprechenden Beträge gewiß einbauen. So etwas ist schon früher vorgekommen, wie Sie wissen, besonders in Ihrem Land, David. Nein, meine Herren, alle Eventualitäten wurden berücksichtigt und ausgeschlossen.«

*

Sir Robert Winthrop und David Mason waren überzeugt. Dann stellte Winthrop die Frage, und er stellte sie behutsam.
»Walter, wie groß wird unser Gewinn sein?«
»Beachtlich, ja, recht beachtlich. Ich habe gestern nach der Fernsehansprache des Präsidenten einen ersten Überschlag gemacht. Das schweizerische Fernsehen hat die Ansprache übertragen, wissen Sie. Ich muß sagen, er machte einen sehr überzeugenden Eindruck.«
»Ganz richtig«, sagte David Mason, »aber was ist bei Ihrem Überschlag herausgekommen?«
»Nehmen wir zunächst das erste Jahr«, sagte Hofer. »Die Goldproduktion wird für diesen Zeitraum auf 33 Millionen Unzen veranschlagt. Unsere Bruttokosten bei 80 Dollar pro Unze belaufen sich auf 2,64 Milliarden. Unsere Einnahmen nach dem Wie-

derverkauf an die Zentralbanken zu 125 Dollar pro Unze werden 4,125 Milliarden betragen. Bleibt also eine Gewinnspanne von 1,485 Milliarden. Sagen wir, eineinhalb Milliarden. Die Ausgaben von Intergold werden minimal sein, praktisch nur die Entschädigungen an unsere Banken für ihre Erfüllungsgarantien. Und natürlich Transport und Versicherung. Auf jeden Fall sehe ich für das erste Jahr einen unversteuerten Gewinn von ungefähr 1,4 Milliarden. Der Kanton Zug, wo die Gesellschaft eingetragen ist, hat mit Intergold ein Besteuerungsabkommen getroffen. Der maximale Steuersatz beträgt 12 Prozent. Folglich bleibt ein versteuerter Reingewinn von einer Kleinigkeit über 1,2 Milliarden.«

»Mein Gott!« rief Mason.

»Ja«, sagte Hofer, »recht annehmbar, nicht wahr. Natürlich dürfen Sie nicht vergessen, daß wir uns verpflichtet haben, den Preis jedes Jahr um 5 Prozent zu erhöhen. Ein Jammer, aber unvermeidlich. Das wird bedeuten, daß im fünften Jahr unser Bruttogewinn unter eine Milliarde sinken wird. Aber in den fünf Jahren der Laufzeit des Vertrags dürften wir einen Bruttogewinn von ungefähr 6 Milliarden Dollar und gut über 5 Milliarden nach Abzug der Steuern erzielen.«

»Ausgesprochen fabelhaft«, sagte Winthrop. »Walter, Sie haben wirklich großartige Arbeit geleistet.«

»Sir Robert, was Sie in den letzten Tagen dazu beigetragen haben, war unschätzbar«, erwiderte Hofer. »Ihre Intervention am Londoner Goldpool erwies sich als durchschlagender Erfolg. Wenn wir den Preis nicht bis zum Schluß unter 80 Dollar pro Unze gehalten hätten, dann würden die Südafrikaner vermutlich nie unterschrieben haben. Es stand zuletzt auf Messers Schneide.«

Wieder ergriff Mason das Wort. »Nur eines verstehe ich auch jetzt noch nicht, und das ist das Verhalten der Russen während der letzten Woche. Nach allem, was wir in New York hörten, Walter, haben sie die ganze Spekulation gegen den Dollar und für das Gold angezettelt und zur Wochenmitte eine komplette Kehrtwendung gemacht. Stimmt das?«

»Es scheint so. Natürlich hat ihr anfängliches Vorgehen um ein Haar dieses ganze Projekt abgeschossen. Bis dann irgend etwas passierte. Ich bin überzeugt, daß wir nie erfahren werden, was.«

»Ist es möglich, daß sie auf irgendeine Weise von den Plänen der Amerikaner Wind bekamen?«

»Kaum. David, ich habe schon mit zahllosen Abwertungen hier in Europa zu tun gehabt, und ich kann mich an keine einzige erinnern, die völlig glatt über die Bühne gegangen wäre. Nicht wegen undichter Stellen. Sondern meist einfach nur, weil ein paar schlaue Leute, die hier das bemerken, dort jenes hören und irgend etwas mitbekommen, das ein wenig aus dem üblichen Rahmen fällt, anfangen mißtrauisch zu werden. Plötzlich kommen Finanzleute in vielen verschiedenen Orten fast gleichzeitig und ohne irgendeine Beziehung zueinander zu dem gleichen Schluß. Die deutsche Sprache hat dafür ein Wort: *Fingerspitzengefühl*. Es hat meiner Meinung nach bei den Ereignissen der letzten paar Tage die entscheidende Rolle gespielt. Auf jeden Fall dort, wo ich im Spiel war.«

»Hiermit, Walter«, sagte Sir Robert, »trinke ich auf Ihr *Fingerspitzengefühl*.«

In diesem Augenblick kamen drei Kellner herein. Der Lunch war bereit. Er dauerte gut über drei Stunden. Dr. Hofer erbot sich, nach einem letzten Whisky-Soda in der Bar des *Grand Dolder*, seine beiden Kollegen zum Flugplatz zu fahren. Als sie aufbrachen, begann die Dämmerung einzufallen.

Hofer steuerte selber, da er seinem Chauffeur über das Wochenende freigegeben hatte. Er erwies sich als miserabler Fahrer, so daß sich seine beiden Passagiere, die nach der monumentalen Mahlzeit ohnehin recht schläfrig waren, während der ganzen Fahrt still verhielten.

Doch als sie sich dem Flugplatz näherten, sagte Sir Robert: »Walter, sagen Sie, wieviel seid ihr eigentlich mit eurem Dollar-Defizit schon voraus?«

Plötzlich wurde Hofer, der während der letzten Stunden nicht

mitteilsamer hätte sein können, wieder er selber. »Robert, entschuldigen Sie, aber das geht Sie nichts an.«
Winthrop lachte nur. »Aber ich kann Ihnen eins sagen: Wir haben in nur drei Tagen soviel verdient, daß wir für dieses Jahr sicher in den schwarzen Zahlen sitzen. Und wie steht's mit Ihnen, David?«
Mason brummte nur. »Wir sind zufrieden.«
Als sie sich am Flugplatz Kloten voneinander verabschiedeten, war der Geist der Kameradschaftlichkeit spurlos verschwunden. Schließlich verband sie ja nur eine ganz gewöhnliche Geschäftsbeziehung.

20

Der 11. November war ein Sonntag, an dem die meisten Finanzleute in der ganzen Welt lange schliefen. Die zahllosen Besprechungen und Telefongespräche des Vortags, die hastigen Berechnungen und Neuberechnungen, die auf die amerikanische Bekanntgabe der internationalen Währungsreform gefolgt waren, hatten überall ihre Spuren hinterlassen. Für die einen war es ein Tag des Triumphs; für die anderen ein schwarzer Tag der Verzweiflung.

Igor Josef Melekow gehörte der ersten Kategorie an. Er saß, eine noch schlummernde Geliebte an seiner Seite, aufrecht in den Kissen des breiten Betts in seiner Wohnung auf den Moskauer Hügeln und studierte einen Prospekt von General Motors. Gestern hatte er den Augenblick des stolzesten Triumphs erlebt: seine Ernennung zum Vorsitzenden der Außenhandelsbank der Sowjetunion. Es war vielleicht sadistisch gewesen, daß er Stepanow beim Ausräumen seines Büros geholfen hatte. Aber der Anblick dieses Mannes, der da zum letztenmal die Stufen der Bank hinabschritt, war ein Bild, das er im Herzen bewahren würde. Heute würde jeder dieser Georgier seinen Lohn erhalten: ein Eisenbahnbillett nach Tiflis, einfach. Und jetzt wollte er sich *seine* Prämie aussuchen. Genau gesagt war die Entscheidung bereits getroffen. Es sollte ein Oldsmobile 98 sein. Er war absolut überzeugt, daß es das einzige Exemplar in der ganzen Sowjetunion sein würde. Jetzt erhob sich die Frage der Lieferung. Er schüttelte das schlafende Mädchen:

»Natscha, wach auf!«
»Nicht jetzt, Igor.«
»Natscha, möchtest du vielleicht mit mir nach Helsinki fahren? Fliegen?«
»Sei nicht albern.«
»Was ist daran so albern?«
»Ich bekomme doch kein Visum.«
»Ha! Das habe ich in drei Stunden!«
»Aber warum gerade Helsinki?«
»Weil ich dort dringende Geschäfte zu erledigen habe.«
»Was für Geschäfte?«
»Mit der Automobilindustrie.«
»Igor, warum heiraten wir nicht lieber?«
Melekow plumpste in die Kissen zurück. Ach, warum mußte sie unbedingt einen so vollendet schönen Morgen verpfuschen.

*

Auf der anderen Seite des Globus befand der Präsident der Vereinigten Staaten sich in genau der gleichen Lage. Jedenfalls insoweit, als auch er im Bett saß und las. Die Dame an seiner Seite war selbstverständlich seine Ehefrau. Das Bett war mit Zeitungen übersät. Die Schlagzeile der *Baltimore Sun* kennzeichnete die Situation am treffendsten: »Das bestgehütete Geheimnis seit dem Manhattan-Projekt.« Der Präsident kicherte. Ja, er hatte wahrhaftig einen Überraschungsschlag gelandet.

*

Genau auf halbem Weg zwischen Moskau und Washington, oder fast genau, saß Dr. George Bernoulli im Schlafzimmer seiner kleinen Wohnung am Stadtrand von Bern. Er las nicht; er rauchte nur und blickte zur Zimmerdecke. Das tat er schon seit Stunden. Sein Magen war ein harter Klumpen, seit er am Mittag des vergangenen Tages vom Flugplatz Basel abgefahren war. Denn in diesem Augenblick hatte er begriffen. Und er konnte nichts unternehmen. Gar nichts. Der Fall war, vom offiziellen Standpunkt aus, ein für allemal abgeschlossen. Und damit war er auch für ihn ein für allemal abgeschlossen. Zum erstenmal in seinem Leben hatte Bernoullis Glaube an die Macht des Gesetzes, an die unausweichliche Gerechtigkeit, einen schweren Stoß erlitten.

»Tja«, sagte er laut, warf die Decken von sich und setzte die Füße auf den kalten Boden, »wahrscheinlich hat Vater doch recht. Das ist kein Geschäft für mich.«

Er ging zum Telefon.

»Papa, hier George. Ich komme zum Mittagessen vorbei. Ich würde gern einiges mit dir besprechen.«

*

Nicht viele Kilometer entfernt saß Dr. Walter Hofer in seinem Wohnzimmer und schrieb bedächtig in ein Loseblattheft.

»Walter, möchtest du noch eine Tasse Kaffee?«

»Ja, Martha. Und vielleicht noch eine Scheibe Toast.«

»Wie kommt deine Rede voran?«

»Wird noch ein paar Stunden dauern.«

»Wir sollten aber gegen vier Uhr wegfahren. Bis Altdorf haben wir gut zwei Stunden Fahrt. Am Sonntag ist immer so schrecklich viel Verkehr. Wenn du nur Heinrich nicht übers Wochenende freigegeben hättest.«

Das Telefon klingelte. Beide wirkten erschrocken.

»Ich nehme ab«, sagte Hofers Frau. »Es wird wohl Mary sein. Ihr junger Mann aus der Bank hat sie heute schon in aller Frühe abgeholt, als du noch schliefst.« Sie nahm den Hörer ab.

»Walter, Lima ist am Apparat. Für dich. Ich muß schon sagen, um diese Zeit an einem Sonntagmorgen!«

Hofer nahm den Hörer, lauschte aufmerksam, sprach genau zwei Sätze und legte auf.

»Walter, wer, um Himmels willen war denn das?«

»Ach, nur eine geschäftliche Erledigung.«
»Hat es was mit diesen Geschichten in der Bank zu tun?«
»Nein, Martha. Etwas ganz Unwichtiges, das jetzt abgeschlossen ist – und zwar erfolgreich. Und was diese Geschichten in der Bank betrifft, die sind ebenfalls erledigt, und ebenfalls erfolgreich.«
»O Walter, ich freue mich so für dich. Jetzt mach dich nur wieder an deine Rede. Ich habe eine Menge in der Küche zu tun.«

*

Um vier Uhr starteten sie mit dem Mercedes. Die Fahrt ging rund um den Zürichsee, durch Zug und Luzern und dann an der Ostseite des Vierwaldstätter Sees entlang. Bald hatten sie den berühmten und berüchtigten Teil der Gotthardstraße erreicht, die Axenstraße. In den dreißiger Jahren war Kilometer um Kilometer aus dem ragenden Fels gesprengt worden, der den See an dieser Stelle umschloß. Tunnel um Tunnel, Kurve um Kurve. Zur Linken die Felswand; zur Rechten tiefes, kaltes Bergwasser. Hofer, der sehr wohl wußte, daß seine Fahrkünste begrenzt waren, hielt die Geschwindigkeit sehr niedrig. Der Verkehr war spärlich, denn die schweren Winterwolken hatten sich schon längst auf die Zentralschweiz herabgesenkt, und die Eidgenossen verbrachten den Spätnachmittag lieber vor dem Fernsehschirm als auf der Straße um einen fast unsichtbaren See im Nebel und oft peitschenden Regen.
Als die Hofers in Altdorf eintrafen, war es dunkel. Aber sie fanden ihr Ziel ohne Mühe. Das Hotel *Ochsen* war genau im Mittelpunkt der Stadt, gegenüber dem riesigen Denkmal Wilhelm Tells, ihres berühmtesten, wenn auch legendären Sohnes. Der *Ochsen* war im Jahr 1654 erbaut. Das alte Gebälk, die Butzenscheiben und die blankpolierte Bronzefigur eines Ochsen, die an einer massiven Kette über dem Eingang hing, machten es seit Jahrhunderten zur Landmarke für die Reisenden. Seine Hauptattraktion seit Generationen war die Goethestube. Auch dieser

große Mann war im *Ochsen* eingekehrt, als er nach Italien gereist war, um die Kultur zu entdecken, die sein Denken revolutionierte. Herr und Frau Doktor Hofer wurden vom Bürgermeister willkommen geheißen, der ihnen zwischen dem protestantischen Pastor und dem katholischen Priester dieser alten Gemeinde entgegentrat.

Förmlichkeiten sind nicht die starke Seite der Mittelschweizer. Bald nachdem die Hofers am Ehrentisch des Saales, der bereits mit den geladenen Gästen im Sonntagsstaat gefüllt war, Platz genommen hatten, begann man mit dem Abendessen. Auf die Suppe folgte Holsteinschnitzel mit *Rösti.* Der Nachtisch erschien in Gestalt einer Zwetschgentorte mit Schlagrahm. Die Weine waren ausschließlich schweizerisches Wachstum: wer Weißen bevorzugte, bekam einen Aigle; die übrigen einen dunklen schweren Dole. Zum Kaffee wurde nach Wahl Cognac oder Kirschwasser serviert. Es war ein solides schweizerisches Mahl.

Völlige Stille herrschte, als der Bürgermeister aufstand, um den Redner vorzustellen und dieses Publikum gemischter Zugehörigkeit zu begrüßen, dessen gemeinsame Sache in der Förderung des ökumenischen Gedankens in einer Welt bestand, die mit Riesenschritten zusammenrückte, sogar in der Schweiz.

Hofer hielt eine starke Rede; er betonte, daß es Zeit sei für die Führer der Gemeinde, ihre Stimmen in geistigen Fragen zu erheben. Gelebte Menschenführung, moralische Menschenführung sei der Schlüssel zum Erfolg, sowohl in der Kirche wie in der Regierung und sogar im Bankwesen. Er fordere diese Führer auf, von denen heute abend in Altdorf wohl auch einige anwesend seien, ihren Teil der Bürde auf sich zu nehmen. Aufzustehen, wie rechte Männer, für das Wohl der Gemeinde. Er endete mit einer Ermahnung, einem Zitat aus dem altgriechischen Neuen Testament; mit Kapitel 6, Vers 45 des Lukas-Evangeliums:

ὁ ἀγαθὸς ἄνθρωπος ἐκ τοῦ ἀγαθοῦ θησαυροῦ τῆς καρδίας προφέρει τὸ ἀγαθόν, καὶ ὁ πονηρὸς ἐκ τοῦ πονηροῦ προφέρει τὸ πονηρόν.

Nachdem der Bankier sich ordnungsgemäß als Schriftgelehrter und Humanist ausgewiesen hatte, ließ er sich herab, zu übersetzen:
»Ein guter Mensch bringt Gutes hervor aus dem guten Schatz seines Herzens; und ein böser Mensch bringt Böses hervor aus dem bösen Schatz seines Herzens.«
Hofers Schlußwort: »Unser Verdienst wird für uns sprechen.«

*

Auf der Rückfahrt nach Zürich mußten die Hofers durch eine schlimme Nacht. Der Wind war stürmisch und fegte eisige Gischt von den Höhenkämmen und über die Axenstraße. Die Fahrbahn war völlig verlassen. Plötzlich erfaßten die Scheinwerfer des schweren Mercedes einen Wagen, der vor einer Tunneleinfahrt quer über der Straße stand. Zwei Männer winkten, als Hofer bremste.
»Walter, um Gottes willen, nicht anhalten.«
»Martha, beruhige dich. Es bleibt mir gar nichts anderes übrig, und außerdem sieht es aus, als ob diese Leute Hilfe nötig hätten.«
Die beiden Männer näherten sich dem Wagen, als Hofer das Fenster auf seiner Seite herunterkurbelte.
»Walter, Vorsicht. Sie sehen aus wie Araber.«
Die Warnung kam ein kleines bißchen zu spät. Genau in diesem Augenblick faßte eine unglaublich starke Hand durch das offene Fenster und nagelte Hofers Kopf auf der Rückenlehne des Sitzes fest. Eine zweite Hand hatte bald die Tür geöffnet. In Sekundenschnelle hatte ein scharfer Schlag, ein einziger, Walter Hofer das Genick gebrochen. Minuten später lagen Walter und Martha Hofer in ihrem Mercedes 300 mehr als 100 Meter tief unter der Oberfläche des Vierwaldstätter Sees.

*

Drei Monate später wurde am Schauplatz dieses tragischen Autounfalls ein Denkmal errichtet. Die Bürger von Altdorf hatten den Stein gestiftet; die General Bank of Switzerland die Goldplatte, die fest im Granit ruhte. Die einzige Inschrift war ein Spruch aus dem Neuen Testament, das 6. Kapitel, Vers 45 aus dem Lukas-Evangelium, allerdings nur zur Hälfte:

ὁ ἀγαθὸς ἄνθρωπος ἐκ τοῦ ἀγαθοῦ θησαυροῦ
τῆς καρδίας προφέρει τὸ ἀγαθόν.

Ein guter Mensch bringt Gutes hervor aus dem guten
Schatz seines Herzens.

Peter Driscoll
Die Wilby-Verschwörung

Roman. Aus dem Englischen von Ursula von Zedlitz.
Etwa 300 Seiten. Leinen

Ein Thriller mit allem, was dazugehört: Keogh, ein britischer Ingenieur, der in Kapstadt seine Freundin besuchen wollte, hat im Getümmel einen Polizisten niedergeschlagen und seine Papiere verloren. Wenn Keogh seine Haut retten will, muß er das Geheimnis seines Gefährten erraten, der sich im Getümmel zu ihm in den Wagen gerettet hat. – Das Geheimnis der schwarzen Widerstandsbewegung, deren Führer Wilby seit mehr als zehn Jahren von den südafrikanischen Sicherheitsorganen gejagt wird. Je mehr Keogh erfährt, um so mehr muß er erkennen, daß er zum Objekt eines abgefeimten Katz- und Mausspiel der Geheimpolizei und der Widerstandsbewegung wird. Wo wird sich das Rätsel lösen? In der verwinkelten Wohnung des asiatischen Händlers in Johannesburg. Auf dem Grund einer berüchtigten Höhle? In dem unentwirrbaren Knäuel von Verrat und Intrige?

»Der beste Verfolgungsroman, den ich seit langem gelesen habe.«

Eric Ambler

»Packend, unerhört erfindungsreich: Driscoll schlägt LeCarré und all die anderen auf ihrem eigenen Feld.«

New York Magazine